MUSEU DA REVOLUÇÃO

VOZES DA ÁFRICA

João Paulo Borges Coelho

MUSEU DA REVOLUÇÃO

kapulana

São Paulo
2022

Copyright©2021 João Paulo Borges Coelho.
Copyright©2021 Editora Kapulana.

A Editora optou por adaptar o texto para a grafia
da língua portuguesa de expressão brasileira.

Direção editorial: Rosana M. Weg
Projeto gráfico: Daniela Miwa Taira
Capa: Mariana Fujisawa e Daniela Miwa Taira

Dados Internacionais de Catalogação na Publicação (CIP)
(Câmara Brasileira do Livro, SP, Brasil)

Coelho, João Paulo Borges
 Museu da revolução/ João Paulo Borges Coelho. --
1. ed. -- São Paulo: Kapulana, 2022.

ISBN 978-65-87231-17-4

1. Ficção moçambicana (Português) I. Título.

22-100973 CDD-M869.3

Índices para catálogo sistemático:
1. Ficção: Literatura moçambicana em português
M869.3

Aline Graziele Benitez - Bibliotecária - CRB-1/3129

CULTURA
DIREÇÃO-GERAL DO LIVRO, DOS ARQUIVOS E DAS BIBLIOTECAS

Edição apoiada pela DGLAB - Direção-Geral do Livro,
dos Arquivos e das Bibliotecas / Cultura - Portugal

2022
Reprodução proibida (Lei 9.610/98)
Todos os direitos desta edição reservados à Editora Kapulana Ltda.
Av. Francisco Matarazzo, 1752, cj. 1604, CEP 05001-200, São Paulo, SP, Brasil
editora@kapulana.com.br — www.kapulana.com.br

09   **_MUSEU DA REVOLUÇÃO_**

353   O Autor

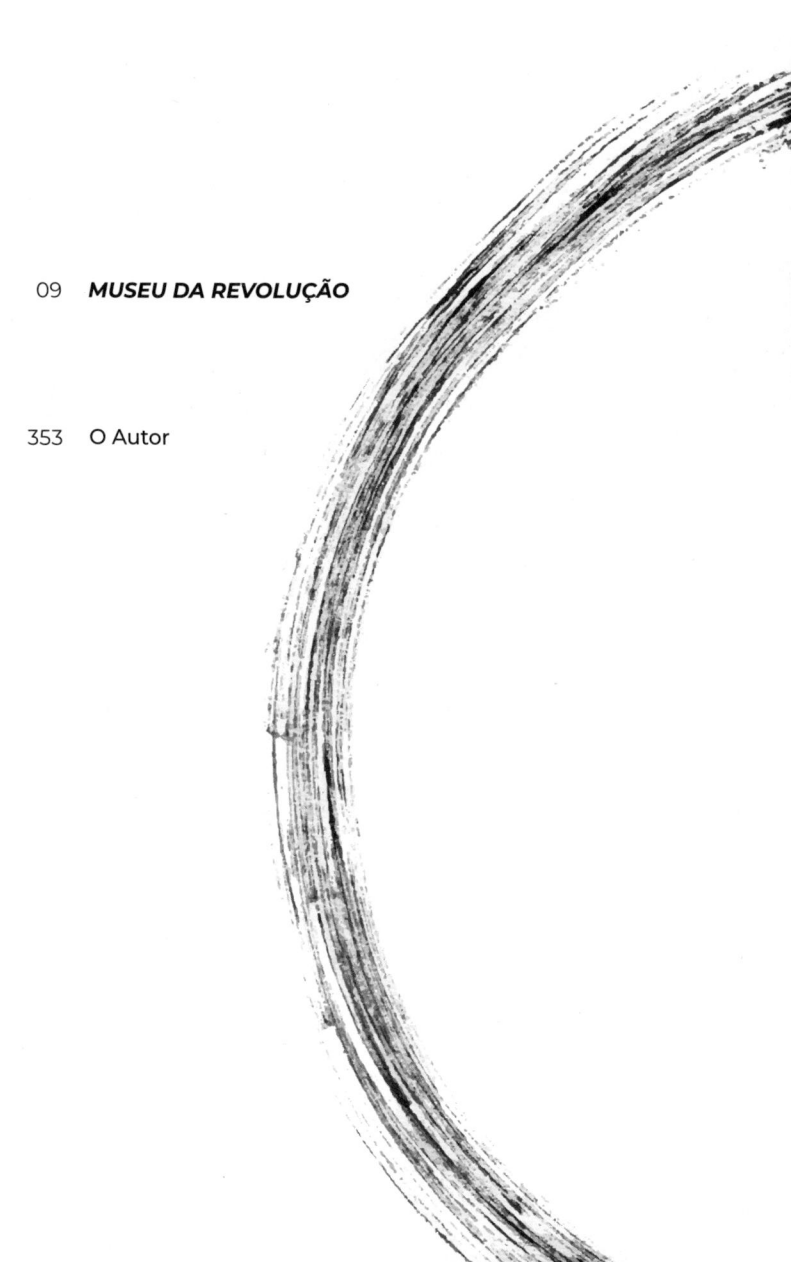

*Can the forgotten
be born again
into a land of names?*

Ingrid de Kok

CAPÍTULO 1

O mundo é um lugar vasto feito de mil lugares, e cada um destes é também um vasto lugar cheio de meandros.

À noite os barcos largavam do embarcadouro e deslizavam aos três ou quatro de cada vez para o *ukai*, a pescaria nas águas do rio Nagara. À proa levavam umas canas compridas com uma lanterna na ponta feita de achas de pinho a arder, para atrair os peixes e ao mesmo tempo iluminar o caminho aos corvos-marinhos que os iam caçar. As tripulações eram compostas por um ou dois pares de homens chefiados por um mestre, o *usho*, todos vestidos de negro para não desconcentrar as aves pescadoras que seguiam presas por uma espécie de trela de corda fina, entre oito e doze ao todo. As aves iam sempre esfomeadas porque a véspera da pescaria era dia de jejum. Nos seus pescoços refulgia um apertado anel de metal para impedir que engolissem o peixe que em breve iriam abocanhar, assim o *usho* as deixasse largar da borda da embarcação e mergulhar. Os seus pesados corpos tombavam então na água, uns atrás dos outros, com um som que era como uma rajada de soluços, e ondeavam por um instante antes de desaparecerem como setas naquela tinta negra. Além dos soluços, os únicos sons provinham do crepitar da madeira a arder avivada pelo vento, do ranger das cordas e outros ruídos surdos que os barcos fazem dentro da água que lhes contorce e incha as madeiras, do farfalhar do *koshi-mino*, o saiote de palha que o *usho* usava para evitar molhar-se no afã, ou outra vez das aves, que batiam as grandes asas à superfície da água quando emergiam trinta ou quarenta segundos mais tarde e, a golpes bruscos das cordas, eram içadas para os barcos. Ali, massageavam-lhes os pescoços para que soltassem as carpas que traziam na garganta, carpas essas que apesar de uma compreensível relutância acabavam por ter de regurgitar. Havia ainda as sacudidelas bruscas dos raros peixes agonizantes no fundo do barco antes que os metessem no cesto de vime (na sua maioria, embora conservando a frescura na baba das aves, os peixes saíam de dentro delas já mortos), sacudidelas que eram estalos secos e repetidos como se os produzisse uma matraca ou palmadas de mão aberta, irritada. Descontando isto, tudo o resto era silêncio, um frenesim silencioso.

Toichiro Yamada, ao tempo ainda uma criança a espreitar pelos primeiros postigos o misterioso compartimento que é a adolescência, conhecia bem o mundo do rio por estar a ser educado para poder sair no barco e, quem sabe, vir um dia a ser um *usho* como o velho pai. Ajudava sobretudo na criação das aves, trabalho em que era posto um extremo cuidado. Às últimas quatro tinham ido os dois buscá-las à península de Minamichita, não muito longe de Handa. Saíram dessa vez na velha Mitsubishi do Mestre Yamada e rumaram a sul, descrevendo um arco para evitar o tráfego sempre intenso de Nagoya, atravessaram Obu e ao fim da tarde chegavam às praias de Mihama, o lugar do negócio. Foram logo ver os animais. Eram jovens e fogosos, de um negro lustroso e sadio, habituados aos ares do mar. Assim que o Mestre aproximava a mão, estremeciam inquietos com um brilho furioso no olhar e ele sorria. Os velhos japoneses têm uma relação especial com a parte selvagem dos elementos, talvez porque esta contraste com o seu temperamento quase sempre comedido. Mestre Yamada nunca aceitaria corvos-marinhos sem aqueles olhos amarelos, sem aquele furor, corvos que não tivessem crescido no violento embate das ondas nos rochedos, que não estivessem habituados a descer as inóspitas ravinas do vento. É certo que no rio as coisas são bem mais mansas, mas os bichos levariam dentro de si aquela energia selvagem que nunca chega a apagar-se. Entretanto, de boca aberta, o pequeno Toichiro via o mar pela primeira vez.

De volta a casa, o treino começou por ser um processo lento. Os quatro jovens pássaros desconfiavam do *usho*. Mal sentiam o seu vulto, batiam freneticamente as asas para o esconjurar. Apesar da distância que separava as gaiolas, perturbava-os também o cheiro dos outros pássaros e estranhavam aquela imobilidade que paira quase sempre sobre o rio. Paciente, Mestre Yamada procurava compensar todas essas inquietudes dando-lhes a comer, da mão para o bico, fresquíssimo peixe do mar que fazia trazer todos os dias para amenizar neles as saudades. A partir de certa altura levava-os mais perto das gaiolas das aves antigas, cada vez mais perto, para que se habituassem à sua presença. Ao mesmo tempo massageava-lhes a cabeça e o peito para que lhe conhecessem a mão. Sempre sereno, por saber que as aves, argutas, são capazes de captar a mínima tensão do dono e fazê-la sua. O passo seguinte foi levá-las ao rio, familiarizá-las com aquelas águas tão diferentes. A princípio apenas para que se molhassem e se acostumassem à ondulação ligeira e certa, tão oposta aos erráticos rompantes do mar quando chega perto dos rochedos. Só depois começariam a ser preparadas para trabalhar.

Largos dias se passaram, largos meses, foi mesmo preciso cruzar um longo Inverno antes que os corvos-marinhos começassem a nadar com os seus irmãos mais velhos para aprenderem a mergulhar e se acostumarem às manhas do rio e ao sabor dos seus peixes. Entretanto, Mestre Yamada exercitava aquele que, ao lado da educação dos pássaros e da condução da pesca, constitui o terceiro pilar da difícil arte do *usho*: a preparação das trelas. Em fibra de cânhamo e cipreste, teceu a rede que amparava o peito de cada ave, ligou-a ao estrangulador do pescoço e, por fim, ao fio comprido cuja ponta ele próprio iria segurar durante a pescaria. Cada corvo-marinho tinha uma trela diferente, com nós ajustados ao seu particular temperamento: se era fogoso, aqueles tinham de ser mais firmes para que ficasse assegurada a transmissão das ordens do dono e seu consequente cumprimento. A rede do peito adaptava-se ao peso de cada corvo para que ele pudesse ser içado de volta ao barco após a caçada, quando ressurgia exausto à superfície das águas. Finalmente, o estrangulador — e era este o pormenor mais sutil — tinha de ser de molde a impedir a passagem do peixe abocanhado, salvo um ou outro dos mais pequenos, que deixava passar para que a ave não perdesse o instinto, não se esquecesse de que perseguir e abocanhar constitui o passo essencial da satisfação da fome. Era, portanto, um estrangulador suave nas aves mais dóceis, ríspido nas mais vorazes.

Neste trabalho com os corvos-marinhos ficava também treinado o jovem Toichiro só de acompanhar o pai e ver como ele fazia. De manhã bem cedo ajudava-o a transportar as pequenas cestas de vime com o alimento, limpava o esterco das gaiolas, mudava a água das tinas, quer aquelas onde os pássaros bebiam, quer as outras onde amolecia o cânhamo das trelas; além disso, ia com o *usho* ao rio para o banho das aves e, sobretudo, ouvia-o quando ele descrevia em voz baixa tudo o que fazia, cada operação. No fim de contas era esse o entendimento: Toichiro seria um dia ele próprio um *usho*. Com todos estes trabalhos Mestre Yamada tecia a trela que iria segurar o rapaz.

* * *

Uma noite, porém, tudo se desmoronou. Em Toichiro, dez anos decorridos, ficaria apenas a lembrança de gaiolas desfeitas, aves espalhadas como trapos velhos num quintal desmazelado, sangue escuro manchando a terra do chão, penas por toda a parte. E também as imprecações guturais do seu velho pai, carros que chegavam, portas a bater, gritos e vultos desconhecidos, uma lancha que cruzava as águas negras do Nagaragawa a toda a força dos motores. E ainda o choro baixo do rapaz (Toichiro era praticamente uma criança). Tudo ingredientes que vieram a constituir uma história que permaneceu para sempre difícil de entender, fragmentos que anos a fio fustigariam a consciência de Toichiro, até porque as perguntas que fazia deparavam com evasivas e desvios de olhares, tanto que foi aprendendo ele próprio a calar-se e a fazer de tudo aquilo, tal como os outros, uma espécie de acontecimento adormecido sob um cobertor de silêncio.

Ainda nessa noite seguiu-se uma viagem de carro, tão longa que Toichiro acabou por adormecer, os dias atropelando-se no sonho, a chuva, o frio, um *ferryboat* e novamente o carro galgando estrada, sempre a noite, interminável, os faróis, cidades, quartos onde ele esperava a um canto, muito calado, e finalmente o termo da viagem, pela primeira vez em muito tempo o dia despontando claro, sem estradas nem novas partidas.

Em casa de um tio, em Obihiro, uma cidade importante da ilha de Hokkaido, a mais setentrional do Japão, Toichiro iniciou uma vida inteiramente diferente. Frequentou o liceu de Hakuyu cumprindo com as suas obrigações, embora sem ambicionar ir mais além. Cresceu como um jovem comum, interessando-se pela televisão e, como muitos jovens do seu meio, por combates de sumô despertados pela influência de Kitakachidoki Hayato, um lutador da cidade cuja fama na altura começava a despontar. Mas o seu coração não estava ali, nem sequer já na procura de entender o acontecido naquela noite agitada, coisas que se aninharam e acabaram por atravessar os anos dentro dele como um travo amargo e pouco mais. Toichiro cresceu, tudo nele mudou, o corpo e as ideias. Apenas o mar, que havia visto em Mihama pela primeira vez na companhia do velho pai, permaneceu como o grande tema do seu pensamento. E o som das ondas era uma espécie de *leitmotiv* que surgia para o resgatar sempre que sentia fugir-lhe a capacidade de imaginar a imensidão azul a partir da cidade interior onde vivia.

Assim que pôde largou os estudos e começou a trabalhar, ajudando o tio no transporte de peixe do mercado local para os restaurantes da cidade. Decorridos alguns anos, com a progressiva incapacidade do velho, tomou ele próprio as rédeas do negócio e, insatisfeito com a modéstia da rotina, pegou na velha carrinha e passou a ir buscar o peixe à baía de Notsuke, na costa leste. Ali, esperava a chegada dos barcos e regressava logo em seguida carregado de caixas de peixe fresquíssimo para entregar em Obihiro antes que os restaurantes abrissem as portas. O negócio corria bem, Toichiro ampliou a sua carteira de clientes, pôs de lado a velha carripana do tio e comprou uma Toyota *Hiace* para agilizar o negócio. Na traseira do carro novo colou o desenho de um possante rinoceronte, animal quase mítico que para ele traduzia a força e resolução que sentia. Na mesma altura começou a desejar uma rapariga chamada Ayumi, que trabalhava na recepção do pequeno hotel de Bekkai onde costumava pernoitar quando ia a Notsuke.

Dos acenos e sorrisos ao balcão, quando pedia a chave do quarto à rapariga, passaram às palavras de circunstância e, certa vez, a uma conversa que os dois fizeram tudo por tudo para prolongar, à porta da fábrica de gelo. Depressa passeavam juntos, primeiro ao longo do pontão do pequeno cais e depois atrevendo-se cada vez mais longe, cada vez mais fundo naquela paisagem. Toichiro gostava de a levar no carro novo à península de Notsuke, do outro lado da baía. Seguiam devagar, atravessavam a reserva de Todowara e chegavam por vezes ao farol branco de Ryujinzaki e à ponta onde a terra se acaba. A desolação dos pântanos que se confundiam com o mar, as intermináveis planícies pespontadas de íris selvagem e roseiras bravas, de tufos de aspargos do mar e toda a espécie de salicórnias, e de onde irrompiam grandes carcaças de barcos mortos ou armazéns desolados que gemiam com o vento, os pequenos bosques esvoaçados por maçaricos cinzentos, gansos bravos, corujas pescadoras ou águias de cauda branca, tudo aquilo trazia a ambos uma sensação de tranquilidade e infinita paz. Sentavam-se num qualquer tronco assustando os pequenos esquilos vermelhos, e ficavam a ver os patos selvagens a cruzar os ares sobre os barcos de pescadores cujas velas faziam lembrar asas de borboleta, no limite do vasto espaço que o olhar conseguia alcançar.

O correr dos meses trouxe a confiança. No Inverno, quando todo este mundo se transformou numa imensidão branca salpicada de raposas vermelhas e, na orla dos bosques, de pequenos grupos de veados que os fitavam de longe com expressões imperscrutáveis, passaram mesmo a alugar um quarto numa pequena hospedaria perto de Narawara, onde davam largas à sua paixão. Por vezes saíam muito cedo, ainda no escuro, para que Toichiro lançasse a linha e pescasse ele próprio o peixe do almoço. Nessas ocasiões julgavam mesmo descortinar, lá muito ao longe, a massa negra da ilha de Kunashiri, a primeira das Curilhas, atrás das filas de traineiras de lanternas acesas (colares de brilhantes no veludo escuro do Mar de Okhotsk), e ficavam em silêncio a imaginar os ursos, martas e zibelinas da península de Kamchatka, entrevista já só em pensamento.

Num desses dias Ayumi quebrou o silêncio para falar de si própria. Era a primeira vez que o fazia sem que em seguida se detivesse à superfície das coisas. Estava um dia frio. A neve, muito branca, começava finalmente a prevalecer sobre o negrume da noite. Estavam dentro do *Hiace* olhando a obra da madrugada sobre o mar, depois de Toichiro ter avançado um pouco mais na história que lhe contava todos os dias, um pequeno passo em cada dia, como se fosse ele próprio um dos corvos-marinhos do velho pai, relutante em deixar sair o passado que tinha preso na garganta. Ayumi sabia ouvir, a presença doce da rapariga era como as mãos do *usho* quando massageava o pescoço das aves para as ajudar a regurgitar. Nesse dia ela achou que falar um pouco de si própria atenuaria a angústia do namorado. E assim que Toichiro se calou, em plena pausa que se seguiu, disse-lhe que também ela vinha do Sul, de um lugar muito perto do mar e cheio de sereias.

— Sereias? — espantou-se Toichiro. Sabia que Ayumi não era dada a divagações.

Ayumi sorriu:

— Sim, sereias.

E contou que crescera numa pequena aldeia de pescadores, num lugar chamado Anorizaki, na Prefeitura de Mie, onde as praias eram ainda mais belas do que as de Mihama (e piscou-lhe um olho).

— Como podes afirmar tal coisa se nunca estiveste em Mihama? — perguntou Toichiro.

— Falaste tanto de Mihama que é como se desde sempre eu conhecesse o lugar — respondeu Ayumi.

Rindo, Toichiro pediu-lhe que indicasse uma só praia que pudesse ser comparada a Mihama e ele prometia que visitariam as duas no *Hiace* novo, para as comparar.

— Shimakokubunji! — anunciou prontamente a rapariga.

— O quê?

— Shimakokubunji — repetiu ela.

Toichiro riu-se:

— Com um nome assim, é impossível que essa praia seja mais bela do que Mihama.

Riram os dois. Depois, calaram-se. A recordação era como uma sombra que tivesse escurecido a alma a Ayumi. Ficaram assim durante um tempo, Toichiro com as mãos no volante, perdido na imensidão, a rapariga de olhos abertos como dois diamantes negros, mas sem reparar em nada.

— E as sereias? — acabou ele por perguntar.

— O quê?

— As sereias de que falaste?

— Uma delas, na verdade a mais bela, era a minha mãe — respondeu Ayumi em voz baixa.

E explicou que a mãe era uma *ama-san*, as chamadas mulheres do mar que mergulhavam todos os dias para apanhar algas e abalones para vender no mercado. A infância de Ayumi fora feita de madrugadas em que sentia a mãe sair de casa a ter com as companheiras para se internarem todas no escuro, a caminho da praia. E em todas essas madrugadas era assaltada pela sensação de que a mãe se dissolvia nas águas opacas para reaparecer mais tarde como que renascida. Ela e outras mulheres como ela, as autoras deste prodígio, eram as mais pobres das *amas*, as que nem sequer tinham quem as levasse de barco para lá da rebentação. Chegavam à praia, colocavam a *tenugui*, a touca que lhes prendia os cabelos, enrolavam a *fundoshi*, a tira de pano branco que servia de calção, e largavam da praia, ainda o dia estava a despontar, para desafiar as ondas no *kashido*, a apanha de crustáceos que era feita de mãos nuas, no meio das rochas e da espuma da rebentação. Elas, as pequenas sereias de seios ao léu.

— Belos seios tinham aquelas mulheres! — disse Ayumi com um ar travesso, olhando de soslaio o namorado. — Empinados, com os mamilos sempre rijos por causa da água fria.

Toichiro nada disse.

Quando se aventuravam mais longe, levava cada uma delas, presa por uma corda, uma selha de madeira que deixavam a boiar à superfície das ondas enquanto mergulhavam. Era nessas selhas que depositavam o fruto de cada mergulho.

— A minha mãe chamava-se Wakame — disse Ayumi.

Wakame, palavra que designa também as melhores algas, e Ayumi não sabe se lhe deram o nome por ser quem conseguia nadar até mais longe da costa, e mais fundo, quem ficava mais tempo debaixo de água, ou se o deram antes às algas por ser esse o nome daquela extraordinária mulher. Em todo o caso, a selha de Wakame era quase sempre a que chegava mais cheia ao mercado, mais carregada, e o que continha era quase sempre o mais procurado.

Desde pequena que Ayumi ia com o pai à praia a meio da manhã, esperar o regresso das *ama-san*. Vê-las chegar era um processo lento, primeiro como minúsculos pontos negros que desapareciam e ressurgiam na encosta das ondas, depois já cabeças e selhas debatendo-se na espuma branca da rebentação, e finalmente mulheres inteiras emergindo na orla da praia como deusas do mar. Punham-se então a caminhar nuas e despreocupadas pelo areal, rindo e deixando a água fria escorrer-lhes pelos braços tisnados e pelas coxas grossas, falando entre si sobre as pequenas surpresas com que haviam deparado no azul do fundo. Avançavam assim pela praia como um exército vitorioso transportando os despojos do combate e lançando do alto perdulárias gargalhadas, e os homens, sentados no areal, presos às redes que remendavam ou a outros afazeres próximos do chão, levantavam os olhos e sorriam timidamente um cumprimento.

No meio delas, Wakame, a mais alta, a mais graciosa apesar do peso da selha, a abarrotar de algas, ostras e abalones. E, assim que Wakame via a pequena Ayumi acenando, interrompia a alegre algaraviada, abrandava o passo, deixava o grupo e iniciava a subida da duna enquanto o pai partia ao seu encontro para ajudar a transportar todo aquele peso. Era neste preciso momento, no curto instante em que corria na frente ao encontro da mãe, que a pequena Ayumi se enchia de orgulho; era este o momento em que dizia de si para si que um dia seria também ela uma *ama-san*, uma das melhores. Embora não tão bela, teria a mesma coragem, colheria os mesmos frutos, despertaria o mesmo assombro em toda a região de Anorizaki.

— És bela como a tua mãe — observou Toichiro, cortês.
— Como sabes, se não conheceste Wakame?
— Iremos visitá-la no *Hiace* para eu poder comparar.
— É tarde para isso — disse Ayumi. — Wakame morreu.

E nova sombra desceu sobre os dois, um novo silêncio.

Passado um pouco, Ayumi voltou a falar. Numa certa madrugada as amigas bateram como sempre no vidro da janela, a chamar Wakame para a faina. Espreitando pela nesga da porta entreaberta, Ayumi lembra-se da mãe debruçada sobre a mesa a acabar de comer o *missoshiro*. Lembra-se até da vela acesa e do caracol de vapor que subia da malga e se perdia no ar para ressurgir em ondas a partir da boca de Wakame, quando esta, num sussurro, pediu às amigas que esperassem. Era como se por uma vez lhe custasse partir, lhe custasse deixar Ayumi para trás. Depois, pegou nas suas coisas e saiu para o escuro a ter com as companheiras.

— Quanto eu queria ter pressentido que aquela era a última vez que a via, para ao menos poder despedir-me! — disse Ayumi — Mas não foi assim que aconteceu. Ela partiu e eu voltei a aninhar-me sob a coberta, tranquila, sem pensar em nada.

Nesse dia as outras mulheres regressaram mais cedo do que o habitual, desarvoradas, ainda Ayumi se preparava para manifestar a quotidiana impaciência com que urgia o pai a ir com ela à praia assistir ao regresso das mulheres. Chegaram pingando água e falando alto, todas ao mesmo tempo. A partir do segundo ou do terceiro mergulho, disseram, estranharam o silêncio, a ausência dos gritos de Wakame que todos os dias, triunfantes, costumavam vencer a distância que as separava, à flor das ondas. Vieram nadando todas, chamando-se entre si, e deram com a selha vazia vogando solta, a corda que a devia ligar a Wakame nadando solta como uma cobra de água, sem nada na ponta a que se agarrar. Em vão mergulharam naquele lugar, umas a seguir às outras (oh, e quanto elas sabiam mergulhar!). Vieram mais tarde os barcos, muitos, comprovando a conta em que todos — armadores e marinheiros, comerciantes, mergulhadoras — enfim, a conta em que tinham Wakame. Durante um dia inteiro voltearam por ali sem qualquer resultado. Quanto ao pai, logo que soube do acontecido correu para a praia, arrancou a roupa e atirou-se à água, nadando para onde apontavam as mulheres. Ficou ali mergulhando muito tempo, tanto que Ayumi chegou a temer que ele tivesse decidido juntar-se a Wakame, deixando-a sozinha para trás. Mas acabou por regressar. Vinha por assim dizer vazio, escorrendo água; inteiro, mas como se não tivesse nada dentro. Assim como diz um poema do velho *Manyoshu* em que Ayumi tropeçou anos mais tarde:

Este meu corpo
regressou do recife de coral
e na verdade ei-lo aqui!
Mas cada vez mais o meu coração
está perto daquela que amo.

— Quanto a mim — disse Ayumi — acabei por sofrer menos do que esperava. Durante uns dias as *amas* vinham consolar-me, cantando canções do mar e contando histórias em que sobressaíam os feitos de Wakame. Riam sempre, por tudo e por nada, era essa a maneira que tinham de celebrar todas as coisas, incluindo a tristeza. Eu deixava-me embalar por aquelas vozes risonhas, aninhava-me naqueles seios níveos, fechava os olhos e o cheiro delas, salgado e doce ao mesmo tempo, trazia Wakame de volta a casa ainda que apenas por um instante.

Dizem que a alegria é contagiosa. Ayumi passou também ela, ao contrário do pai, a achar no riso a maneira mais eficaz de sentir Wakame junto de si. O riso e a praia, que desde então passou a visitar com frequência.

A praia. Em silêncio, Toichiro regozijou-se por mais este traço que os unia.

— Desde essa altura que estar junto do mar é para mim como estar na frente de um altar — disse Ayumi, encarando com um sorriso nos lábios a vastidão cinzenta do Mar de Okhotsk. — Mas lamentavelmente eu sou uma *ama-san* frustrada, que se aproxima do mar sem ousar entrar — acrescentou com um sorriso amargo.

Regressaram em silêncio. Enquanto conduzia, Toichiro concluiu de si para si que os dois tinham estado desde sempre destinados a encontrar-se. E nessa noite, no pequeno quarto da hospedaria de Narawara, enquanto passeava os lábios pela pele de Ayumi, sentiu uma plenitude idêntica à que lhe transmitiam as planícies nevadas de Notsuke, o pequeno bosque despontando no branco infinito como uma ilha escura, triangular. E o sabor a sal lembrava-lhe os campos rasos de salicórnias que ali afloram, e cada surpresa que os seus dedos tateavam era como o inesperado de uma pincelada de cor irrompendo na extensão azul do mar. Ele era o peixe que sulca tenso a crista da vaga, Ayumi a alga úmida que se enrola nele e o aconchega.

— O peixe e a alga são o par perfeito — sussurrou no escuro.

Com um murmúrio febril, Ayumi concordou.

Mas passado um pouco a imaginação desenfreada do rapaz transportava-o da alga até Wakame, unidas as duas pelo mesmo nome, a mesma palavra, e embora não conhecesse a mãe de Ayumi sentiu-a ali presente em toda a sua inteireza, na pele macia, nos seios desnudados e duros que a filha descrevera, na gargalhada que se abria em leque como as velas dos pescadores sobre o mar, e preenchia o quarto. Wakame inundava o jovem com a sua segurança e a sua liberdade, abria-lhe o azul dos fundos, conduzia-o por caminhos novos, até então desconhecidos.

— Que aconteceu? — perguntou Ayumi inquieta, sentindo que o amante se distanciava.

E sobre Toichiro desceu a culpa. Embaraçado, a fim de ter o que dizer, falou-lhe pela primeira vez em casamento.

Ayumi rejubilou. E ali mesmo se desenrolaram mil projetos, sendo o mais imediato o de partirem os dois no dia seguinte para Obihiro a fim de que Ayumi conhecesse os tios do namorado. Toichiro voltava a estar perto, também ele se deixava empolgar. Era importante a viagem que os dois iam empreender, Ayumi conheceria a outra vida de Toichiro e tê-lo-ia enfim todo inteiro para si. O jovem aproveitaria também os dias em Obihiro para assistir ao grande combate de Kitakachidoki Hayato, o lutador da cidade, um combate há meses anunciado.

**

Saíram cedo, logo depois que Toichiro embalou a partida de peixe que acabara de negociar. Seguiram ao longo da costa.

Passaram a cidade de Kushiro e prosseguiram pela marginal que se entrelaça com a linha férrea de Nemuro. Almoçaram num lugar chamado Nishi-Shoro e retomaram imediatamente a viagem. Toichiro dissera aos tios que chegaria cedo e não queria fazê-los esperar. Mas, poucos quilômetros depois de meterem para dentro na direção de Makubetsu, mais uma vez a vida de Toichiro deixou de se apoiar em sequências previsíveis. Já não era a ruptura violenta dos corvos-marinhos espalhados ao acaso pelo chão, tampouco o surgimento súbito de Ayumi na sua vida, atrás do balcão do hotel, de chave na mão e sorriso nos lábios. Era antes uma sensação difusa, suave, que a princípio não vinha acompanhada de uma explicação. Mais tarde ocorrer-lhe-ia que a entrada de Wakame no quarto da hospedaria de Narawara, na noite anterior, fora uma espécie de aviso de que algo estava para acontecer. Wakame entrara no quarto para o seduzir, afastando-o da filha? Como conciliar esta impressão com a imagem da mãe traçada por Ayumi? Que sinal era aquele? Toichiro nunca fora um bom leitor destes presságios, e conquanto a sensação de conhecer tão intimamente a pele e a alma da *ama-san* fosse motivo de um certo embaraço, não chegou ao ponto de o levar a acreditar que se tratava dessa espécie de prenúncio dos fatos que se seguiriam.

Voltando à estrada. A partir de uma curva foi como se chegasse a uma bifurcação entre o real e o sonho, e entrasse por esta segunda via sem que lhe tivesse sido dada a possibilidade de escolher. Como se as rodas se tivessem soltado da estrada e o *Hiace* dançasse a seu bel-prazer em volteios lentos de valsa sobre o salão branco, indiferente às manobras de volante que um Toichiro entorpecido ia executando, para cá e para lá, enquanto Ayumi, alheada de tudo, com um sorriso fixo nos lábios, olhava através da janela a planície nevada. Entretanto, a visão que Toichiro tinha das coisas ia ganhando contornos fantásticos, difíceis de explicar, quadros com tão elevado grau de precisão que custa a crer que coubessem nas frações de segundos em que se iam sucedendo, por exemplo quando ele próprio surgia à proa de um barco com as vestes de *usho* do seu velho pai, segurando firmemente a trela presa ao peito de Wakame, e esta, no fundo do mar, sofregamente engolia as carpas que passavam velozes como sombras fugidias. Logo depois a *ama-san* aflorava à superfície, e assim que abanava a cabeça Toichiro via com nitidez cada gota de água que se soltava, cada greta dos seus lábios carnudos, cada um dos dentes brancos que compunham o seu sorriso de triunfo, enquanto se perguntava o que queria tudo isto dizer e o *Hiace* prosseguia a sua dança tresloucada, e assim que ele a içava, a mergulhadora, ciente do seu destino, deixava-se tombar e alongava o pescoço para que as mãos experientes o massageassem e a obrigassem a regurgitar cada carpa que fora abocanhada, que surgiam como palavras quentes que abriam para Toichiro as portas do paraíso, enquanto o *Hiace* se desinteressava definitivamente da estrada e iniciava um movimento delirante por cima da vala, atarracado pássaro metálico num esboço de voo falhado, acabando por deter-se com brusquidão, tombado de lado na elevação de neve que antecedia uma cerca com três fiadas de arame à qual se seguia uma planície branca, desolada.

Afinal a eternidade durara apenas um segundo. Assim que o *Hiace* se imobilizou a lenta sucessão de imagens desmoronou-se e ficou apenas o som cadenciado e surdo de uma das rodas girando, os peixes de Notsuke regurgitados como lágrimas de prata sobre o veludo branco e, depois que a roda se calou, um silêncio espalhado pelo vento que soprava por cima do descampado.

Toichiro espreitou através do para-brisas esmigalhado, tentando perceber o acontecido, ao mesmo tempo que murmurava por Ayumi.

— Ayumi... Ayumi...

Descobriu-a afinal ainda a seu lado. Quieta, de olhos muito abertos e sorriso nos lábios, indiferente aos seus apelos. Reparou também num risco vermelho-vivo cortando voraz a carne da neve como um metal fundido à procura do caminho; subindo por esse risco com os olhos, para chegar à sua origem, voltou a dar com os lábios sorridentes de Ayumi. E, então, tudo se precipitou: outros carros que chegavam, duas ambulâncias, pessoas, polícias, vozes dispersas, a paisagem indiferente e, mais tarde, a casa dos tios, o tio batendo à porta do quarto para lhe trazer o caldo de *misso*, que era o que aprendera a fazer sempre que sentia Toichiro apartado do mundo. Para mostrar ao sobrinho que se condoía.

* * *

O tempo escorreu, dias e meses, e a cidade de Obihiro prosseguiu a sua caminhada inexorável. Kitakachidoki Hayato, o Grito de Guerra do Norte, como lhe chamavam, o grande lutador a cujo combate naquele dia fatídico Toichiro não chegou a assistir, iniciou um percurso descendente que culminou com a sua despromoção à divisão makushita e eventual afastamento. Ao mesmo tempo outros fornecedores ocuparam o lugar de Toichiro Yamada para que Obihiro, a grande cidade dos legumes e das frutas da ilha de Hokkaido, continuasse a ter os seus mercados e restaurantes bem fornecidos de peixe acabado de tirar dos rios e do mar. Finalmente, face ao desinteresse de Toichiro por tudo aquilo, o tio foi perdendo a esperança e acabou por desfazer-se do Toyota *Hiace*, que desde o fatídico dia era olhado por todos com desconfiança, como fulcro de lembranças aziagas

CAPÍTULO 2

Foi para lidar com a vastidão do mundo que se inventaram os transportes, as pontes, o comércio — expedientes que tornam trivial o que antes era impensável. Mas para que tudo isso possa funcionar é necessário haver sempre quem mande e quem execute.

Jei-Jei tossiu levemente para me interromper. Há tempos que fazíamos este jogo de pedir um ao outro que contasse uma história para iluminar o tema em discussão, uma maneira como outra qualquer de entreter o fim da tarde enquanto a cerveja descia nos copos, devagar. Desta vez ele não via como uma aventura japonesa de mergulhadoras e criadores de pássaros pudesse desembocar no nosso tema. Fiz-lhe sinal com a mão para que me deixasse concluir. E prossegui, encurtando caminho em direção ao desfecho.

Apesar de responsável por dez por cento do consumo mundial, nem só de peixe vive o Japão. Vive também de carros. Desde os tempos em que Komanosuke Uchiyama produziu o primeiro Takuri a gasolina, em 1907, o setor foi crescendo sempre, a tal ponto que por alturas da viragem do milênio o país era já o primeiro produtor mundial de automóveis. A economia é uma fera caprichosa e insaciável, a única maneira que temos de continuar a alimentá-la é ir alargando o seu pasto natural, o mercado. Esgotadas as possibilidades internas, o país virou-se para a exportação: no espaço de uma década, a de mil novecentos e sessenta, saltou dos cem mil veículos exportados para os mais de dois milhões, inundando a Europa e o continente americano. Ao mesmo tempo, embalada pelo pós-guerra, a África independente necessitava cada vez mais de veículos que a transportassem. Uma vez que era pobre, começou a importá-los em segunda mão, permitindo que o Japão fosse renovando a sua frota; ou seja, que por um novo caminho ainda, continuasse a alimentar a referida fera. Criou-se assim um poderoso canal que sugou um mar de veículos, entre eles os Toyota *Hiace* que, como nunca antes se vira, abriram a milhões de africanos anónimos a possibilidade de viagens e deslocações. Quer sejam os *Car Rapide* do Senegal ou as *Combi* da Namíbia, Botswana e África do Sul, os *Foula-Foula* do Congo Brazza ou os *Matatus* do Quénia e do Uganda, os *Gbaka* da Costa do Marfim ou os *Tro-Tro* do Gana, os *Clandos* do Gabão ou os *Magbanas* da Guiné Conacri, os *Duru-Duruni* do Mali ou os *Poda-Poda* da Serra Leoa e os *Candongueiros* de Angola— entre todos eles o *Hiace* prevalece como símbolo incontestável, a ponto de ser hoje porventura mais justo erigir monumentos a este veículo do que a muitos líderes que pululam por aí com a fácies congelada em bronze sem todavia terem transportado alma que se visse.

Moçambique, com os seus *chapas*, não escapou a esta tendência e começou a receber milhares de *Hiaces* todos os anos. Um deles foi justamente o de Toichiro Yamada, vendido ainda no Japão a uma companhia que o reparou e adaptou para exportação, limpando-o das escamas largadas pelos peixes de Notsuke e dos esfacelados sonhos do antigo dono, e instalando fiadas de assentos para que pudesse vir a ser utilizado no transporte de passageiros. Em seguida, embarcaram-no em Osaka, num navio da K Line, como veículo da classe TRUAT, a segunda da escala de exportação (*"equilíbrio entre qualidade e preço, condições gerais boas, sem problemas eléctricos ou mecânicos e sem danos relevantes na estrutura"*). O destino era Durban, na África do Sul, de onde foi trazido até Maputo para engrossar a frota de um tal Boaventura Damião, coronel na reserva e empresário, dedicado entre outros negócios ao transporte coletivo de passageiros.

* * *

Jei-Jei sorriu. Terminava aqui a minha história. O silêncio que se fez, o seu sorriso anuente, comprovavam que ela era irrepreensível. Normalmente apressar-se-ia a explorar os pontos fracos, quase nunca se quedava assim pensativo, com o ar de quem digeria uma lauta refeição. Sorri também, um sorriso de triunfo.

Na verdade, o Coronel Damião fora-me *apresentado* pelo próprio Jei-Jei, e coloco as coisas em itálico porque nem eu conhecia o Coronel nem sequer Jei-Jei havia alguma vez privado com ele (na altura pairava apenas a possibilidade de o Coronel lhe vir a oferecer um emprego). Portanto, mais rigoroso seria dizer que Jei-Jei me falara no Coronel tal como um vizinho do prédio das imediações da Avenida Mohamed Siad Barre, onde ambos moravam, lhe falara a ele. Este último, sim, sabedor do que dizia por ter com o Coronel uma relação muito antiga, velha de mais de quarenta anos.

O vizinho, de nome Bandas Matsolo, andara no mato com o Coronel Damião no tempo da luta contra o colonialismo. E embora estivesse longe de ter a *agilidade* (chamemos-lhe assim) de Damião, que em década e meia se tornou coronel e muito rico, Matsolo não deixou por isso de beneficiar de alguma maneira dessa mesma riqueza, cedendo em troca ao Coronel uma lealdade sem limites. Ou seja, deixara de ser um companheiro de jornada para se tornar num empregado fiel de Damião: levava-o onde fosse preciso, conduzia-lhe os carros, fazia-lhe os mais diversos serviços.

Longe de ser repentina, esta nova relação levou o seu tempo a estabelecer-se. Primeiro foi necessário que os dois camaradas se separassem para que os laços anteriores se dissipassem, deixando vestígios apenas muito leves e quase sempre eivados de uma certa nostalgia. Essa separação ocorreu por alturas da Independência Nacional, quando o destino quis que os dois tomassem caminhos diferentes. Damião permaneceu nas forças populares de libertação e seguiu a carreira da política, enquanto Matsolo regressou à capital e arranjou emprego como motorista de machimbombos de longo curso, ligando a cidade grande ao centro e ao norte do país. Veio a nova guerra e cada um viveu-a ou sofreu-a de maneira diferente, Damião de província em província divulgando a doutrina política, Matsolo também de província em província, mas conduzindo por estradas a cada dia mais arriscadas, serpenteando para evitar os buracos e os silenciosos esqueletos de caminhões queimados dentro dos quais jaziam silenciosos esqueletos de gente também queimada, tudo largado ao acaso no caminho. Um dia coube-lhe a vez a ele: depois de uma curva, o estralejar seco das armas automáticas, os berros, uma explosão, o crepitar das labaredas e finalmente o silêncio e um fumo escuro e espesso subindo em rolos para o céu.

Bandas Matsolo escapou por milagre e veio a paz, que a princípio de pouco lhe serviu. Já não havia machimbombo, as próprias estradas demoravam a sair da letargia. Como se, apesar de terem partido, os anjos da morte tivessem deixado para trás a sua sombra. É esta a fase mais negra do percurso de Matsolo, aquela de que só raros fragmentos chegaram ao conhecimento de Jei-Jei, espalhados por noites de muito álcool e amargura. Houve primeiro um inquérito, pretendia-se saber como é que o motorista fora o único a escapar ileso, se não havia acertos obscuros com o inimigo, por que razão nesse dia saíra tão atrasado, etc., etc. Matsolo começou por responder com galhardia, apelando para as suas credenciais de velho combatente da luta da independência: se saíra tarde tinha sido porque as pessoas se atrasavam e as bagagens demoravam sempre a carregar, quem conhecia aquele ramo de atividade sabia que era sempre assim. Mas os investigadores eram insistentes, voltavam às perguntas já feitas a partir de novos ângulos, por que razão não tornara o carregamento mais expedito, por que não deixara os mais retardatários em terra, quem entrara e quem ficara, e o motorista foi quebrando, confundindo as coisas, sentindo-se de certa maneira cada vez mais culpado. Mas no final lá acabaram por largá-lo, talvez atraídos pelo cheiro de novos machimbombos queimados e novos inquéritos.

No entanto, de pouco lhe valeu a liberdade. Nos tempos que se seguiram foi caindo degrau a degrau nas escadas da vida, tudo aquilo em que tocava se desprendia ou estilhaçava, as rotas que ele julgava abertas revelavam-se afinal cheias de escolhos; não as carcaças fumegantes de outrora, é certo, mas ainda assim escolhos difíceis de transpor. A mulher fugiu-lhe (a mesma que um dia, felizmente, acabaria por regressar), levando consigo o único filho, carinhosamente chamado de Matsolinho. E embora Matsolo se sentisse no direito de ir buscá-los a casa do sogro, estava demasiado falho de energia para o fazer. Um dia encontrou-os na rua, a ela e ao pai, e abordou-os. O sogro olhou-o com o desprezo com que se olha para quem não é capaz de tomar conta da própria família, condenável em qualquer cultura ou tradição. Ao lado, Zaida (era esse o nome da mulher) manteve os olhos no chão, ou levou-os de quando em quando ao céu com o jeito impaciente de quem aguardava que a conversa terminasse para poderem prosseguir sem mais delongas com o que quer que tinham vindo fazer à cidade. Agitado, Matsolo nem se lembrou de perguntar pelo filho. Regressou a casa amaldiçoando o esquecimento e o encontro em geral. Entredentes, adiava para dias melhores o gesto da reparação. Um dia far-se-ia justiça, repetia de si para si com decrescente convicção. Um dia tudo mudaria.

Segundo contou a Jei-Jei, e este me contou a mim, esse dia chegou certa vez em que Bandas Matsolo atravessava uma rua da Baixa a correr, para fugir à chuva, e ouviu uma voz vinda de baixo de um alpendre como se viesse dos confins do tempo:

— Camarada Bandas! Camarada Bandas!

Era Boaventura Damião, que o vira passar e reconhecera. Ou melhor, que lhe reconhecera o andar, que do alegre e bem constituído Bandas Matsolo dos tempos da luta de libertação já pouco sobrava neste quase velho mirrado e de cabelos descuidados espalhando-se em rolinhos cinzentos pela cabeça, nesta magra silhueta em que as roupas pendiam como uma bandeira esfarrapada penderia da sua haste na calmaria que se segue ao furacão. Mas o andar, não havia dúvidas, era o mesmo andar cuidadoso, como se tivesse receio de incomodar o chão. O andar que o Camarada Bandas usava no mato, disse-lhe Damião, o andar furtivo do guerrilheiro, só que transposto para as ruas da cidade. Fora esse andar que, tantos anos mais tarde, o traíra (uma maneira de dizer).

Não fosse um resto de dignidade que lhe sobrara e Matsolo ter-lhe-ia respondido que o andar não era do guerrilheiro, mas da tentativa de evitar as poças de água para não molhar os pés; e sobretudo, o andar da pobreza, o andar da fome, cuidadoso por causa dos difíceis equilíbrios que tem de negociar quem se movimenta naquela condição, quase pedindo licença até mesmo às coisas inanimadas. Optou por responder com evasivas à razão do seu aspecto, às roupas puídas, à questão de como lhe corria a vida. Procurava ainda salvar restos da antiga relação dentro da qual se dera melhor com o mato do que o próprio Damião, tanto no que respeita ao que eram obrigados a comer para não morrer à fome como na maneira superior de ter medo do inimigo, o seu um medo calado e tenso, muito diferente do medo lamuriento de Damião. De fato, mesmo que na altura tal não tivesse chegado a ficar expresso entre os dois, no mato, na maioria das vezes, fora Matsolo que protegera Damião e não o contrário.

Mas os tempos agora eram outros, Damião deixara o medo lá atrás como quem despe uma camisa velha. Por artes que se diriam mágicas, as lamúrias haviam-se transformado em sonoras gargalhadas. Transposto o pequeno tropeço de nostalgia que surge sempre nas visitas ao passado, dois ou três episódios difíceis lembrados quase com saudade, só a caminhada para o futuro lhe interessava agora. E ali mesmo no passeio, embaixo do alpendre, enquanto esperavam que a chuva passasse, contou a Matsolo que entrara no mundo dos transportes, era proprietário de alguns *chapas*, negócio difícil devido não tanto à concorrência — que a clientela era muita e irrequieta, sempre ansiosa por mudar de lugar — mas por causa do mau estado das estradas e dos veículos, da escassez de peças e, sobretudo, da falta de perícia e de honestidade do pessoal. Desviavam-lhe parte das receitas do dia, conduziam mal, subiam passeios, atropelavam pessoas e cães, davam-lhe cabo dos carros e dos nervos. Contratava e despedia vários por mês.

Só aqui, quando se queixava, Matsolo reconhecia um pouco do antigo Damião. Mas as lamúrias eram agora como migalhas, nada dos suculentos nacos de outrora. Não havia dúvida: Damião despira o medo lá atrás, juntamente com o mato, quando partira para a cidade.

Tímido, espantado com a mudança, mas ainda assim vislumbrando uma aberta, Matsolo contou resumidamente o seu percurso, as andanças pelas províncias transportando almas em vias de ser penadas, não deixando de mencionar o quanto a emboscada fatídica o prejudicara. Pela perda do emprego e pela visão de tanta gente morta, uma visão que nunca mais lhe saíra da lembrança. Foi quanto bastou para que Damião, as ideias sempre fervilhando, lhe perguntasse:

— És motorista?
— Sim.
— Estás contratado!

E, com um solavanco, a relação entre os dois galgou o espaço desde os gloriosos dias da luta de libertação até à modernidade urbana. Um salto que apesar de tudo levou o seu tempo a processar-se, tendo em conta inércias antigas. De fato, a princípio era como se o antigamente custasse a despegar-se, camarada para aqui, camarada para ali, palmadas nas costas e as tais velhas histórias, apesar do acanhamento natural de Matsolo; e decisões tomadas como se o motorista nelas também participasse, à velha maneira coletiva.

Mas não há nada que segure o tempo e este tempo que agora entrava não era um tempo coletivo, era o tempo do Coronel Boaventura Damião. Subia na política e subia nos negócios que, como se sabe, andam sempre de mãos dadas. Os carros, embora à beira de dar o último suspiro, eram dele; o salário de motoristas e ajudantes, o combustível e as peças, o *refresco* dos polícias para que fechassem os olhos às pequenas ilegalidades reais ou inventadas, cada vez mais caro — tudo era ele quem pagava. Os seus carros eram os primeiros a chegar aos aglomerados de passageiros para os tirar da chuva e libertar do lugar, e os primeiros a partir a toda a velocidade para chegar antes da concorrência onde quer que fosse preciso chegar. *Ronil*, *Museu*, *Anjo Voador*, *Zimpeto*, foram rotas abertas por Damião, o estratega e visionário, rotas que os carros dos outros transportadores se apressavam também a seguir na tentativa de não ficar para trás. Matsolo, a quem as coisas vivas do mato haviam alimentado a imaginação, era agora falho dela, limitava-se a cerrar os dentes e a apertar as mãos no volante, seguindo a toda a pressa para onde apontava a moderna intuição de Damião.

— Camarada Bandas, eu conheço o povo! — ufanava-se o Coronel, apelando para a velha experiência de comissário político. — Sei para onde ele quer ir e o teu papel é garantir que somos os primeiros a lá chegar!

Matsolo, sem quaisquer dúvidas, aquiescia.

Diz o ditado que o dinheiro cria a distância. Damião foi aprendendo a ser rico da mesma maneira que Matsolo aprendeu a ser pobre, um dia após o outro. Mudou do apartamento do Alto-Maé para um casarão que lhe foi *atribuído* no bairro de Sommerschield em razão dos serviços prestados à causa no passado, e a partir do casarão foi conseguindo outros, fruto de novas atribuições, inaugurando uma febre que depois alastrou, alimentada pela crença de que obter casas e alugá-las a estrangeiros era o caminho mais curto e mais seguro em direção ao progresso. E ao instalar-se no casarão foi como se tomasse posse pública da sua riqueza. Acabavam-se de vez as lamúrias e a timidez.

A mudança, claro, afastou-o um pouco mais ainda de Matsolo. Antes o motorista subia os seis andares até ao apartamento do Alto-Maé, batia à porta e era na sala que prestava a Damião as contas do dia. Este, se estava bem-disposto, ia mesmo à cozinha buscar duas cervejas e ficavam os dois a conversar sobre as pequenas coisas. Agora, no casarão, eram mais raras as vezes em que Matsolo entrava ou sequer em que punha os olhos no patrão. Normalmente ficava-se pelo portão, entregando ao guarda o envelope com o movimento do dia e ficando à espera de ordens para o dia seguinte.

Se quisermos ser justos e rigorosos, este distanciamento tinha mais do que uma causa. Havia a timidez de Matsolo e o respeito que impunha aquela casa, enorme, cercada de seguranças; enfim, havia também a nova reserva melancólica de Damião, tão típica dos poderosos. Tal como se foram dissipando as familiaridades antigas, foram também cessando as efusividades mais recentes, transformadas em breves sorrisos aflorando num semblante quase sempre grave. As indignações do início, com os empregados e as avarias, haviam cedido lugar a preocupações mais sérias que deixavam o Coronel quase sempre pensativo, e isso desencorajava o motorista de se agarrar às velhas intimidades. A cerveja a dois dera lugar ao *whisky* velho e solitário, por vezes na companhia de um ou dois desconhecidos. No fundo, Damião não inventava nada: ser rico exige a aquisição de determinados hábitos.

Por outro lado, segundo me contou Jei-Jei, Bandas Matsolo não podia deixar de saber, ou ao menos de desconfiar, do motivo das preocupações de Damião. Sabia desde o início que aquela riqueza não podia vir apenas dos carros, sabia que havia as casas alugadas e outros negócios. Afinal, era ele que transportava o Coronel e lhe fazia os recados importantes, era ele que lhe levava o lucro de todos os dias. Todavia, uma coisa era a suspeita e outra, bem diferente, a certeza e a partilha dos segredos. Neste período o que mais incomodava Matsolo era desconhecer a verdadeira natureza das ações que ele próprio levava a cabo em nome do patrão. A partir de certa altura começou a ir ao porto buscar umas caixas de mercadoria. Fazia-o quase sempre de noite e voltava torturado de curiosidade. O que havia dentro daquelas caixas? Por um lado, sabia que havia algo de errado em trazer mercadoria pela calada da noite ou em fazer compassos de espera para evitar a atenção da polícia; mas por outro, sempre que a situação parecia comprometida de maneira irremediável o Coronel fazia um telefonema e as coisas voltavam a entrar nos eixos.

Até que um dia Damião chamou-o à garagem e, na sua frente, aplicou um pé de cabra na esquina de uma das caixas. Aberta a tampa, continha centenas de DVDs em envelopes de celofane dentro dos quais refulgiam multicoloridas imagens de heróis trajando roupas de licra, mulheres nuas em poses aparatosas, espiões com armas sofisticadas e carros desportivos, super-heróis voando de maxilar cerrado em céus de fogo, tudo impecavelmente impresso e brilhando à luz mortiça da garagem.

— Eis aqui o *nosso* futuro! — murmurou-lhe o Coronel.

E Matsolo, esbugalhando os olhos, descobriu um futuro partilhado, se não no grosso dos proventos ao menos nos segredos. Transposto naquele dia o último patamar, o motorista ficou a saber de tudo com despudor, uma condição que nos melhores dias interpretava como confiança cega que o patrão tinha em si, nos piores como um indício da sua própria insignificância, desmerecedora sequer de um mísero segredo.

Agora, além de recolher passageiros nas paragens, Bandas Matsolo distribuía DVDs por pequenas tabacarias de vão de escada e vendedores de rua, em operações revestidas de crescente complexidade. É certo que a coexistência destas suas duas vidas lhe provocava uma certa inquietação, uma vez que a natureza humana almeja sempre a clareza e a estabilidade. Em suma, Matsolo sentia com cada vez mais premência a necessidade de optar. Felizmente, porém, não chegou a ter de fazê-lo porque sentiu também na altura, como uma lufada de ar fresco, que a sua vida começava a mudar, e interpretou isso como um sinal de que estava no caminho certo. O salário, embora modesto, era regular e Damião não se esquecia de o presentear com pequenos extras para celebrar cada operação bem-sucedida (mesmo que esses extras fossem presentes envenenados na forma de maços de DVDs que ele tinha de revender por sua conta e risco).

Criou distância do álcool, pintou a casa por dentro para afastar aranhas e fantasmas, comprou alguma mobília e um dia teve a grata surpresa de abrir a porta e deparar com a esposa de mala numa mão e Matsolinho na outra. Zaida cansara-se das exigências da velha madrasta, que via nela uma ameaça aos direitos dos seus próprios filhos, os de sangue, e resolvera vir perdoar a Matsolo. Este acarinhou a ideia de que era o arrependimento que a fazia regressar e estendeu aos dois os braços. E antes que o ócio da vida doméstica voltasse a chocar ideias más na cabeça da mulher, usou a influência do Coronel para *conseguir* uma banca de venda no Mercado Janete, que ele próprio passou a abastecer de frutas e legumes que Zaida vendia ao público com razoável instinto comercial.

Tudo corria bem, os negócios ampliavam-se. A ambição de Damião não tinha limites e a diversificação era a base da sua estratégia.

— No caso de falir uma frente — dizia o antigo combatente, sempre chegado aos termos militares — temos de garantir que há frentes alternativas em desenvolvimento.

Damião era assim. Um dia pôs Matsolo ao corrente de uma nova perspectiva. Moçambique tinha uma costa imensa, belas praias, uma riqueza que nos estava a ser tirada por sul-africanos sem escrúpulos, agindo pela calada na edificação de um turismo barato de pés sujos e hotéis de palha. Era necessário recuperar essas praias e conquistar também as montanhas, as florestas, a flora e a fauna, como agora se dizia; enfim, a nossa natureza sem igual. Toda essa riqueza nos estava a fugir, era preciso tirar proveito dela e mais da paz que parecia agora querer consolidar-se. Em suma, iam desenvolver atividades numa nova frente, a frente do turismo.

A explicação de como tudo começou é objeto de alguma controvérsia. Ao que tudo indica o Coronel teve a ideia do turismo depois de ter lido um anúncio postado na Internet por um antigo militar português que pretendia alugar uma viatura para uma viagem turística em Moçambique, ao mesmo tempo que oferecia vagas para essa mesma viagem mediante inscrição. Na versão de Matsolo aconteceu precisamente o contrário, foi o Coronel que postou um anúncio oferecendo serviços turísticos de transporte para qualquer ponto do país. Seja como for, disse Jei-Jei, o que é fato é que Damião disponibilizou esse serviço ao velho turista, ficando ao mesmo tempo com o problema da falta de um carro condigno que lhe permitisse concretizá-lo (os que tinha, desgastados pelos incessantes percursos entre o Anjo Voador e os bairros periféricos, não estavam ao nível que o turismo exigia). Foi por essa razão que chamou Matsolo e lhe ordenou que fosse a Durban comprar um Toyota *Hiace* em segunda mão, dos importados do Japão.

Matsolo dispôs-se a acatar a ordem, não tinha como não obedecer. Mas passou a noite em claro, preocupado com a questão. Conhecia mal a África do Sul, de um contrato nas minas no tempo da juventude, e havia todo um mundo a separar a condição antiga de mineiro deste agora moderno estatuto de comprador; além disso sempre fora avesso à língua inglesa, que entendia com dificuldade. De manhã, após uma noite mal dormida, foi Zaida quem resolveu o problema sugerindo-lhe casualmente, antes de sair para o mercado, que convidasse o vizinho Jei-Jei a ir consigo na viagem. Jei-Jei era prestável, boa pessoa, sabia inglês e mecânica, havia estado no estrangeiro. Além disso talvez precisasse de um emprego. Quem melhor do que ele para o ajudar?

Tudo isto contou Matsolo a Jei-Jei, e este contou-me a mim. Foram buscar o carro, que satisfazia os critérios japoneses de carro em segunda mão, quase novo. Todavia, há sempre um preço a pagar por quem não produz, antes herda as coisas já manhosas, usadas pelos fantasmas. Foi isto que ele acrescentou num tom sombrio. E foi assim que ele e o carro entraram nesta história.

CAPÍTULO 3

O passado e o futuro, disse alguém, são ambos feixes de possibilidades. Ambos se vergam à maneira como os quisermos contar.

Conheci Jei-Jei numa manhã cinzenta que dediquei a visitar o Museu da Revolução. Preparava-me para observar os expositores do primeiro andar, onde se dá conta da resistência ao colonialismo, quando senti crescerem os rumores de uma manifestação de protesto no Jardim 28 de Maio, do outro lado da rua. Notara-a já à chegada, uma pequena concentração de *Magermanes*, os trabalhadores emigrantes que haviam prestado serviço na velha Alemanha socialista e agora, há muito regressados, continuavam a reivindicar uma parte dos seus salários que diziam estar retida pelo Governo. Agitavam cartazes e bandeiras, e, por um momento, parecia que os dias festivos do nosso próprio socialismo estavam de regresso. A certa altura ouvi dois estampidos e desci para a entrada do Museu a fim de espreitar o que acontecia lá fora.

A confusão era total. Duas carrinhas tinham despejado uma boa dúzia e meia de polícias de aspecto feroz nas suas fardas negras e bastões, nas espingardas de cabo curto e cano grosso, e nos capacetes espaciais de viseiras opacas (como se as luzes do protesto os pudessem cegar). Durou pouco o preâmbulo, aquele em que os polícias, apregoando a sua superioridade moral, convidam os protestantes a juntar-se-lhes na atitude correta e aceitável. Depressa passaram à chamada fase autista, desinteressada do diálogo, investindo carrancudos sobre o grupo que, apesar de tudo, mostrava relutância em dispersar. Enfrentavam as nuvens de fumo e as bastonadas com galhardia, e se recuavam era para voltarem a reagrupar-se uns metros adiante a fim de reiniciarem os gritos de protesto. O aspecto extraterrestre da autoridade não parecia atemorizá-los, mas estava à vista que não seriam capazes de resistir por muito tempo.

Ao redor, a agitação não deixava de causar um certo impacto. Os vendedores de sapatos, que ali costuma haver em abundância, apressavam-se a recolher a mercadoria dos passeios e a pô-la a salvo, sabendo que chegada a hora da verdade as bastonadas não fariam a distinção entre implicados e transeuntes inocentes. Do outro lado da rua, os passantes abrandavam a marcha e olhavam com atenção para terem mais tarde o que contar. Estava à vista que esta já era uma manhã diferente das outras.

Entretanto, através das portas envidraçadas vi que um dos manifestantes se esgueirava e, protegido pelo momentâneo caos que se instalara, atravessava a rua serpenteando por entre os carros que passavam devagar. Nenhum polícia reparou nele, nenhum o perseguiu. E o homem, já do lado de cá, caminhou colado ao edifício, empurrou a porta e entrou calmamente no Museu. Estava agora na minha frente.

Cumprimentou-me com uma ligeira vênia e ficou também ele encostado ao vidro, assistindo ao desenrolar dos acontecimentos.

— Foi por pouco — disse eu.

Sorriu, levemente embaraçado pela ideia de ter havido testemunhas da sua *deserção*.

Entretanto, lá fora as coisas começavam a acalmar. Desta vez a polícia não quisera fazer prisioneiros. Gorada a perspectiva de espantar a turba com as suas vestes marcianas, limitara-se a desbaratá-la à bastonada e a açular os cães que, no entanto, eram mantidos bem seguros pela trela. Dentro em pouco, além dos fumos que se dissolviam no ar haveria apenas restos de bandeiras e de ingênuos cartazes escritos à mão espalhados sobre a escassa relva que ainda sobrevivia. Os polícias acabaram por subir para as carrinhas, abandonando o local com o rugido característico de um apetite que a muito custo ficara por satisfazer. Da próxima vez não será este o desfecho, pareciam dizer os seus gestos, contrastando com o ar neutro e insondável das viseiras, próprio da autoridade.

Saímos também, cada um para seu lado, o homem e eu.

* * *

Dias depois voltei ao Museu na expectativa de uma manhã desta vez mais tranquila. Na altura debatia-me com um pequeno texto do poeta sul-africano P.R. Anderson, intitulado justamente *Museo da Revoluçao*, assim mesmo, com a costumeira desatenção ortográfica e como se os acentos não sobrevivessem à evolução ditada pela língua inglesa e pelos teclados dos seus computadores. Na verdade, eu tentava entender a surpresa do autor ao entrar naquele espaço que, segundo ele, as cortinas cerradas e o chão de *parquet* proviam de uma frescura acumulada e uma luz de hora da sesta, um falso escuro de fabrico humano, como se a gesta que ali se guardava estivesse imersa numa modorra. Em particular interessava-me olhar o telefone zambiano de baquelite cinzenta ali exposto, que tanta curiosidade havia despertado no poeta. Um telefone antigo com a extensão 256 e a imagem de uma fênix, por meio do qual Samora Machel conversara com o General Spínola sobre os destinos deste país (mais tarde, a meio da noite que se seguiu ao dia da visita que fez ao Museu, Anderson, despertado pelo piscar fosforescente de um telefone celular, leria ele próprio a mensagem que assinalava o fim de um amor). No fundo o telefone surgia no texto como uma espécie de mealheiro de grandes acontecimentos, cada frase trocada uma moeda preciosa; e também, cada diálogo a linha mestra do que esperavam vir a acontecer.

Fiquei um momento a olhar o aparelho. Que terão dito um ao outro as duas históricas figuras nestes preparativos de uma separação definitiva? Samora, vitorioso, terá traçado o seu cenário de dedo em riste (a mão largando o cinturão para apontar), como se o interlocutor estivesse a vê-lo e o gesto o pudesse surpreender a ponto de arquear o sobrolho e deixar cair o famoso monóculo; ao mesmo tempo o guerrilheiro largava a sua sonante gargalhada, que irrompia do outro lado do mundo e ficava a reverberar pelos corredores do Palácio de Belém, sobrepondo-se às palavras importantes que ali terão sido ditas através dos tempos. Gargalhada ambígua, alimentada em doses iguais pela ironia, a amizade e a ameaça. Perdido nestas inúteis divagações, ocorreu-me que a fênix do telefone representava uma espécie de renovação após anos e anos de fogo. Algo estava para nascer. E fiz um esforço para resistir ao impulso de tocar no vetusto telefone eu próprio, a fim de marcar um número e entrar em comunicação com o futuro. Quem me escutaria? E que teria eu a dizer sobre este presente e os seus desejos?

Em volta não havia vivalma, era como se o Museu fosse um segredo bem guardado nas margens da cidade, um segredo que só um ou dois turistas estrangeiros sobrevoavam com o olhar, todavia sem verdadeira intenção de desvendar. Desci os degraus e, num dos patamares, parei para contemplar uma vez mais o grande quadro mural onde Samora Machel, outra vez ele, outra vez de sorriso aberto e dedo em riste, mas desta feita de semblante achinesado, exercia o seu proselitismo junto dos humildes e sorridentes populares que se aproximavam por asiáticos caminhos cheios de flores, como se a nossa cidade tivesse uma outra alma, misteriosa, insondável, deslocada da sua geografia e do seu tempo. Não havia rasgões nem remendos nem sujidade nos corpos ou na paisagem, era como se a realidade se tivesse enfim submetido ao mundo dos símbolos e dos desejos.

Foi nesta altura que senti, mais do que notei, uma sombra. Espreitei aquele espaço onde se narrava a resistência do povo à ocupação estrangeira e dei com o homem que dias atrás fugira da manifestação. Estava muito quieto, olhando com atenção a memorabília do Massacre de Mueda sob o vidro de um expositor: a fotografia da casa da Administração em frente à qual os camponeses ousaram lavrar o protesto, um cofió vermelho de sipaio colonial, uma palmatória como a que os sipaios usavam para castigar quem protestava, uma espingarda igual às que os sipaios empunhavam para disparar sobre os manifestantes, a referência a sapatos e bicicletas que o povo deixou para trás quando fugiu, enfim, cartas datilografadas enquadrando esta típica história colonial (o papel roído por manchas de umidade), pequenos objetos que o correr dos dias foi embaçando e tornando quase inúteis, e que aqui tentavam em silêncio resgatar um significado que os transcendesse. E o homem olhava tudo aquilo muito sério, fazendo mentalmente não sei que contas.

Abordei-o com alguma hesitação. Reconheceu-me de imediato. Disse-lhe o meu nome (não o tinha feito no dia da manifestação). Respondeu-me com o seu — Jei-Jei —, um nome curioso que me soou a oriental, a camponês de olhos achinesados saído da grande tela do Presidente ali em frente, ou então a uma alcunha de criança. Esclareceu que não era o seu nome verdadeiro, mas que há muitos anos era assim que lhe chamavam e era assim que se sentia. Sentia-se Jei-Jei, uma afirmação cujo alcance eu só mais tarde viria a perceber completamente.

Seguiu-se um curto silêncio. Eu não queria falar-lhe da manifestação dos *Magermanes*, intuindo que isso lhe poderia ser embaraçoso. Adivinhando o meu pensamento, ele próprio levantou o assunto dizendo-me que sim, que trabalhara na Alemanha socialista durante algum tempo e que aderia àquelas manifestações quando os companheiros o chamavam, embora não acreditasse que elas viessem a dar qualquer fruto. Segundo me pareceu, achava as autoridades duras de ouvido e obstinadas no caminho que escolhiam. Haviam escolhido enterrar aquele assunto e não voltariam atrás. No que lhe dizia respeito parecia conformado com aquilo que perdera, como se tivesse pago o preço de alguma falha cometida, embora não estivesse certo de qual ela pudesse ser. Falou de um modo quase ininterrupto, em voz baixa, como se tivesse uma necessidade imperiosa de ser ouvido. Depois calou-se, olhou em volta e tornou a fixar-se em mim. Afinal eu era um desconhecido.

Para lhe conquistar a confiança ri-me e perguntei-lhe se iria ter lugar uma nova manifestação. Respondeu que não estava ali por causa disso. Na realidade, há algum tempo que visitava o Museu para aprender mais sobre a gesta da revolução. Em particular, interessava-lhe *compreender* o Massacre de Mueda, que se dizia ser a causa de tudo o que veio depois. Numa justificação algo confusa, disse que os massacres eram assustadores por revelarem elementos não humanos irrompendo da alma dos humanos, e por isso era essencial que esses elementos fossem explicados e compreendidos. Concordei, sem saber bem o que dizer, e perguntei-lhe o que havia ele concluído até agora a esse respeito. Respondeu-me afirmando que os massacres eram uma espécie de doença, um vírus que atingia grupos, não as pessoas individuais. A natureza, sábia, dotara as pessoas de uma capacidade limitada para produzir o sofrimento alheio. Com as mãos nuas, ou mesmo com uma arma, ninguém era capaz de fazer mal a mais do que a um número limitado de semelhantes, acabava sempre por a certa altura se cansar, física ou mentalmente. Havia uma espécie de precaução com que a natureza nos dotara, uma espécie de freio. Por uma razão ou por outra, acabava sempre por faltar energia para levar a cabo indefinidamente esse trabalho. Mas o caso era diferente quando se estabelecia um laço maléfico entre pessoas e se constituía um grupo para esse fim. Neste caso os indivíduos revezavam-se na sua tarefa, ou melhor, deixavam mesmo de ser indivíduos, dissolviam-se no grupo para levar a cabo uma ação que sozinhos não lograriam. E o limite de um é anulado pela capacidade do seguinte, e assim sucessivamente. E o grupo vai matando, matando, movido pela negação do mais básico instinto que nos torna humanos, a compaixão. A energia que o faz mover é uma espécie de energia perpétua em que o desgaste de cada um é compensado pelo que ganho que lhe é cedido, e infindável precisamente por cada um não ter acesso ao todo, nem na ação nem na visão. Daí resulta uma espécie de loucura não humana, porque não assente na consciência de cada um, uma loucura que nunca se acaba antes que a obra seja feita; ou só se acaba se for interrompida por uma força superior. No final, ninguém parece ser imputável, todos olham atônitos, de olhos arregalados, para um resultado que os transcende. Mais tarde, quando regressam a si — e tenho de acreditar que cedo ou tarde regressam a si — disse Jei-Jei — todos encaram com horror as próprias mãos ensanguentadas.

    Confesso que fiquei um pouco confuso com esta explicação, que de resto apresentava muitas vulnerabilidades. Ele próprio me pareceu pouco conformado com ela, de modo que ambos procuramos novos rumos para a conversa. Falamos sobre coisas várias, as ruas da cidade, a falta de transportes que transformava a vida dos cidadãos num tormento. Os protestos a este respeito davam sinais de crescer e alastrar por toda a cidade.

    A dado passo disse-me que era da Maforga, uma pequena localidade perto de Chimoio muito fustigada pela guerra, de onde foi trazido por um tio (na altura evitou falar-me dos pais e fiquei com a ideia de terem sido mortos pela guerra ou de alguma maneira terem morrido para ele). Uma vez na capital, contou, costumava escapar-se da Malanga, o bairro onde vivia com os tios, para ir à descoberta dos segredos da cidade que nessa altura se abria a seus olhos como uma maravilhosa novidade. Entrevia o mar lá de cima e isso fazia-o sonhar. Por vezes ia com amigos em pequeno e alegre bando, mas fazia-o sobretudo sozinho.

    — Percorria distâncias tão grandes que só de pensar nelas me sinto cansado — disse. — Se tivesse hoje a mesma energia não precisaria de transportes para nada.

A tia dava-lhe de comer se aparecia a horas certas, mas não se ralava com atrasos e ausências. Era como se nutrisse por ele apenas meia afeição, e isso nem era mau de todo tendo em conta que lhe deixava na outra metade um espaço de liberdade para fazer, sem que disso tivesse inteira noção, ousadas acrobacias por sua conta e risco. Ia cada vez mais longe, voltava cada vez mais tarde. As cercanias do porto passaram a ser-lhe um território familiar. Esgueirava-se para lá, conhecia alguns guardas a quem fazia pequenos favores, gostava de olhar os gigantescos guindastes, na altura quase sempre imóveis por pouco haver que levantar.

Começou a explorar ruas da Baixa com nomes desconhecidos, alguns dos quais fui adivinhando a partir das suas descrições. Ruas diferentes dos caminhos do bairro, que por serem tortos e cheios de enredos imediatos impediam, imagino, a visão das coisas distantes e obrigavam a uma atenção ao que estava próximo (mesmo se com isso se enchendo de vida). As ruas da Baixa, com os seus velhos edifícios esquadriados e angulosos, estavam longe de ser assim. Formavam uma espécie de decadente jardim francês retilíneo e misterioso, em que as flores estivessem envelhecidas pelo tempo, um dédalo ordenado de linhas estreitas e compridas que, ao contrário dos caminhos do bairro, convidavam a olhar mais longe, desembocando sempre em novas linhas, e que à noite, desertas, aguçavam a imaginação por irem dar ao que pareciam ser destinos perdidos na bruma: a Rua da Mesquita com a sombra do Bazar ao fundo, os reflexos brilhantes do edifício dos Caminhos de Ferro por trás da maciça estátua da República, a mancha gradeada que delimitava os barracões de zinco ocre e a escuridão do porto, enfim, o arvoredo ralo e indefinível da Praça 7 de Março. Ecos de edifícios e coisas, ecos perdidos na bruma.

— Era tudo muito diferente de agora — disse.

O jovem aventureiro aprendia a conhecer as ruas numa altura em que estas, perplexas, deixavam de ser as velhas ruas para por sua vez aprenderem a ser outras ruas engalanadas por novas gentes ou, como era o caso assim que se punha o sol, ou nos longos fins de semana, ruas votadas ao silêncio e à solidão. Por vezes as varandas altas dos edifícios antigos, suportadas por fiadas de colunas esguias de ferro forjado, avançavam sobre os passeios fazendo deles uns túneis estreitos e penumbrosos paralelos à rua, com isso transformando os escassos transeuntes que por eles seguiam em vultos que ele descreveu, com os olhos de menino, como um pouco assustadores.

Descemos as escadas para o átrio de entrada do Museu e tornamos a parar, muito perto do velho Volkswagen cinzento do Presidente Eduardo Mondlane, ali exposto como se estivesse perfeitamente operacional, pronto a partir pelas estradas do futuro em nova iniciativa libertadora.

Certa vez, prosseguiu, era um sábado ao fim da tarde, deixou-se ficar por essas ruas da Baixa preso ao fascínio de um ambiente feito da convivência de um comércio magro e agonizante, a esta hora adormecido, com edifícios quase em ruínas, velhos lupanares e clubes noturnos, pequenos armazéns e escritórios de transitários, por vezes só fachadas guardando mistérios interiores onde a vegetação voltava a irromper com o freio nos dentes, baldios escuros incrustados na cidade, cheios de um silêncio só de quando em quando perturbado por bandos de gatos. Segundo ele, dessa vez, passando por ali, chegou-lhe um inesperado som musical com a leveza de uma revelação. Pedi-lhe que se explicasse melhor. Respondeu que desde logo o som era estranho em ruas carentes de sons àquela hora (quando muito, ouvia-se um caixote do lixo tombado por um bicho ou um vagabundo curioso, ou ainda a imprecação de um bêbado perdido do caminho de casa), mas era sobretudo por ser *aquele* som, um som que o maravilhou. Nunca ouvira antes nada que lhe fizesse vibrar assim as entranhas. Partiu atrás desse som até ir dar a uma porta por onde as notas vibrantes se soltavam e perdiam contra o vermelho-sangue do céu, ao fundo da rua, atrás da Praça dos Trabalhadores.

— Não era música da rádio, era música *verdadeira*, a ser fabricada ali mesmo à nossa frente, fazendo-nos vibrar o estômago — disse.

Voltaria ali inúmeras vezes nas tardes de sábado, quando o movimento das ruas diminuía quase até à absoluta ausência, com a certeza de já não mais conseguir libertar-se do sortilégio. Via entrar pessoas que com a repetição acabariam por tornar-se familiares, pessoas que lhe davam uma moeda ou desviavam o olhar como se não o vissem, mas só aos músicos aprendeu a conhecer de verdade, cada um pelo seu som. Sim, com o tempo, disse, acostumou-se aos sons e aprendeu a relacioná-los com aqueles que os produziam. A pouco e pouco, Orlando, Balói, Guilherme, Paco, passaram a ser nomes que Jei-Jei associava aos sons que já conhecia, de ouvir os músicos chamarem-se uns aos outros.

— Antes de lhes conhecer os nomes já lhes conhecia a voz — insistiu.

Ouvindo-o, lembrei-me eu próprio do bar Topázio desses tempos (porque era ao Topázio que ele se referia). Uma casa alegre e barulhenta, na altura vivendo numa espécie de limbo, liberta já de histórias coloniais antigas de álcool, marinheiros e prostitutas, mas desconhecedora ainda do futuro que lhe estava reservado. Um limbo com um chão de lajes sujas de poeira e cerveja derramada. Uma das únicas casas de portas abertas numa rua a que os frequentadores, jocosos, chamavam Rua Major Bagamoyo, unindo o seu passado vibrante e vicioso de Rua Major Araújo — uma rua colonial de lupanares e marinheiros — unindo esse passado — dizia — a um presente de Rua de Bagamoyo, nome que evocava o campo de treino de guerrilheiros onde se forjara a moral revolucionária. Era como se a nova ordem, com o seu puritanismo brutal, tivesse tentado soterrar a ordem antiga que, todavia, irrompia ainda a espaços no novo tempo assim como o mato indômito voltava a irromper nos baldios urbanos e no âmago das casas em ruínas, de tudo isto resultando algo que fora impossível de prever e era agora difícil de qualificar. O Topázio era uma ilha de alegria rebelde e barulhenta perdida na escuridão pura e já melancólica da revolução, uma ilha de liberalidade e vício onde a cerveja, por ser escassa nesses tempos, era obrigatoriamente vendida de par com o abundante peixe frito, por cada cerveja um ou dois carapaus que o estabelecimento aproveitava para escoar ao preço que a sede estivesse disposta a pagar. E, deste modo, o local enchia-se de alegres frequentadores empanturrados de alegria e música, de cerveja e peixe, até que os instrumentos eram recolhidos no veludo gasto dos estojos e as luzes se iam apagando, e todos saíam para as ruas desertas como quem sai de uma conspiração, bando de gatos emergindo das ruínas para, levantando as golas dos velhos casacos, dispersarem pelas ruas daquele já escuro labirinto francês.

O miúdo — repetiu Jei-Jei — era cada vez mais ousado, sempre que lá ia chegava cada vez mais perto a fim de espreitar. Aquele som alegre e ritmado era um anzol que o segurava, e ele deixava-se ir no embalo. Certa vez, um dos frequentadores reparou nele à porta e chamou-o:

— Eh miúdo, anda cá! — disse Jei-Jei com voz rouca, imitando a voz de quem chamou a criança.

Esteve quase a fugir, atemorizado por aquela voz e pela alegre autoridade de quem a emitia, mas aquilo que o atraía acabou por ser mais forte. Entrou, receoso, pisando com os pés descalços o mosaico sujo do chão. O homem fê-lo sentar à sua mesa, perguntou-lhe se tinha fome, fê-lo comer um dos incontornáveis carapaus por entre ruidosas gargalhadas que o miúdo não entendia, dizendo aos seus companheiros de mesa que era uma maneira de se ver livre dos malditos peixes.

— A cerveja não te dou — disse Jei-Jei que o homem disse. — Não te dou porque ainda és menor e porque eu estou cheio de sede!

Disse-o com uma sonora gargalhada. E, quando se virou para o miúdo e se preparava para lhe perguntar o nome, estacou com um berro que sobressaltou toda a gente, desinteressado já da resposta. Olhou-o intensamente outra vez, os olhos brilhando, olhou-o assim como se olha um fantasma. E chamou um dos músicos para lhe perguntar:

— Diz-me lá se este miúdo não é a cara chapada do grande trombonista norte-americano J. J. Johnson?

O músico encolheu os ombros.

— Olha bem! — insistiu a voz rouca, virando com a mão o queixo do miúdo para a luz. E anunciou em voz alta: — É um sósia perfeito do grande James Louis Johnson quando era jovem! A mesma cara redonda, o mesmo sorriso. Falta-lhe apenas o bigode. — E, virando-se para o miúdo: — Vais deixar crescer o bigode quando o tiveres, para que este extraordinário fenómeno possa continuar a acontecer!

O músico assentiu, encolhendo os ombros. Não fazia ideia de quem era esse tal J. J. Johnson. A América e os americanos, embora fascinantes, eram-lhe entidades distantes e vagamente atemorizadoras, mais a mais nestes tempos anti-imperialistas. A cerveja é que o levava a concordar com tudo. A cerveja e a autoridade do interlocutor, uma espécie de padre do *jazz* pontificando na sua paróquia.

— A partir de hoje chamas-te Jei-Jei! — disse o homem, dando-lhe uma palmada nas costas. E acrescentou, com nova gargalhada:— Faltava-nos um trombone e ei-lo aqui! Ainda bem que chegaste, pá! Um brinde a Jei-Jei, o primeiro trombonista moçambicano!

— A Jei-Jei! — responderam todos, segundo Jei-Jei, levantando copos e garrafas e deixando-o maravilhado por se ver no centro das atenções da sala inteira sem que isso constituísse uma ameaça.

O homem que batizou Jei-Jei chamava-se Ricardo Rangel, era fotógrafo, e tornaram-se amigos. Mais exatamente, Rangel tornou-se uma espécie de protetor do rapaz. E o Topázio passou a ser para ele como uma segunda casa. Aprendeu a tratar os músicos pelos nomes e enchia-se de orgulho quando o tratavam pelo seu — Jei-Jei —, comeu quantidades industriais de peixe medidas pela bitola da sede de quem lho dava, aprendeu a trautear um grande número de *standards* que referiu com orgulho — *My Favorite Things, Round Midnight, My Funny Valentine, Nature Boy*, e por aí fora — enfim, manteve com Rangel, a quem passou a chamar padrinho, uma grande proximidade. Foi através dele que foi sabendo mais sobre o grande trombonista, recebeu mesmo de presente uma fotografia que passou a andar sempre consigo (abriu a carteira para ma mostrar). Todavia, nada do que veio depois chegou à força daquele fim de tarde em que comeu quase até lhe nascerem escamas e barbatanas, em que ouviu música ao ponto de sonhar com ela quando foi dormir, depois que aquilo acabou e teve de regressar a casa; e, sobretudo, em que recebeu um nome novinho em folha, de que gostava tanto como se tivesse sido sempre seu. Decorreria ainda muito tempo antes que Jei-Jei visse um trombone de verdade (vê-lo-ia numa outra noite especial, anos mais tarde, numa cidade distante), mas desde esse sábado que passou a ser conhecido por Jei-Jei, o trombonista.

Parou e ficou a olhar para mim como se esperasse em retribuição uma confidência do mesmo calibre.

— E você? — perguntou.

Apanhado de surpresa, referi de maneira algo atabalhoada que me lembrava do Topázio, do *jazz* entusiástico e algo desafinado, enfim, lembrava-me desses tempos.

Mas não era esse o sentido da sua pergunta.

— O que faz aqui? — insistiu.

Expliquei vagamente que andava por ali a pesquisar várias coisas, entre elas a relação do Museu com o texto de um poeta sul-africano ou, dito de outro modo, procurava entender a natureza da relação do Museu com acontecimentos do passado e do futuro. O Museu no rio do tempo, mais ou menos isso.

Rimo-nos os dois do absurdo encerrado naquilo que eu acabava de dizer. No fundo, nenhum de nós sabia bem o que andava ali a fazer, concluímos. Em seguida, Jei-Jei disse ser curioso que, tempos antes, ali mesmo naquelas salas, conhecera um sul-africano que olhava tudo com atenção e tirava notas num caderninho. Talvez fosse o sul-africano a que eu me referia, o poeta.

A ideia não era de todo descabida uma vez que não seriam muitos os sul-africanos a visitar o Museu. Frequentavam antes as praias e, conquanto fossem chegados à natureza, olhavam as pessoas como se elas vivessem numa outra dimensão. Sim, sul-africanos e museus da revolução pareciam-me, pelo menos à primeira vista, elementos não miscíveis. De qualquer maneira os dados que eu tinha acerca de Anderson eram demasiado escassos para podermos chegar a uma conclusão. O sul-africano de Jei-Jei frequentara o Museu um par de dias e Jei-Jei, que já vimos que era falador e pelos vistos ia ali com frequência, oferecera-se para lhe explicar alguns dos mais importantes objetos expostos, como as armas antigas ou o Volkswagen do Presidente Mondlane. Lembrava-se bem desse sul-africano, Anderson ou não, porque ele lhe dissera na altura que tinha uma amiga que pretendia vir a Moçambique e necessitava de contatos que a ajudassem na visita (não falava português, nunca cá tinha estado). Jei-Jei oferecera-se para ajudar essa tal amiga do sul-africano. Afirmara mesmo saber dos preparativos de uma viagem (através da sua ligação ao motorista Bandas Matsolo, já o sabemos), e foi assim que Elize Fouché, a amiga do sul-africano de Jei-Jei, se veio a juntar à viagem. Aliás, foi assim que Jei-Jei, à entrada do Museu, me falou pela primeira vez na viagem.

CAPÍTULO 4

Se virarmos o Sistema de Lorenz de pernas para o ar, é bem possível que o esmorecimento de um tufão faça com que uma borboleta deixe de bater asas do outro lado do mundo, com todas as consequências que isso pode trazer.

Como se conta uma história? Quais as raízes de uma história? E quais as suas consequências?

Perfurando o nevoeiro, as duas viaturas contornaram a praça e viraram à esquerda para entrar na Larkshall Road, em pleno bairro de North Chingford, na periferia de Londres. Um pouco antes da igreja de St. Anne's, em frente a um conjunto de casas em banda, encostaram discretamente à berma. O vento cortante das oito horas da manhã de um dia de março — restos de Inverno, portanto, — transportava gotas geladas que se prendiam à gola da gabardina do sargento Russell Day quando este, à frente de uma pequena força da brigada de combate aos filmes-pirata da polícia metropolitana de Londres, atravessou a rua e galgou a meia dúzia de degraus íngremes para bater à porta de uma daquelas casas. Aguardou que as pancadas produzissem efeito enquanto fazia sinal a dois dos seus homens para que atravessassem o corredor lateral a fim de manter as traseiras debaixo de olho, não fosse dar-se o caso de algum dos moradores tentar escapar-se por ali. O detetive esfregou as mãos uma na outra, soprou-lhes para as manter quentes e tornou a agarrar na aldraba de bronze em forma de cabeça de leão, batendo com ela mais três vezes no espigão embutido na porta de mogno mais ou menos à altura dos seus olhos. O estralejar metálico ressoou forte, fazendo mover mais do que uma cortina de renda das janelas da vizinhança atrás das quais se escondiam outros tantos pares de olhos curiosos. Os polícias trocaram-se olhares, mas felizmente que não foi necessário encetar outras diligências pois desta vez a porta abriu-se e a senhora Mahrokh Amini, a dona da casa, surgiu a perguntar aos *gentlemen* ao que vinham. Day pigarreou como que um pouco surpreendido, e perguntou se era ali que morava Khalid Ashgar Sheikh e, em caso afirmativo, se estava em casa. Era ali, sim, tratava-se aliás do seu marido e, sim, estava em casa. A senhora Amini convidou-os mesmo a entrar, um pouco atarantada por serem tantos e por ser àquela hora. Day aceitou, fazendo-se acompanhar de um polícia apenas e pedindo aos restantes que aguardassem no alpendre, e ficou de pé a meio da sala. Quando Sheikh apareceu, numa cadeira de rodas empurrada pela esposa, Day perguntou pelos dois filhos, Sami e Rafi, se estavam também em casa. A senhora Amini confirmou, mas estavam ainda a dormir. O detetive insistiu ser imperioso que viessem ambos à sua presença e, cada vez mais inquieta, ela voltou a sair para os ir chamar. Demorou desta vez uma eternidade. Quando teve os três na frente — o pai e os dois filhos — o detetive Day pôde finalmente dar-lhes voz de prisão, afastando-se ligeiramente para o lado a fim de deixar que o seu auxiliar enunciasse os vários crimes de que eram acusados, nomeadamente de conspiração para aquisição e utilização ilegal de propriedade, conspiração contra os direitos autorais, conspiração contra a lei das marcas registradas, organização e manutenção de trabalho escravo, contrabando, formação de quadrilha, benefício fraudulento de apoio do Estado, etc., etc. E, claro, também foram enunciados os direitos que lhes assistiam.

 De fato, o interminável rol de acusações proclamado monotonamente pelo auxiliar de Day começara a ser reunido semanas antes, quando a polícia alfandegária do aeroporto de Stansted interceptou uma encomenda dirigida a Rafi Sheik contendo um catálogo de viatura da marca Toyota *Hiace* dentro do qual se dissimulavam dez discos-matrizes em prata, utilizados na reprodução de DVDs. As alfândegas avisaram a polícia metropolitana, assim como Kieron Sharp, diretor do grupo de combate à pirataria FACT (*Federation Against Copyright Theft*), e as diligências tiveram início com grande celeridade.

Da casa de Larkshall Road os investigadores passaram a Victoria Road, Walthamstow, onde surpreenderam e capturaram um certo Xin Li, de 34 anos, associado dos Sheikh, que dirigia um considerável grupo de indocumentados imigrantes asiáticos na produção clandestina dos DVDs. E, a partir de informações colhidas junto destes, chegaram ao centro nevrálgico da operação, no Kimberley Industrial Estate, Cheney Road, Chingford, onde encontraram mais de vinte poderosas torres, cada uma delas com dez unidades de reprodução em linha operadas dia e noite pelos ditos imigrantes em condições de verdadeira escravatura, e capazes de produzir um DVD contrafeito a cada dois segundos, ou seja, trinta por minuto, ou ainda cerca de trezentos e cinquenta mil por semana, incluindo inúmeros sucessos de bilheteira e quantidades maciças de material pornográfico.

Algum tempo depois seguiu-se o julgamento no Southwark Crown Court, que veio trazer alguma luz às atividades da Samrana Ltd., a empresa da família Sheikh. Ao juiz Martin Beddoe indignou o fato de Sheikh ter procurado escudar-se atrás de uma imagem de inocência e fragilidade, movendo-se em cadeira de rodas (alegou doença cardíaca severa que o impedia de experimentar emoções fortes e de caminhar mais do que alguns metros), e vivendo de subsídios estatais que, incluindo o de habitação, rondavam milhares de libras anuais. Ao mesmo tempo eximia-se de responsabilidades declarando ser um mero contabilista da empresa dos filhos que, por sua vez, apesar de alegada debilidade financeira, não deixavam por isso de se deslocar de Porsche e Range Rover Vogue. A senhora Mahrokh Amini

— esposa do patriarca e mãe dos dois jovens leões, e a única inocente nesta história — acabou por ser mandada em paz pelo juiz Beddoe.

É certo que por esta altura eu me afastava já daquilo que era de fato importante, mas Jei-Jei, tal como se interessara pelo julgamento pretendia também saber do impacto de toda esta lamentável história, incitando-me com a mão a prosseguir. Fi-lo omitindo que tudo o que eu dissera até então se baseava em fatos reais (afinal, não se diz de uma história ser tanto mais perfeita quanto mais se aproxima da realidade?).

Adiante. Segundo comerciantes locais, a venda de DVDs-pirata assestou um rude golpe nos comerciantes de Walthamstow e dos bairros circundantes, levando-os a todos à beira da ruína: cinemas, *sex-shops*, lojas de DVDs e videoclubes, tudo arrasado por *um crime que não existia sem vítimas* (palavras do detetive Day). Mesmo assim houve quem defendesse o patriarca Sheikh nas chamadas redes sociais, quem o considerasse um honrado homem de negócios produtor de DVDs virgens, assim como alguém que por vender faqueiros não tem culpa de uma das facas vir a ser o instrumento de um crime; e houve quem retorquisse, com ironia, que concordava com isso pois um muçulmano jamais mentiria, ao que os primeiros responderam haver intolerância religiosa e insinuações racistas por trás deste tom irônico de mau gosto, entrando a discussão por caminhos cada vez mais acalorados e que se bifurcavam até ao infinito. No final, prevalecia uma inquietante opinião segundo a qual o velho Sheikh era uma espécie de Robin Hood moderno que colocava filmes dos melhores estúdios de Hollywood à disposição do povo por apenas três libras esterlinas, quantia irrisória se comparada com o que comportava a ida ao cinema de uma família, que nunca ficava por menos de vinte e cinco a trinta libras, isso sem contar com os transportes, a comida e as bebidas, caso em que a despesa subiria a níveis incomportáveis. E houve mesmo quem dissesse que pedir às pessoas que se abstivessem de enveredar por tais caminhos, como havia feito o detetive Day, era o mesmo que pedir a um esfomeado que não comesse o suculento bife que lhe punham na frente.

Estávamos já muito longe da nossa rota, como é evidente. Para que serve uma história? O que interessa, no meio de tudo isto, repito, é que a história era desta vez verdadeira, colhida no acontecido, o que só fazia crescer a verossimilhança do itinerário que eu percorria para chegar onde pretendia, que era ao fato de, apesar de toda a argumentação da defesa, o tribunal ter dado como provado, além do que fica dito, que Sheikh e os filhos se deslocavam amiúde em avião privado para Hong Kong e Dubai, onde tinham interesses ligados à distribuição dos seus filmes em moldes digamos que mais globais. Era assim verossímil que a partir de Dubai os DVDs chegassem a Moçambique e às mãos do Coronel Damião, e a minha história à sua conclusão.

* * *

Chegados a este ponto, Jei-Jei sorriu. Era aberto ao mundo, gostava de histórias sobre outros lugares. Aliás, se estamos lembrados, foi por essa razão que Zaida, a esposa de Bandas Matsolo, sugeriu a este último que convidasse o vizinho Jei-Jei a acompanhá-lo à África do Sul. Embora não conhecesse Jei-Jei mais do que superficialmente — nos curtos diálogos quando se cruzavam nas escadas do prédio ou numa ou outra rara visita que ele efetuava ao marido — Zaida, com a sua aguda intuição, vira nele esse cosmopolitismo. Não o cosmopolitismo dos maneirismos e alusões inúteis que se colhem nas visitas curtas ao estrangeiro, mas aquele de quem viveu e lutou num lugar estranho e não retirou disso ostentações ou julgamentos morais definitivos, apenas uma curiosidade atiçada. Claro que não posso dizer com certeza o que ia na cabeça de Zaida. Afinal, foi Bandas Matsolo que contou a Jei-Jei ter sido ela a sugerir o seu nome, e este que me contou a mim (na verdade, só muito mais tarde eu viria a conhecer Zaida pessoalmente). Mas o que é certo é que essas mesmas características eu próprio notara e ia aprendendo a apreciar em Jei-Jei ao longo das nossas conversas, e por isso não me foi difícil perceber o que orientara o raciocínio da mulher. Numa altura em que o pequeno mundo à nossa volta se fechava, em que os velhos valores revolucionários da curiosidade e do aprender com os outros iam sendo substituídos pelo martelar de palavras de ordem que apelavam a que nos bastássemos a nós mesmos e cultivássemos a autoestima, Jei-Jei era de fato uma espécie de navegador solitário obstinado em singrar contra a corrente, um navegador digamos que viciado na linha do horizonte, atraído pelo infinito. Grande parte desse pendor, dessa maneira de ser, colhera-a, como vim a descobrir, na sua estadia na velha República Democrática Alemã, a que foi aludindo nas inúmeras conversas que tivemos.

Jei-Jei partiu para aquele país quando tinha dezoito anos de idade, numa altura em que faltava menos de um ano para a queda do Muro de Berlim que precipitaria, além de muitas outras coisas, a interrupção abrupta do fluxo migratório que para ali levara muitos africanos (fez parte, portanto, de uma das últimas *remessas*). Movia-o a vontade de se libertar do contexto sombrio do país, assolado pela guerra. Há muito que os alegres dias de *jazz* do Topázio tinham sido substituídos por um mal-estar feito da perenidade de lojas vazias, de dinheiro sem valor e de fome quotidiana, e ainda de um som longínquo de disparos trazido desde a Catembe ou desde o lado oposto, lá para as bandas do grande bairro Albasine, dependendo da direção de onde soprava o vento. Era esta a nova música, os tiros ritmavam o enunciado agressivo das palavras de ordem de uma autoridade cada vez mais perplexa com a desobediência das coisas. O mundo não era afinal como se dizia. A guerra rondava a cidade e os poderes públicos eram austeros e destituídos de humor, propensos à irascibilidade, e as pessoas comuns sentiam-se órfãs da sombra protetora de um presidente que acabava de desaparecer dentro de um avião de rumo perdido. Os tempos eram pesados e cinzentos, pairavam no ar os fumos da tragédia. Na decisão de Jei-Jei, além da necessidade imperiosa de se libertar de tudo isto, pesou também o medo de ser recrutado para o exército (carne para canhão, disse); pesou ainda um familiar da tia, funcionário no Ministério do Trabalho, que incluiu o seu nome nas listas daqueles que iam emigrar para *formação* no estrangeiro (era este o eufemismo).

Contou que viajou de avião para Berlim. De lá seguiram em grupo para Potsdam, onde deixaram quatro companheiros. Mais adiante, em Leipzig, ficaram mais alguns, dos quais, ao que constou, uns quantos seguiriam para Halle. Enquanto se desenrolava a viagem Jei-Jei era invadido por sentimentos contraditórios, disse. Por um lado, sentia uma curiosidade a roçar a euforia, era a primeira vez que via mundo, mundo de verdade, tudo o que estava para lá da janela lhe soava a novidade; mas, ao mesmo tempo, era como se descesse a um poço sem ter a certeza de conseguir alguma vez sair de lá. À medida que os seus companheiros iam ficando pelo caminho, e embora não os conhecesse bem, crescia dentro dele uma sensação de solidão e abandono. Não entendia a língua. Para tudo tinham de se dirigir ao tradutor, um angolano que já ali vivia há um par de anos. No início o pobre homem não tinha mãos a medir, sempre cercado de perguntas ansiosas, por vezes a roçar mesmo a agressividade. Gradualmente, porém, à medida que diminuía, o grupo foi deixando o tradutor em paz, como se os poucos que sobravam estivessem conformados com o que viesse a suceder, o que quer que fosse. Fazia muito frio. Apertavam-se todos dentro de uns casacões grossos que lhes haviam sido fornecidos à chegada a Schönfeld. Em Dresden tiveram direito a uma sopa espessa e umas fatias de carne com batatas e pão escuro. Ali ficaram mais uns quantos. Já de noite, os três que restavam seguiram caminho até Zwickau, o fim da linha. Jei-Jei era um deles.

Seguiu-se um período de aprendizagem de que fui tendo conhecimento a partir de pormenores dispersos, uns contados por ele próprio, outros mais tarde por Bandas Matsolo. Quando Jei-Jei me falou nisto pela primeira vez, fê-lo com um sorriso manso que interpretei como uma espécie de constatação de como o tempo vai limando as arestas das lembranças duras até as transformar em coisas dóceis e arredondadas, que podemos acariciar sem nos ferirmos. Sim, dava a ideia de que eram agora quase boas as recordações que tinha daquele lugar.

Foi trabalhar numa fábrica de automóveis, a VEB Sachsenring. Colocaram-no num grande pavilhão onde se recheavam com mantas grossas de algodão as placas de plástico que iriam formar os componentes das carroçarias, placas que em seguida eram prensadas e cortadas nos formatos apropriados para o tejadilho, o capô, as portas, os guarda-lamas e outras partes do automóvel. Os fiapos de algodão pairavam por toda a parte, polvilhando as esteiras, infiltrando-se nos interstícios das máquinas, enrolando-se nos manípulos, agarrando-se à sarja da roupa dos operários, penetrando-lhes pelo nariz e pela boca quando estes se cansavam das máscaras e as tiravam, trocando a respiração difícil a que elas obrigavam por uma respiração ainda mais difícil mas livre, enfim, agarrando-se aos vidros das janelas para, em pleno dia, contou Jei-Jei, escurecer o ambiente e povoá-lo de fantasmas brancos vagueando por entre as máquinas, fantasmas lentos, só apressando os gestos quando sentiam por perto a sombra do IM, o *Inoffizielle Mitarbeiter*, que tudo procurava ver e ouvir para informar as instâncias superiores, aquelas a quem cabia garantir sem sobressaltos o funcionamento dos operários e da fábrica.

Decorridos dois meses, disse Jei-Jei, deixou a função indistinta de transportar maços de algodão e varrer ou fazer pequenos recados, e passou a ser controlador de qualidade. Observava, atento, peças que desfilavam sobre uma esteira — guarda-lamas, capôs e outros componentes da carroçaria — a fim de lhes descobrir algum defeito. Ao fim do dia, já no quarto da residência, disse, tinha sonos povoados de imagens absurdas, como se fragmentos da sua vida desfilassem na esteira ao som do ronronar monótono do mecanismo: árvores, pequenas casas de zinco brilhando no escuro, ferrugentas carroçarias de carros antigos morrendo na berma dos caminhos, e também corpos conhecidos, pequenos objetos de uso doméstico, determinadas esquinas e cheiros e luzes, uma vizinha nua a lavar-se no quintal atrás de um lençol pendurado num arame, o lençol muito branco estremecendo com o suspiro da brisa, ela despejando a água do balde sobre o corpo, os pés dentro de uma bacia larga de folha, o corpo muito escuro arrepiando-se, riscado pelos cristalinos veios da água e, ao longe, soltando-se roufenho de um transistor, um relato de futebol. Enfim, coisas sem nexo que ele tinha de escrutinar para deixar seguir perfeitas, amaciadas pelo seu entendimento, ou então retirar caso lhes descobrisse algum defeito, por exemplo a cabeça de um vizinho, figura sinistra de cabelo rapado que lhe bateu quando ainda era criança (ainda antes de ser Jei-Jei) e regressava a casa, era já escuro, ou tiros, milicianos exigindo documentos de identificação nas esquinas, gritos soltos sobressaltando a noite e fazendo ladrar os cães nos quintais. Cansado de observar o esboroar do mundo que passou, o desfilar das suas ruínas, e suado do esforço, Jei-Jei despertava com o lamento arrastado com que no transistor se anunciava um gol, ou então era a sirene assinalando o fim do turno, coisas assim, ainda de madrugada.

    Jei-Jei era de convívio fácil e aprendia depressa. Cedo estava a conduzir empilhadeiras, demonstrando aptidão para tarefas mais complexas. Pouco depois, por recomendação do *Arbeitsbetreuer*, foi transferido da *Werk 3* para o polo dos chassis e carroçarias já montadas onde, munido de óculos protetores, capacete amarelo e luvas grossas, disse, mergulhado em ruídos infernais, aprendeu a manusear grandes máquinas de soldagem e rebitagem que pendiam do teto do pavilhão. Os sonhos que já mencionara passaram então a ser iluminados pelos lampejos de luz das soldagens, desordenadas cascatas de estrelas espalhando a sua crueza branca sobre recantos da vida que talvez tivesse sido melhor deixar na escuridão, e as histórias que até aí lhe chegavam numa espécie de tênue corrente entrecortada de silêncios eram agora perturbadas pelo gume afiado dos ruídos de raspagem, corte e soldagem dos plásticos e dos metais. Chegou a dizer-me que por vezes os restos dos ruídos da fábrica, de noite regurgitados, o impediam de ouvir a aveludada música do Topázio quando calhava um sonho mais feliz trazê-la de tão longe até ali.

Mas no geral Jei-Jei era por essa altura alegre e extrovertido, como já referi. Sabia fazer amizades. Desde logo com os seus colegas de turno, alguns deles influentes como, disse-mo uma vez, um certo Helmut, delegado local do SED, o Partido Socialista Unificado, de cuja opinião dependiam em grande medida as promoções laborais e, até, o destino dos trabalhadores — Jei-Jei era, neste sentido da prudência e do cálculo, muito moçambicano. O seu sonho, tal como o de quase todos os colegas, era passar para o setor dos motores onde, dizia-se à boca pequena, a fábrica desenvolvia um novo motor de quatro tempos para aplicar no Trabant *P601*, transformando-o num carro tão moderno quanto os do Ocidente.

Quando me contou isto detivemo-nos os dois por um momento na absurda comparação entre este carro do futuro e o Volkswagen também alemão do Presidente Mondlane, que estava na nossa frente, cinzento, com a matrícula amarela TDV 37, um vestígio do passado produzido trinta anos antes da experiência alemã de Jei-Jei, e que fizera todo um caminho até à entrada do Museu. Na altura sorrimos os dois.

Voltando ao *P601*, Jei-Jei sabia de pormenores da operação por um colega de quarto, um operário vietnamita que trabalhava naquela seção, que referiu simplesmente como Phuong, de quem viria a tornar-se grande amigo. A aproximação de Jei-Jei a Phuong parece ter resultado de um processo natural. De início, e compreensivelmente, convivia mais com os colegas moçambicanos e angolanos. Era gente alegre. Jei-Jei saía com eles depois do trabalho ou nos dias de folga. Frequentavam bares e discotecas, traziam mulheres alemãs para o quarto, para tal corrompendo os porteiros com garrafas de *vodka* importada. Por vezes discutiam entre si, na rua, fazendo acender a luz de prédios de onde vinham protestos e ameaças de chamarem a polícia. Estas situações agitadas e barulhentas começaram a perturbá-lo, disse, por sentir que o deixavam à mercê de forças desconhecidas. Certa vez, regressavam de uma dessas sessões, eram sete ou oito, quando foram interpelados por um grupo de jovens alemães. *Mozis! Ausländer! Schwarze!*, gritavam eles, acompanhando as imprecações racistas e xenófobas com gestos largos e ameaçadores. Envergavam casacos de napa brilhante e quépis militares, alguns empunhavam bastões ou pequenas barras de ferro. Vinham preparados para o combate. As ruas estavam desertas. O confronto foi inevitável, duro, violento, mas felizmente amortecido pelo fato de ambos os grupos terem os gestos entorpecidos pelo álcool, por isso titubeantes, desfocados, destituídos da precisão que de outro modo os tornaria letais. Além disso, depressa começaram a ouvir-se num crescendo as sirenes da *Volkspolizei*, sem dúvida alertada pelos moradores dos apartamentos próximos. Jei-Jei confessou-me, sem qualquer rebuço, que deixou para trás os seus companheiros, correndo com quanta força tinha por ruas desertas, brilhantes da chuva que havia caído. Ruas para ele desconhecidas. Nunca se sentiu tão só. Tudo lhe era estranho, as casas, os ecos, o longínquo ladrar dos cães, os vultos que espreitavam atrás das janelas atraídos pelos sons da refrega. Felizmente que acabou por deparar com uma rua conhecida, umas centenas de metros adiante, e pôde a partir dela regressar à residência.

O acontecimento teve repercussões. Um dos companheiros foi repatriado, a residência foi vasculhada pela polícia, veio uma brigada de agentes da segurança de Estado e funcionários da *Ausländerabteilung*, a agência de controle dos trabalhadores estrangeiros. Mas felizmente, ao contrário do que aconteceu a outros, a sua presença no incidente nunca veio a ser comprovada, além de que as informações da fábrica a seu respeito o colocavam longe desse tipo de suspeitas.

Desde essa altura que Jei-Jei passou a evitar saídas em grupo, ao mesmo tempo que se aproximava do solitário Phuong. Este estava em Zwickau há mais tempo, conhecia bem a cidade e movimentava-se com igual à-vontade pelos diferentes setores da fábrica, discretamente e com confiança. A bem dizer, disse Jei-Jei, não sem certa modéstia, foi antes Phuong que *reparou* nele, fazendo sugestões que se revelavam muito úteis, partilhando alimentos que recebia por circuitos obscuros e coisas assim. Por outro lado, não se mostrava inclinado a tirar proveito do natural ascendente que foi conseguindo. Era curioso, perguntava, estava sempre disposto a aprender. Em particular, mostrou-se muito interessado quando Jei-Jei lhe contou que na sua terra desde há muito os homens partiam em grupo para trabalhar na África do Sul. Quis saber pormenores, perguntou sobre os salários, a disciplina, as condições nas minas e nas residências, a língua que se falava. Afirmou, mais a sério do que Jei-Jei supôs na altura, que um dia talvez tentasse também ele a África do Sul. É quase sempre assim, os lugares distantes parecem-nos mais doces do que os nossos.

Uma das qualidades de Phuong era a de saber movimentar-se pelas ruas noturnas de Zwickau, já o disse. Tinha um faro especial para detectar a polícia ou as hordas de jovens marginais à caça de estrangeiros. Tinha um andar de gato como só os orientais sabem ter. Enquanto caminhavam, de gola levantada e mãos nos bolsos por causa do frio, olhava constantemente em todas as direções. Fazia-o, no entanto, sem espalhar tensão no ar, era como se na escuridão houvesse coisas benignas que lhe interessavam, e olhava-as de uma maneira especial sem por isso deixar de prestar atenção ao que dizia o interlocutor. Falava por sua vez em voz baixa, para que as palavras não obscurecessem os sons menos imediatos que pudesse haver em volta. Desta maneira, segundo Jei-Jei, era possível conversar enquanto caminhavam e, ao mesmo tempo, ouvir portas que batiam ou frases soltas de diálogos domésticos no interior dos apartamentos, vozes cantarolando, os tilintares da mesa do jantar a ser posta, o ruído distinto dos motores ou o ladrar particular dos cães. A este som prestava Phuong uma especial atenção. Conseguia distinguir as raças só pelos latidos. Descobria o ladrar de um *Wolfshund*, os temíveis cães da polícia, muito antes de eles surgirem na esquina e de se tornar impossível recuar sem com isso levantar suspeitas. Sabia então, antes de os ver, se se tratava de uma ronda de rotina, se estavam na tocaia ou se já haviam localizado as futuras vítimas. Estacava de súbito e dizia apenas, *vamos por ali*, antes de deixar a rua e enveredar por outra mais tranquila. Nunca tiveram qualquer problema nas sortidas que faziam. Jei-Jei resumiu de alguma maneira esta ligação afirmando que com Phuong aprendeu a andar no mundo, no inóspito mundo. E, pensando no quanto os dois se haviam tornado inseparáveis, veio-me na altura à mente a relação que, numa fase muito particular da sua vida, J. J. Johnson estabeleceu com Kai Winding, também ele trombonista, juntos assinando prestações de sucesso em Filadélfia e no Birdland de Nova Iorque, assim como numa série de discos editados ao longo de boa parte da década de cinquenta.

Adiante. Num dos habituais passeios, Phuong reservou-lhe uma surpresa. Foram dessa vez mais longe, a um pequeno bar numa zona da cidade que Jei-Jei desconhecia, um bar diferente dos outros porque além do fumo e da cerveja tinha também músicos a tocar *jazz*. O clima era discreto (é preciso ter em conta que à época estes lugares eram associados à degenerescência do Ocidente e, portanto, evitavam dar nas vistas para poderem sobreviver). Jei-Jei contou que fechou os olhos e deixou que a música o transportasse através dos mares e dos tempos até ao velho

Topázio da sua infância. Chegou mesmo a ouvir com dolorosa nitidez, disse, a gargalhada de Rangel. E estava nessa espécie de viagem quando por entre os sons conhecidos aflorou um outro, aveludado, um som que há muito aguardava. E abriu os olhos para deparar com um novo músico, entretanto chegado, que procurava acertar o compasso do seu trombone com os companheiros. Fazia-o como se o corpo magro transportasse ao ombro uma bazuca, mas uma bazuca que lançava projéteis de veludo quente, roucos e profundos, e ao mesmo tempo leves como borboletas. Jei-Jei tinha finalmente na frente um trombone verdadeiro, por assim dizer em todo o seu esplendor. Passou o resto da noite hipnotizado pelas linhas esguias do instrumento, pela fluidez das notas que ali, ao contrário dos outros casos, não surgiam do nada rudes e angulosas, antes fluíam umas das outras com o deslizar das varas. E enquanto bebia sofregamente o som, ao lado, Phuong, conhecedor do segredo, sorria em silêncio.

Embora Jei-Jei não o tivesse dito abertamente, é provável que este acontecimento tenha contribuído, mais do que qualquer outro, para a enorme gratidão que ele sempre deixou transparecer quando se referia a Phuong. De certa maneira o episódio fez com que a vida de Jei-Jei na Alemanha, que até então se processava em modo de improviso e sobrevivência, evoluísse para um novo patamar, imbuída agora de desejo e de planejamento. Referiu que a partir dessa altura passou a ter objetivos. Outros juntavam dinheiro para comprar fogões, motorizadas, mobílias. Ele pretendia ter um trombone e aprender a tocá-lo.

O vietnamita é também responsável por outro acontecimento importante na vida de Jei-Jei. Certa vez viajaram juntos para Oschatz, uma cidade vizinha. Foi no dia primeiro de Maio, o *Maifeiertag*, um dia de feriado. Bem cedo, Phuong e Manfred, um colega do setor da *Motorenmontage*, apareceram-lhe no carro deste último, um Trabant de modelo antigo, e partiram os três pela estrada de Nossen e Döbeln, gozando os primeiros sinais da Primavera. Em Oschatz, disse, foram ao encontro de duas raparigas que os esperavam, Karla e Anna, operárias de uma fábrica de vidro. Anna era namorada de Manfred; Karla, a amiga dela. Fizeram um piquenique na margem do rio. Beberam vinho, comeram queijo e pão escuro, trazidos pelas raparigas. Passaram a tarde deitados na relva, deixando-se aquecer pelo sol e por uma conversa leve a respeito de nada, apenas pelo prazer de estar ali sobre a relva, uns com os outros. Ao fim do dia, quando refrescou e começaram a arrumar as coisas, era manifesto que Karla não tirava os olhos de Jei-Jei.

— Não sei o que viu em mim — disse.

E também contou que, pelo contrário, sabia bem o que tinha visto nela: uma mulher bonita, desejável, de um cabelo loiro quase branco que contrastava com as sobrancelhas escuras. Mas também uma mulher que lhe era inacessível. Conversando com ela, Jei-Jei explicou-lhe de onde vinha e ela manifestou um grande interesse, por Moçambique ser um país tão longínquo e por ser a primeira vez que conhecia um negro em carne e osso, assim de perto. Quanto a ela, era uma alemã *normal* (foi isto que disse de si própria, presumo que com certa ironia). E o sonho que tinha era de mudar-se para junto dos avós, na Suécia (a sua mãe era originária daquele país). Estava à espera de autorização para o passaporte. Jei-Jei, que acabava de conhecê-la e já tinha medo de lhe perder o rastro, perguntou-lhe se demorava muito a conseguir o passaporte. Os outros riram da sua ingenuidade e responderam que podia levar tanto quanto uma ou duas vidas completas.

— Talvez menos — disse Karla, que se pôs de repente muito séria — Talvez em muito menos tempo eu consiga ir para a Suécia ou para outro lado qualquer!

E Jei-Jei admirou o tom desafiador com que ela disse aquilo, o seu caráter resoluto. Quando findou o dia e se iniciou a viagem de regresso a Zwickau, e à medida que acenavam um para o outro — Jei-Jei dissolvendo-se na escuridão do interior do Trabant e Karla, por sua vez, diminuindo a meio da estrada, enquadrada pelo janela traseira, a mão no ar a prolongar o aceno de despedida — à medida em que acenavam um para o outro, dizia, era já claro que, tal como ela fora transportada por uma ilusão de praias dolentes de areia branca e coqueiros descaindo sobre mares de topázio, o atraíra a ele uma lenda de paisagens nevadas e vales secretos pespontados de pinheiros escuros e sedosos. Ambos ansiavam por aquilo que adivinhavam num e noutro.

A fazer fé no que contou Jei-Jei, colhendo as metáforas no mundo automóvel em que passava os dias mergulhado, os tempos que se seguiram foram de *aceleração*. De aceleração e de conquista, mas também, curiosamente, de perda e de ruína. Achou pretextos para voltar algumas vezes a Oschatz. Karla, por sua vez, passou a visitá-lo em Zwickau, quer acompanhada de Anna, quer sozinha. Encontravam-se agora muitas vezes, Karla e Jei-Jei, em fugazes mas intensas sessões no quarto da residência, depois de ludibriarem ou corromperem o porteiro. Encontravam-se também em outros lugares improvisados que Karla acabava sempre por descobrir. A frequência das visitas de Karla, embora lhe agradasse, também o intrigava. Um dia perguntou-lhe como conseguia ela licença da fábrica para se ausentar assim tantas vezes. Karla riu-se.

— Já não trabalho na fábrica — disse.

Depois de muitas ameaças e repreensões, simplesmente decidira não mais regressar à fábrica. Mudara-se para Zwickau, encetando uma espécie de fuga para a frente.

Jei-Jei começou por reagir com entusiasmo. Era jovem, nem por um instante lhe pesavam as possíveis consequências. A cada dia que passava a rapariga mostrava-se mais *veloz*. Tinha pressa de conseguir as coisas, impacientava-se com a lentidão do mundo. Revelava-se voraz no que dizia respeito à vida e aos corpos (com algum embaraço sempre que era obrigado a entrar nestes terrenos, Jei-Jei referiu que nunca pensou haver mulheres que *mandassem* assim tanto nos amantes). Entretanto, ela ria cada vez mais alto. Falava agora muito de política.

Regressaram algumas vezes ao *Grüne Teufel*, o bar do trombone. Não tantas quanto Jei-Jei gostaria, uma vez que a Phuong perturbava o comportamento de Karla, que quase sempre atraía sobre o grupo a atenção da sala inteira. Ria um riso nervoso, cantava canções dissolutas com voz rouca, dava vivas a Gorbatchev, nas suas palavras o libertador da União Soviética; enfim, soltava palavrões com uma voz esganiçada. Certa vez, a propósito da abertura da fronteira com a Áustria, que acabava de ser anunciada, gritou, sobrepondo-se aos músicos, que estava a chegar *a nossa vez*. Era como se quisesse viver de repente tudo o que lhe faltava viver e, de certa maneira, como se desse por adquirido tudo o que faltava ainda acontecer. Desconhecia a prudência e o medo. Nada a conseguia calar a não ser súbitos ataques de tosse por causa dos cigarros que fumava um atrás do outro, ou então o álcool, que ao fim de um certo tempo, e para alívio dos companheiros, acabava por levá-la a adormecer.

Phuong, o prudente, o eterno amigo dos gestos suaves e da descrição, foi o primeiro a afastar-se, cansado de alertar Jei-Jei para o risco que corria ao deixar-se envolver naquele turbilhão. Um dia ela própria seria presa, arrastando consigo os que lhe estavam próximos. Seguiu-se Manfred, o alemão do Trabant, afirmando entredentes que Karla era uma agente provocadora que estava ali para os tramar. Ficou apenas, a espaços, Anna, dividida entre a amiga e o namorado. Jei-Jei ouviu todos, conversou longamente com Anna, mas foi incapaz de se afastar. Estava, disse, enfeitiçado.

Um dia Karla desapareceu. Constou que estava presa, que tinha sido levada para a prisão de Hohenschönhausen, em Berlim, mas ninguém sabia ao certo quem trouxera a informação (além disso, há que dizê-lo, a própria existência da prisão era na altura um fato incerto). De qualquer maneira o pequeno grupo viveu dias inquietos, atormentado pela possibilidade de os virem buscar. Jei-Jei também sofreu com a perda, mas por razões um pouco diferentes. Na sua curiosa formulação, a presença de Karla fizera-o sentir que o tempo andava para a frente (*ela fazia acontecer as coisas*, disse), acabando por viver ele próprio a vertigem desse movimento, uma vertigem provocada não só pelo ritmo que ela impunha às coisas — os passeios, a mudança constante de planos, as aventuras arriscadas e o amor físico urgente e exuberante — mas também uma vertigem do pensamento. Karla tinha o condão das ideias novas em relação a tudo, à política, ao sexo, à música até. Jei-Jei contou que certa vez, sabendo da dedicação que ele tinha a J. J. Johnson e à cassete que Rangel lhe havia oferecido e que não largava nunca, com o concerto da Opera House de 1957, certa vez, dizia, Karla afirmou que havia duas versões desse mesmo título, com o mesmo nome, mas uma delas gravada em Los Angeles e outra em Chicago. Disse-o num tom casual. Jei-Jei não fazia ideia onde fora ela desenterrar aquela informação, mas o que é certo é que nunca mais encarou a sua cassete como até ali, como música feita por deuses. Havia pessoas e acontecimentos atrás dela. Lugares, incidentes. Havia um enredo. E isso, embora fragilizasse nele a crença, de algum modo tornava mais humano e próximo o músico que ele idolatrava.

— Nós, os moçambicanos, gostamos de aprender, mas não gostamos de ser ensinados — disse Jei-Jei, em jeito de conclusão. — Karla não ensinava, fazia acontecer as coisas e eu aprendia se quisesse, ia atrás dela se quisesse. Por isso gostava dela. Não tinha modos de mandona, era companheira e livre.

E por isso, também, embora com medo como os outros, Jei-Jei sofreu a súbita ausência de Karla como se tivesse caído de um comboio em movimento, quedando-se imóvel a meio do caminho enquanto a composição prosseguia a louca viagem a um ritmo vertiginoso. A substituição de Honecker por Krenz na liderança do país, a multiplicação das manifestações de rua e a perplexidade das autoridades, os sobressaltos de uma ordem até então tão estável e severa, tudo isso Jei-Jei encarou como se assistisse a um filme sobre acontecimentos distantes, disse.

Certa noite, Phuong chegou muito tenso à residência e começou a meter as suas coisas no saco de viagem.

— *Die Mauer fiel! Die Mauer fiel!* — sussurrou ele — *O Muro caiu!*

Em Berlim havia já pessoas a atravessar para a liberdade, milhares de pessoas. Manfred e Anna aguardavam lá embaixo. Viajariam toda a noite para também eles atravessarem. Havia lugar para os dois no pequeno Trabant. Pouca bagagem. Jei-Jei que preparasse também um saco com as coisas essenciais.

Jei-Jei ficou especado a meio do quarto, a cabeça a fervilhar de possibilidades. Ocorreu-lhe a ideia de procurar Karla em Berlim, mas afastou-a rapidamente: como encontrá-la entre as multidões em movimento? Em seguida, desfiou um rol de argumentos sem saber com que propósito. Convencer Phuong a ficar? Convencer-se a si próprio a partir? Falou outra vez em Karla, mencionou a fábrica, o fato de não ter pedido autorização para se ausentar. Phuong olhou para ele, incrédulo. Depois, retomou o que fazia. Podiam esperar por Karla, mas no outro lado, foi dizendo. Depois de terem atravessado. E, como Jei-Jei não movesse um músculo, acabou por virar-lhe as costas e partir.

— Cada um sabe de si! — atirou-lhe em jeito de despedida, enquanto descia as escadas a correr.

Jei-Jei mexeu-se enfim, para ir atrás dele sem saber com que propósito. Mas não chegou a dizer nada. Desceu as escadas e ficou à entrada, ao lado do porteiro, a ver o pequeno Trabant desaparecer na noite, o escape expelindo um rolo de fumo branco. Para se consolar, pescou nas águas turvas da consciência a ideia absurda de que lhe faltava ainda comprar o trombone. Na confusão instalada talvez conseguisse um por um bom preço. E Karla apareceria com uma explicação qualquer para a sua ausência. Depois, sim, iriam juntos ter com a liberdade.

— Nada disso aconteceu — disse.

Semanas mais tarde foi repatriado sem trombone e sem Karla; sem quase, sequer, ideias. Uma borboleta sem asas.

CAPÍTULO 5

Para edificar o mundo moderno não basta vencer mares e continentes, é também necessário cruzar o tempo. Se antes uma geração brotava espontânea da precedente, hoje em dia os solavancos e rupturas fazem com que sejam precisos esforços redobrados para levar a cabo essa ingente travessia vertical.

Leonor Basto saiu do Hospital de São José no final de uma daquelas tardes douradas que prenunciam o Inverno de Lisboa. Passara a última hora à cabeceira do pai e, cá fora, era como se pudesse voltar a respirar. Depreendeu das palavras do médico que o pai talvez não chegasse à manhã seguinte. Mas, mais do que o médico, quem lhe deu essa certeza foi o próprio pai, que com um sussurro encerrou de modo imperfeito uma história também ela imperfeita, feita dos mesmos fragmentos esparsos que no correr dos anos a curiosidade obstinada da rapariga fora arrancando à parede de segredos. Todavia, fragmentos ainda incapazes de formar um todo coerente que desse um sentido à sua vida.

Olhou para trás, para a fachada do hospital, e sorriu levemente, por lhe fazer lembrar outro hospital, o Hospital de Todos os Santos. Contou-lhe a avó Alzira, vezes sem conta, que foi uma outra Leonor, a rainha, esposa de D. João II, que fundou esse hospital, mais tarde destruído pelo grande terremoto e substituído por este onde agoniza agora o pai.

— E tu és uma princesa e um dia vais ser uma rainha como ela — dizia-lhe a avó Alzira — Por isso te chamas Leonor.

Mal sabia Alzira Basto que um dia, no futuro, esse hospital de que falava viria a dar guarida à agonia do próprio filho. Ironias do destino.

Quando a avó falava assim, Leonor sentia-se de fato uma princesa. Mas, depois, olhava-se ao espelho e não achava os cabelos loiros e sedosos das princesas dos livrinhos de histórias. O cabelo dela era crespo e escuro, rebelde, e a explicação da avó Alzira dissolvia-se num mar de dúvidas. Voltava então à cozinha para perguntar, carrancuda, porque não tinha o cabelo loiro, já que era uma princesa. E a avó Alzira sorria e dizia-lhe que haveria de ficar loiro quando ela crescesse. Que tivesse um pouco de paciência. Era ainda muito nova.

Leonor voltou a sorrir. Passou a mão pelos cabelos e começou a caminhar pela rua do Arco da Graça em direção ao Martim Moniz. Ia perdida nos seus pensamentos. O pai murmurara-lhe dois nomes: *Caldas Xavier* e, após uma curta pausa para recuperar o fôlego, *Mariamo*. Apenas estes dois nomes, sem nada no meio que os ligasse. Leonor pedira mais, quase impaciente, e ele voltara a sussurrar os mesmos nomes de olhos fechados, como se rezasse:

— *Caldas Xavier... Mariamo...*

E Leonor percebeu que não valia a pena insistir: o pai continuaria a repeti-los enquanto tivesse forças. Por isso sopesou cada uma das palavras, olhou-as mentalmente de todos os ângulos, procurou mesmo palavras contíguas e acontecimentos vividos que, como lanternas, as iluminassem. *Mariamo* seria um provável nome de mulher, concluiu; e *Caldas Xavier* o nome de alguém importante, uma figura histórica, talvez um político. Associava este nome a ruas e praças, talvez um jardim.

Tudo isto pensou Leonor enquanto caminhava. E tudo isto, claro, dava em nada. Fragmentos, mais uma vez. Palavras, sem nada que permitisse ver que sentido ganhavam quando ligadas umas às outras. Era assim que lhe tinham ensinado a olhar o mundo: com frases compostas de palavras soltas e uma sintaxe secreta que nunca chegava a ser revelada. Ganhara mais estes dois nomes. Intuía que não mais podia abandoná-los, que eles eram agora tudo o que tinha.

Pensava assim enquanto caminhava, olhando as miçangas, os chás, as raízes e mezinhas, os brinquedos de plástico e os panos estendidos na calçada ou pendurados à entrada das pequenas lojas de vão de escada, os cheiros dos temperos, os vultos escuros surgidos do nada para a abordar discretamente, um pouco assustadores, anunciando coisas escondidas em mãos fechadas, coisas que só em voz baixa podiam ser mencionadas.

Entretanto, passou a idade das princesas e, já na escola, surgiram mais perguntas, perguntas de outras meninas.

Menina sem mãe!
Menina sem mãe!
Para onde foi a tua mãe?

E estes jogos infantis, os mais cruéis, despertavam por sua vez novas perguntas, feitas já de si para si. Para chegar a este ponto houve que percorrer uma estrada. No início era apenas a curiosidade infantil que a avó Alzira resolvia com destreza, munida das tais explicações fantasiosas e também de adiamentos que se foram tornando apelos, quase súplicas, para que esperasse com paciência até crescer. As respostas chegariam todas, assim soubesse esperar por elas, dizia. Leonor esperou, cresceu e tornou-se calculista. Aprendeu, fingindo-se submissa, a encurralá-la, disparando novas perguntas já agudas como setas antes de sair para a rua batendo com a porta. E a avó Alzira ficava para trás, mergulhada num silêncio magoado, como se a injustiça viesse das perguntas e não da ausência de respostas.

A certa altura a avó Alzira morreu, com isso se libertando de ter de responder. Ao mesmo tempo, desceu sobre Leonor uma espécie de culpa, como se tivessem sido as suas perguntas as causadoras daquela morte. E foi essa culpa, ao levá-la a relativizar as coisas, que de algum modo suavizou o caráter da rapariga, permitindo que dali em diante a convivência com o pai não se revestisse de grandes dramatismos. As perguntas continuaram a existir, é certo, mas eram formuladas em silêncio. E era também em silêncio que Francisco Basto respondia.

Morreu Alzira Basto e morreu a casa por dentro, habitada pelos dois sobreviventes, pai e filha. Saíam de manhã e regressavam para constatar o mistério de tudo permanecer onde fora deixado: uma caneca por lavar, lençóis em desalinho, o pacote de leite esquecido na banca da cozinha e já impondo o seu cheiro, uma mancha de formigas diligentes minerando um pedaço de pão. Aos poucos, Leonor aprendeu a construir rotinas que domassem a pequena rebeldia das coisas deixadas ao deus-dará, mas nunca descobriu uma rotina que lhe permitisse compreender o pai. Limitava-se a vê-lo entrar e sair, sempre ocupado. À noite, aprendeu a servir-lhe o jantar.

Francisco Basto era hábil nos negócios, seguro de si, tinha uma vida por assim dizer desafogada. Mas, assim que chegava a casa assumia, juntamente com os chinelos, um ar perdido, uma espécie de vulnerabilidade angustiada que ele procurava escorar numa rotina também própria: o jantar a horas certas, um *whisky* depois, enquanto passava em revista uns papéis ou se sentava meia hora a ver desfilar imagens no quadrado iluminado da televisão. A única quebra desta ordem ocorria quando um velho amigo dos tempos da tropa vinha visitá-lo. Nesses dias, Artur Candal (era este o nome do homem) trazia um presente a Leonor, uma caixa de bombons ou um livro quase sempre pouco a propósito. E, depois de jantar, Leonor levava a louça para a cozinha e fechava-se no quarto enquanto os dois entravam pela noite dentro na companhia de uma sucessão de *whiskies* cujos vestígios a rapariga inventariava na manhã seguinte, ao mesmo tempo que censurava mudamente o pai. Sobre o que os dois amigos falavam ela não fazia ideia.

Já no comboio, Leonor viu-se refletida na janela, um rosto sério e cansado, o cabelo sempre a dar mostras de rebeldia. Um rosto cercado de rostos de outros passageiros, pequena e desbotada comunidade de fantasmas vogando no vidro sobre um fundo de arvoredo, postes, casas, muros escuros e pontos de luz desfilando velozmente à luz pálida do crepúsculo. Nos dias claros via-se o mar sereno e amplo até ao Bugio, visão que era brutalmente interrompida, e com fragor, por uma parede quase colada à janela do comboio, semeada de reflexos dos olhos dos passageiros; sempre que tal acontecia Leonor não conseguia evitar um ligeiro sobressalto, que era também um aviso da aproximação de Paço de Arcos e, por conseguinte, do quase fim da viagem.

Chegou a casa, bebeu um copo de leite e deitou-se. Na manhã seguinte, muito cedo, recebeu o telefonema do hospital comunicando a morte do pai.

* * *

Além da filha, assistiram ao enterro de Francisco Basto dois ou três empregados e Artur Candal, o velho companheiro, que na ocasião proferiu algumas palavras num discurso tateante com referências ao tempo comum passado em África. Quando os restantes dispersaram, Candal convidou Leonor para um café. Era alto, muito magro, com uma barba fina vincando o desenho dos maxilares até ao queixo, e um bigode idêntico que acompanhava o lábio superior, descaindo até se juntar àquela. Usava uns óculos de aros dourados apenas na parte superior, junto às sobrancelhas, com lentes que escureciam à luz quase sempre acabando por lhe ocultar os olhos. O conjunto ganhava, por tudo isto, um aspecto que, embora não fosse propriamente sinistro, era algo atemorizador e não condizia de todo com o seu temperamento um pouco tímido.

Entraram no café e sentaram-se a uma mesa de canto. Nenhum deles sabia o que dizer. Candal queria perguntar-lhe o que iria ela fazer dali para a frente, mas não estava certo que fosse oportuno, naquela altura e naquele lugar, colocar as coisas dessa maneira tão direta. Depois de rodar infinitas vezes a chávena de café sobre o pires, limitou-se a dizer:

— Sabe que pode contar comigo para o que precisar.

Leonor agradeceu. Embora não tivesse ideia do que poderia pedir-lhe, sim, sabia. E voltaram ao silêncio. Leonor sabia também que era ela que acabaria por ter de tomar a iniciativa da conversa. Candal, apesar da constituição tão diferente, era neste aspecto igual a Basto: ambos soldados duros e valentes, mas velhos soldados a quem o tempo foi imprimindo não só rugas e sinais, mas também marcas invisíveis como a que aflorava à superfície na forma desta dificuldade crescente com as pessoas e com as palavras. Talvez tivessem ideias, sem dúvida teria sobrevivido neles um resto das antigas convicções, ou haveria outras que entretanto as tivessem substituído, mas estas hesitações, estes vazios do olhar a cada dia mais longos, eram a prova de que apesar dos enormes esforços viviam uma espécie de derrota permanente que desembocava sempre no silêncio. Candal, com as suas mãos magras escondendo a chávena de café como se a quisesse proteger, era neste momento a prova disso. E percebê-lo era razão suficiente para Leonor tomar a iniciativa. Mas, mais até do que essa consciência, o que a movia era sobretudo a curiosidade de sempre, apontada a alvos que iam mudando à medida que os anos passavam e as pessoas iam desaparecendo: a avó Alzira, depois o pai. Chegava a vez de Candal.

— Que quer dizer *Mariamo*? — perguntou de chofre. — Que quer dizer *Caldas Xavier*?

Apesar do leve sobressalto Artur Candal permaneceu em silêncio. Os nomes que ela enunciava vinham de longe, enterrados por camadas e camadas de novos acontecimentos que a eles se tinham vindo sobrepor. Nomes perdidos sob o manto dos anos, lembranças que era inútil estar ali a resgatar. Mas a intuição de Leonor descobriu uma fresta nesse curto instante em que Candal, tolhido pela surpresa, de alguma maneira se traiu. Foi quando levantou os olhos da chávena para olhar a rapariga e ela notou uma brevíssima perturbação, um fugaz disparo do olhar atrás dos óculos dourados.

Sim, Candal sobressaltou-se. Mas logo em seguida compreendeu-lhe a atitude. Tinha-a visto crescer nas visitas a casa de Basto, jantar após jantar. Assistira calado a inúmeras trocas de palavras entre ela e o pai, quando muito baixando os talheres e suspendendo o mastigar. Trocas de palavras sobre a escola, sobre a casa; às vezes diálogos curtos e tensos sobre se podia ou não ficar até mais tarde numa festa, coisas assim, coisas que escondiam outras coisas. Candal, que era perito em solidão, sabia-a quase sempre só. Mais a mais agora. Que solidão maior do que a dela podia haver? Além do mais, para o velho Francisco Basto a revelação de segredos não faria agora qualquer diferença. Talvez se desse mesmo o caso de ele próprio, Candal, ser o único no mundo capaz de completar o que Basto tentara dizer à filha com aquelas duas palavras. Talvez devesse isso ao seu amigo. Seguramente, embora mal a conhecesse, devia-lho a ela. Vira-a crescer, não o esqueçamos.

— Caldas Xavier é um lugar em Moçambique, talvez hoje com um nome diferente (ao que parece, tudo mudou por lá). Um lugar onde eu e o seu pai vivemos tempos importantes — disse.

E perdeu-se por momentos na lembrança desses tempos em que ele e Basto eram soldados, os tempos difíceis em que a amizade dos dois se cimentou. Quantos episódios poderia agora evocar! A linha férrea muito direita, abrindo caminho por um mato ralo, amarelo-pálido, quase cinzento, as pedras que por vezes afloravam deixando no chão espessas manchas de sombra azul, quase negra, o monótono arfar do comboio interrompido por silvos repentinos que todos esperavam, mas que de cada vez os surpreendiam, e eles quase liquefeitos naquela fornalha infernal, espalhados pelos vagões, deitados de bruços como nadadores na ondulação rude das lonas que cobriam as cargas ou no metal em brasa dos tejadilhos, imersos no cheiro do medo, nos vapores que a locomotiva soltava e se espalhavam pela planície, atentos ao silêncio e à imobilidade do mundo em volta, tantas vezes assustados pela ilusão de um movimento que as ondas de calor provocavam e que queria dizer possíveis guerrilheiros na tocaia, a iminência da emboscada, e afinal era apenas uma gazela perdida ou meros fantasmas perambulando na planície, por vezes fantasmas um pouco, apenas um pouco mais reais, pequenos grupos de gente esguia, cinzenta da poeira, ou mesmo dourada se à luz do fim da tarde, fugindo de algum lugar ou demandando um outro antes que chegassem o frio e os bichos e a escuridão da noite.

Como certa vez em que estão lado a lado, ele e Basto, úmidos do suor e da cerveja quente derramada secando sobre as fardas por lavar (sarja azeda, adocicada). Há acontecimentos como este, acontecimentos que ficam a reverberar pelos muitos anos que vão seguir-se.

Basto era um grande homem. Como dizê-lo ali à filha sem ser por ser este dia e por estar na frente dela, sem ser por Basto ter morrido? Como dizer-lhe que era um grande homem, apesar do sucedido?

Tenta explicá-lo da maneira que é capaz:

— Devo muito ao seu pai — diz.

— E *Mariamo*? — interrompe Leonor — Que quer dizer *Mariamo*?

Aumenta nela a impaciência. As histórias de princesas chegaram ao fim, deixou-as para trás. Não quer substituí-las por novas histórias de fardas e de bravuras, quer ser ela a orientar agora as coisas.

Candal fica um momento em silêncio. Pesa talvez os prós e os contras do que vai dizer. De qualquer maneira, faltam-lhe as artes da avó Alzira para se pôr a falar de princesas; faltam-lhe os modos de Basto, capaz de — olhos nos olhos — responder às perguntas com uma ausência de respostas; com, apenas, o silêncio.

— E *Mariamo*? — insiste Leonor.

Candal levanta os olhos para ela:
— Mariamo é um nome de mulher. Mariamo é o nome da sua mãe.

Começa finalmente a mover-se o que tantos anos esteve quieto. Em volta, é hora de alguma agitação. As pessoas entram e saem do café, apressadas. Muitas amontoam-se ao balcão, tentando atrair a atenção para os seus pedidos: uma meia de leite, um pão-de-Deus, um café pingado. A máquina de café opera sem cessar, minúscula locomotiva atarefada resfolegando os seus vapores na planície do balcão. Candal paga e deixam o lugar. Caminham pelas ruas em silêncio. Apanham um táxi para a estação, apanham o comboio para casa de Leonor. Candal não tem como não ir atrás dela para acabar de contar-lhe o que ela necessita de saber. Leonor não o permitiria.

Nas chamadas itinerâncias, os soldados seguiam por caminhos escolhidos no momento segundo critérios só seus, a fim de dividir a surpresa com o inimigo: cada um podia surpreender o outro, dependendo de a quem o acaso decidia favorecer. Mas ali, na linha férrea, não. Ali o percurso era sempre o mesmo, estava indelevelmente traçado pelas linhas paralelas de metal, não havia maneira de surpreender o inimigo. A espera era a única coisa com que podiam contar; esperar, de cada vez, uma surpresa que enquanto não fosse consumada era apenas uma ideia, uma ideia cuja força a demora em acontecer ia ampliando, transformando em qualquer coisa desconhecida a partir do medo que, ainda em potência, ela incutia. Uma espécie de terror que se espalhava como uma tinta negra, tingindo tudo em volta, transportando os soldados até à antecâmara da insanidade. Só quem lá estivera podia sabê-lo.

Leonor escutou este preâmbulo com um sentimento dividido. Por um lado, a velha impaciência de pretender que o que havia a dizer fosse dito de uma vez, que as palavras perfurassem as camadas para chegar logo ao âmago das coisas. Mas, por outro, condoía-se da dificuldade de Candal, sabia que o caminho por ele seguido era o único possível para chegar onde era forçoso chegar. Lembrar exige que seja observado um certo protocolo, que acendamos uma espécie de lanterna da consciência que nos ilumine o caminho até às coisas que o tempo escondeu em pregas recônditas. Sem essa lanterna perder-nos-íamos facilmente em generalidades e em desconversações que correspondem ao tatear com que se anda no escuro. Candal fazia esse esforço. Por isso ela deu-lhe tempo, perguntou-lhe se queria comer qualquer coisa (ele recusou), foi mesmo à cozinha fazer aos dois um chá.

Certa vez, no regresso de Doa, antes de chegar ao desvio para Ancuaze, deram com um pequeno grupo de não mais que dezena e meia de velhos, mulheres e crianças. Todos sujos, andrajosos, muito magros. Por qualquer razão que Candal não conseguia precisar, a composição estava parada. Ou seja, sempre que voltava a esta história, em sonhos ou acordado, a composição estava parada. Talvez o maquinista tivesse suspeitado de algo adiante, na via. Era comum depararem com obstáculos, uma árvore tombada sobre a linha que tanto podia ser por causa de um raio (as trovoadas eram frequentes na região) ou arrastada para ali com o intuito de esconder um engenho explosivo e preparar a emboscada. De qualquer maneira Candal estava seguro de que dessa vez nada aconteceu, ou lembrar-se-ia. Aliás, lembra-se bem daquele dia. Eram, como disse, velhos, mulheres e crianças. Maltrapilhos, escanzelados. Filhos da fome e da guerra. Teria sido de um daqueles velhos a ideia de partir assim pela planície, talvez os velhos fossem *nkoshwes*, os chamados "tios-grandes", decididos a levar sobrinhas e proles para locais mais seguros, ou talvez o destino não importasse tanto desde que fosse longe de onde haviam partido. Mas eram velhos frágeis e por isso as mulheres iam na frente, a abrir caminho. Não havia força como a daquelas mulheres. Pensando bem, se a ideia era dos velhos, era delas a ousadia de partir em busca de um lugar melhor assim desta maneira, apenas com um par de panelas de barro à cabeça; apenas panelas muito velhas, com inúmeras vidas antes desta, levando talvez uma mão de farinha mal pilada ou um pouco de água para umedecer de vez em quando os lábios das crianças e as manter caladas.

— Sabia que naquelas bandas, naquela altura, se considerava que destruir panelas era maldade maior do que o próprio ato de matar? — perguntou Candal.

— Como assim?

— Matar, diziam eles, era o *trabalho* da guerra, um trabalho tanto dos soldados como dos guerrilheiros, um trabalho que simplesmente tinha de ser feito; mas, *quebrar as panelas?!* Quebrar panelas era mais do que isso, era um atentado gratuito à possibilidade de água e de comida, portanto um gesto de maldade pura, absoluta. Na verdade, contava mais o gesto, a intenção. Era isso que contava.

Leonor manteve um silêncio impaciente. Sentia que Candal se afastava da história. Calar-se era uma forma de o obrigar a regressar.

O silêncio. A cena que não deixa o pensamento de Candal em paz, afora o grito agudo do comboio, é uma cena que nunca tem som. É irônico, disse Candal, que no meio da vastidão da planície, uma vastidão que convidava ao grito, fosse mais avisado guardar silêncio. E de fato foi em silêncio que o comboio os encontrou, depois que deu a curva e se calou. Mais tarde ocorreria a Candal, entre outras possibilidades, terem parado por ter visto aquele pequeno grupo. Por outro lado, por que não fugiram eles quando ouviram os sons da composição, os apitos e resfolegares que a acompanhavam sempre, projetados a grande distância? Ter-lhes-á faltado energia para fugir? Não tinham, na desolação da planície, onde se esconder? Ou será que pretendiam simplesmente entregar-se às autoridades a troco de um pouco de comida? Sim, será que desistiam? Fosse como fosse, o comboio estava ali parado, projetando uma sombra estreita e escura dentro da qual o pequeno grupo se mantinha imóvel. Por qualquer razão foi esta a ideia com que Candal ficou: de que não haviam sido capturados, de que se entregavam. Desistiam. Era assim que começava a história que assaltava as noites de Basto enquanto foi vivo, e de Candal, uma vez mais, na noite que passou e em todas as noites. Era assim que começava, por este acaso que uniu o comboio ao grupo naquele dia. E que uniu os dois, ele e Francisco Basto.

Lá fora, o silvo do último comboio da linha de Cascais varou a noite. Candal permaneceu em silêncio, como se esperasse que o eco daquele grito dispersasse. Ou talvez estivesse apenas a decidir qual de dois ou três caminhos era o mais adequado para prosseguir com a história. Leonor aproveitou a pausa para se levantar outra vez, agora para ir buscar dois copos e a garrafa de *whisky* ao armário. No gesto havia pouco de espontâneo. Sabia, de os ter ouvido noites a fio, do outro lado da porta do quarto, que era o calor do *whisky* que transportava os dois amigos para aqueles tempos e lugares, uma espécie de laço que os unia ao território das lembranças. Em África bebia-se muito *whisky*, costumava dizer-lhe o pai quando estava de bom humor. Como se isso fosse um ato heroico de que pudessem orgulhar-se.

Candal olhou a rapariga enquanto esta servia os copos. Há muito que Leonor era uma mulher e ele tinha-a visto crescer. Sim, era uma mulher já feita. Não muito alta, não propriamente bonita, mas de semblante inteligente e, Deus lhe perdoasse, muito sensual. Tinha-a visto crescer, mas parece que só agora o descobria.

— Bebe *whisky*?

Leonor não lhe respondeu. O tempo de uma vida acaba por passar a correr, pensou Candal. E foi como se o gesto dela o ajudasse a reencontrar o caminho do que tinha para contar.

Embora pertencessem a unidades diferentes (Basto estava numa Companhia dos Grupos Especiais, os GE), os dois faziam muitas vezes missões conjuntas. E nesse dia olharam em volta, desconfiados de que atrás daquela gente se escondia a emboscada. Por isso desceram para a linha com as G3 aperradas. Mas não. Era tudo espaço aberto a perder de vista, desolação. Houve de fato uma emboscada, conclui ele hoje de si para si com irônica amargura, olhando a rapariga. Mas foi uma emboscada de outro tipo, uma emboscada cujos efeitos ficariam a reverberar todos estes anos. E que tinha a forma da rapariga que estava à sua frente.

Perguntaram-lhes o que faziam ali. Um dos velhos disse que fugiam do mato, havia lá muita fome. Caminhavam há um par de dias, não conseguiu explicar com clareza para onde. Olhavam os soldados com olhos amarelos muito abertos, estavam finalmente frente a frente com os diabos brancos. Não lhes restava energia para continuar o jogo, tentar a fuga pela vastidão aberta da planície (alvos em movimento).

Candal ordenou-lhes que subissem para o vagão e eles ajudaram-se uns aos outros a fazê-lo: primeiro as crianças, depois os velhos e a magra trouxa, as mulheres no fim. Sempre batendo as palmas para agradecer, sempre murmurando coisas incompreensíveis. E a composição retomou a marcha em direção a Caldas Xavier.

— *Caldas Xavier?* — sobressaltou-se Leonor. Era como se já conhecesse aquele nome há muito tempo. Finalmente, avançavam.

Candal prossegue no seu tom monótono. Diz que foi por esta altura — aquela gente encolhida a um canto do vagão, os soldados em cima, com os canos das armas atentos ao desfilar da paisagem — que notou pela primeira vez o olhar fixo de Francisco Basto; e notou também que, no meio do grupo, uma das mulheres, de fato uma jovem ainda, tinha a pele dourada em resultado da extraordinária conjugação da poeira da planície capturada pela pele úmida do esforço da caminhada, uma conjugação dessa poeira, dizia, com os últimos fulgores do sol incidindo nas coisas quase na horizontal, tudo isso resultando numa pele de ouro baço. Por vezes a umidade ganhava força suficiente para formar uma gota de suor, e esta descia pela pele da rapariga num percurso enigmático, como a ponta de uma goiva talhando um risco tortuoso e brilhante em densa madeira escura. Acontecia também, com as variações da incidência da luz, o ouro maciço ganhar tons acobreados. E era de tudo isto que Basto não tirava os olhos, fascinado; era tudo isto que o enchia de assombro. Candal, claro, não o disse assim a Leonor, mas foi assim que ele próprio também viu aquela mulher na altura, e nunca mais esqueceu. Na verdade, talvez tenha sido Basto a descrevê-la assim, e Candal, impressionado, guardou a descrição como se fosse sua. A Leonor resumiu tudo com o distanciamento de que foi capaz. Simplesmente, disse que Basto reparou naquela jovem mulher encolhida a um canto do vagão e se interessou por ela.

Além da natural surpresa de uma pele assim, Candal achou na ocasião não haver nada que justificasse a atitude de Basto. Perguntou-lhe por que olhava a rapariga daquela maneira. Sem desviar o olhar, Basto respondeu:

— Esta vai ser minha.

Mais uma vez, claro, Candal não o disse a Leonor desta maneira.

O comboio voltou a deter-se em N'cungas, mais adiante, pequena estação ferroviária antes de Caldas Xavier. Havia ali um aldeamento de população e um guarda da PSP. Havia também o pequeno quartel do GE 602, a gente de Basto. Desceu ele, desceu o pequeno grupo de *recuperados* (era assim que lhes chamavam), e a composição retomou a marcha.

Os dias continuaram a correr, mas desde então que Francisco Basto passou a ser um homem diferente. Candal avançava agora com cuidado. Tolhia-o um certo pudor, uma dificuldade em revelar à filha as intimidades do velho pai. Leonor fitava-o sem qualquer expressão.

— Nós, os soldados, éramos como irmãos — disse Candal.

Falavam-se das famílias respectivas, liam-se em voz alta as cartas que recebiam, partilhavam fotografias e conquistas, chegavam a contar uns aos outros, sem qualquer pejo, os sonhos que haviam tido.

—Devo muito ao seu pai — repetiu.

Um dia fizeram um prisioneiro. Haviam sofrido uma emboscada, no tiroteio que se seguiu um companheiro foi abatido mesmo a seu lado. Caiu, varado por um tiro, e ficou sentado no chão, a boca aberta golfando sangue, os olhos espantados. Entretanto o combate mudou de feição e os atacantes acabaram por bater em retirada, deixando um ferido para trás. Candal, possuído pelo desejo de vingança, avançou para o ferido de punhal na mão. Olho por olho, dente por dente. Mas Basto interpôs-se e travou-lhe o braço, dizendo-lhe que se deixasse disso que ainda se desgraçava. Falou-lhe numa crença deste lugar, ou coisa que o valesse, segundo a qual apagar um olhar que nos encara é ficar com ele dentro de nós a assombrar-nos para sempre, ou pelo menos até ao dia em que o nosso próprio olhar se apaga. Deixa-te disso, repetiu-lhe em voz baixa, mas com firmeza.

— Nesse dia o seu pai salvou-me — disse Candal. — Salvou-me de mim próprio.

Leonor levantou-se e voltou a servir-lhe um *whisky*. Fê-lo com uma certa rispidez. Agradecia-lhe o elogio ao pai, entendia-lhe até a perturbação, mas sentia que ele se desviava da rota e queria dar-lho a perceber. Candal levou o copo aos lábios com vagar. E reentrou na história.

Eles, os militares, eram como irmãos, mas Candal foi aos poucos reparando que Basto se distanciava, se fechava, ao mesmo tempo que usava de todos os pretextos para permanecer em N'cungas. Perdia-se por aqueles corredores poeirentos de palhotas alinhadas, sempre iguais. De tal modo que chegou a haver entre os soldados quem falasse no medo que o Comandante Basto ganhara às operações, quem falasse em drogas, em negócios de pedras e, até, Deus lhe perdoasse, em traição. Sim, chegaram a aventar a possibilidade de Basto ter estabelecido contato com o inimigo. Candal, ele próprio, perguntou-lhe várias vezes o que o afetava, por que razão desaparecia, recebendo explicações vagas e esquivas. Candal já desconfiava o que seria, mas queria ouvi-lo da boca do amigo.

Certa vez, lembra-se, o *Unimog* deixava o aldeamento para ganhar a estrada. Desfilaram as últimas palhotas no meio de uma nuvem de poeira, sempre iguais, depois uns campos de mandioca e a clareira do fontanário onde um pequeno grupo de mulheres enchia latas de água, observadas a certa distância por alguns guardas rurais. Foi então que, olhando pela janela, Candal reparou na rapariga dourada. Tinha as mãos unidas na frente, uma segurando a outra, os braços esticados e os ombros levantados como se sentisse frio. Tinha uma lata junto dos pés descalços, aguardava a sua vez. E seguiu o *Unimog* com o olhar antes de ser engolida ela própria pela poeira que as rodas levantavam ao passar. Desapareceu, mas para Candal tudo ganhou de repente uma certeza. As frequentes ausências de Basto no aldeamento, naquelas vielas sempre iguais, ganharam uma explicação. Candal não lhe perguntou nada. Sem olhar o amigo, com os olhos postos na estrada, simplesmente desfiou indícios, pequenos casos que, embora vagos, todos juntos ganhavam um sentido irrefutável. Basto só tinha de concordar, como de resto fez. Recusou no entanto a acusação de falta de confiança no amigo. Se mantivera segredo era por não ter ainda a certeza do que o ligava àquela mulher. De qualquer maneira, o que interessa é que assentiu que a visitava regularmente.

Leonor estava agora muito séria.

— Está a dizer-me que a minha mãe era uma prostituta... — disse.

— De modo algum! — apressou-se Candal.

Leonor tinha de entender aqueles tempos, aquela circunstância. Os soldados entravam à força nas palhotas, sem bater à porta (se Leonor entendia o que ele queria dizer), estavam por assim dizer na força da idade e, embora condenável, sobretudo a esta distância, aquela era uma das poucas maneiras que tinham de celebrar o fato de estarem vivos. Sobreviver era ali uma conquista diária, morrer uma possibilidade permanente.

— O que me está a dizer é que humilhar assim os outros, ou

mesmo matá-los, era a única maneira dos *pobres* soldados poderem sobreviver — observou Leonor com sarcasmo.

Candal prosseguiu como se não tivesse ouvido. O caso de Francisco Basto era diferente, não se tratara da satisfação de um desejo momentâneo, não necessitara de recorrer à violência para derrubar a mulher. Seduzira-a com panos, conservas, rações de combate, enfim, uma lata de azeite (chamavam-lhe *azeite-doce*). Leonor tinha de entender que ali se lutava diariamente por algo que comer, qualquer pequeno ganho era para eles o paraíso. Antes ser um soldado a entrar-lhes pela porta adentro que um guarda rural bêbado, violento e sem nada para oferecer. E, claro, se essa presença se tornasse regular — ainda por cima, se fosse um comandante dos GE — que melhor garantia podia haver de que os outros todos se mantinham ao largo? Basto dava àquela família a ilusão de estabilidade e eles recebiam os presentes e afastavam-se, levando consigo as crianças. Deixavam os dois sozinhos, Basto e a rapariga.

Candal progredia agora com muito cuidado. Mariamo (podia já nomeá-la abertamente) era bela, muito jovem. Para uma família vulnerável como a sua, se se podia chamar uma família àquele desirmanado conjunto de pessoas, isso tanto podia ser uma bênção como uma maldição. Tiveram sorte, calhou-lhes um Francisco Basto enfeitiçado.

— Sorte! De qualquer maneira está a dizer-me que a minha mãe não teve escolha.

— Ninguém tinha escolha naquele mundo, naquele tempo. Só os que puxavam os cordelinhos e estavam longe dali é que tinham escolha — disse Candal.

De fato, só é possível aceitar se se puder também recusar. Sim, Mariamo não tivera escolha. Mas, mais uma vez, Leonor tinha de ter em conta as circunstâncias. Talvez Francisco Basto tivesse cruzado aquela porta sem pedir licença, era verdade. Mas Mariamo, insistiu Candal, era muito mais do que a satisfação de um capricho passageiro.

Entretanto, a vida continuou, para cima e para baixo naquela linha interminável. Dona Ana, Ancuaze, Charre e, sempre que possível, N'cungas, a visitar o amigo. Numa das operações Candal foi ferido por um estilhaço. Lutou pela vida, foi evacuado para a Vila de Sena e, dali, transportado de helicóptero para a Beira. Quase perdeu um olho, ficou para sempre com a pálpebra direita descaída e uma grande cicatriz na fonte.

— Há uma certa ironia no fato de que eu quase morria na altura em que aqui, em Lisboa, se dava o golpe de Estado que acabou com a guerra — disse Candal, afagando a pálpebra.

A partir daí as coisas precipitaram-se, e talvez por isso lhe tenham ficado confusas para sempre na memória. Regressou a Portugal, foi desmobilizado. Basto viria uns meses mais tarde, soube depois. Estiveram alguns anos sem se ver, envolvidos no esforço de descobrir um rumo para as respectivas vidas. Um dia reencontraram-se, e foi então que Candal deparou com Leonor.

— Conheço-a desde esta altura — disse Candal, esticando o braço e colocando a mão à altura que Leonor teria, mas fazendo-o segundo ele à maneira africana, com a palma da mão virada para cima, por Leonor estar viva e ter continuado a crescer (a palma da mão virada para baixo significava a altura dos animais de quatro patas ou, se aplicado às pessoas, a altura definitiva, aquela que se tinha à data da morte).

Candal procurava agora galgar distâncias, chegar ao presente, àquela sala, àquele momento. Tentava libertar-se daquela história, ou melhor, libertar-se de contar aquela história justamente a Leonor. Fizera um grande esforço, antecipou mesmo o alívio que sentiria assim que se calasse. Leonor tinha já as respostas necessárias, achava ele. Faltava apenas que as assimilasse da melhor maneira possível e que seguisse em frente.

Mas Leonor tinha um entendimento diferente. O que a conclusão precipitada de Candal deixara de lado era precisamente o que ela mais queria saber. Levantou-se para deitar mais *whisky* nos copos, ganhando tempo para formular novas perguntas.

Pretendia saber tudo o que ele ainda não contara, tudo o que ele sabia. E se Candal tivesse chegado ao fim, pretendia que ele especulasse com ela sobre aquilo que não sabia.

— Ainda não me contou o principal — disse.

Não havia maneira de evitar que a lâmina daquela história se enterrasse na carne até ao fundo. Candal suspirou e não teve outro remédio senão prosseguir. Isso que Leonor chamara de principal só chegou ao seu conhecimento quando reencontrou Francisco Basto, já em Lisboa. Quando conheceu Leonor. Aos poucos, Basto contou-lhe o resto.

Sim, foi esse o tema principal das conversas entre os dois, mesmo se raras vezes o abordaram. Um tema que esteve sempre presente, a razão do silêncio que existia naquela sala. E se falavam, faziam-no em voz baixa para que Leonor, do outro lado da porta, não ouvisse. Sim, era este assunto que alimentava o longo silêncio que se apoderava dos dois naquelas noites em que cada um refletia sobre esse tempo. Talvez Basto tenha murmurado aquela história infinitas vezes, talvez a tenha revirado de todas as maneiras, olhado para ela sob todos os ângulos, tanto que Candal acabou por entrar nela e hoje é como se também fosse sua.

— O seu pai não se orgulhava dela, mas foi uma história inevitável — disse.

Ou seja, nada do que fora feito podia ter sido feito de outra maneira. Das visitas de Basto à palhota de Mariamo resultou uma gravidez igual a tantas outras por aqueles aldeamentos fora. Candal insistia: era preciso ter em conta aquele contexto. O medo, a clausura, o desregramento da guerra, tudo isso era um caldo que dissolvia o sentido das coisas, o respeito entre as pessoas; soldados e guardas rurais entravam pelas casas de arma ou dinheiro na mão, munidos de vontades urgentes, inadiáveis; e, como se viu tantas vezes, inegociáveis. Não olhavam para o futuro, para o rastro que deixavam, só um presente entorpecido lhes enchia a atenção. Eram como feras *desenfiadas* dos quartéis (era este o termo utilizado).

— Não no caso de seu pai — volta Candal, estendendo a mão à memória do amigo para a salvar.

Por qualquer razão, Basto apegou-se à criança. Leonor ainda não falava, apenas agitava os braços e chorava se tinha fome. Ou ria sem qualquer sentido ainda, apenas para exercitar os músculos e afinar a expressão. E Basto, segundo revelou a Candal, ficava tempos intermináveis a olhá-la, a vê-la mudar, a transformar-se, o que de alguma maneira deve ter insuflado o orgulho de Mariamo, embora também lhe tivesse ditado o infortúnio.

Leonor fecha os olhos em busca das suas impressões mais remotas. Uma palhota, cheiros, sons, talvez um calor extremo. Mas não, nada chega até si além do cabelo crespo e da pele macia, cor de mel.

Prossegue a história. Mariamo era aqui a incógnita, Candal nunca a viu de perto, disse; isto é, nunca falou com ela assim a sós. O que o ligava a ela eram apenas pequenos fragmentos, cruzamentos breves e fortuitos. Por exemplo, naquele dia na planície, a sua pele dourada; e, mais tarde, surgindo entre as nuvens de poeira, no fontanário. Os ombros encolhidos como se tivesse frio, a lata vazia a seus pés. Apenas isso. Todavia, eram visões que não lhe deixavam ter paz, infinitas vezes regressadas. E os novos fragmentos que Basto ia deixando escapar ao longo de tantas noites eram como punhados de barro que Candal ia juntando à escultura que moldava. Mas isto não disse a Leonor, claro.

Voltando ao apego de Basto à criança. No dia em que o seu grupo deixava definitivamente o aldeamento, disse-o ele a Candal numa das noites de Oeiras, foi à palhota com a ideia de se despedir e, num impulso, agarrou a criança e trouxe-a consigo para Portugal. Candal não tinha maneira menos crua de contar o episódio.

— É tudo o que sei.

E ficam os dois em silêncio.

— Percebo — disse Leonor. — Arrancou-me dos braços da minha mãe. Talvez a tenha atirado ao chão, talvez lhe tenha mesmo dado um tiro para a calar... Os militares podiam tudo, não é?!

— Asseguro-lhe que não — disse Candal. — Conheci bem o seu pai, seria incapaz de tal coisa. Gostava muito dessa mulher. E, pelos vistos, gostava ainda mais de si.

E levantou-se. Era já tarde, havia cumprido o seu papel. Despediu-se num murmúrio e dirigiu-se para a porta. Lá fora o dia começava a despontar. Não tardaria a passar o primeiro comboio, se se apressasse ainda o apanhava. No umbral, olhou para trás. Leonor continuava sentada, o olhar preso ao chão, aos arabescos do tapete. Era a imagem da solidão. Sentiu pena dela e isso fê-lo dizer algo de que se viria a arrepender amargamente. É curioso como uma só frase pode alterar de forma tão radical o rumo que as coisas tomam.

— Posso procurar saber da sua mãe — disse.

— Como assim?

— Tenho vindo a pensar numa viagem a Moçambique. Tenho lá um contato, pretendo ir de carro até Tete.

— O que vai lá fazer? — perguntou Leonor sem se dar conta da impertinência da pergunta. Claro que ele podia ir lá fazer o que bem entendesse.

— Vou fazer turismo. E visitar locais que foram importantes num certo período da minha vida.

Candal falava agora mais devagar. Começava a pressentir que devia ter ficado calado; que, aliás, já se devia ter ido embora. Tentou remediar as coisas.

— Quer dizer, a viagem é ainda pouco mais do que uma ideia. Talvez a faça, talvez não. As despesas são enormes. Mas não se preocupe. Se as coisas forem para a frente irei à Mutarara visitar todos aqueles lugares e farei tudo para lhe trazer notícias da sua mãe.

E, como Leonor se mantivesse em silêncio, murmurou uma despedida vaga, saiu e fechou a porta com cuidado atrás de si. Levantou as golas do casaco e subiu o fecho até acima. Inspirou fundo e pôs-se a caminhar. Fazia-lhe bem o frio da madrugada, diluía o *whisky* e a tensão das últimas horas. Quase se sentiu bem. E quase, também, dobrava a esquina quando ouviu a voz de Leonor nas costas, chegada do fundo da rua:

— Conte comigo, também quero ir nessa viagem!

* * *

Devo dizer, em abono da verdade, que o grosso dos elementos por trás da motivação de Leonor Basto foi-me fornecido por Jei-Jei a partir do que ela própria lhe foi mais tarde contando, primeiro na troca de correspondência e depois no decorrer da viagem. É natural que Jei-Jei tenha acrescentado alguns aspectos digamos que menos alicerçados na chamada verdade dos fatos (afinal, era esse o nosso jogo). Quanto a mim, limitei-me ao preenchimento de alguns hiatos: o inconfundível cheiro das pastelarias, a luminosidade de Lisboa com o aproximar do Inverno, a foz do Tejo vista da janela do comboio, enfim, o Bugio como um pequeno sinal na pele do rio. É também da minha lavra a *antecipação* da história para uma fase em que Leonor ainda preparava a travessia aérea do continente africano rumo ao sul, na companhia do velho soldado colonial. Fi-lo por razões de clareza da exposição.

CAPÍTULO 6

Os passos dos caminhantes nunca são inteiramente solitários. Nas curvas mais esconsas surgem sempre novos caminhantes para lhes iluminar a estrada e ter a sua iluminada por eles, como se tudo fizesse parte de uma dança concertada.

Jei-Jei e Bandas Matsolo viajaram para Durban sem qualquer percalço. Cumpriram o objetivo que os levava lá, de adquirir o Toyota *Hiace* que o Coronel Damião encomendara e, no caso de Jei-Jei, houve ainda tempo de contatar Elize Fouché, a presumível amiga do poeta Anderson. Além disso a viagem permitiu aprofundar o conhecimento que cada um tinha do outro, contribuindo assim para os aproximar. Por alturas da fronteira da Namaacha, enquanto esperavam a vez de passaporte na mão, haviam já deixado as palavras de circunstância e diziam coisas que interessavam vivamente a um e a outro. Matsolo quis saber dos passos de Jei-Jei e este contou-lhe da experiência na Alemanha, o frio, o trabalho, como conhecera Phuong e se tornara seu amigo, a minúcia da polícia, as perseguições racistas, enfim, como ficara ligado aos carros e à mecânica e como esta estava na base de ideias que, tantos anos decorridos, estavam ainda por concretizar. Jei-Jei sempre foi aberto e muito falador. Só não lhe falou no trombone (pelo menos não me disse tê-lo feito na altura), e suspeito que nem em Karla, talvez porque a proximidade que sentia de Matsolo fosse a suficiente para uma conversa sobre as ações, não ainda sobre sonhos e desejos.

Bandas Matsolo ouviu o companheiro com atenção, talvez se tenha mesmo regozijado com o interesse que ele revelava pela mecânica e pela viagem, que só reforçava a ideia de que era o companheiro ideal para o projeto que o Coronel Damião tinha em perspectiva. Além disso, alegrava-se com as semelhanças entre o que Jei-Jei relatava e a sua própria experiência quando, muito tempo antes, estivera emigrado na África do Sul. Ouvia-o e revia-se nos dias da sua própria juventude. E isso fazia-lhe bem.

É certo que Jei-Jei já me havia referido ter notado semelhanças entre os dois países, mas o conhecimento que tinha da África do Sul era bastante superficial, de ter ouvido contar. Matsolo, pelo contrário, estivera nas minas sul-africanas e, conquanto tivesse sido sempre avesso à língua inglesa, conhecia-as bem. Foi sobre elas que falou ao companheiro de viagem, iam eles, segundo este, por alturas de Piet Retief.

Tal como tantos outros, à entrada dos vinte anos Matsolo conseguira um contrato para as minas do Rand. Pretendia, com o pecúlio que viesse a amealhar, comprar um arado e uma máquina de costura para o pai, e pagar o lobolo de uma noiva que ainda não tinha, mas esperava vir a ter (eram esses os objetivos nesse tempo). O trabalho nas minas era muito duro. Desciam na jaula até às entranhas da terra e passavam o dia entre picaretas e martelos pneumáticos, a arrastar mangueiras e a ouvir os insultos do capataz, tudo isso mergulhados num calor infernal, em escuridão e nas nuvens negras de um pó que se agarrava à pele.

Ao ouvir isto, disse Jei-Jei, veio-lhe à memória a fábrica de Zwickau e a sua imersão numa atmosfera tão contrária à que Bandas referia, gélida, pejada de fiapos brancos de algodão, mas provocando curiosamente a mesma dificuldade em respirar. Pó de carvão e fiapos de algodão, um mundo negro e outro branco. Disse-o a Matsolo e riram ambos da comparação.

Do mesmo modo, a estadia de Bandas Matsolo na África do Sul, tal como a de Jei-Jei na Alemanha, acabou por não ser inteiramente negativa. Se antes a cidade de Lourenço Marques correspondia às fronteiras do mundo imaginado a partir da sua terra natal, nas cercanias do Chókwè (numa altura em que este ainda se chamava Vila Trigo de Morais), na mina essas fronteiras alargaram-se para incluir uma imensidão de novas gentes e lugares. Nas longas horas passadas nas filas de saída, onde os mineiros eram revistados com minúcia para prevenir o roubo de pepitas, ou nos tempos de ócio entre turnos, no *compound*, ouviu conselhos sábios dos *madodas*, novas histórias, revelações. Nos bares falavam-se outras línguas e cantavam-se outras músicas, e tudo isto trazia forçosamente novas ideias. A principal, claro, e também a mais veemente, era a de que a ordem dos brancos não era eterna nem inevitável. Matsolo ouvia as discussões acaloradas, os protestos surdos, os resmungos da mole de trabalhadores nas costas de capatazes incultos e brutais, as ironias e os sarcasmos, os rosnidos de fera lambendo as feridas, eriçando os pelos, afiando as garras. Tudo isso o assustava e maravilhava ao mesmo tempo. E, de tão intensamente conviver com este mundo, a partir de certa altura descobriu que já não pensava como antes. Uma transformação difícil de explicar, disse ele a Jei-Jei. Mantinha as saudades de casa, é certo, e a mesma vontade de agradar aos pais, de se casar conforme a regra e tudo o mais. Mas é como se a espera até juntar o dinheiro se tivesse transformado numa espera de natureza diferente, como se a impaciência da espera se fosse transformando em curiosidade. Sim, como se tudo fosse um caminho que ele tivesse a necessidade imperiosa de percorrer até ao fim. Era isso, concluiu: tinha de chegar ao fim antes de voltar para trás. Por isso, quando dois companheiros lhe propuseram fugir para se juntarem aos guerrilheiros que combatiam os portugueses, ele aceitou prontamente, embora na altura não fizesse bem ideia onde era o Tanganica. Apressou-se, disse Jei-Jei, a acrescentar que o fizera não por ter ideias políticas claras como as deles, mas pela tal necessidade, que não sabia explicar, de *conhecer mais caminho* (foi esta a expressão que usou). Eles sabiam o que queriam, estavam preparados para assumir os riscos que aquela opção comportava. Quanto a Matsolo, estava como que viciado em novidades, estava disposto a tudo para continuar a ter surpresas como a que tivera no Rand. Ia com eles porque isso significava prosseguir a caminhada, porque esse gesto era o oposto de voltar para trás. Ainda não era o tempo de voltar para trás.

Jei-Jei ouviu tudo isto, disse, com uma espécie de maravilhamento de criança. E com certa surpresa, também. Matsolo teria podido vangloriar-se daquele passo que fizera dele um guerrilheiro e, portanto, um herói; mas não, escolhia antes revelar as escuras motivações de uma aventura adolescente. Esta modéstia, disse Jei-Jei, era o que fazia de Bandas Matsolo, a seus olhos, um verdadeiro herói. O apego à verdade, ainda que a uma confusa verdade.

Seja como for, uma noite o jovem Matsolo abandonou a mina com os dois companheiros. Com eles ia também um rapaz matabele oriundo de Bulawayo, que viria a revelar-se da maior importância para o sucesso da fuga. Quantos se perdiam nos caminhos desconhecidos do norte da África do Sul, engolidos pelas feras do Kruger Park ou denunciados nas aldeias e nos postos de controle rodoviário! Mas o jovem matabele sabia o que fazia. Sabia das rotas clandestinas que traziam mineiros desde a Rodésia, conhecia gente por todo o lado e quando não conhecia tinha verdadeiras artes de se insinuar. Cruzaram com ele grande parte da Bechuanalândia sem qualquer percalço, depois de atravessarem o rio Limpopo e passarem a fronteira a salto na região de Maasstroom. Deram uma grande volta para evitar o posto policial de Bobonong, que era muito atento aos movimentos fronteiriços e, perto de Francistown separaram-se do guia, que rumou à sua terra natal, do outro lado da fronteira. Seguir com ele seria muito arriscado por causa das patrulhas militares que pululavam na Rodésia. Por sorte, conseguiram a boleia de um caminhão carregado de sacos de farinha que os levou até às imediações de Kazungula, onde conseguiram atravessar o

Zambeze de canoa para entrar na Zâmbia. Uma vez ali, puderem seguir viagem sem qualquer problema dado que as autoridades apoiavam os movimentos nacionalistas a que pretendiam juntar-se. Chegaram a Lusaka, estabeleceram contato com a Frelimo na Africa House e seguiram posteriormente para Dar-es-Salaam sem qualquer novidade digna de nota.

Ouvindo esta parte da história, imagino, é natural que Jei-Jei não pudesse evitar uma sensação amarga, pelo contraste que fazia com o seu próprio percurso. Afinal, Matsolo não tinha virado a cara ao caminho que tinha na frente, mesmo se motivado por razões que, como ele próprio dizia, eram pouco claras. Quanto a si, Jei-Jei também estivera numa encruzilhada, certa noite em que Phuong irrompeu na residência de Zwickau a chamá-lo para saltarem um muro cheio já de brechas, e seguir em frente. E foi com a imagem dolorosa do Trabant desaparecendo na noite carregada de nevoeiro, enquanto acenava uma despedida ao lado do porteiro alemão, que notou o casario a adensar-se no ar dourado de uma tarde já madura, e sentiu a primeira lufada da maresia à medida que se aproximavam do porto de Durban e do final da viagem.

* * *

Depois, tudo se precipitou. Correram para o imenso parque de carros usados da KDG Auto Exports, em pleno cais, antes que as portas encerrassem. Havia filas intermináveis de caminhões, machimbombos, jipes e automóveis chegados do Japão, entre os quais um número assinalável de Toyotas *Hiace* que observaram com a minúcia possível, cada qual com o seu passado, casais japoneses, homens, mulheres, *Hiaces* de transporte de mercadorias ou de passageiros, *Hiaces* dos correios, de entrega de pão, *Hiaces* de transporte de legumes e frutas, ou mesmo de peixe como no caso daquele que eles acabaram por escolher depois de cuidadosamente observadas todas as juntas e todas as esquinas em busca de indícios de ferrugem, depois de verificada a estofaria do interior, depois de analisado o fumo do escape e o ronronar, não fosse dar-se o caso de estar dissimulado um defeito grave no motor. No final, tudo parecia impecável salvo uma pena negra de corvo-marinho, sedosa e alongada, ou algumas escamas de carpa real, brilhantes como moedas, a primeira disfarçada num remendo discreto do estofo de um banco, as segundas nos pelos da alcatifa, sinais caprichosamente sobreviventes de uma outra vida que a reforma não conseguiu eliminar, mensagens do destino em que tanto Jei-Jei como Matsolo não repararam devido à pressa que tinham, e por ser já quase noite. Concederam-se apenas uns minutos de contemplação silenciosa, como se estivessem em presença de um objeto sagrado, paciente e adormecido, mas ainda assim guardando a capacidade indefinida de acender os sonhos de cada um e os pôr em brasa, um enigma só sentido por quem olhou um carro e se achou capaz, pela primeira vez e a seu bel-prazer, de vencer com ele grandes distâncias como se a geografia fosse coisa de somenos. Era um belo carro, sem dúvida impressionaria o Coronel Damião, pensou Matsolo enquanto assinava os papéis e pagava a reserva e o transporte.

O negócio foi fácil de concretizar (o mar de viaturas era enganador na medida em que o fim do superciclo, em 2008, determinou uma contração abrupta de mais de dez por cento na exportação de carros usados do Japão para África, o seu maior consumidor, e consequentemente os potenciais compradores eram tratados com grandes cuidados e cortesia). Assim, enquanto Matsolo acabava de tratar dos papéis, Jei-Jei, sempre a correr, atravessou a rua e dirigiu-se ao bar de um hotel ali perto onde estava marcado encontro com Elize Fouché, a amiga do poeta Anderson ou de alguém que ficou confundido com ele. Ela já o esperava.

Jei-Jei contou que a sul-africana era uma mulher ainda jovem, com uns cabelos loiros quase brancos que faziam lembrar, disse-o com certo embaraço, a amiga que tivera na Alemanha.

Tal como Karla, Elize Fouché bebeu cerveja com afinco enquanto explicava que era jornalista e pretendia fazer um trabalho sobre Moçambique. Desde pequena que os pais lhe falavam nas praias, na cerveja e nos camarões de Lourenço Marques, e sobretudo na *LM Radio*, uma estação radiofônica em língua inglesa que assegurara a banda sonora dos jovens daqueles tempos (portanto, havia também razões familiares). Consultara o anúncio publicado por Artur Candal na Internet, referindo a viagem e procurando associados, mas infelizmente de português só entendia umas palavras dispersas, quase nada. Quis saber que locais o grupo tencionava visitar, enfim, mostrou-se vivamente interessada na província de Inhambane, mencionou locais como Homoíne e Vilanculos.

Jei-Jei relatou-me este encontro dias depois do seu regresso a Maputo. Fê-lo com certa atenção aos pormenores, o que me levou a deduzir que além da apontada curiosidade o movia uma necessidade toda nova de conhecer melhor a possível passageira, na qualidade de futuro integrante ele próprio da viagem como uma espécie de ajudante de Matsolo. Isso significa que já se dispusera a aceitar a proposta do Coronel Damião, para quem a contratação se justificava dada a natureza da viagem, demasiado longa para depender apenas de um motorista como Bandas Matsolo, que já não era propriamente um jovem. Mas, apesar dos seus esforços, o que Jei-Jei me apresentava era ainda demasiado escasso para que juntos, colmatando as brechas, pudéssemos traçar um retrato de Elize Fouché.

Resolvi apoiar-me no curioso interesse que a sul-africana manifestara por Homoíne, essa localidade poeirenta e irrelevante, nem sequer próxima do mar doce e azul daquela região, desprovida da proverbial brisa que sopra no coração dos palmares, enfim, uma localidade cuja notoriedade, aliás fugaz (a memória é curta, a não ser para os sobreviventes), cuja notoriedade, dizia, se devia a ter sido palco, mais de vinte anos antes, de um grande massacre; um local, portanto, tocado publicamente pela morte. Tudo isto tornava o interesse da sul-africana em algo de suspeito (e desde já concedo que para tal interpretação contribuíam também um grande número de anos de justificada crença em que tudo o que vinha da África do Sul era ameaçador e provido de má intenção). Portanto, os caminhos desembocavam todos numa simples questão: O que procurava Elize Fouché em Homoíne?

Jei-Jei mostrou-se algo perturbado com a direção que as coisas tomavam, por motivos que só muito mais tarde eu viria a descobrir. Duvidou abertamente da minha construção a partir de dados tão escassos. Calei-me (afinal, era ele que tinha tido o encontro com Elize Fouché, era ele que por assim dizer a conhecia pessoalmente). E Jei-Jei tomou ele próprio a palavra.

Depois que a sul-africana partiu, caminhando pelo corredor sem olhar para trás, ele regressou para junto de Matsolo e resumiu-lhe o encontro, tocando a questão das motivações da rapariga tal como mais tarde veio a fazer comigo, e avançando com a primeira possibilidade, a dos alegados *motivos familiares*. Na altura, tal como eu o viria a fazer, Matsolo duvidou que as memórias da juventude dos pais fossem poderosas a ponto de levarem a rapariga à viagem. Haveria necessariamente mais qualquer coisa. E, de resto, o que é que essas memórias tinham a ver com Homoíne? Matsolo inclinava-se antes para a possibilidade de Elize ser filha de um pastor como aqueles que se espalharam pelos matos fundando escolas e missões, visitando aldeias de Bíblia na mão. Nas suas inúmeras viagens ao volante do machimbombo ele havia transportado algumas dessas estranhas figuras avermelhadas pelo calor, adejando com o seu obscuro proselitismo e os seus sorrisos permanentes por entre as ruínas do país em guerra. Sim, talvez o pai de Elize tivesse tentado constituir um rebanho em Homoíne.

Duvidei, quando Jei-Jei me pôs a questão, alvitrando que se fosse esse o caso Elize teria sido muito mais explícita do que foi. E, para evitar regressar a Homoíne, disse que a resposta às nossas perguntas talvez fossem as perguntas que a própria Elize terá começado a formular na Durban da sua infância, numa altura em que as madrugadas frias lhe levavam o pai para ausências longas de semanas, mesmo meses. Quando esse inexplicado vazio o regurgitava, ele surgia irritadiço, colérico, gritava com a mãe e chegava por vezes a repreender a pequena Elize com severidade, como se ela fosse já adulta. Usava palavras duras e gestos bruscos, batia com as portas, tornando a sair para ir ter com os companheiros ou simplesmente para beber cervejas solitárias no jardim, umas atrás das outras. É certo que acabava quase sempre por se desculpar, reentrando em casa mergulhado num silêncio de armistício ou a desfazer-se em justificações acabrunhadas e a distribuir ternuras desajeitadas pelas duas, mas as palavras que ficavam para trás eram como resíduos que o tempo se mostrava incapaz de dissolver completamente. E se uma dessas palavras fosse, justamente, *Homoíne*?

De imediato, e com ironia, um Jei-Jei ressentido fez-me notar as parecenças com a história de Leonor Basto, a filha do militar português, cujo destino também se encontrava suspenso, dependente de palavras isoladas que resistiam a deixar-se diluir pelo tempo. No fundo, era como se me acusasse de uma repetição mecânica e desleixada, desprovida de empenho. Reagi.

— Afinal, embora distintas umas das outras, as guerras produzem efeitos idênticos, uniformizam os casos e as vidas. Reduzem gente muito diversa à condição comum de vítimas. E fazem-no deixando no ar resíduos fantasmagóricos para atormentar os sobreviventes — afirmei, reconheço que de maneira algo confusa e enigmática.

Defendi-me o melhor que fui capaz, recuando ainda mais até apanhar o veio desta história. E foi caminhando sobre os restos do ceticismo do meu interlocutor que lhe falei em Cornelius Fouché, originário da pequena cidade de George, recém-casado com Martha Korsten, servindo no Primeiro Comando de Reconhecimento baseado em Oudtshoorn, pequena localidade dos arredores da cidade do Cabo. Foi por esta altura que o jovem casal visitou Lourenço Marques, então uma cidade vista pelos adolescentes sul-africanos brancos como espaço mítico de prazeres desbragados e de liberdade. Ali podiam dar largas aos vícios sem o peso das responsabilidades e da lei. Por volta de 1976, ainda Elize estava por nascer, o casal muda-se para Durban e Fouché é um oficial garboso e cheio de amor-próprio, de certezas e de planos, percorrendo ao som de cassetes dos Beach Boys e dos Abstract Truth a distância semanal entre o Bluff e Duku Duku, onde o 5º Comando de Reconhecimento (também conhecido por 5-Recce, uma unidade especial das forças de defesa e segurança da África do Sul) acaba de estabelecer-se. É um período que decorre quase sem história se exceptuarmos algumas visitas discretas de Fouché a Salisbúria e a chegada, um par de anos mais tarde, de unidades das forças militares rodesianas fugidas à independência do Zimbábue, que o Comando de Fouché acolheu e integrou. Vejo-o, aliás, na cidadezinha fronteiriça de Beitbridge à frente de uma coluna de viaturas militares que chega ao cruzamento de Hegelthorn Road, dá a volta à praça e prossegue nervosamente, preparando-se para atravessar a linha de fronteira e deixar para trás uma Rodésia em vésperas de se transformar em Zimbábue. Amontoados nos grandes caminhões Casspir, militares do velho regime com as suas famílias e trouxas, e alguns rebeldes moçambicanos, fogem todos do grande ajuste de contas. No Land-Rover da frente, o Capitão Cornelius Fouché, escondido atrás de uns Ray-Ban, levanta o braço é dá o sinal de avanço da coluna em direção à África do Sul. Solidário? Astuto? Os óculos escuros impedem a visão da alma de Cornelius Fouché, e o gesto seco de Jei-Jei impede-me a mim de me perder por este ramal da história.

— E Elize? — pergunta-me ele, impaciente.

Sim, um período da vida do casal Fouché sem grande história, até porque, apesar de todas as esperanças e todos os esforços, Elize teimava em não nascer. Em 1980 ou 1981 (as datas não são claras, condizendo de resto com o secretismo de toda aquela atividade), o 5 Recce transfere-se para Phalaborwa, na fronteira com Moçambique, e estes são os primeiros sinais prenunciadores das transformações funestas e profundas que aí vinham. Desta vez, porém, os Fouché mantêm a sua base em Durban. Haviam ali comprado uma casa com ampla varanda virada para o mar, Martha trazia finalmente Elize no seu ventre. Há como que uma ironia neste fato de Elize se ter resolvido a vir ao mundo quando o pai começou a ausentar-se com mais frequência, como se tivesse desde sempre que existir grande distância entre os dois.

Fouché passa então a deslocar-se amiudadas vezes à fronteira, deslocações essas que correspondem às referidas ausências, que Elize associará mais tarde às suas primeiras e magoadas memórias. À medida que Elize crescia tornava-se para ela mais nítido o clima de tensão que se instalava em casa sempre que o pai regressava da fronteira. Cada vez mais Cornelius Fouché se apresentava como um ser torturado de comportamento imprevisível, maxilares cerrados, esmagando com as mãos latas de Castle vazias umas atrás das outras. Cada vez mais, também, a aguda intuição da rapariga lhe dizia que estava em certas palavras misteriosas, que surgiam como diamantes negros no aceso da discussão entre os pais, a explicação de toda aquela rudeza e toda aquela mágoa. Mais tarde, muito mais tarde, chegaria à suspeita mais positiva de que talvez essas palavras pudessem funcionar como faróis para a guiar através do mar insondável que existiria para lá da fronteira, rumo às respostas necessárias. Foi isso que a levou à página do anúncio de Artur Candal. Sim, foi a aproximação cega que a Internet permite, ligando incestuosamente palavras que são iguais na ossatura das letras, apesar das abissais diferenças entre as pequenas ilhas de sentido e os oceanos de contexto em que se encontram mergulhadas.

Mas por enquanto estamos na fase em que a rapariga ouve estas obscuras palavras e vê nelas a origem do mal. E, quando as associou aos lugares que elas designavam, passou a temer e a odiar esses lugares. Na escola, reconhecia-os no mapa, na periferia do território iluminado da África do Sul, como se reconhecem velhos inimigos. Seguia-os ainda só com o dedo, e imaginava. Que segredo se esconderia naquelas bolinhas negras que assinalavam as localidades? Naquelas superfícies vazias cruzadas pelas tortuosas linhas azuis que aprendeu serem os rios, pelas linhas mais direitas das vias férreas, pelos tracejados da fronteira que ela, na sua lúcida ingenuidade, imaginava reais, irrompendo na paisagem como paredes imensas de betão coroadas de arame-farpado e cacos de vidro? Fechava os olhos e apertava as pálpebras para que tudo aquilo desaparecesse no buraco fundo das palavras que deixam de ser mencionadas e se esquecem, e em casa pudesse voltar a haver paz.

Depois disso vieram os anos noventa e as transformações em Elize e no país. O *apartheid* caiu e ela entrou na puberdade e passou a ser parte de uma discussão a que até então se limitara a assistir encolhida num canto da varanda, sentada no chão, os joelhos muito juntos encostados ao queixo, os olhos fechados, tapando os ouvidos com as mãos. Este tempo novo foi um tempo desafiador em que Elize compreendeu que aquilo que se fora edificando em casa era tão forte que resistia agora a desaparecer. Daí o seu comportamento insolente e desregrado. Trazia denúncias da rua, denúncias que se transformavam em acusações que vinham reforçar a atitude altaneira que já tinha, denúncias contra a hierarquia rígida e um conjunto de valores a seu ver ultrapassado. Dizia-o aos gritos e batendo também ela com as portas (as guerras dos adolescentes são guerras sem quartel). O pai reagia com furor, talvez por pressentir que atrás das acusações da filha estavam acusações de uma sociedade que recusava, também ela, hierarquias velhas de décadas que a Fouché nunca ocorrera questionar e era agora tarde para fazê-lo. No fundo, Elize não sabia como avançar e o pai não sabia como libertar-se. Martha, deixada de lado nestas refregas, amargurada, tentava proteger a filha e ao mesmo tempo preservar destes ataques uma velha fortaleza que era também sua. Entretanto, fora de casa a realidade prosseguia a sua caminhada inexorável.

Um dia Cornelius Fouché bateu em Elize pela primeira vez. Uma bofetada só, para domar nela um pico de insolência, mas uma bofetada brutal, militar. E quando Martha se encerrou com a filha no quarto, tentando apaziguar as coisas e salvar o que fosse possível salvar, Elize parou de chorar, secou as lágrimas, desceu os calções e mostrou com altivez provocadora o número 46664 que havia feito tatuar na pele macia da virilha. Ao ver o minúsculo número azulado gravado na carne tenra Martha recuou, horrorizada com os múltiplos sentidos que o gesto da filha encerrava. Horror porque aquele número, que todos conheciam, tinha sido o número de prisioneiro de Nelson Mandela, um vetusto inimigo do marido, e horror por nem sequer se atrever a imaginar as circunstâncias em que o número havia sido tatuado. Felizmente que nunca aquele segredo chegou a ser revelado a Fouché. De qualquer modo Martha percebeu que era tempo de baixar os braços.

Também Cornelius Fouché compreendeu que o seu tempo chegara ao fim. Porém, faltavam-lhe tanto o pragmatismo dos companheiros de armas que haviam achado soluções para seguir em frente quanto a consciência que leva ao arrependimento e possibilita o recomeço, dois ingredientes nem sempre destrinçáveis. Em compensação tinha de sobra aquele orgulho que aliás deixara plantado no temperamento da filha. E foi esse orgulho que criou nele, a partir de então, um estado que se diria de permanente e silenciosa irascibilidade. Contrariando a opinião da mulher e de dois ou três camaradas mais chegados, concluiu, após um intervalo de insuportáveis indecisões, que a sua nunca chegaria a fazer parte das mais de sete mil candidaturas que deram entrada no comité de anistia da Comissão da Verdade e Reconciliação. Se tinha uma certeza era a de que nunca viria a ser capaz de pedir perdão. Considerava-se um homem de valores e um militar. Os atos passados inscreviam-se numa lógica que ele estava disposto a reconhecer como extinta desde que os seus interlocutores aceitassem que ela existira de fato no passado e se revestira de nobreza. Achava que trair aquilo a que um dia jurara lealdade constituía como que um miserável palimpsesto. Para ele, traição era traição em qualquer tempo. Lamentavelmente, todas estas considerações o enredavam mais e mais numa espécie de teia de que nunca se viria a libertar.

Sabemos que as famílias são mecanismos complexos e sofisticados. As relações que se estabelecem no seu seio só suportam os estados de extrema tensão se estes forem entrecortados por soluções que por assim dizer os arrefeçam, e com isso se evite a ruptura da fina e sensível teia. Elize, percebendo o adensar das sombras e das insinuações em torno do pai, o multiplicar das acusações veladas, acabou por ir suavizando a atitude num processo de condoimento que se costuma considerar como sinal de maturidade, embora possa ser visto também como um cerrar de fileiras. Pressentia que o pai vivia um conflito interior, intuitivamente dava-lhe tempo a que voltasse a saber defender-se antes de por sua vez voltar a atacá-lo, mesmo se no íntimo isso não significasse estar do lado das suas opções. O comportamento da rapariga, há que reconhecê-lo, denotava também ele uma certa nobreza. E comprovava que os laços familiares, que tantos julgam em vias de extinção, conseguem por vezes, a partir das cinzas, voltar a florescer.

Mas este equilíbrio tinha os dias contados. Cornelius Fouché sentou-se à varanda durante boa parte da tarde de um domingo, a olhar o mar e a fazer as suas contas. Depois, pegou na pistola, deu um tiro na cabeça e com isso abriu um novo capítulo na vida de Elize. A rapariga conseguiu um emprego num jornal (sempre falara e escrevera bem em inglês e afrikaans), matriculou-se num curso universitário por correspondência na UNISA e ajudou a mãe no sempre duro início da viuvez. Entretanto, Cornelius Fouché desaparecia fisicamente, mas permanecia de pedra e cal como presença fantasmagórica naquela casa. Reinventou-se para

Martha nos objetos, nas roupas e fardas que ela mantinha engomadas, nos sapatos engraxados, nos papéis arrumados nos lugares certos, até que foi forçoso acabar por ir guardando tudo isto em caixas que empilhava pelas paredes da garagem. Enquanto o fazia, detinha-se em cada camisa que dobrava, em cada carta que abria, e ficava de olhar perdido, um olhar que era afinal uma maneira de dialogar com os fragmentos dispersos do marido. Quanto a Elize, a princípio ainda se sobressaltava — com uma espécie de presença que adejava dentro de casa largando sombras esquivas nas paredes, enfim, com uma porta que batia. No entanto sabemos já que foi amadurecendo, e essa maturidade foi levando a sombria entidade a esvaecer-se até dela pouco mais restar que uma lembrança.

 Mas Cornelius Fouché é orgulhoso e recusa esse estatuto, e eis que um par de anos mais tarde reaparece com vigor na consciência da rapariga. No país, o tumulto da mudança estava, entretanto, de algum modo ultrapassado, era agora possível olhar para trás com mais clareza e sem tanta paixão. Todos o faziam, em público ou no interior das suas casas. Os velhos agravos perdiam muito da sua força, engolidos na voragem da vida de todos os dias. Todavia, no caso de Elize para passar adiante era necessário saber como ordenar aqueles restos desirmanados do pai que recebera como herança (as fúrias intempestivas, as ternuras que por vezes espreitavam embaraçadas, os amargurados silêncios ou as desajeitadas canções de ninar). Necessitava enfim de saber em que gaveta arrumar o pai. Da mãe, conseguiu pouco, não porque Martha quisesse resguardar a filha da crueza das verdades escondidas, mas sobretudo porque, para esta, do marido ficara também uma ideia contraditória. Além disso, Martha arranjara um novo companheiro e tinha agora um espaço reduzido para estas indagações retroativas. Na garagem Elize pouco avançou: Fouché fora parco nas palavras escritas (que guardou em caderninhos), e nos vidros dos diplomas e nas superfícies polidas das medalhas e das condecorações a rapariga não descobriu mais do que um distorcido reflexo do seu próprio rosto inquiridor. A curiosidade levou-a depois até aos textos da Comissão da Verdade e Reconciliação, à confissão de perpetradores nos quais descobria pais mais loquazes do que o seu, aos depoimentos de vítimas que até então nem sequer sabia que existiam, depoimentos magros, avaros e arrancados, quantas vezes reduzidos a soluços e suspiros que, diz o poema de Ingrid de Kok, os escrivães do tribunal não sabiam como grafar:

> *But how to transcribe silence from tape?*
> *Is weeping a pause or a word?*
> *What written sign for a strangled throat?*[1]

Neste percurso, Elize começou a perceber a natureza dos obstáculos que enfrentava, indícios que antes lhe seriam indiferentes e que agora cresciam para deixar nela a marca não da dor súbita de um ferro em brasa pressionando a carne, mas antes uma inquietação difusa, a angústia de não saber como fazer para que nada lhe escapasse, de tudo anotar mesmo se ignorando ainda quais os sinais que lhe viriam a ser úteis na caminhada que era forçoso empreender. E quanto mais isso acontecia mais enigmático lhe parecia o pai, e ocorreu-lhe que só por via das vítimas chegaria perto dele, só fazendo falar aquele silêncio, e foi assim que o seu próprio olhar se começou a alongar para lá da casa com varanda sobre o mar, e transpôs os muros de betão que ela imaginava irrompendo ao longo da linha da fronteira, para lá dos soldados que guardavam esses muros, até chegar a lugares com nomes que surgiam e se escondiam no palco da sua infância como se fizessem parte de um teatro de sombras. Lugares que Fouché visitava como um adúltero furtivo, pretextos para construir a imagem de um pai ausente. Sim, foi a partir dessa altura que começou a crescer dentro de Elize a ideia da viagem.

---

[1] (...) Mas como descrever o silêncio numa gravação? / Será o choro uma pausa ou uma palavra? / Qual o sinal gráfico para um nó na garganta? / (...)

CAPÍTULO 7

Os progenitores são um mistério. Começam por ser um complemento da nossa existência; mas, assim que partem são já estátuas de vidro embaciado vogando para longe no éter do tempo, estranhos que temos de reaprender a conhecer.

Por esta altura começou a ser-me mais difícil seguir o caso. Envolvido nos preparativos da viagem e estando já às ordens diretas do Coronel, Jei-Jei só espaçadamente se mostrava disponível para conversar. Mesmo assim pude saber de aspectos importantes. Desde logo que o Coronel Damião se afastava do caso, o que não deixava de ser surpreendente. Afinal, o *Hiace* era dele, os interesses a retirar do empreendimento eram dele. Por que, então, o distanciamento? Os sinais que levavam Jei-Jei a essa suposição eram inúmeros, a começar no fato de Damião não mostrar a mínima curiosidade a respeito do carro. Dignou-se a vê-lo uma única vez e isso porque Matsolo e Jei-Jei o levaram à residência da Sommerschield num fim de tarde, para partilhar com ele o entusiasmo que sentiam. Na altura, Damião olhou o *Hiace* de relance, acenou com a cabeça e apressou-se a depositar nos ombros de Matsolo a tarefa de acabar de prepará-lo para a viagem, aproveitando também para atribuir ao recém-contratado Jei-Jei, expedito com os computadores, o encargo de estabelecer contato eletrônico com Candal, com a indicação de que não queria saber mais do que o rumo geral que as coisas tomavam a partir daí, e que ele, Jei-Jei, devia assinar sempre as mensagens que enviava como *Boaventura Damião, Coronel*, e nunca em nome próprio, para evitar que se ferissem as suscetibilidades do português. Afinal, e até ver, Candal era o único financiador, ou pelo menos o principal, e também, de algum modo, o coordenador da viagem. O cliente.

Entendamo-nos. Não é que Damião estivesse desinteressado da viagem. Se o carro ficava nas mãos de Matsolo ou o correio eletrônico com Jei-Jei era porque confiava neles; e também, de alguma maneira, porque acreditava no princípio de que para crescer há que delegar. Mas a falta de entusiasmo, chamemos-lhe assim, não podia ser atribuída apenas a isso ou ao sereno distanciamento que é apanágio dos poderosos empresários, mesmo se recentes (comentei já, creio eu, esta metamorfose que transformou as gargalhadas de Damião em sorrisos discretos e destituídos de som, as ênfases gestuais em sutis sinais do olhar). Não. Havia na atitude mais qualquer coisa que só mais tarde viemos a descobrir ser a postura pensativa de quem planeja passos seguintes; de quem, por isso, já não está ali.

Por enquanto Jei-Jei e eu chegávamos à conclusão possível, a partir dos dados disponíveis: o Coronel não estava entusiasmado simplesmente porque a sua vida não dependia daquilo. Na altura, sabemos, Damião era já detentor de uma considerável frota de *chapas* e tinha outros negócios que iam desde os filmes à novíssima, mas muito lucrativa aquisição de apartamentos e casas para alugar. Explorava ainda outros campos que nos estavam vedados, por Matsolo não ter deles conhecimento ou, tendo-o, não os ter referido a Jei-Jei. *Diversificar e acelerar* era a palavra de ordem do Coronel. Diversificar porque o mundo dos negócios e da política era um ilusivo jogo de sombras que exigia a travessia frequente das fronteiras entre eles e ela, nem sempre com passaporte válido por se intrometerem obstáculos como a legalidade, a enigmática autoridade aduaneira, os erráticos e irascíveis serviços fiscais ou, mesmo, a imprensa, que embora escrevendo mal e utilizando mau papel sabia por vezes tornar-se inimiga do progresso. Diversificar, portanto, para fazer pressão de um lado ou do outro consoante a necessidade e o risco, e acelerar com o fito de estar sempre um passo à frente: nos negócios para recolher as vantagens inerentes, na política para com generosidade apontar o caminho aos demais.

Voltando ao que interessa. Segundo a análise que Jei-Jei e eu fizemos, por esta altura já tinha passado a espécie de febre que na viragem do século acometera muitos portugueses de uma geração que a marcha do tempo forçosamente envelhecera, a febre de vir ver com os próprios olhos aquilo em que se transformara um lugar que por inúmeras razões constituía para eles uma lembrança persistente. Os ares da paz estavam ainda por toda a parte, o turismo parecia ter um futuro assegurado. Mas depois tudo voltara a fechar-se. A tensão militar regressara, tornando mais perigosos os caminhos; o turismo gaguejava, por estas e outras razões; e os visitantes da saudade, que por muitos que fossem não eram infinitos, haviam entretanto regressado a casa aquietados, dispostos a encerrar de uma vez por todas este capítulo que intimamente havia ficado em aberto por ter sido abruptamente interrompido. Sim, ver os lugares vibrarem de outras maneiras, ostentando as escarificações do tempo, de alguma maneira amansara a ferocidade com que as lembranças caras costumam morder, tornando tudo muito mais arrumável no armário das velharias que se vão esquecendo. E, assim, o movimento, depois de um pico entusiástico, foi declinando.

Em suma, o negócio teria sido verdadeiramente interessante se feito uns dez anos antes. Agora esse interesse afigurava-se algo duvidoso e só com o perfil de Damião por nós traçado continuava a fazer algum sentido, enquanto espécie de iniciativa--piloto assente na inabalável fé no futuro e cuja viabilidade a prática iria testar, ou então como empreendimento desdobrável noutros empreendimentos que ainda não conseguíamos perceber com clareza quais seriam. Lá está: *diversificar e acelerar*, estar sempre um passo à frente dos restantes.

Outra vez de volta ao que interessa, foi assim que Jei-Jei, embora assinando *Coronel*, se viu a comunicar com Artur Candal, ou mais exatamente com Leonor Basto, uma vez que Candal partilhava com o Coronel uma certa reserva em relação ao ciberespaço, por aqui se comprovando que nem sempre a tecnologia e as ideias se fundem numa entidade só, havendo casos, embora em número decrescente, de gente que manda e nada entende de tecnologia, e outros a quem, embora sabendo operar as poderosas máquinas, não compete decidir, supondo-se que é a estes últimos que na terminologia moderna se chama de *gestores de conteúdos* (Damião e Candal seriam, nesta perspectiva, os donos dos conteúdos).

Esta última conclusão não a tirei com Jei-Jei, mas comigo próprio, para em seguida a ver ser relativizada pela constatação de que os tais gestores de conteúdos — na circunstância Leonor Basto e Jei-Jei — não se limitavam a seguir ordens, procurando antes imprimir no processo, ainda que de maneira paulatina, as suas próprias perspectivas. No caso de Leonor, porque veio a ser também ela uma cliente dotada de exigências próprias; quanto a Jei-Jei, porque o seu contributo veio a alargar-se a diversas dimensões, como se verá. Há também que ter em conta que embora a comunicação digital não se equipare a um contato físico do tipo olhos-nos-olhos — em que o intercâmbio envolve, além das racionais, uma miríade de partículas de outra natureza, mais emocional e intuitiva — é uma comunicação que não deixa por isso de pressupor a construção de um terreno comum de intimidade, uma espécie de *intimidade digital*, por assim dizer, que, ainda que assente num código binário representa já em si um novo fator de complexidade deste nosso mundo e, em particular, da viagem que se anunciava. Senão vejamos: aquilo que aparentemente começou por ser uma troca de informações entre Candal e Damião integrava desde o início uma relação implícita entre dois pares simétricos (Candal/Leonor, Damião/Jei-Jei) em que os segundos elementos de cada par, além de levarem a cabo o que lhes era pedido, não só introduziam achegas que consideravam adequadas, mas também novas achegas resultantes do contato estabelecido entre si, e do fato de cada um ir nutrindo uma crescente simpatia pelo outro. Um exemplo prático do que acaba de afirmar-se foi a inclusão de Elize Fouché na viagem. Foi Jei-Jei que prestou os esclarecimentos que atraíram a sul--africana para o empreendimento, muito mais do que a página publicada por Candal; foi Jei-Jei que, embora assinando como *Coronel*, teve a iniciativa de sugerir a Candal (de fato, a Leonor) a inclusão da sul-africana; e foi Leonor que, simpatizando com os termos da sugestão, levou o nome de Elize até Candal, cercando-o de pormenores que facilitassem a sua aceitação. É certo que Candal mencionara anteriormente a necessidade de recrutar mais candidatos para distribuir os custos da viagem, mas fizera-o como gesto puramente defensivo, para dar a Leonor a ideia de que a organização da viagem estava ainda em fase embrionária; se dependesse dele, viajaria perfeitamente sozinho.

* * *

O nome de Elize Fouché é também um bom pretexto para deixarmos de lado os meandros técnicos e as suposições, e regressarmos ao plano do concreto. Uma vez assentes as datas e os termos da participação, Elize preparou minuciosamente a viagem. Podia ter viajado de avião de Durban para Maputo, mas optou por ir a Nelspruit e entrar de machimbombo pela fronteira de Ressano Garcia, um lugar que, embora pouco ou nada lhe dissesse, estava perto do rio Nkomati, este sim, um rio fronteiriço conhecido por ter sido palco, havia mais de duas décadas, de um acordo entre Moçambique e a África do Sul, e sobretudo por ser referido pela sua mãe como estando desde há muito associado a Cornelius Fouché. Foi isto que ela pode ter dito mais tarde a Jei-Jei, e de qualquer maneira foi a esta conclusão que chegamos. Para ela o que restava do pai era como uma estátua de vidro embaciado e de contornos imprecisos, ao mesmo tempo dura e frágil, uma estátua que lhe tivesse sido roubada antes de ter tempo de a observar com atenção. Eram os reflexos da estátua que a assombravam, não a estátua propriamente dita, que já não estava ali. E a única maneira de colmatar essa ausência era acedendo aos *moldes* em que a estátua fora vazada. Sim, para ela a viagem assentava na esperança de reconstituir contextos a partir dos quais pudesse ir aos poucos descobrindo os contornos daquele vazio que tinha a forma fugidia de Cornelius Fouché. Era nas superfícies côncavas do molde, na pegada deixada por ele neste espaço inóspito e vagamente misterioso, que ela procurava as suas respostas. A guiá-la tinha as velhas palavras-farol que trazia consigo desde a infância e outras em que entretanto fora tropeçando.

Entre estas últimas, *Vlakplaas*. No dia em que encontrou esta palavra, em que a leu nos arquivos oficiais, no dia em que a olhou como se olha uma velha conhecida de quem não se ouvia falar há muito, daquelas palavras que haviam ficado a pairar pela casa durante um tempo até acabarem por ser arrumadas na garagem, trouxe-a consigo e perguntou à mãe:

– O que significa Vlakplaas?

Martha sobressaltou-se. Não gostava daquelas palavras, inquietava-a que a filha se interessasse por elas.

— Vlakplaas é o nome de um lugar — disse.

— Eu sei que é o nome de um lugar. Mas como é que esse nome entrou na nossa casa?

— O teu pai foi lá uma vez. Fica perto de Pretória. Foi encontrar-se ali com uns colegas. Para preparar uma missão na fronteira, creio. Não me disse mais nada. Não sei mais nada. Isso já passou.

Uma missão na fronteira. Sempre as missões, sempre a fronteira, essa obsessão de Cornelius Fouché. Elize pegou na ponta que lhe dera a mãe e começou a desfiar o novelo de Vlakplaas até reconstituir o episódio. Mas antes dele houve a visita de Cornelius Fouché a Maputo, a coberto da Representação Comercial Sul-Africana, na Avenida Julius Nyerere, a fim de reconhecer o terreno. Eram tempos de grande hostilidade entre os dois países. Ficou hospedado no Helena Park, o condomínio sul-africano da Avenida Marginal. Será que aproveitou para rever a praia onde uns anos antes passeara com a jovem Martha, então ainda namorada? Será que bebeu as cervejas *Laurentina* de que tanto falavam, na esplanada do velho restaurante Costa do Sol? Depois, andou pela fronteira, sempre a fronteira, oficialmente a estabelecer os entendimentos que se estabelecem entre vizinhos, mesmo se inimigos, e mais privadamente a reconhecer o terreno e a preparar a missão (afinal de contas, as missões eram a sua profissão). Em seguida regressou à África do Sul. Talvez tenha ido a Durban por uns dias, descansar, trocar palavras duras e também ternuras com Martha, esmagar um par de latas de Castle no escuro da varanda. Depois, despediu-se e viajou para Komatiport, na fronteira, a ter com o grupo que chegava de Vlakplaas (outra vez esta palavra): um capitão da polícia com um nome comum, talvez Coetzee, talvez Dupré (Elize não tem a certeza), acompanhado por alguns *askaris*, antigos guerrilheiros de quem ela não reteve os nomes, transformados em operacionais de elevada competência, um deles exímio no uso da faca. Ao cair da noite atravessaram a fronteira pelos montes, os dois brancos com as faces pintadas de negro, os dois pretos com a alma agora esbranquiçada (a raça, sempre a raça). Desceram a encosta, tornearam umas casas e prosseguiram evitando caminhos e gente. Antes da meia-noite cercavam já o chamado objetivo, a casa de um camponês comum, um camponês sem nome onde se escondiam dois guerrilheiros sul-africanos que há tempos eram referenciados, esses sim, dotados de nomes e de características precisas, altura, peso, constituição, sinais particulares, por terem sido eleitos como alvos. Chamavam-se Dube e Makamu, e preparavam-se para atravessar a fronteira e regressar clandestinamente ao seu país. Estavam aqui a recuperar as forças, tomavam chá quando tudo aconteceu. O grupo de Vlakplaas invadiu o casebre sem que fosse disparado um único tiro. Depois de levado a cabo o extermínio silencioso dos moradores, para que não ficassem testemunhas, arrastaram Dube e Makamu durante boa parte da caminhada de regresso, interrompendo-a num local ermo da montanha dos Libombos. Ali, perguntaram coisas em voz baixa sem sabermos se obtiveram as pretendidas respostas. Em seguida, abriram um buraco para onde atiraram os dois prisioneiros regados com gasolina, as roupas esfarrapadas e pingando. Durante um par de horas aguardaram com paciência que o fogo corrompesse os corpos, avivando-o sempre que dava mostras de esmorecer, aproximando dele as mãos para se aquecerem (as noites rurais são sempre frias). Assim que o dia começou a despontar deixaram o local e regressaram ao lado sul-africano, não sem antes cobrirem os restos com terra e com folhagem. Deixavam para a natureza a conclusão das coisas.

No dia seguinte Fouché entrava em casa para afagar o cabelo da filha e esmagar latas de Castle com as mãos já lavadas e limpas.

* * *

Enquanto o Pantera avançava, cumpridas as formalidades da fronteira, Elize olhou através da janela o movimento dos vendedores de bugigangas na berma da estrada e perguntou-se se o pai teria ali comprado algo para si. Mas não, não se lembrava de nada. Aliás, do que ali via — fruta raquítica queimada pelo sol, bolachas, rebuçados, bolos fritos de aspecto duvidoso — nada tinha o ar de poder ter entrado um dia em sua casa. Olhou a paisagem para lá da pequena vila, naquela que lhe pareceu poder ser a direção da casa do camponês sem nome que constava na transcrição dos depoimentos, perdida a meio de um mato ralo e desolado. Era uma casa pequena, quadrada, terá dito um dos homens de Vlakplaas de cabeça baixa, em frente ao juiz. Isolada na encosta, sem árvores por perto. Ficou-lhe isso na memória, acrescentou num murmúrio, por ser uma circunstância que deixava a casa mais exposta e, portanto, tornava a missão mais difícil. O juiz pareceu contentar-se com a resposta uma vez que nada mais perguntou que definisse a casa. E, em volta, são muitas as casas quadradas sem árvores por perto, tantas que Elize desiste de procurar. Subitamente, assalta-a uma outra preocupação: será que o camponês tinha uma filha, uma filha que a ter sobrevivido teria hoje a sua idade? Será que o Capitão entrou naquela casa, ou limitou-se a esperar cá fora enquanto o homem da faca levava a cabo o seu trabalho? Sem poder evitá-lo, Elize pôs-se a desejar ardentemente que o pai tivesse ficado cá fora a fumar, atento aos ruídos da noite, que não tivesse entrado para a orgia de sangue. Mas por qualquer razão o juiz não se interessou por este ramal da história e nada perguntou a respeito. Ficamos todos sem saber, a dúvida perdurará. Depois, Elize resistiu à tentação de fechar os olhos, apesar do cansaço, e foi olhando a paisagem que cabia na hora e meia que os separava de Maputo, sempre em busca de indícios.

 Entrou na cidade com a tarde já madura, hospedou-se num pequeno residencial e teve uma noite povoada de sons desconhecidos enquanto não conseguiu adormecer: chamados nos quintais, cães que ladravam, carros buzinando nas esquinas. Era como se as pessoas vivessem muito mais próximas umas das outras, muito mais ruidosas do que no mundo a que estava habituada, onde havia apenas o eco surdo e constante das ondas chegando à varanda, ou o ladrar mudo de um cão às gaivotas no areal da praia, o som roubado pelo vento. E, depois que finalmente adormeceu, teve um sonho fantástico que em grande parte nos ficou vedado por quase nada dele ter sido revelado a Jei-Jei, quando mais tarde calhou os dois falarem no assunto. Sabemos apenas que errava com os pais pela cidade, eles mais novos do que ela, jovens namorados libertos de obrigações, era como se tivesse de os proteger em vez de ser ela a protegida.

Cruzavam-se com uma multidão de gente sem rosto, faziam gestos largos para abrir caminho por entre funcionários públicos demandando os correios, advogados gesticulando confidências nas esplanadas dos cafés, senhoras às compras, estafetas atarefados, adúlteros afastando ligeiramente a cortina para espreitar da janela de um hotel em pleno dia, e carregadores negros vestidos de sacos de serapilheira e ostentando na pele números misteriosos gravados a fogo. Alheado destes enredos locais, o jovem casal sentava-se ele próprio em esplanadas, bebia cerveja e saía por vezes sem pagar, atravessando a rua com gestos imprudentes e espaventosos que perturbavam o trânsito e enchiam o ar da tarde de buzinadelas indignadas — tudo isso na vontade de dar notícia pública do seu destempero. De cabelos compridos em desalinho, calções de ganga muito curtos e pés nus enegrecidos pelo lixo dos passeios, com a mente enevoada pelos fumos da suruma, Cornelius e Martha esforçavam-se por convencer Elize a divertir-se com eles. Elize hesitava, indecisa e de certa forma embaraçada com a atitude deles, aquele embaraço de todos os filhos sempre que os pais fogem à regra cinzenta que é suposto emoldurá-los. Pobre Elize, estranhando as ruas como se estivesse ela própria enredada num labirinto e não pudesse enganar-se nas opções. O sol de dezembro deixava-lhe a pele em fogo. Reparando no seu mal-estar, o jovem Cornelius aproximava-se, encarava-a com uns olhos sorridentes e, num raro gesto de pai, tocava-lhe com as mãos nos ombros vermelhos e destes despontaram asas longas que lhe permitiam elevar-se no ar e voar em círculos leves e lentos sobre uma cidade de traçado afinal tão mais simples, linhas retas de um verde denso e salpicado do vermelho das acácias demarcando quarteirões ordeiros e limpos, a não ser quando os interrompia o mar azul ou a palha e o zinco dos casebres dos subúrbios. A distância criada pelo voo atenuava os sons e apoucava os males, exercendo o mesmo efeito que a incansável sucessão dos dias soterrando os acontecimentos. Mas eis que a proximidade do sol lhe trazia de novo um ardor de fogo à pele clara dos ombros e das faces, e um terror de se despenhar deixando no céu azul o rastro de fumo das asas em chamas. O fogo! O fogo! Era preciso descobrir quanto antes a origem do fogo. E ouviu um crepitar de fogueira na desolação da montanha, enquanto os vultos de Vlakplaas assistiam em silêncio ao arder dos corpos numa quase madrugada rósea como esta em que acabou de acordar, um dos vultos limpando ainda a faca ao pano das calças, outro fumando.

* * *

Acordou cansada, como se tivesse passado a noite numa caminhada sonâmbula dentro do sonho. Lançou-se ainda assim pelas ruas da cidade, sempre à procura de sinais. Levou dois dias nesse afã. Deu com o lugar do parque de campismo onde os pais diziam ter montado tenda nos dias adolescentes de loucura e praia, e era afinal um centro de conferências cheio de bandeiras e discursos dentro do qual não havia qualquer traço dos Fouché. Visitou mercados, num dos quais, o Janete, é muito provável ter parado em frente à banca de Zaida, a mulher de Bandas Matsolo (o mercado não é grande, o que faz subir muito a probabilidade de tal ter acontecido). Mas não se conheciam, terá sido quando muito um quase-encontro, Elize sopesando uma peça de fruta e esforçando-se por perguntar o preço num português tateante, Zaida respondendo com um sorriso um pouco desdenhoso, ainda assim empenhada em que se concluísse a transação. Se sim, foi isto e pouco mais. Elize ter-se-á afastado sem saber quão perto esteve de agarrar uma ponta da meada.

Era como se tivesse de esquadrinhar a cidade antes de se dar por satisfeita, como se antes de deixá-la tivesse de cumprir mais esta etapa. Olhou o mar a partir de diversos pontos ensaiando comparações com o mar de sua casa, tornou a olhá-lo com os olhos que teriam os seus pais, mas em qualquer dos casos o mar mostrou-se imperscrutável. Passou pelo Museu da Revolução, disse-o mais tarde a Jei-Jei, e este a mim. Será que o fez seguindo a recomendação do seu amigo poeta? De qualquer maneira não encontrou qualquer resposta (não havia ali rastro de Fouché ou das suas vítimas). Depois, pôs-se a caminhar pelas ruas um pouco ao acaso, ouviu comentários murmurados entre dentes, as suas pernas, os seus cabelos, deu dinheiro a polícias de giro que lhe exigiam qualquer coisa que não chegou a entender. E, numa rua a que dificilmente saberia como regressar, deu com uma visão perturbadora.

Era uma rua movimentada como de resto toda aquela parte da cidade, onde coexistem repartições públicas, lojas e comércio de rua. Subitamente, a perspectiva apertada dos passeios adjacentes a prédios desgastados, há muito clamando por pintura, interrompeu-se para dar lugar a um espaço amplo e empedrado, limitado ao fundo por uma parede larga e curva que ajudava a emprestar ao conjunto uma austera solenidade. A bem dizer, pode muito bem ter sido a sombra da frase gorda do frontispício a despertar a atenção de Elize, por estar escrita na sua própria língua em pleno coração da cidade estrangeira:

Ter Ere Van
LOUIS TREGARDT EN SY MENSE
Die Temmers Van Die Bos [2]

Conhecesse Elize melhor a cidade e maior seria a sua surpresa, por ser este o único monumento público sobrevivente do tempo antigo se excetuarmos a estátua da República, pesada o suficiente para ter por destino uma inegociável imobilidade. Intrigar-se-ia com o silencioso diálogo que há de estabelecer-se entre estas amaldiçoadas figuras de bronze antigo, estas estátuas baixadas das suas peanhas, sobretudo de noite, quando não há a interferência de buzinas e motores, de multidões afadigadas, e tudo parece um deserto sobre o qual se abateu o vazio do tempo:

---

[2] Em honra de / LOUIS TREGARDT E DO SEU POVO / *Os agricultores da floresta*.

o esverdeado ditador Salazar remetido a um canto nas traseiras do edifício da Biblioteca Nacional (o barrete nas mãos e o olhar na parede como se cumprisse um castigo), ou Mouzinho de Albuquerque, o colonizador no seu corcel, encurralado na fortaleza da cidade, espreitando curioso por cima das ameias a paisagem que acabou por não conseguir domar.

Na altura, Jei-Jei e eu abordamos brevemente a questão relacionada das estátuas vivas, o Presidente Samora Machel recém-chegado de Pyongyang com os olhos fendidos e uma novel altivez de 9 metros, de dedo severo em riste para disciplinar a baía (a outra mão segurando o cinto) e, nas suas costas, mais acima, Eduardo Mondlane velando com bonomia a rua que lhe coube em sorte. Será que falam uns com os outros, estes prisioneiros do bronze? Será que contam dias e anos para os manter enfileirados uns atrás dos outros como elos da corrente que os prende aos lugares? Será que imprecam contra as aves que lhes pousam nos braços e se agridem com argumentos que têm por definitivos? Será que desfiam os seus feitos para se salvar do esquecimento? Seja qual for o sentido, o que é certo é que os seus murmúrios noturnos agitam as folhas das árvores urbanas e os morcegos dos beirais, e inquietam vagabundos e guardas-noturnos.

Vem tudo isto a propósito de Elize estar ali de pé, olhando entre as estátuas o penoso avanço da carroça de pedra de Louis Johannes Tregardt, puxada por cinco juntas de bois e tentando sobreviver a esta viagem tal como sobreviveu à outra, a mítica, iniciada em Uitenhage ou Graaf-Reinet em 1835, e nesta baía de Lourenço Marques tragicamente interrompida. Hendrik Potgieter, Johannes van Rensburg, Daniel Pfeffer e outros, agricultores diligentes e brutais com as suas barbas calvinistas e rezas permanentes adivinhadas no ligeiro tremor dos lábios, avançando ao ritmo dos salmos e do chicote no lombo de animais e escravos, transportando cargas, alfaias, sacos de provisões e as suas muitas mulheres e crianças, inquietando as aldeias das planícies com os seus arcabuzes e desafiando a malária dos pântanos, a tsé-tsé dos vales e os abutres que pairam sobre as carcaças de gado que vão largando pelo caminho, devorado pela mosca, consumido pela fome, rebentado de cansaço. A muito custo vencem serras montando e desmontando as carroças, atravessam rios com lamas e águas pela cintura, levando os animais ao limite. Mas depois seguem-se planícies mais suaves derramando-se sobre a costa. Atravessam finalmente o rio Komati (o mesmo que Elize ainda ontem atravessou), passam por Vila Luísa e a 13 de abril de 1838 chegam a Lourenço Marques e ao mar azul da baía Delagoa.

Elize conhecia esta história desde pequena e portanto não foi ela que a perturbou. Passou os olhos pelo mármore negro das paredes onde constavam os que morreram já aqui na cidade, dezoito sem contar com Tregardt e a esposa; leu distraidamente sobre a aventura de Carolus Tregardt, o filho, enviado pelo velho patriarca no navio *Estrela de Damão* a explorar as costas até à Abissínia, em busca de um lugar onde se instalarem, e veio-lhe à ideia o seu próprio pai, Cornelius Fouché, enviado a explorar estas mesmas costas em que agora está. Leu ainda sobre o regresso dos sobreviventes de Lourenço Marques no navio *Mazeppa*, que rumou a casa, a Durban, nesse tempo Porto Natal, e também o seu pai o fez. Foram estes paralelismos que a começaram a inquietar, mas não só. Finalmente, olhou a placa de homenagem em mármore negro, colocada ali no memorial pelo doutor W. H. J. Punt, presidente da *Louis Trichardttrek Genootskap*, curiosamente em 7 de setembro de 1964, uns exatos dez anos antes dos acordos da independência de Moçambique. Foi esta placa, mais do que tudo, que a perturbou.

Willem Henry Jacobus Punt foi um antiquário obcecado pela história das expedições afrikaner ao interior da África Austral. Tal como outros historiadores (E. E. Mossop ou E. C. Godée Molsbergen, por exemplo), orientou os seus esforços no sentido de fazer vingar a tese de que aquelas expedições haviam permitido levar a luz da civilização branca ao interior do continente. Grande parte do argumento assentava em que aquela presença dera origem a uma profunda transformação da paisagem, resgatando-a do caos e conferindo-lhe serenidade, propósito e beleza. Ficava assim a ideia revestida de um sentido ético, de um caráter idílico e de uma finalidade de conservação da natureza. Punt começou por publicar, em 1958, um importante artigo na revista científica *Koedoe* — orientada justamente para o estudo dos parques naturais e áreas de conservação protegidas — um importante artigo, dizia, intitulado *Die verkenning van die Krugerwildtuin deur die Hollandse Oos-Indiese Kompanje, 1725* [3], que ligava o Parque Nacional de Kruger a Jan van Riebeeck, considerado o fundador da África do Sul branca por ter criado para aquela companhia uma estação de reabastecimento no Cabo, em 1652. A partir do artigo de Punt desenvolveram-se muitos estudos de natureza científica e histórica, e uma espécie de febre exploratória que ligava as cartas, os antigos diários de viagem e os mapas das rotas dos *vortrekkers* à exploração minuciosa da paisagem natural de hoje, tentando refazer percursos com uma precisão alucinada.

Elize encostou-se ao muro, tomada de uma vertigem. Punt estava ali, deixando a sua assinatura no mármore do memorial. Com Punt vinha o Parque Nacional de Kruger, que representara para a sua infância de Durban o lugar das misteriosas ausências do seu pai, o lugar que ele dizia belo e onde prometia levá-la um dia se se portasse bem, promessa ambígua, que cresceu nela alternando os sentidos entre o prémio, a intenção pedagógica e a ameaça. Portanto, Cornelius Fouché no Kruger, resgatando o interior ao caos, imprimindo um caráter idílico à paisagem. Cornelius Fouché de braço dado com W. H. J. Punt, deixando para trás dispersas palavras como sementes para que Elize mais tarde as recolhesse. Teria ele vindo com Martha ao memorial,

---

[3] "O reconhecimento da Reserva Animal do Kruger pela Companhia das Índias Orientais, 1725".

no tempo dos cabelos compridos e da Lourenço Marques das praias e das cervejas, a fim de contemplarem os dois a obra dos antepassados? Será que voltou aqui mais tarde, na viagem de reconhecimento, antes de seguir para a fronteira a ter com a gente de Vlakplaas e juntos partirem para domar a ferro e fogo aquela paisagem? E ela, Elize, que veio afinal aqui fazer? Era isto que se perguntava. Reconstruir as pegadas do pai? Abrir ela própria uma nova expedição? Que estranho acaso guiara os seus passos até este memorial?

Sacudiu a cabeça e deixou precipitadamente o lugar. Ruas, esquinas aguçadas, passeios levantados pelas raízes das acácias, multidões desordenadas e toda a espécie de objetos, caixas de lixo a transbordar, entulhos, descargas comerciais dificultando-lhe a passagem, hordas de carros ruidosos disputando os raríssimos espaços vazios sobre o alcatrão. Recusou com veemência todas as propostas de diálogo, as ofertas que lhe faziam, tudo aquilo que pediam. Achou-se por milagre de volta à porta da residencial, atravessou nova noite agitada, lutando para expulsar fantasmas e ao mesmo tempo achar o sentido da sua presença ali. Tinha escassas horas para decidir.

No dia seguinte, com olheiras fundas e um grande cansaço, partiu a ter com Jei-Jei e com os outros.

CAPÍTULO 8

As ideias necessitam tanto de ação quanto os corpos de movimento. Só aplicadas elas ganham a elasticidade e o vigor capazes de lhes dar um sentido e comprovar a razão. Inertes, acabam por desdobrar-se em ecos distorcidos que nos confundem e fazem perder o norte, ou então enquistam como pequenos tumores malévolos sem préstimo algum.

E Artur Candal, esse português de poucas falas, alto e magro, sempre vestido de escuro, que mais depressa se diria um sueco tisnado pelo sol — o que o traz cá? Será a viagem de um aposentado diferente dos outros, com recursos para com este tipo de expediente levar de vencida o tédio? Será o caso da proverbial saudade, os resíduos que nos ficam dentro, de um tempo e um lugar, e que sem nos darmos conta se vão agigantando? Jei-Jei ainda não o conhecia, para além do nome e de meia dúzia de mensagens eletrônicas. Estava curioso.

Arrisquei a minha versão. Candal teve sempre uma índole pouco conformista, comecei por dizer. O seu pai, um jornaleiro pobre de perto de Odeceixe, foi obrigado a procurar na pesca uma forma de responder ao aumento dos custos assim que Artur chegou à idade de apanhar a caminhonete para ir estudar em Odemira. Com um punhado de outros como ele, o jornaleiro foi pescar para a Azenha do Mar quando o lugar não passava ainda de um pequeno amontoado de rochas em forma de ferradura. Passavam a semana em barracas improvisadas, os dias no mar, no tempo em que todas as artes ainda eram permitidas e se pescava não por cotas, mas quanto os deuses permitiam e quanto se era capaz. Artur via pouco o pai, a não ser aos domingos, quando coincidiam os dois na casa de Odeceixe. Neste período da sua vida teve um vislumbre da liberdade verdadeira, aquela que se conquista e se consegue manter. Passado um tempo, a barraca da Azenha foi ampliada, calafetou-se o telhado, cimentou-se o chão e a família mudou para ali em definitivo, o que para Artur significou o fim do vagar das férias grandes e do ócio dos domingos. Era agora o tempo de ajudar o pai, de aprender para mais tarde poder ele próprio dar continuidade ao negócio. A princípio as coisas nem foram difíceis: agradava-lhe a amplidão do mar e o ardor do sal arrepiando a pele, a vistoria às armadilhas dos polvos, enfim, chegar a casa e entregar à mãe um robalo gordo, acabado de pescar, para que ela o amanhasse.

Parei, a fim de escolher entre dois caminhos. Bastava uma pequena pausa como esta para Jei-Jei, se lhe agradava a história, prontamente me incitar com um gesto a prosseguir. No caso, embalavam-no estes nomes tão diferentes daqueles a que estava habituado: salmonetes e douradas, robalos e bodiões, navalheiras e lavagantes. Desconhecia aquelas palavras, não as via fragrantes e apetitosas ardendo letra a letra no assador; ouvia-as antes como uma catadupa de inesperadas sequências sonoras, pequenos caprichos da linguagem desligados de uma substância específica e, por isso, à sua maneira deslumbrantes. Jei-Jei, já o sabemos, era um homem musical.

Voltando a Artur Candal. Depressa passou nele o tempo de se deslumbrar. Havia experimentado coisa diferente no liceu de Odemira, custava-lhe agora voltar a seguir as ordens do pai, repetir-lhe os gestos, fazer as mesmas coisas. Olhava aquele homem precocemente envelhecido, a espaços irascível, em cuja pele o gume das rochas, o sal e um ou outro anzol haviam imprimido as suas marcas, e via ali, entreaberta, a possibilidade de um futuro que o angustiava. Não queria aquela vida para si. O problema é que naquele lugar e naquele tempo eram escassas as alternativas:

o salto para França ou a guerra de África. Esperou em vão por uma promessa que não se concretizou, de o ajudarem a cruzar a fronteira de Badajoz, e acabou no serviço militar. A princípio nem viu esse desfecho como uma coisa má. Tinha na ideia, já o sabemos, deixar a pesca e conhecer o mundo. África era um lugar como qualquer outro para começar a fazê-lo, e lá partiu com um queijo de Évora e um pão enorme que a mãe lhe meteu debaixo do braço, para o caso de lhe vir a fome no caminho. Fez a recruta com algum entusiasmo e embarcou para Moçambique com um friozinho no estômago, originado nas conversas que ouvia aos novos companheiros mais do que em si próprio (conhecia o mar, passeava-se na amurada com propriedade, imune ao enjoo que tomava conta de quase todos os outros). Acabou no planalto de Mueda, no norte de Moçambique, onde durante uns meses a sua companhia viveu debaixo de um fogo intenso. Digamos que o aço de que passou a ser feito começou neste fogo a ser temperado. Em meados de 1971 foi transferido para a Chicoa, no sul de Tete, onde o esperavam outros desafios. Neste lugar inclemente, que parecia esquecido pelos deuses, sobreviveram em condições extremas de calor e seca. No ano seguinte foi transferido para a Mutarara, uma tira de terra entre o rio Zambeze e a fronteira, integrado na missão de defesa da linha de caminho de ferro. Foi aqui que reencontrou Francisco Basto, o pai de Leonor, que havia conhecido brevemente na Chicoa e com quem, ao longo do ano que se seguiu, viria a aprofundar uma relação de amizade. Foi ferido — ironicamente a última baixa do seu batalhão — e regressou a Portugal escassas semanas antes do golpe de Estado que poria fim à guerra.

    Era um outro homem. Viveu os acontecimentos que se seguiram com grande distância, como se fizessem parte de um filme que tinha dificuldade em entender. Além de solitário como a maioria dos pescadores, transportava agora demasiados fantasmas para que pudesse olhar à volta com generosidade e abertura. Entretanto, o desaparecimento do pai e do pequeno barco, num naufrágio, tinha sido de algum modo positivo na medida em que impossibilitava de uma vez por todas o regresso a uma vida que, como sabemos, nunca quis. Instalou-se num modesto apartamento num subúrbio de Lisboa e só muito raramente visitava a Azenha do Mar. Tinha um pequeno pecúlio que lhe permitiu frequentar o curso de direito enquanto decidia o que fazer. Todavia, a meio do segundo ano desistiu de estudar por inúmeras razões, embora a falta de aproveitamento não fosse uma delas. Não se via como advogado, olhava tudo de longe, era como se a guerra tivesse instilado nele o alheamento como uma espécie de doença desconhecida de médicos e hospitais. Abriu um pequeno negócio de caixilharias de alumínio numa altura em que a revolução despertava nas pessoas a vontade de alargar os espaços exíguos que a ditadura salazarista lhes havia imposto. Isso implicava fechar varandas para conquistar compartimentos. Milhares de varandas foram fechadas com recurso a caixilhos de alumínio e vidro, e o negócio de Candal foi-se expandindo confortavelmente. Nesta atividade passou ele muitos anos, anos sem história, entre o apartamento e a loja, com a caminhonete de permeio, usando meia dúzia de palavras no diálogo com meia dúzia de empregados, quase sempre as mesmas, quase sempre os mesmos.

    Normalmente Jei-Jei seria mais exigente, não permitindo este tipo de passagens em voo de pássaro, mas no caso estava de acordo comigo sobre a inutilidade de perdermos tempo com elementos que em nada ajudariam ao avanço desta história. Além disso, a única coisa que valia a pena reter era o fato de Candal ter vivido desta maneira a maior parte da sua vida, sem casar nem ter filhos, ironicamente sem ambicionar riquezas ou outros modos de vida, ele que havia sentido tão angustiadamente os limites do futuro que o pai lhe pretendera dar. A única forma de perceber esta vida tão *lisa* (Jei-Jei *dixit*), tão falha de surpresas e de inflexões, é presumindo a existência de uma outra vida paralela, interior, que terá sido sempre turbulenta, insatisfeita, fermentando no escuro até irromper com a urgência que adiante se verá.

Foi já num período em que uma regulamentação mais rigorosa, o estabelecimento de uma feroz concorrência, a diversificação das soluções tecnológicas e um certo apaziguamento da vontade de crescer dos portugueses, enfim, um período em que todos estes elementos começavam a exercer um impacto negativo no negócio, levando à decisão de vender tudo e aposentar-se, que Candal cruzou com Francisco Basto numa esquina da Baixa. Beberam um copo, relembraram velhos tempos e prometeram voltar a encontrar-se. Cumpriram, embora esses encontros cedo se revelassem desprovidos de grande substância para além da partilha dos silêncios respectivos. Era como se procurassem juntar-se não para trocar memórias ou ideias, mas para juntos melhor poderem refletir privadamente. É certo que por vezes surgia uma frase, mas quase sempre era uma frase destinada a definir outro patamar no qual pudessem abrir novas reflexões privadas. Cultivavam o silêncio.

Jei-Jei voltou a acenar com uma certa impaciência, para assinalar que já conhecia o ambiente onde eu dava sinais de querer voltar a mergulhar, a sala de Francisco Basto em Oeiras, o que bebiam os dois, uma Leonor adolescente ouvindo atrás das portas e tudo o mais. Atalhei por isso o caminho.

Tendo vendido o negócio, numa altura em que os dois velhos soldados já se haviam tornado assíduos, Candal deixou Lisboa de volta à Azenha do Mar. Há muito que a mãe havia desaparecido também, e que a casa estava fechada. Livrou-se dos cadeados, arranjou uma cadela, fez uma pequena limpeza e comprou um aquecedor para os invernos que aí vinham, lançando as bases de uma nova vida que passou a dividir-se entre grandes passeios a pé pelos arredores, na companhia da cadela, e o fabrico de pequenas gaiolas para o qual não se acha explicação além de uma vaga parecença com as armadilhas dos polvos da adolescência, nem préstimo algum além da satisfação de uma espécie de vontade obscura, mas irreprimível. Começou por fazê-las em vime, de diversos tamanhos e formatos, algumas executadas com a minúcia de pequenas catedrais, com frisos, tranças, colunatas, nós e amarrações que exigiam crescentes perícia e paciência. Uma vez que nenhuma das gaiolas tinha um pássaro dentro, justificava-se dizendo para si que um aposentado tem de ocupar-se com qualquer coisa. Aos poucos, os livros que adquiria quando ia a Lisboa abriram-lhe novos horizontes e começou também a fazer gaiolas em arame, e até em ferro, com pequeninas abóbadas e intricadas rendas, portinholas, balouços, bebedouros, rampas, balancés e tudo o mais. Era como se dispusesse as coisas para a chegada de bandos de aves ausentes. Entretanto, as gaiolas espalhavam-se por toda a casa e amontoavam-se no alpendre, cá fora.

Nesta fase ia pouco a Lisboa, apenas para comprar material e visitar Francisco Basto. Era já um ritual. Comprava o que tinha a comprar, ia deixá-lo em casa de um antigo empregado, na Praça de Espanha. Em seguida, adquiria uma garrafa de *whisky*, procurava o presente de Leonor e ia ao Cais do Sodré apanhar o comboio para Oeiras. Normalmente, depois da visita regressava a Lisboa no último comboio, pernoitava numa pequena pensão perto do terminal das caminhonetes e no dia seguinte regressava a casa. Uma vez por outra, por ser já demasiado tarde, ou sobretudo por causa do álcool, dormia no sofá de Basto.

Candal era senhor de si. Tudo o que fazia, mesmo se espontâneo, parecia maduramente pensado. A única fraqueza que tinha era o álcool. Normalmente sabia segurar-se, mas por vezes o cansaço ou uma inexplicável angústia levavam-no a prosseguir mesmo sabendo ser já altura de parar. Ficava então absorto, cultivando um silêncio ainda mais opaco, incapaz de tomar conta de si próprio. Basto conhecia esse estado, ou de antigamente, no tempo da guerra, ou porque estes encontros haviam já voltado a criar entre eles uma grande intimidade. Era como se a separação de tantos anos tivesse sido anulada por aquele ritual de comunhão de silêncios em torno de uma garrafa de *whisky*. Nessas alturas Basto ia ao armário buscar uma manta e ajudava o amigo a estender-se no sofá, antes de ir ele próprio deitar-se. No dia seguinte, era certo e sabido, Candal acordava muito cedo, coberto de vergonha, dobrava cuidadosamente a manta, rabiscava num papel um pedido de desculpas e partia para apanhar o primeiro comboio de volta à sua rotina.

Foi assim durante um par de anos. Entretanto, enquanto torcia palhas e soldava arames, ou esperava que a cadela voltasse trazendo na boca o pau que ele atirara para longe, começou a crescer nele a ideia de voltar a Moçambique. Primeiro como uma caprichosa ideia logo afastada com um sorriso, depois como um desejo recorrente, embora ainda passível de adiamento, um desejo que ele aos poucos aprendeu a definir como necessidade de regressar a um local particular onde em tempos remotos acontecera um episódio cujos contornos a passagem dos anos e a vontade de esquecer haviam tornado imprecisos. Sim, um acontecimento que identificava entre mil na sua memória, mas que não se atrevia a explorar mais fundo. Para isso precisava antes de voltar ao local, respirar o mesmo ar, ver as mesmas pessoas. Só então se atreveria a tirar as suas conclusões.

Estava nessa fase quando Francisco Basto adoeceu e morreu. Não se sabe se abordaram o assunto da viagem, sabe-se apenas o que se passou depois: o oferecimento dos seus préstimos a Leonor, à saída do enterro, enfim, a longa conversa com ela na noite que se seguiu e as revelações que iriam mudar radicalmente o rumo das coisas. Começando, claro, pela menção de Candal à viagem a Moçambique, um gesto movido pela vontade de apaziguar o sofrimento de Leonor, mas que nem por isso deixou de ser irrefletido. Irrefletido porque quando anunciou a viagem aparentemente ela não passava ainda de uma ideia — recorrente, é certo, bastante explorada até nos pormenores imaginados, mas ainda assim apenas uma ideia. E foi este anúncio da viagem como iminente que despoletou as coisas. Leonor aderiu de imediato e fê-lo com uma veemência que cortou a Candal qualquer possibilidade de recuo. Enfim, digamos que talvez a viagem acabasse sempre por vir a acontecer, mas nunca com a urgência que passou a ter nem com os contornos de que acabou por se revestir.

Jei-Jei acenou com a cabeça. Parecia agradado com o rumo que as coisas tomavam. A minha versão ia de encontro ao que ele tinha para contar. Prossegui.

A partir daí Leonor como que assumiu a direção das coisas. De imediato quis saber mais, e a um ritmo que Candal tinha dificuldade em acompanhar. Perguntou-lhe quando partiam e ele respondeu que na verdade ainda não tinha datas, que havia ainda muito a ter em conta, a organizar. E logo ela voltou à carga dizendo que era pouco o que havia a organizar, que bastava comprar os bilhetes de avião e embarcar, que sem dúvida haveria hotéis disponíveis onde ficarem e tudo o mais. Candal voltava a defender-se, afirmando temer que fosse mais complicado do que isso, que era necessário ver como viajar no interior do país, analisar bem os custos, que não haviam de ser pequenos. Leonor teve então, em catadupa, ideias fundamentais: a de se alugar um carro, a de colocar um anúncio na Internet procurando candidatos a viajantes dispostos a partilhar os custos. Candal, distante dos computadores, nunca chegaria a uma ideia destas, simplesmente teria partido assim como vivia, sozinho, desconfiado de tudo. E sentiu estas propostas como uma vertigem, algo que o deixava dividido. Por um lado, Leonor vinha trazer o impulso que faltava para a realização de um empreendimento que, para ele, há muito era importante; mas por outro, a associação de Leonor à viagem deixava-o inquieto, por razões que tinham a ver com o seu temperamento e com a curiosidade da rapariga, razões que só muito mais tarde se tornariam inteiramente claras.

Regressou à Azenha do Mar e andou esquivo durante uns dias, mantendo o telefone desligado para não ter de responder às arremetidas da rapariga, gritos ensurdecedores que sobremaneira o perturbavam. Precisava de refletir. A simples perspectiva de um carro cheio de gente desconhecida viajando dias e dias pelos tandos africanos, imaginada a partir do rumo que as coisas tomavam, punha-lhe as têmporas a latejar e o coração a bater descompassado.

As gaiolas saíam-lhe agora bruscas, angulosas, impacientes, e acabaram por ser postas de lado. Faltava-lhe a concentração para mexer nelas. As caminhadas eram cada vez mais longas, a cadela aos pulos desenhando círculos em volta das suas passadas. Só assim conseguia alguma calma. À medida que se aproximassem da viagem, e no decorrer dela, pensava, forçosamente as perguntas de Leonor se multiplicariam. Sim, seriam mais incisivas e minuciosas, de outra natureza. Mais densas. E então, como seria? Voltavam as passadas largas desafiando o vento, com a cadela a correr em círculos na sua frente.

Um dia foi-lhe impossível continuar a adiar a decisão. Leonor ameaçava surgir-lhe à porta, e portanto teve de colocar um ponto final nesta espécie de *intermezzo*. Mudou de atitude, retomou as visitas a Lisboa com certa regularidade. Apanhava a caminhonete na sexta-feira e passava o sábado em Oeiras, planejando as coisas com Leonor, acomodando com monossílabos as ideias dela. Criaram a tal página na Internet onde era anunciada a realização da viagem e a data de início, ficando ainda em aberto os locais a visitar, a duração e o regresso, dependentes dos interesses de quem viesse a inscrever-se. A tudo isto Candal reagia encolhendo os ombros. Na semana seguinte tiveram duas inscrições que não vingaram, uma porque desistiu quando discutiram custos, a outra porque simplesmente se calou.

E, enfim, surgiu o contato do Coronel Boaventura Damião, de Moçambique. Oferecia os seus préstimos no transporte e num certo apoio logístico. Teve então lugar a troca de mensagens entre Leonor e Jei-Jei, com um Candal de poucas palavras de um lado e um Damião distante do outro, uma troca de mensagens que acabou como sabemos por ganhar contornos inesperados. Soube-o eu porque Jei-Jei me relatou algumas dessas mensagens quando foi a sua vez de tomar conta do relato. Fê-lo, inclusivamente, avançando com alguns *prints* comprovativos. Por exemplo:

>Meu caro Coronel
>
>Muito me agradou a notícia de que o carro está já pronto. Agradeço-lhe também a terceira sugestão de hotel, esta sim, ao contrário das anteriores a encaixar-se perfeitamente no nosso orçamento. Além do mais, parece-me uma localização excelente dado que, como o senhor diz, está perto de muitos restaurantes. O conhecimento da cidade que tem o senhor Candal [sic] é muito limitado (passou [sic] por aí apenas uma vez, e por dois dias, ainda a cidade se chamava Lourenço Marques!), e é de resto um conhecimento que a passagem dos anos tornou impreciso, e por isso todas as suas sugestões são bem-vindas. Aproveito ainda para lhe perguntar se é normal e seguro uma mulher andar sozinha pelas ruas nas proximidades do hotel. É que gosto [sic] de caminhar e acredito ser essa uma boa maneira de conhecer os lugares.
>
>Atentamente,
>
>Artur Candal

Ao que Jei-Jei, sagaz, respondeu:

>Prezado senhor Candal
>
>Ainda bem que a minha sugestão lhe agradou. A reserva de hotel está feita e envio-lhe em anexo as instruções para o pagamento dos quatro dias que aqui passarão antes da partida.
>
>Quanto aos passeios, é perfeitamente seguro circular pela cidade durante o dia, com as precauções normais aplicáveis a todas as grandes cidades (por exemplo, deve manter

a carteira dos documentos bem segura e evitar usar colares e brincos de valor [sic]). Deve evitar também os "cinzentinhos" (o nome que damos aos polícias de giro) que são de uma grande avidez, sobretudo no caso de trabalhadores e estudantes que regressam de noite aos bairros periféricos, mas também no caso de estrangeiros, que julgam sempre abonados e mais propensos a colaborar. Sobretudo à noite, é ainda de evitar a Baixa, escura e praticamente deserta, onde, além de vagabundos e de guardas-noturnos, só há estátuas, nos pedestais ou apeadas, que parecem murmurar sozinhas.

Estou, claro, ao dispor para prestar mais esclarecimentos, assim o julgue necessário.

Melhores cumprimentos,

Boaventura Damião, Coronel

Como se pode ver, há nestas mensagens uma grande ambiguidade quanto a remetentes e destinatários. E, como já afirmei, fica patente a progressiva influência que Jei-Jei exerceu no desenrolar dos acontecimentos, que pode ser aquilatada, por exemplo, no fato de ter direcionado a *candidatura* (chamemos-lhe assim) de Elize Fouché para Candal sem informar previamente o Coronel, de modo a que essa candidatura surgisse mais tarde como proposta do português. Felizmente que as coisas resultaram dado que Leonor se pôs em contato com Elize Fouché diretamente e em inglês, língua que dominava razoavelmente. A cumplicidade entre as duas foi imediata, não só por serem mulheres, de fato as únicas numa viagem de tom masculino, mas também por poderem contatar em inglês, uma língua que Candal entendia com bastante dificuldade fora dos limites estreitos dos catálogos técnicos das caixilharias de alumínio. Cumplicidade que não significava, no entanto, uma total franqueza, uma vez que Elize começou por alegar que fazia a viagem para escrever uma reportagem jornalística sobre o país, e Leonor retorquiu que, quanto a ela, movia-a a curiosidade de conhecer a terra onde o pai havia vivido.

Leonor era assim. Cresceu em ambiente fechado, num terreno adubado por um terrível segredo e, portanto, embora formada nela não estava habituada à verdade como esteio principal da relação entre as pessoas, um aspecto que de resto partilhava com a sul-africana. Por outro lado, uma vez tomada uma decisão Leonor era metódica e implacável nos passos que levavam à sua concretização. Avançava destruindo as pontes deixadas para trás. Foi assim neste caso, em que, uma vez disposta a acompanhar Candal, tomou duas decisões fundamentais. A primeira foi despedir-se da escola onde ensinava havia alguns anos, em São João do Estoril. Um dia, simplesmente apanhou o comboio como fazia sempre, chegou à escola, dirigiu-se ao gabinete da diretora e anunciou que se despedia. Esta procurou dissuadi-la, afinal viviam-se tempos difíceis, a crise mundial golpeava o país, ter um emprego era uma espécie de luxo nos dias que corriam etc. etc. Leonor ouviu em silêncio e no final manteve a decisão. Não queria férias, não queria uma baixa por doença, queria apenas deixar de fazer o que fazia e a viagem era um bom pretexto para a mudança. Sobre o futuro, logo se veria. Talvez retomasse um mestrado há muito interrompido, talvez procurasse emprego num atelier de arquitetura, um sonho antigo.

A segunda decisão foi também surpreendente e concretizou-se num cenário muito distante daquilo que seria de esperar, atendendo à sua natureza grave. E, no fundo, talvez Leonor tivesse planejado as coisas desta maneira para que tudo se passasse sem desnecessários dramatismos. Conta-se em duas palavras. Num final de manhã, perto já da hora de almoço, Leonor encontrou-se com o namorado num daqueles cafés todos iguais, no corredor de um centro comercial. Lá fora chovia copiosamente. Ali, estava-se como numa feérica gruta em que, salvo as pegadas molhadas conspurcando o chão da entrada para desespero de um par de cabo-verdianas de luvas amarelas e esfregona em punho, tudo era impecável: luzes brilhantes, música suave, cheiros adocicados saindo pelas portas das lojas de perfumaria ou expelidos de ubíquos ambientadores. Foi este o local escolhido por Leonor. O namorado, dois anos mais novo, era completamente apaixonado pela beleza não muito vistosa da rapariga, por aquele semblante de serena maturidade feita de uma conjugação equilibrada de racionalidade e sonho, banalidade e exotismo. Leonor deixava o carro à porta de casa porque caminhando até à estação fazia um pouco de exercício, porque indo de comboio contribuía um pouco mais, parecia-lhe, para a conservação do ambiente, enfim, porque não atribuía importância a coisas como o estatuto social nem pretendia fazer-se passar por quem não era. Herdara do pai esta mescla de conforto financeiro e simplicidade. O namorado era atraído por tudo isto e também por outras razões que eram só dele. E, agora que Leonor ficara sozinha, estava mesmo disposto a ir até ao fim. Os anos passam, não estavam ambos a ficar mais novos, era necessário tomar decisões. Apesar da banalidade do cenário ele sentiu que o encontro trazia qualquer coisa de importante no seu bojo, qualquer coisa de decisivo, e foi sobre estes pilares que construiu a previsão: Leonor iria fazer perguntas sérias acerca do futuro e de bom grado ele se mostraria à altura de lhe responder.

Talvez Jei-Jei viesse a achar excessiva a cena que eu tão empenhadamente dispunha, movido pelo conhecimento do pendor geral moçambicano para o melodrama. De qualquer maneira era tarde para recuar.

Aproximando-se pelo corredor, Leonor viu-o sentado à mesa do café. Viu o trejeito vago de quem reflete evoluir para um sorriso franco assim que a avistou e se levantou para encostar a bochecha à dela e ajeitar a cadeira para que se sentasse. Falaram da chuva, das ruas congestionadas e de outras pequenas coisas enquanto esperavam o café. Faziam-no com a economia típica dos diálogos que se conhecem e encaixam uns nos outros

sem grandes esforços ou malabarismos. E, subitamente, Leonor encarou-o e disse:
— Vou viajar.
— Vou contigo — disse ele imediatamente, levantando ambos os braços numa ênfase risonha e teatral. — Vou contigo até ao fim do mundo.
Jei-Jei acenou com a mão, como se fosse objetar alguma coisa. Tinha um semblante pensativo, um leve sorriso equivalente ao do namorado de Leonor antes de a ver chegar. Talvez estivesse mentalmente a procurar traços desta fase em alguma das mensagens que ele próprio trocara com ela. Mas não, em nenhuma Leonor mencionara a possibilidade de inclusão, à última hora, de mais um viajante. Pedi-lhe um pouco de paciência e ele baixou a mão. De qualquer maneira, a interrupção foi importante para me deixar ganhar fôlego para a tirada final.
— A sério, vou viajar — insistiu ela.
— Para onde?
Pela cabeça dele passou alguma razão burocrática relacionada ainda com a morte de Francisco Basto, um assunto da escola, alguém doente que ela se dispusesse a ajudar, coisas assim.
— Vou a África.
Jei-Jei protestou, desta vez de viva voz. Leonor já sabia que vinha a Moçambique. Retorqui que era sempre assim, os estrangeiros tinham dificuldade em referir os países africanos um a um, falavam sempre no continente como se fosse uma entidade singular.
— A África? E o que vais fazer a África?
— Uma coisa importante, tão importante que talvez mude a minha vida.
Pela primeira vez o namorado assustou-se. As palavras dela eram proferidas num tom que desconhecia, o tom de decisões que rompem, decisões que uma vez tomadas nenhum diálogo é já capaz de polir. Sim, eram palavras definitivas.
— E posso saber que coisa importante é essa?

— Não ainda.
— Posso saber ao menos quanto tempo vais lá ficar?
— Ainda não sei. Pode ser pouco, mas também pode ser muito.
— E eu não posso ir contigo?
Formulava a pergunta sentindo que perdia terreno, portanto já na defensiva. Além dos custos que uma viagem assim grande e imprevista envolvia, claro que não podia chegar ao emprego e pedir para se ausentar por tempo indeterminado.
— Não. Preciso de ir sozinha.
Ele tentou outra abordagem.
— E a escola? Quanto tempo de licença pediste?
— Despedi-me, já não volto lá.
— Quer dizer que vais para África de vez?
— Não, em princípio não.
— E o que vais fazer da tua vida? Deixas de trabalhar? E depois?
— Logo se verá. Há de surgir sempre alguma coisa.
— Há de surgir alguma coisa? Com esta crise? Tens a certeza de que pensaste bem?
Agora já era quase só a inércia que ainda o fazia falar. E, sentindo fugir-lhe o chão, fez a pergunta de que os dois estavam à espera:
— E nós, como é que ficamos?
Leonor olhou em volta, as luzes, a multidão que caminhava em direções desencontradas, o rumor das vozes desconstruindo a música ambiente como se se tratasse de um coral contemporâneo em contraponto, e em que o tilintar da louça recolhida pela funcionária da limpeza se inscrevia como uma espécie de percussão. Agradeceu mentalmente ao namorado por não ter de ser ela própria a formular a questão que os trouxera ali (ele sem o saber). Neste caso era mais fácil responder do que perguntar.
— Nós... nós é melhor ficarmos por aqui. Eu bem queria, mas não te posso ainda explicar.
— Assim, só? Sem mais nada?
— Infelizmente, sim.

Com um ar magoado, o namorado pôs uma nota de dez euros em cima da mesa, levantou-se e partiu de mãos nos bolsos, sem sequer olhar para trás.

No sábado seguinte, dentro do carro estacionado ao fundo da rua de Leonor, perguntando-se se devia ou não aproximar-se e tocar à campainha, ele veria a silhueta magra e carrancuda de Candal chegando em passo apressado e entrando na casa para lhe despertar dúvidas de uma natureza diferente, mais concreta e ácida, que quase o levou a avançar. Mas, conhecendo Leonor como conhecia, de que lhe serviria? Rodou a chave da ignição, engatou a primeira mudança e desapareceu ao fundo da rua, em direção às margens desta história.

Jei-Jei sorriu. Afinal sempre lhe agradavam os melodramas.

Dias depois, na Azenha do Mar, Candal voltava a pôr o cadeado na porta e entregava a cadela a um casal de pescadores com a recomendação de que a levassem de vez em quando a passear. Em Oeiras, Leonor deixava também um último pedido a uma vizinha, sobre a rega dos fetos. E eu depositava os dois nas mãos de Jei-Jei, a partir daqui em melhor posição para dizer dos seus sucessos.

CAPÍTULO 9

Por vezes o futuro parece estar mesmo ao alcance da mão, mas eis que um vento inesperado o sopra para diante. Reúnem-se então as forças que descobrimos ainda ter, com o fito de reiniciar a perseguição.

Decorreu um longo período, na verdade uma travessia de cerca de vinte anos, entre o Jei-Jei regressado de uma Alemanha turbulenta e este que eu conhecera no Museu. Vinte anos é praticamente meia vida, uma meia vida que o meu interlocutor, que fora tão loquaz sobre a infância ou a experiência alemã, tendia a cobrir agora de um discreto silêncio. Como se houvesse um interregno sem história entre as suas duas vidas, um interregno para o qual me faltavam fontes de informação alternativas (Bandas Matsolo, o vizinho, tomado talvez por uma curiosa concepção de lealdade, mostrou-se pouco menos do que mudo quando o abordei a este respeito, muito mais tarde, numa altura em que Rangel já não se contava entre os vivos). Ora, tendo em conta que ali se podia achar grande parte da explicação do que veio depois, o meu interesse nesse hiato não podia senão crescer. Que perspectivas trazia Jei-Jei quando regressou (uma vez que o regresso é quase sempre um tempo de balanço e recomeço)? O que concretizou? Aos poucos, e com algum custo, fui conseguindo arrancar-lhe informações.

Jei-Jei regressou a Moçambique sem uma ideia clara acerca do futuro, o que é compreensível tendo em conta que a precipitação e o caos instalados nas ruas alemãs por esses dias lhe haviam mostrado como os futuros podem de repente

desfazer-se em fumo. A autoridade desaparecia a olhos vistos, mandantes e gente comum não se distinguiam, tão atarantados uns como os outros; enfim, os desencontros cresciam, ninguém era achado nos lugares habituais. Jei-Jei errou por Zwickau sem uma ideia certa do que fazer. Onde estariam Manfred e Anna? Onde estaria Phuong? Procurou Karla uma derradeira vez, para lhe deixar ao menos um par de capulanas.
— Capulanas? — surpreendi-me.
E ele explicou. Nos tempos em que começavam a conhecer-se melhor, Karla dizia-se farta do cinzento e do Inverno e ser essa a razão por que gostava de lugares como Moçambique, lugares dóceis, submissos à sua imaginação. Jei-Jei, jogando o jogo de sedução que os dois jogavam, quis saber por que Moçambique em particular, à espera de que ela dissesse ser por sua causa, mas Karla, sempre surpreendente, respondera que era por causa das cores; algo agastado, ele voltara à carga querendo que ela explicasse o que sabia das cores de Moçambique uma vez que pouco antes revelara desconhecer o país por completo; ela respondera que sabia que eram brilhantes e alegres, a deduzir da capulana que ele trouxera consigo quando do primeiro encontro em Oschatz, e estendera no relvado sob os queijos e o vinho. Desde este diálogo que Jei-Jei reservara mentalmente para Karla o par de capulanas novas que ainda tinha, aguardando apenas por uma ocasião especial, o dia do aniversário dela, por exemplo. Infelizmente, Karla desaparecera e tudo se precipitara antes da chegada desse dia.
— Pena não lhas ter oferecido logo — lamentou-se.
Por esses dias os únicos cujo paradeiro conhecia eram os escassos moçambicanos das redondezas, que se juntavam para discutir exigências e reivindicações que pouco mais eram que uma agitada cacofonia de dinheiros, papéis, comprovativos, contagens de tempo, fogões e frigoríficos, motorizadas e máquinas de costura, e não havia do outro lado quem os ouvisse e lhes desse resposta. Cada vez mais tudo aquilo lhe parecia um filme

distante cuja vozearia só a custo entendia. Enfim, quando deu por si desembarcava em Mavalane com uma caixa de ferramentas numa mão e um par de capulanas na outra, além de algum dinheiro no bolso. Das capulanas sabemos já a origem, tinham ido e regressavam; as ferramentas eram uma oferta de Manfred; quanto ao dinheiro, ganhara-o com o seu trabalho.

O Moçambique que encontrou não era muito diferente do Moçambique que deixara: os ataques dos bandidos armados estampados em parangonas nos jornais, a mortandade, a fome a que haviam passado a chamar crise humanitária, enfim, os resmungos populares. E, no entanto, sentia-se já a aragem fresca da mudança. Falava-se em conversações com os rebeldes, a sociedade, impaciente, perdia a passos largos a subserviência com que até então acatara as ordens da autoridade, um leque abrindo-se nas suas inúmeras cores e agitando o ar.

Jei-Jei apercebeu-se de que não podia perder essa viagem e procurou um emprego. Achou-o numa oficina de automóveis cujas instalações me veio a mostrar anos depois, já parcialmente abandonadas, situadas não muito longe da escola secundária Francisco Manianga e do próprio Museu da Revolução. A bem dizer, confessou, trazia na cabeça a temerária ideia de desenvolver na nossa cidade uma linha de montagem de automóveis Trabant. Para tal contava com a extrema versatilidade da marca, com os conhecimentos que adquirira sobre as diferentes fases da produção, enfim, com a necessidade que as pessoas tinham de transporte. Claro que a esta distância a ideia é extravagante (tanto que ele próprio a referiu com certo embaraço), embora, por outro lado, todos os sonhos sejam legítimos na medida em que dão sempre origem a qualquer coisa, mesmo se muito diferente da previsão inicial. No fundo, os projetos de sucesso devem-se ao fato de nunca ninguém ter antes pensado neles, ao fato de serem capazes de romper linhas de continuidade e, com isso, surpreenderem. De qualquer maneira, o que importa é que na altura Jei-Jei acreditava nessa ideia, embora lhe faltassem os meios de a concretizar. Entretanto, resolveu conceder-se um tempo para que as coisas fossem amadurecendo. Enquanto isso trabalharia na referida oficina.

Sempre que podia visitava o seu amigo Rangel, padrinho, mentor, que entretanto reencontrara ali tão perto, mesmo ao virar da esquina, no Centro de Formação Fotográfica. Quase todos os dias passava ali um par de horas ajudando-o a ordenar fotografias, a meter negativos em saquetas de celofane, a arrumar dossiês nas estantes. Ao mesmo tempo, falavam um pouco de quase tudo. Rangel reacendeu nele a paixão pelo *jazz*, por essa altura quase extinta. Lamentou que ele não tivesse trazido da Alemanha um trombone, revelou-lhe novos discos e novos músicos, riu-se das velhas cassetes, disse que os discos de vinil ainda haveriam de voltar em força, enfim, ofereceu-lhe alguns CDs. Sempre que havia sessões de *jazz*, agora matinês no restaurante Costa do Sol, levava-o consigo. Quando me falou nisto lembro-me de ter imaginado Rangel como uma espécie de Gil Evans do *jazz* local, nos tempos do *Birth of the Cool* em que o trombonista J. J. Johnson integrou a grande orquestra.

— Era como se o meu padrinho tivesse o dom de despertar em nós aquilo que temos de mais precioso — disse Jei-Jei.

Foi um período relativamente bom, uns anos em que quase conseguiu *reorganizar-se* (palavras dele). O relativo desafogo econômico permitiu-lhe dedicar-se ao estudo da língua inglesa, que Rangel vinha dizendo que em algum momento lhe seria útil. Assim, além de bons, foram também anos bastante preenchidos. Por uma vez parecia que o destino e as forças mais vastas estavam do seu lado.

Este foi também um tempo em que o mundo em volta sofria uma grande transformação. Assinou-se o acordo de paz, a guerra acabou, o velho regime passava à história levando consigo uma autoritária austeridade e uma rígida moral, mas também um sentido coletivo de destino que ninguém suspeitava vir depois a fazer tanta falta. Agora era cada um por si. As

Nações Unidas desembarcaram festivamente em Moçambique com os seus milhares de especialistas da paz e da democracia, todos eles transportados em poderosos carros brancos com o símbolo azul estampado nas portas; e eram tantos os carros, e tão modernos, que reduziam a já de si frágil sombra do Trabant do projeto de Jei-Jei a pouco mais do que uma piada escondida. O meu amigo começara por suportar com estoicismo um quotidiano que não lhe era propriamente agradável, convencido de que se tratava de uma questão de tempo até que fosse possível montar os seus Trabant e conquistar a sua autonomia. Chegara mesmo a sondar armazéns vazios, a esboçar cartas para Manfred e para Phuong, que já via como parceiros no negócio. Guardara essas cartas na gaveta, à espera que lhe chegasse um endereço para onde as dirigir (não me disse se escrevera uma para Karla). Frequentara locais onde se reuniam *Magermanes*, na esperança de dar com alguém que conhecesse os seus amigos. Bebera com eles, vivera aquele mundo onde pouco mais se fazia do que lembrar, num alemão de subúrbio, as glórias de um passado tão recente quanto já irrelevante. Mas o tempo foi escorrendo e tudo aquilo foi perdendo o sentido, a ponto de Jei-Jei começar a ter dificuldade em lembrar-se sequer dos rostos de Manfred e de Phuong (não me disse se, também, do rosto de Karla), a ponto de se perguntar como pudera ter posto a esperança numa colaboração com quase desconhecidos. O *Projecto Trabant* (era assim que lhe chamava mentalmente) fora então perdendo a força, revelando o quanto era tosco se comparado com a torrente de carros modernos que desaguava na cidade, trazida pelos estrangeiros da paz. Na sua curiosa imagem, era como se o Trabant fosse diminuindo de tamanho até se tornar uma espécie de miniatura que o fazia sorrir intimamente, com certo embaraço e alguma ternura. Como fora possível ter gasto tanta energia com uma coisa tão pequena e tão ingênua? E a partir daqui tudo começou de algum modo a ser posto em causa dentro da sua cabeça.

Mais uma vez foi Rangel que, sentindo-o vacilar, o alertou para as oportunidades que surgiam.
— Toma atenção! — disse-lhe. — Fecham-se umas portas, mas também se abrem outras. A oficina não é o paraíso, mas olha bem para esses carros todos que chegam: são novos, mas hão de envelhecer. Há ali muito dinheiro a ganhar com a reparação. Arrisca!

Segundo Jei-Jei, foi mais ou menos isto que Rangel lhe disse, que mudasse de vida, que arriscasse. E o conselho fazia todo o sentido na medida em que as Nações Unidas se transformaram num grande e apetecível empregador, uma reserva inesgotável de dinheiro. Quantas famílias numerosas passaram a viver do salário de uma modesta secretária de um qualquer projeto das Nações Unidas, famílias que incluíam pais e filhos, maridos e até amantes! Jei-Jei esforçou-se para que também lhe calhasse a vez a ele, aperfeiçoando de noite o seu inglês. E, além de sábias, as palavras de Rangel acabaram por revelar-se também premonitórias. Conseguiu de fato, de certa maneira, trabalhar para as Nações Unidas, embora informalmente e, como previra o seu mentor, arriscando (no sentido literal em que correu riscos). Fê-lo prestando serviços, nas suas palavras, como *mecânico noturno*.

— Mecânico noturno? — perguntei.

E ele explicou o que significava essa enigmática expressão. Muitos destes novos habitantes internacionais, e mesmo os seus funcionários locais, circulavam de noite pelos bairros dos subúrbios à procura de *meninas* ou apenas para beber umas cervejas. Os grandes carros brancos com o símbolo azul estampado nas portas constituíam, por sua vez, um poderoso chamariz: onde eles estacionavam havia sempre oferta de serviços, proposta de negócios e por aí fora. Como em toda a parte, as circunstâncias criadas por esta movimentação noturna eram propensas a vários tipos de confusão: embriagados de desejo, poder e álcool, os condutores dos potentes corcéis de metal provocavam incidentes e os notívagos dos bairros respondiam com um sarcasmo curtido na pobreza, indo-lhes violentamente às carteiras de navalha na mão ou rasgando pneus e quebrando vidros em desavenças e vinganças. Enfim, fazia-se de tudo, de um lado e do outro, voluntária ou involuntariamente, para danificar as grandes máquinas brancas. E se não era assim, eram carros trepando muros no regresso, derrubando postes ou embatendo violentamente uns nos outros, já de madrugada, a horas em que deviam estar arrumados nos parques e não na rua circulando aos esses. Em consequência, os condutores começaram a surgir desarvorados nas oficinas (incluindo aquela onde Jei-Jei trabalhava), dispostos a pagar qualquer preço para que as máquinas voltassem a estar apresentáveis no dia seguinte, à hora de abertura do expediente.

Com o tempo e a relativa impunidade (impunidade alimentada em partes iguais, é lícito supor-se, por uma certa eficiência do trabalho de reparação, por um certo desleixo da supervisão e ainda pela natureza ardilosa de toda a operação), a relação evoluiu e começaram a surgir na oficina viaturas impolutas, sem defeito algum, para que, sempre pela calada da noite, lhes fossem retiradas peças *saudáveis* que eram revendidas no mercado negro, enquanto as referidas viaturas, agora defeituosas por um suposto uso ou um infortunado acaso, davam entrada nas oficinais oficiais para serem reparadas. Sem falsas modéstias, Jei-Jei contou-me que devido à competência demonstrada os seus serviços eram muito requisitados, mas nunca se disse abertamente envolvido em uma que fosse destas obscuras operações a que aliás se referiu sempre de forma vaga, o que se compreende: era um terreno que moralmente comprometia qualquer um. Por isso nunca cheguei a ter a certeza. Sempre tive ideia dele como um homem de princípios, incapaz de atravessar determinadas linhas; mas, por outro lado, sei de casos em que a necessidade ou a ambição operaram uma verdadeira erosão nos valores, levando a sucessivos ajustamentos no caráter das pessoas. Se a necessidade aguça o engenho, a circunstância molda a moral.

De volta ao que interessa. Tudo aponta, portanto, para que o relativo bem-estar estivesse já a ser perturbado por algumas sombras. O tempo passado na oficina veio a revelar-se, segundo ele, um tempo de sobrevivência e desencanto. Ao contrário da fábrica de Zwickau, de onde saíam automóveis *limpos* (foi este o termo que usou), a cheirar a novo, o que se fazia nesta oficina era remendar problemas, disfarçar intervenções mal feitas, edificar aparências. As esteiras rolantes alemãs eram aqui substituídas por cansativos vaivéns com as peças às costas, de modo que os trabalhadores zanzavam como um bando de zumbis sem destino, besuntados e brilhantes, perdidos num labirinto de óleo e de metal. Quase todos os dias havia cortes de energia, não saía água nas torneiras, faltavam peças sobressalentes, roubavam-se ferramentas, de tal forma que todos os trabalhadores eram minuciosamente revistados pelo patrão, um certo Mabunda, à hora de saída.

— Era este o grau de confiança que ali reinava — disse.

Acrescentou que era frequente a prática já referida de os mecânicos retirarem peças *saudáveis* de carros dos clientes, trocando-as por outras deficientes e instalando as primeiras nos carros de quem lhes pagava *por fora*. Quase sempre havia dois preços, o preço da oficina e o preço *por fora*, este último cobrado em surdina e em clandestino benefício do mecânico ladrão. E, claro, nenhum mecânico se atrevia a interferir no negócio do colega do lado, era esse o limite da nova moral, era aliás esta a única moral que sobrevivia no seio daquela gente. Ninguém atirava pedras para não ter que recebê-las. Com isto transformavam a antiga constatação dos tempos do socialismo em princípio norteador da sua própria atividade: *O cabrito come onde está amarrado.*

Em resultado, eram frequentes as discussões com clientes que saíam da oficina com o serviço aparentemente executado, mas que mal dobravam a esquina voltavam a deparar com as mesmas velhas, e outras novas, avarias. As culpas eram sempre de algum mecânico que acabara de ausentar-se e, portanto, não estava ali para arcar com elas, ou do descuido do próprio cliente, ou mesmo, com os olhos virados ao céu, culpas do destino, e nisto estavam talvez todos de acordo, incluindo o cliente, forçado a concluir que fora um destino mau que o fizera vir solicitar serviços àquele lugar. Por vezes vinha um polícia resolver as contendas, o que só por si não era motivo para amansar a discussão na medida em que ele se perfilava de um dos lados, muitas vezes de quem lhe desse qualquer coisa a ganhar. As narrativas dos mecânicos, cheias de imaginação, mas previsíveis dado que desembocavam sempre na sua desculpabilização, entrechocavam com as versões dos clientes, mais frágeis por se basearem apenas na indignação, não no ardil previamente pensado, e por cima de tudo isto chegava a terceira narrativa, a do polícia, a mais errática de todas, mas em contrapartida dotada do caráter definitivo da sentença da autoridade. O que significa que havia sempre um desfecho para o acaso que era uma roleta russa com o nome de justiça.

Jei-Jei vinha habituado à organização alemã e socialista, a um certo silêncio picotado pelo ruído das máquinas e pelas frases cortantes das ordens, ou ainda, vá lá, por murmúrios baixos de protesto que mais não eram do que uma acomodação contrariada nos degraus da hierarquia; não àquela gritaria tantas vezes sem motivo discernível nem rumo consequente. Todos, na oficina, tinham as suas razões, defendidas aos berros entrecortados pelo retinir de ferramentas atiradas ao chão de cimento com fúria ou com amuo. Por vezes nem o patrão Mabunda conseguia conter estes sinais de revolta e, ou despedia o protestante com a sua mãozinha gorda no ar a fim de sublinhar a justeza da decisão, ou procurava contemporizar se o prevaricador era um mecânico experimentado que não lhe convinha perder. Jei-Jei ia-se dando bem com uns, com outros menos. Apesar de ter crescido em Maputo e de falar a língua ronga com desenvoltura, de fato quase como língua-mãe, houve quem lhe tivesse descoberto as origens no centro do país e o acusasse de ser estrangeiro sempre que tal acusação se revelava de alguma utilidade, embora também houvesse quem por isso mesmo se tivesse tornado seu amigo.

Mas, se conseguira libertar-se do sonho de um pequeno Trabant moçambicano, o mesmo não pode dizer-se daquele quotidiano que o martirizava. Na oficina, passava os dias metido na fossa dos óleos tendo por céu as ferrugentas entranhas dos carros, as molas enlameadas das suspensões e as canalizações intricadas de onde pingavam óleos que lhe conspurcavam a testa e as ideias, e que a cada dia lhe pareciam mais abjetos e nauseabundos. Os seus dias eram feitos deste negrume oleoso só atenuado quando conseguia entrever, para lá do portão da entrada, disse, uma nesga de mar azul e o céu por cima da tira escura da Catembe. De volta a casa, os banhos eram cada vez mais necessários, gastava enormes quantidades de pedras-pomes e de uma planta áspera com aplicação afim, a que o povo chama *marherhe*, dava tudo por um sabonete, a frequente falta de água punha-o fora de si. Passava as noites a esfregar as unhas para se ver livre de um óleo que todos os dias se entranhava cada vez mais fundo, provocando nele a sensação de lhe tingir indelevelmente a alma.

Contou-me que certa vez, necessitando absolutamente de respirar, saiu da fossa dos óleos e veio até à entrada. Ali, um pequeno grupo de colegas cercava uma jovem vendedeira de bolos fritos. Era comum as vendedeiras pararem à porta da oficina com as suas bacias de alimentos, contando para o negócio com o apetite dos trabalhadores. Os mecânicos cercavam a rapariga perguntando-lhe por preços e características do produto. Faziam-no de maneira ambígua e com cada vez mais claras insinuações de outra ordem. A rapariga ria, procurando uma maneira de se esquivar das investidas e de voltar a centrar a atenção geral nos fritos que tinha para vender. Usava uma estratégia natural dos fracos que é juntarem-se à galhofa geral fazendo-se desentendidos de serem eles o seu objeto, na esperança de que algo de extraordinário entretanto aconteça para os livrar do aperto. De qualquer maneira, também parecia haver na rapariga uma ambiguidade muito própria, feita do referido instinto de sobrevivência, mas também de uma dose clara de ingenuidade. E isto parecia excitar ainda mais o grupo de mecânicos. Ambiguidade era o que de momento lhes convinha. Quando Jei-Jei chegou à entrada, dois dos homens começavam já a dar mostras de abrir o jogo tocando abertamente partes do corpo da rapariga. Um puxou-lhe mesmo pela capulana, deixando à mostra uma larga extensão de uma coxa. E, enquanto a pobre tentava voltar a cobrir-se um terceiro aproveitava para meter a mão na bacia e retirar furtivamente um frito. A rapariga ria e dizia palavras de circunstância, ao mesmo tempo que continuava a tentar livrar-se das investidas e que, com crescente ansiedade, procurava manter a bacia debaixo de olho. A bacia era aquilo que lhe restava, além do corpo. A situação não era ainda de ruptura, os homens podiam ainda alegar que tudo não passava de uma brincadeira, mesmo se de gosto duvidoso. Por isso a rapariga evitava ser a primeira a quebrar o jogo, pressentindo que o que vinha a seguir seria nesse caso pior para ela. A situação não era ainda anormal no sentido em que tudo podia reverter-se e revestir-se das roupagens de um mal-entendido (caso em que ela ficaria com o ónus de uma mentalidade suja). Todavia, a tensão chegara a tal ponto que de súbito as coisas podiam disparar e explodir. Embora não ousasse fazê-lo ainda, quando chegasse o momento a rapariga defenderia o corpo e a bacia com unhas, gritos e dentes. Mas isso talvez só servisse para acicatar a sanha dos mecânicos. Fizesse o que fizesse, a rapariga continuava a ser a parte mais fraca, eles a mais forte.

— Ela era valente, mas não tinha a mesma força — disse Jei-Jei.

E eu senti que, ao contrário do que era habitual, ele atinha-se a detalhes e evoluía em círculos, como se, apesar de ser um experiente contador de casos, rondasse este específico caso sem saber bem como pegar-lhe.

— E depois? — perguntei, procurando atalhar caminho como tantas vezes ele fazia comigo.

Ele próprio nem chegou a ser obrigado a ter intervenção no caso, disse, pois logo a seguir o patrão Mabunda surgiu também ele à entrada, atraído pela vozearia. E com a sua chegada os homens mudaram por completo de atitude. Largaram a rapariga, deixaram de estar interessados no que ela tinha para vender. Nem chegou a ser preciso que Mabunda os mandasse para dentro a retomar o trabalho. Entraram todos, resmungando baixo.

Suspirou. Depois, Mabunda disse qualquer coisa à rapariga. Ela ajeitou a capulana, pegou na bacia dos fritos e entrou na oficina atrás dele. Fecharam-se na saleta da administração, um cubículo onde havia uma velha secretária cheia de papéis manchados de óleo, peças encostadas às paredes e pastas de arquivo amontoadas numa pequena estante improvisada. Ficaram lá durante um tempo, o suficiente para que os homens retomassem a atividade e deixassem de pensar no incidente.

— E depois? — insisti.

Depois a rapariga saiu com a bacia à anca e os olhos baixos, e deixou a oficina.

Jei-Jei disse que talvez o céu que a rapariga conseguia ver fosse feito de promessas do patrão Mabunda, talvez fosse essa a sua nesga azul por cima da Catembe, com valor apenas por ser diferente das entranhas dos carros vistas a partir da fossa do óleo. E acrescentou que foi nesse dia que resolveu deixar a oficina. Deixou-a sem saber se a decisão era ditada pela necessidade de procurar novas vistas, se pela incapacidade de afrontar aquela gente, de afrontar o patrão Mabunda. Ou, mesmo, a sua consciência depois daquele episódio.

* * *

Embora consideravelmente encurtado, o hiato no percurso de Jei-Jei de algum modo persistiu uma vez que a partir da sua saída da oficina as coisas voltavam a tornar-se vagas e ele, teimosamente, não se mostrava interessado em aclará-las. Ajudou Rangel algumas vezes, frequentou um curso de computadores, realizou pequenos trabalhos, tanto de mecânica como de outro tipo, aqui e ali. Trabalhou numa loja de vinhos e bebidas espirituosas na Avenida 24 de Julho, foi ajudante numa casa de molduras fotográficas (aqui, confessou, devido à sombra intercedente de Rangel), e pouco mais.

— Foi por esta altura que falei com Bandas Matsolo pela primeira vez — disse.

Eram vizinhos, cruzavam-se muitas vezes nas escadas. Um dia, regressando a casa, deu com ele à entrada do prédio às voltas de um *chapa* cheio de gente. Era a fase em que Matsolo começava a conduzir um carro do Coronel Damião e nesse dia desviara-se um pouco da rota para passar em casa a deixar ou a apanhar qualquer coisa. Subiu, e quando regressou não conseguia voltar a ligar o motor do carro. A situação era embaraçosa, não tanto pela presença dos passageiros, que cedo ou tarde acabariam por dispersar a pé em busca de alternativas, mas porque o Coronel descobriria que o carro tinha sido desviado da rota, acabando à porta de casa do motorista. Afinal, concluiria, Matsolo não era diferente dos outros. Jei-Jei ofereceu ajuda. Subiu a buscar as ferramentas e resolveu prontamente o problema. Desfazendo-se em agradecimentos, Matsolo pôde seguir viagem.

A visão dos passageiros calados no interior do *chapa* — uns de perfil olhando em frente como se isso facilitasse o avanço para o destino, outros virando os olhos perscrutadores à espera que o inesperado anjo salvador resolvesse a avaria e pudessem retomar a viagem, — essa visão foi muito importante para ele, disse. Na sua curiosa expressão, foi como se estivesse a ver o povo moçambicano pela primeira vez.

Segundo entendi, foi também por esta altura que ele começou a visitar o Museu da Revolução. As razões por que o fez afiguraram-se a dado passo fundamentais para o que iria seguir-se, mas as minhas investidas nunca chegaram a ter uma resposta claramente formulada. De fato, de cada vez que lhe colocava a questão obtinha uma resposta diferente. Começou por dizer que o Museu se localizava muito perto de casa, ficava mesmo a caminho, que tinha tempo livre e queria aprender como as coisas se haviam passado, etc. Era a resposta mais fácil e recorria a ela sempre que estava com pouca disposição para este tipo de conversas. Havia vezes em que se detinha, pensativo, e concluía que ia ali para conhecer melhor um personagem: Josina Machel, Kamba Simango ou o Padre Mateus Gwenjere, por exemplo. Se eu procurava aprofundar esta resposta, pretendendo saber que outras figuras despertavam a sua curiosidade ou argumentando que ele podia obter informação sobre os personagens da história em outros lugares (em livros, por exemplo), respondia que conhecer melhor um personagem não significava necessariamente *saber coisas* acerca dele. Que gostava de lá ir e ficar simplesmente um bocado a pensar nessas figuras, era assim que aprofundava os seus conhecimentos. Chegou mesmo a dizer que ia ali apenas para pensar, para se conhecer melhor a si próprio. Por algum motivo fiquei com a sensação de que havia uma ligação entre a tal visão do povo moçambicano no interior do *chapa* de Matsolo, que ele ajudara a pôr a andar, e estas visitas ao Museu.

CAPÍTULO 10

Por caminhos tortuosos os cinco rios chegam à baía. Ali se abre o oceano onde, por não ter a orientá-lo as balizas das coisas sólidas, o itinerário é mais difícil de traçar.

Lá embaixo, ainda longe, as primeiras nuvens são cinzentas, um tapete liso e uniforme que atenua a vertigem das alturas e nos proporciona uma falsa sensação de segurança. Se nos despenhássemos seríamos amparados por essa miríade de cinzentos-claros que o avião parece não querer perturbar. De fato, reduzidos ao mínimo os motores deixaram de se fazer ouvir, agora que se iniciou a descida lenta, constante, mas quase imperceptível, de volta ao chão. E, de mais perto, aquilo que parecia uniforme vai afinal revelando uma natureza diferente. Agora as nuvens são flocos imensos como montanhas, escarpas vertiginosas que obrigam o avião a ganhar consciência da sua pequenez. Ao lado de vales profundos que se perdem num dédalo de formas escondidas crescem volumes alvos e gigantescos que obrigam a olhar para cima e tomam formas inesperadas: absurdos e grotescos monstros, cogumelos, bonecos de pelúcia, extravagantes fragmentos de paisagens, perfis dotados de estranhos narizes, uma vela de barco, um braço engessado, uma tartaruga, meia roda de carroça, uma profusão de estalactites, espuma de ondas congeladas em pleno ato da rebentação. No meio de tudo isto, o mais perturbador talvez seja a consciência de que não é nesse mundo lá fora, mas na mente, que as formas acabam por ser fabricadas, ganhando sentido e intenção por razões que se desconhecem. A sensação agora é de que as nuvens estão mais perto e são de um algodão seco, menos denso e um pouco áspero, que em breve roça as asas para depois inundar a janela já como um vapor branco, vagamente sujo. Nesta altura o aparelho estremece um pouco. Não tarda abrem-se frestas no nevoeiro para deixar ver, outra vez mais fundo, a velha terra cinzenta e nervurada, mas o que existe lá fora, ainda tão recente e ganhando cor, deixará de ter interesse em breve, afastado pelo tilintar das campainhas que anunciam que o avião, enfim, acorda.

Leonor lança uma rápida mirada ao vulto de Candal, a seu lado. Esta intimidade forçada incomoda-a um pouco. Não quer que ele a veja acordada e se sinta na obrigação de dizer qualquer coisa, obrigando-a por sua vez a articular uma resposta. Ainda é cedo para falar, precisa de um momento para se despedir de si própria. Mas por enquanto não tem com que se preocupar. Embora hirto na cadeira, com a mandíbula apertada, Candal tem os olhos cerrados. Sente que ele não dorme, mas tampouco está acordado. Permanece nessa fronteira como se sonhasse de ouvido atento, um estado de consciência que durou toda a viagem desde que as luzes se apagaram. Desde que sobrevoavam o Chade que não se mexe, pensa. Mais de metade do continente africano sem um gesto, sem um piscar de olhos. E, no entanto, nunca passou pela cabeça de Leonor que ele estivesse verdadeiramente adormecido. Durante todo aquele tempo sentiu-o sempre cercado de uma espécie de halo tenso, indiciador de uma aguda vigilância. Desperto. Como se, de olhos fechados, conseguisse a proeza de poder ver sem ser visto.

Apesar de tudo podia agora olhar para ele abertamente. Para as roupas escuras já um pouco usadas, o fio de ouro espreitando entre os cabelos pardos do peito magro, as nervuras azuis e tortuosas das costas das mãos enclavinhadas nos braços da poltrona, os dois anéis de ouro sem dúvida significando alguma coisa. Não, não era o medo de voar que o trazia naquele estado,

Candal não parecia vulnerável a esse tipo de medos. Era muito diferente. Talvez uma espécie de ferida há muito cicatrizada, mas conservada fresca na lembrança. Era isso, uma permanente prontidão para o conflito. Antes de ele ter fechado os olhos conversaram longamente, conversas de avião ao mesmo tempo confessionais e de circunstância. Ou não conversaram tão longamente assim. Na verdade, ela não saberia dizer agora durante quanto tempo conversaram. As situações como esta dispensam-nos das iniciativas, de ter de optar entre falar e calar, entre ficar e partir. Estamos ao mesmo tempo imobilizados e literalmente projetados a grande velocidade, um paradoxo. Não dependemos de nós, mas da circunstância que nos aprisionou. Com isso, mais do que perdermos a noção do tempo é o tempo que se distorce e se perde de si próprio, que se torna um impreciso sósia de si mesmo.

Conversaram nesse limbo, conversa pequena, já se disse, sem grandes interrogações nem a expectativa de grandes respostas. Leonor resolvera dar uma folga ao seu interlocutor. Mariamo, a futura mãe, não se faria presente no avião. E as razões por que não a convocava, agora que finalmente partia atrás dela, foram-lhe surgindo enquanto refletia. Dera finalmente início à viagem, acabavam-se os dias ansiosos que haviam precedido a partida. O namorado e a escola, a casa fechada, as investidas contra os segredos de Candal, que ele, contorcendo-se como uma enguia, acabava sempre por achar um meio de preservar — tudo isso fazia já parte do acontecido. Ela aliviava a pressão porque os sabia aos dois, a ela própria e ao amigo do pai, dentro de um movimento inexorável. Embora ainda longe da sua fase decisiva, a viagem já se iniciara, algo fora despoletado que tornava as coisas impossíveis de travar. Não havia a ameaça de regressos e isso trazia-lhe uma certa tranquilidade. Não era necessária uma pressão constante, as coisas corriam agora por si próprias.

Por seu turno, Candal agradeceu aos céus o atenuar das investidas da rapariga. Encarara o embarque com alguma apreensão.

Dentro do avião seria mais difícil recorrer às habituais técnicas de evasão, desconversando, adiando, tirando outros temas da cartola, anunciando a necessidade de partir de imediato para satisfazer compromissos urgentes em outros lugares. Na cabine do avião nada disto estaria ao seu dispor, seria como um pugilista encostado ao canto do ringue sem a possibilidade de se desenvencilhar dos punhos do agressor. Ocorrera-lhe até, quando da marcação da viagem, alegar um avião cheio de modo a ficarem sentados em lugares distantes um do outro, os únicos disponíveis. Visitá-la-ia duas ou três vezes no decurso da viagem, visita rápida, de cortesia, apenas para se assegurar de que ela estava bem, e seria tudo. Mas Leonor antecipara-se, tomando as rédeas de todo o processo, incluindo a marcação dos lugares. Viajavam juntos, ele na coxia, ela à janela. De modo que, depois de ser encostado às cordas de maneira inescapável, sentia com certa surpresa que ela baixava os braços e desistia das investidas, deixava que se diluísse a tensão que até ali estava latente. Era agora uma Leonor inteiramente diferente, falando de filmes e livros, por vezes da fauna e flora africanas que nos últimos tempos vinham sendo objeto do seu interesse. Ou seja, não evitava propriamente o assunto da viagem, abordava-o antes de uma maneira nova e diferente, despida de toda aquela velha agressividade. Talvez as coisas acabassem por correr bem.

Aproveitando a trégua, Candal pudera então dedicar algum tempo a rever as suas razões, o motivo que o levava a fazer ele próprio a viagem. Um motivo muito mais antigo do que o de Leonor, mas curiosamente mais difícil de definir nos seus contornos. Fechava os olhos e, como sempre acontecia depois que fechava os olhos, ouvia o resfolegar cansado do comboio avançando na linha que se estendia interminável sobre a desolação da planície. E eles perscrutando com minúcia o horizonte. Além, uma árvore solitária irrompia na planura seca, ou seria antes um grupo de pessoas? Não, era definitivamente uma árvore. Uma árvore atarracada e solitária, e ainda bem, embora por qualquer razão as árvores solitárias o inundassem sempre de tristeza. Mais ao longe, uma forma regular parecia-lhe suspeita, diferente das formas caprichosas da natureza. O que seria? Vinham-lhe à ideia as mais estranhas possibilidades, acalentadas por uma tensão que impedia o pensamento de permanecer quieto: uma arma nova que o inimigo se preparava para usar, apontada ao comboio, ou outra artimanha qualquer. Mas não, era apenas uma pequena casa teimosamente de pé no meio do nada, sem o cordão umbilical de um caminho que a ligasse ao mundo fora da planície, uma casa que ele já vira tantas vezes nas idas e vindas do comboio, mas que por uma vez ganhava uma sinistra aura de ameaça. Depois, resolvia deixar de olhar a paisagem para se concentrar no caminho, nas duas linhas paralelas que prosseguiam no eterno esforço de se juntar, um esforço gorado pelo avanço do comboio que as ia mantendo afastadas uma da outra, tentando descobrir com antecipação o que lá se podia esconder: minas e abatises, engenhos explosivos ou simplesmente pedras e troncos que obrigassem a composição a parar para ficar à mercê da emboscada. Era dali que vinha o perigo que precisavam de esconjurar. E as horas escorriam viscosas num avanço vagaroso com a atenção posta nas linhas de metal, aquelas que não chegavam a juntar-se nem aqui nem no sonho onde a maldita viagem prosseguia, em cada noite que se seguia a cada um daqueles dias, e também nas noites que houve pela vida fora, em Lisboa, na sala de Basto, na Azenha entre as gaiolas, e outra vez aqui no avião, como uma maldita máquina que não havia meio de dar as coisas por concluídas; como se, chegados ao fim, de moto próprio resolvesse voltar ao início e fazer assim por toda a eternidade. Sim, talvez fosse isso que o fizesse voltar, talvez fosse essa a razão escondida por trás de muitas outras pequenas razões: interromper aquele permanente regresso ao início, acabar com aquele enguiço mecânico que não o deixava ter paz.

Candal abriu os olhos e olhou a rapariga, virada de costas, encolhida, com o olhar perdido na direção das nuvens, do outro lado da janela. Fazia-o de vez em quando, olhar para ela sem ser visto e perguntar-se o que lhe diria quando chegasse a hora. Como lho diria. Depois, voltou a fechar os olhos, cerrando-os com força para se impedir de regressar à maldita planície, ao maldito vaivém ao longo da linha, ao comboio. Fê-lo desta vez por pouco tempo dado que Leonor se virou para lhe tocar no braço, pedindo licença para se levantar.

Olhou-a. De madrugada, nos aviões, a pele perde aquele acetinado quente que temos quando se inicia a viagem, uma aura que a luz mortiça da cabine ajuda a compor conferindo às silhuetas uma beleza conspirativa. De madrugada tudo isso se desmorona. A pele é fria e engelhada, os olhos são baços e os cabelos hirtos como fios de arame. Da sociedade cosmopolita que subiu aos céus resta este amontoado de gente descomposta, desgastada e exangue. Os cheiros explodem desabridos no ar como se trazidos pelo tilintar dos pequenos fornos de micro-ondas e pelo acender das luzes.

Por sua vez, Leonor olhou Candal quando lhe pediu licença. Estava ainda mais magro e seco, as rugas tinham um tom escurecido, salpicado de um pó branco (a barba por fazer). Cada uma daquelas rugas, sem que ela o soubesse, era mais uma das viagens de comboio que o assombravam. Até quando seria aquele rosto capaz de acolher mais rugas?

Mas, felizmente que não passou de um vislumbre, felizmente que esta espécie de momento da verdade, em que as almas se desnudam, dura apenas um instante. Em seguida, mais luzes se acendem, sobem-se as persianas, as rotinas reinstalam-se, os passageiros reassumem aquele mínimo de jovialidade sem o qual é impossível conviver. O conflito abortou. A grande ave de ferro inicia a manobra de reaproximação, dentro em pouco estará novamente a esgaravatar o chão.

* * *

Jei-Jei confirmou de alguma maneira estas impressões quando disse, nessa mesma tarde, que vira em Artur Candal um português normal embora um pouco carrancudo, alto como um sueco (palavras dele), envergando roupas muito escuras. Mais tarde acrescentaria que Candal parecia gostar muito de ouro, a deduzir dos anéis grossos, do cordão também grosso que trazia ao pescoço, de uma pulseira no pulso esquerdo, emaranhada no relógio dourado. Esperara-os no aeroporto para os levar ao hotel onde, depois de descansarem, pretendia aconselhá-los sobre o que fazer na cidade nos dois ou três dias que tinham pela frente, antes da partida.

Confesso que quase cedi à tentação de pedir a Jei-Jei que me introduzisse ao par de recém-chegados. Poderíamos simular um acaso, eu na mesa do lado de uma qualquer esplanada ali perto, e Jei-Jei com eles. Levantar-se-ia com um estudado gesto de surpresa, cumprimentando-me e convidando-me em voz alta a juntar-me ao grupo. A partir daí eu passaria a fazer parte daquele pequeno todo. O que me motivava? Difícil de dizer. Todos os dias passam multidões anônimas sem suscitar em nós um levantar de olhos, quando muito uma rápida mirada se é o caso de um adereço particular, um gesto estranho, uma maleita, um olhar profundo. Neste caso há mais qualquer coisa do que um simples vulto, há um pormenor que, explorado, começa a ajudar a construir aquilo a que alguém, se interpreto bem, chamou de circunstância. Sim, é a circunstância desse vulto que pretendemos descobrir a partir da ponta que despertou em nós a atenção, é ela que permite começar a surgir aos nossos olhos uma pessoa definida. Felizmente que esses lampejos de interesse se limitam quase sempre a um instante, àquele segundo em que o vislumbre dura, antes de se esfumarem assim que o vulto dobra a esquina e nos sai da visão ou, vá lá, do pensamento. Sim, ainda bem que assim é. De outro modo tornar-nos-íamos naqueles loucos que interpelam toda a gente no passeio, à esquerda e à direita, como se tivessem frio e procurassem na combustão gerada pelo viver de outrem o calor benfazejo. É isso, loucos que se alimentam do desgaste que em cada um a vida provoca no ato de ser vivida. Um estranho que passa por nós como estranho, e que dobra a esquina como estranho, não tem presa a si a teia de pormenores que constitui a sua circunstância. É um solitário corpo que nos risca a visão sem deixar qualquer marca, como um astro vogando na noite do cosmos.

 Todo este arrazoado veio a propósito da tentação que tive de pedir a Jei-Jei que me introduzisse ao grupo. Ficaria a conhecê-los melhor, talvez servisse de cicerone nas voltas pela cidade, ou mesmo, no limite, talvez encontrasse uma forma de me inscrever na viagem, inventando um pretexto que me legitimasse junto deles. Seria então capaz de me dedicar à circunstância de cada um com todo o vagar e numa base mais concreta, de modo a chegar-lhes ao pensamento e à intenção. Mas felizmente que à medida que explorava estes caminhos fui caindo em mim e descobrindo que a cauda de enredos agarrada a cada um deles era iluminada não por fatos, mas, como penso ter referido algures, por possibilidades. E eram precisamente as possibilidades que mantinham vivo o nosso interesse, meu e de Jei-Jei. Assim que me dei conta disso fui recuando lentamente naquele meu propósito, para evitar deixar no ar qualquer indício que levasse Jei-Jei, por sua vez, a convidar-me a conhecer o grupo. É possível que ele tivesse chegado à mesma conclusão, ou então estava tomado de uma espécie de ciúme que o levava a preservar da vista de terceiros a ligação àquele pequeno mundo que era dele, situado para lá do meu alcance, fora da minha possibilidade de intervenção real. O conhecimento direto daquelas pessoas era o capital que o meu amigo trazia para os nossos encontros. Em resumo, fosse por que razão fosse nunca da parte dele chegou a haver qualquer iniciativa no sentido de nos facilitar um encontro, nem agora nem depois, como se verá.

— E Leonor Basto? — perguntei.

Pretendia saber um pouco mais da circunstância daquela mulher, daquilo que ela própria começava agora a tentar conhecer melhor e que suspeitávamos, tanto nós como ela, a iria transformar radicalmente.

Jei-Jei respondeu ter ainda pouco a dizer acerca dela, mas que à primeira vista lhe parecera uma mulher normal, muito diferente da mulher que imaginara.

— Em que sentido? — perguntei.

Sorriu. Era mulata, disse. E dizia-se moçambicana usando aquele tom com que os portugueses gostam de se dizer moçambicanos só por terem pais que um dia estiveram cá e os fizeram nascer. Ri-me, perguntei-lhe que tom era esse, convencido de que ela não o fazia para se distinguir dos outros, lá onde vivia, mas por razões que tinham que ver com a busca da sua mãe. Jei-Jei disse-me que não sabia explicar exatamente, era uma sensação que tinha.

— Não é só a pele ou os antepassados — disse. — É mais do que isso.

Calou-se um bocado, a refletir. Depois, acrescentou que Leonor se calava como uma estrangeira. E prosseguiu. Uma moçambicana fala de maneira diferente, fala mais alto, com a boca mais aberta, e cala-se de maneira também muito diferente. Uma moçambicana fala depressa, gosta de falar mesmo nas alturas em que tem pouco a dizer, e quando se cala é porque a calam, nunca se cala sozinha, por iniciativa própria, disse.

— E portanto, se está calada (o que acontece muitas vezes), está contrariada, está submetida.

Leonor, não. Segundo ele, Leonor calava-se e deixava-se ficar um pouco atrás de Artur Candal. Não que parecesse submetida a ele, longe disso. Era como se deliberadamente abdicasse da atitude controladora que antes tinha, para deixar agora a Candal o fardo de tomar conta das coisas. Era como se interpusesse Candal entre si e os outros para melhor os poder observar, para observar melhor o mundo em volta, um mundo que ela ainda desconhecia.

— Sim, é isso — concluiu pensativo.
Para ele, Leonor Basto operava na sombra.
Apesar de se mostrar agudo e observador como sempre, Jei-Jei parecia desta vez algo apressado e superficial (de ambos, Leonor e Candal, havia dito que lhe pareciam pouco mais do que apenas *normais*). Estava com um ar cansado e distraído, com a cabeça em outro lugar. Preocupava-o, soube eu depois, a ausência da sul-africana Elize Fouché, que devia ter sido a primeira a chegar a Maputo e ainda não dera sinal de si.

* * *

Deve dizer-se que só gradualmente a ausência de Elize se foi tornando um problema. A princípio foi apenas uma contrariedade de Jei-Jei, que em vão esperara o avião de Durban em que ela avisou que chegava. Debalde esperara também os aviões seguintes e tentara telefonar-lhe (o telefone de Elize estava desligado). Resolveu acreditar que a sul-africana acabaria por aparecer com uma explicação qualquer. Todavia, a espera só fez crescer a preocupação. Afinal, se estamos lembrados, ele era o elo de ligação de Elize à viagem, era sua a responsabilidade. Que diriam os outros? Falou no assunto a Matsolo e, após novas e sempre frustradas tentativas de contato, resolveram continuar a aguardar.
Ao fim do dia o Coronel Damião visitou o hotel. Visita breve, de cortesia. O Coronel era um homem de formalidades, acreditava que sem regras a convivência resvala para uma espécie de caos natural do qual é avisado guardar distância. Com a visita, pretendia, na presença dos estrangeiros, *empossar* Matsolo e Jei-Jei como encarregados de todos os assuntos relativos ao projeto. Depois, retirar-se-ia para se ir ocupar dos seus muitos outros afazeres.
Mas o problema das formalidades é que há sempre as nossas e as dos outros, e, em vez de se ater à agenda proposta implicitamente

por Damião, bebendo um ou dois *whiskies*, falando sobre o tempo e deixando para tratar com Matsolo e Jei-Jei as questões de substância, Artur Candal resolveu mencionar o problema de Jei-Jei, que também começava a ser dele na medida em que ninguém o esclarecia e isso podia fazer atrasar a partida.
— Estou preocupado com a ausência da sul-africana — disse.
Seguiu-se como que um solavanco a perturbar a placidez do ambiente, assim como a pedra atirada para a quietude do lago que provoca uma série de círculos concêntricos cujo alcance se amplia à medida que estes se vão desvanecendo, uma reverberação que faz estremecer a vegetação e dispersar bruscamente os pássaros. Depois, foi um silêncio profundo, uma espécie de pausa necessária sempre que se atinge um ponto de viragem. Para onde seguir agora? O Coronel Damião levou a mão ao colarinho, como se a gravata lhe apertasse o pescoço e fosse necessário alargá-la. Mas não, não tinha gravata. Damião detestava o fato e gravata, que lhe tolhiam os movimentos e faziam transpirar. A não ser que a situação os impusesse, preferia um conjunto de calças e balalaica como o que envergava hoje, leve, antracite, outrora um símbolo dos revolucionários em ambiente urbano sempre que o camuflado estava a lavar, hoje inexplicavelmente caído em desuso.
Entretanto chegavam os *whiskies* pedidos. Lentamente, com a mão, Damião ficou a girar o seu copo largo, de vidro grosso, sobre o tampo da mesa baixa, e a ouvir o gelo tilintar. E a ouvir também Candal, que se dizia preocupado, embora nenhum dos dois verdadeiramente o estivesse: não conheciam Elize Fouché de nenhuma parte. Havia, no entanto, a questão da forma, a presença de Elize estava prevista e, portanto, fora a sua ausência que levara à pequena quebra de protocolo de Candal. Sempre girando o copo, o Coronel acabou por virar-se para Jei-Jei:
— O que se passa com a turista da África do Sul?
— Há dois dias que não sabemos nada dela.
— Que diligências tomaram?

— Tentamos contatá-la, mas tem o telefone desligado.
— Insistiram?
— Sim, temos vindo a insistir.

E a partir daí o Coronel Damião mudou de assunto. Havia já feito valer a sua autoridade. Continuar por essa via seria esmiuçar caminho estéril, que só viria a expor vulnerabilidades. Optou então por sondar o *passado moçambicano* de Candal (era assim que este lhe chamava), um pouco surpreendido por alguém ter esta terra de futuro como um simples passado, ainda que privado. Mas não o disse assim abertamente, não era seu propósito ferir suscetibilidades logo no primeiro dia. Evitou alguns marcos menos agradáveis do interlocutor como se fossem coisas sem interesse, tateando à procura de uma plataforma em que pudessem verdadeiramente comunicar.

Por sua vez, Candal prosseguiu com ainda mais cuidado. Era da sua natureza esta prudência, havia-o servido bem pela vida fora. Percebeu logo que era avisado evitar comparações entre esta Maputo e a Lourenço Marques de outrora, uma Maputo que, apesar de a ter entrevisto fugazmente, sabia tão diferente: os edifícios antes novos e pintados e agora escalavrados, alguns ameaçando ruína, os jardins transformados em desertos, as ruas esburacadas e sobretudo os montes de lixo fermentando em cada esquina, por toda a parte. Evitou por isso falar da cidade, dizendo que ainda mal a vira, pela janela do carro, no percurso do aeroporto até ali. E, na procura da tal plataforma que unisse os dois, que também ele procurava, falou no prazer que havia tido no reencontro com a umidade.

— Ah, esta velha umidade que cola a roupa aos corpos, o cheiro que ela põe no ar, queimada pelo sol, as gotas de água que nos faz rebentar na pele! — disse jovialmente.

Mas este ainda não era o melhor caminho. Damião detestava a umidade, sobretudo agora que envelhecera e engordara um pouco, e que era obrigado a usar os tais casaco e gravata com uma certa frequência. Nada como um bom aparelho de ar-condicionado para acabar com o maldito suor e os malditos cheiros. Acolheu por isso a tentativa do interlocutor com certa frieza. Mas felizmente que Candal, distraído da sua atitude, sempre tão prudente, se atrasou a interpretar essa frieza, insistindo um pouco mais no tema, à falta de melhor:

— Nos tempos em que andei no mato, lá para os lados de Tete, habituávamo-nos a tudo: ao camuflado colado às costas, aos cheiros azedos dos corpos que estão perto (até ao cheiro do nosso), enfim, à incongruência de ter os corpos molhados e ao mesmo tempo as línguas secas.

Falara assim com os olhos postos no copo que tinha na frente. Talvez fosse arriscado, achou, assim que acabou de falar. Talvez o Coronel não reagisse bem à referência ao velho conflito (se pudesse voltar atrás retiraria a menção aos camuflados, pensou). Mas, para surpresa sua, o semblante de Damião abriu-se num sorriso.

— Você andou por Tete?
— Andei sim senhor.
— Por onde? Em que ano?
— Estive na Chicoa, na Mutarara...
— Eu também!

E assim se cobriu a distância que ainda faltava. Os copos entrechocaram-se num brinde (*À Chicoa! A Tete! À viagem!*) e até Matsolo foi chamado a entrar na conversa uma vez que, embora ultimamente afastado do álcool, também havia combatido em Tete.

Já Leonor e Jei-Jei nunca tinham estado em Tete nem na luta de libertação e, portanto, ficaram um pouco à margem das celebrações. Calados, olhando em volta, sem saber o que dizer. Por isso, disse Jei-Jei, foram eles os primeiros a reparar quando o porteiro abriu as portas de vidro da entrada para deixar passar uma mulher estrangeira. Envergava uma velha camisola e uns calções de ganga, meias grossas e botas militares. Trazia uma mochila às costas e um velho saco pendurado ao ombro, descaído sobre a anca. Era Elize Fouché.

A sul-africana foi recebida com alívio, claro, mas também, compreensivelmente, com certa frieza. Frieza de Damião e Candal pelas razões apontadas, e frieza de Jei-Jei uma vez que a ausência dela instalara uma sombra nas relações entre o Coronel e o meu amigo, como se de algum modo o incidente se tivesse ficado a dever a uma falha deste último. Por outro lado, o episódio comprovava mais uma vez a complexidade das relações humanas e do funcionamento do mundo em geral: ausente, Elize criara um problema cuja solução, em vias de ser encontrada com a referência a Tete, se desmoronava com a sua chegada. A celebração de Damião e Candal era interrompida, cada um deles voltava a remeter-se à sua própria distância. Há, pois, problemas que se conseguem libertar do jugo das causas, passando a ter vida própria e adquirindo a capacidade de provocar novos problemas.

O ambiente era agora consideravelmente mais frio. Quanto a Elize, devolveu com frieza a frieza de que era alvo. Segundo Jei-Jei, cumprimentou os circunstantes com um aceno de cabeça, ignorou olimpicamente o Coronel Damião e afirmou que estava morta de cansaço e se retirava para o quarto. Não quis beber nada, não justificou nada, não perguntou nada. Simplesmente, virou as costas deixando para trás uma assembleia perplexa, os *whiskies* a meio e um tão recente e promissor armistício em suspenso, aguardando nova oportunidade.

O Coronel Damião levantou-se, indicando com o olhar que Jei-Jei e Matsolo assumiam a direção dos acontecimentos, fez um gesto para que os outros se deixassem estar como estavam, e despediu-se com um resmungo.

* * *

No dia seguinte, com alguma surpresa, Leonor convidou Elize para saírem juntas pelas ruas da cidade. Talvez quisesse atenuar o mal-estar criado no grupo, ou então precisava de alguém que a orientasse nestes espaços desconhecidos. Elas eram, não o esqueçamos, as duas únicas mulheres.

Ao que se passou só tivemos acesso por algumas alusões e, portanto, em grande medida só nos resta imaginar. Durante todo o dia, Leonor foi a recém-chegada, a perguntadora; e Elize, para quem os dois dias em que perambulara por ali equivaliam a uma eternidade, a respondente, embora as suas respostas fossem quase sempre pouco mais que monossílabos, quando muito frases curtas.

Leonor surpreendia-se neste novo mundo de gestos, cheiros e cores. Ainda não entrara no obsessivo jogo da procura (vimos que se concedera a si e aos outros uma pausa), embora os primeiros sinais estivessem já à espreita. *Será que é assim a minha mãe? Será que é isto que ela vende, molhos de couve e montinhos de tomate? Será que é assim que se exprime, com estes gestos e esta fala aberta e desabrida? Será que é assim que ri a minha mãe?* Eram estas as perguntas que fazia a si própria enquanto palmilhavam os passeios remendados à sombra de prédios por pintar, como se tudo ainda não fosse usado e gasto, como se fosse uma folha branca onde pudesse ser escrito um novo capítulo do texto cujo *incipit* era um segredo espremido num hospital de Lisboa, algo que devia prosseguir por aqui a caminho da Mutarara, abrindo-se, perdendo aos poucos o mistério. Como se lhe fosse pedido que escrevesse esse capítulo, um texto completo, luzente, capaz de iluminar os cantos escuros e de reparar o mal do mundo. Por isso em Leonor este sorriso tênue mas permanente, esta vontade genuína de acolher toda a gente, os poucos que conhecia e também os transeuntes cujos gestos e atitudes tinham sempre, para ela, uma explicação: os gestos bons eram uma emanação da sua própria natureza, da natureza deste mundo estranho e novo que a cercava; os gestos maus, algo que tarde ou cedo acabaria por ser recoberto por uma lógica que os eximia de más intenções e responsabilidades, ou então o sinal visível de alguém que manipulava na sombra e era preciso desmascarar. Sim, Leonor estava neste dia em comunhão com toda a gente. Perguntava o preço a uma vendedora e, fosse qual fosse a resposta, imaginava a luta diária, as crianças chapinhando em lamas velhas de dias, as latas vazias da fome, a doença escorrendo com a chuva grossa ou vogando leve e insidiosa nos fluidos que o acaso espalhava no ar, os insetos nos seus voos duros, erráticos e barulhentos, os vermes arrastando-se gulosos pelas areias sujas do chão. Por isso esta expressão que surpreendia e despertava nos interlocutores a desconfiança ou plantava neles, por vezes, um par de francas gargalhadas. E ela ria com eles, numa comunhão de sentimentos de díspares raízes.

Do outro lado estava Elize. Não fosse isso e, neste dia, Leonor perdoaria tudo, abraçaria tudo, compraria tudo. Para a refrear havia Elize e as suas curtas respostas num português trôpego ou num inglês brusco, falado em voz baixa como se estivesse a partilhar segredos.

Pararam para comprar caju. Leonor olhou as amêndoas polidas e gordas, inteiras e luzidias, mas Elize interrompeu-lhe o gesto, remexendo o montinho de modo a desvendar por baixo um segredo enterrado de amêndoas partidas, baças, sem vibração. Atenção, diziam os olhos de Elize, é este o segredo da vendedora, eis o que ela esconde.

— *Careful!* Temos de ter cuidado para não sermos enganadas.

— Não tem importância — respondeu Leonor. — Esta gente tem de viver. Em todo o mundo se faz isto, mostrar o melhor que se tem para atrair a clientela.

— Para enganar a clientela, queres tu dizer.

Neste dia que passaram juntas, Leonor foi uma certa culpa e Elize uma certa recriminação.

CAPÍTULO 11

A natureza é mais do que um mero receptáculo, a berma da estrada é um mundo próprio, não está ali para ser vista e ver passar. Por vezes estende o braço e interrompe o movimento aos viajantes, desvelando-lhes um dédalo de ramais alternativos para os confundir e os perder.

Jei-Jei despediu-se na véspera da partida afirmando que iria dando notícias por telefone. Deixei-me ficar sentado à mesa do café, a vê-lo partir. Na altura estava seguro de que precisava mais de mim do que eu dele e, portanto, nem sequer me dei ao trabalho de insistir que o fizesse, que desse notícias. Ele partia para o campo e o campo, em quase todos os sentidos, é mais vulnerável do que a cidade. É no campo que ocorrem as secas e as cheias, a fome (curiosamente, embora tenha origem no campo, é lá que a comida custa mais a chegar). A cidade contenta-se com a pequena pobreza e a pequena miséria, raras vezes tem espaço para acomodar essas catástrofes de contornos épicos.

É evidente que este tipo de raciocínio tinha as suas falhas, por exemplo se tivermos em conta que, se é verdade que Jei-Jei me solicitava com frequência narrações onde pudesse acomodar os elementos que colhia, não é menos verdade que, em contrapartida, sem esses elementos eu ficava desprovido de matéria-prima para as fazer.

Mas perco-me, tergiverso. Voltando ao encontro, ofereci-lhe à despedida um *pen drive* com o *Trombone for Two*, um registro de 1959 de J. J. Johnson com Kai Winding, uma parceria de dois grandes trombonistas que aliás julgo ter já referido, com a recomendação de que, durante a viagem, e sempre que o silêncio se tornasse incômodo, enchesse a cabine do *Hiace* com aqueles animados sons. Riu-se, agradeceu e partiu, repito, sem que eu insistisse com ele para me contatar com a regularidade possível.

Felizmente, a minha despreocupação não produziu grandes dissabores uma vez que logo no dia seguinte, apesar de ser já tarde, perto da meia-noite, me telefonou de Vilanculos. Haviam chegado exaustos, jantado às pressas e agora, achava ele, tinham ido todos dormir. Tinham viajado mais de doze horas e percorrido cerca de oitocentos quilômetros.

A princípio, disse Jei-Jei, tudo correra normalmente, os estrangeiros com os narizes colados às janelas apreciando tudo, as bicicletas, as pequenas vendas de fruta, as falsas árvores que não eram mais do que ramos descarnados espetados à beira da estrada de onde pendiam sacos brancos, uns cheios de castanha de caju e outros apenas de vento, como enormes frutos ocos agitados pela brisa, um artifício para despertar a atenção dos clientes que passavam em viagem. Mas, segundo depreendi das suas palavras, apesar de se esforçar por descrever tudo o que viam, de tentar responder a tudo o que lhe era perguntado, Jei-Jei tinha a desvantagem de ser demasiado urbano. Para quase tudo tinha de consultar Matsolo que, embora de índole mais reservada, conhecia as regiões por onde iam passando, embora um conhecimento algo desatualizado, colhido nos tempos em que fora motorista de longo curso, o que dava azo, dentro do *Hiace*, a alguma discussão e inúmeras hesitações. Claro que Jei-Jei não me contou as coisas exatamente assim, mas foi assim que eu fui lendo nas entrelinhas, com os estrangeiros a notar que ele se surpreendia quase tanto como eles próprios. Segundo ele, a partir de certa altura evitavam dirigir-lhe as suas perguntas, optando por colocá-las diretamente a Matsolo. As razões, queixou-se, ainda não as descobrira. Criara-se assim, suspeito, uma ponta de ciúme, alguma tensão que Jei-Jei, para não ter de culpar Matsolo, atribuiu vagamente ao comportamento dos clientes.

Mas, segundo ele, repito, tudo correu normalmente até chegarem à localidade da Palmeira. A bem dizer, há algum tempo que, na estrada, Artur Candal vinha perguntando quando chegavam à Palmeira. E, assim que ali entraram, insistiu em saber do local onde Gago Coutinho, o grande aviador português, havia plantado, reza a lenda que com as próprias mãos, uma palmeira para servir de marco geodésico, e que se tornara histórica por todas estas razões, enfim, por ser vista de qualquer ponto a grande distância. Sem dúvida que Candal trazia este objetivo na sua agenda desde Lisboa, o de ver mais este símbolo do império colonial, acrescentou Jei-Jei em tom irônico, antes de voltar a declarar-se muito cansado e de iniciar o protocolo da despedida.

Temi que desligasse. Pretendia saber mais acerca de Candal e do ambiente da viagem.

— Chegaram a ver o local da palmeira? — perguntei.

— Matsolo disse a Candal que já não havia palmeira — respondeu Jei-Jei.

A palmeira centenária havia tombado há alguns anos, no decorrer de uma tempestade. Mesmo assim Candal insistira em ver o local e, com um encolher de ombros, Matsolo anuíra (de qualquer maneira ficava à beira da estrada, tinham sempre de passar por lá). Uma vez chegados, encostaram à berma, Candal saiu e ficou numa espécie de recolhimento em frente a uma minúscula palmeira que alguém plantara no exato local da anterior, sem dúvida, segundo Jei-Jei, para tentar dar continuidade àquilo que a primeira representara.

— Só lhe faltava rezar — acrescentou com sarcasmo.

Argumentei que a atitude contemplativa de Candal talvez tivesse sido motivada pela vista que a partir dali se desfrutava. É que o local está num ponto alto, sobranceiro a uma planície quase sempre mergulhada numa espécie de névoa, que lhe confere um ar infinito e enigmático. Sim, insisti, talvez ele estivesse esmagado por aquela visão e precisasse de se recompor. Imaginei a planície com os primeiros movimentos do dia, os vultos emergindo do interior da névoa, ao longe.

Jei-Jei riu-se, dentro do telefone celular.

— Candal não é desses — asseverou. — Certamente que ele parece à procura de alguma coisa, mas não é desse tipo de visão. É algo que não sei bem o que é, mas que há muito se acabou.

Não insisti. Jei-Jei tinha uma ideia feita acerca daquele episódio e não era eu que, pelo telefone, a conseguiria alterar. Fiquei apenas um momento a refletir no curioso paralelismo por ele achado, entre a queda da velha palmeira centenária e o fim de um tempo. Um tempo cujos vestígios, ao que tudo indica, Candal parecia procurar com o empenho de um arqueólogo. Pensei também na origem daquele sarcasmo de Jei-Jei, tão diferente da sua natureza. A reação ao incidente da palmeira, se é que se podia chamar incidente, parecia-me excessiva. E, justamente, perguntava-me qual a razão quando Jei-Jei mudou de ideias e, em vez de desligar, contou-me um outro incidente ocorrido adiante no caminho, de contornos um pouco mais sérios.

Disse que apesar do cansaço não conseguira dormir. Haviam jantado e os outros estavam já recolhidos. Resolvera então descer até à praia, mesmo em frente. Estava aquilo que se costuma dizer uma bela noite. A claridade da lua deixava ver tudo com grande nitidez, embora, à exceção do corredor de luz azulada sobre o mar, fosse impossível distinguir as cores. Jei-Jei caminhou um pouco pela praia e deparou com um vulto que reconheceu de pronto. Era Bandas Matsolo, o motorista. Estava sentado na areia, muito direito, virado para o mar. Fumava. Afinal, nem todos dormiam. Jei-Jei aproximou-se e disse-lhe que nunca o tinha visto a fumar. Era uma forma de legitimar a sua própria presença, intrometida na solidão reflexiva de Matsolo, uma solidão que este, com o resmungo imperceptível que deu à laia de resposta, parecia querer preservar. Mesmo assim Jei-Jei sentou-se a seu lado e deixou-se estar em silêncio, olhando também ele o mar. Era bom estar um momento assim ao ar livre, disse, com o céu por cima da cabeça, depois de tantas horas dentro do *Hiace*. Dois ou três barcos negros ondulavam com suavidade. Notou-o porque os mastros, despidos de velas, oscilavam levemente no corredor de luz lunar, provocando naquele cenário imóvel uma ligeira vertigem. Era este o único sinal do escorrer do tempo. Jei-Jei encarou aquele silêncio como uma espécie de desafio que Matsolo lhe lançava, a fim de se apurar qual dos dois era o mais paciente. Não podendo mais, Jei-Jei foi o primeiro a falar.

— Percebo que estejas assim, também eu não gostei das palavras do português — disse. — Não se importou de nos fazer perder tempo na Palmeira, mas protestou quando resolveste parar mais adiante. Os clientes são sempre assim, cheios de manias. Não ligues a isso.

Referia-se ao tal incidente de contornos mais sérios ocorrido perto do Rio das Pedras, e que se conta em poucas palavras.

Retomada a viagem na Palmeira, haviam viajado sem problemas até que, bastante mais à frente, e sem aviso prévio nem qualquer explicação, Bandas Matsolo parara o *Hiace*, pedira um minuto e internara-se no mato. Os outros aproveitaram para esticar também eles as pernas. Mas, como Matsolo demorasse, Candal decidiu partir à sua procura. Deu com ele a escassos metros de distância, imóvel, olhando fixamente o mato tal como mais tarde olhava fixamente o mar quando Jei-Jei deu com ele na praia. Candal deixou-se também ficar quieto um momento, como que contagiado, mas acabou por regressar para junto dos outros, rodando o indicador apontado à própria cabeça, com isso querendo dizer que Matsolo parecia ter enlouquecido. Entretanto, Matsolo, que regressava também logo atrás de Candal, viu nitidamente o gesto, o dedo apontado à cabeça. Fez-se silêncio. Notando o embaraço dos outros, Candal virou-se e deu com Matsolo. Embaraçado ele próprio, e como que a justificar-se, disse:

— Se passarmos a vida a parar para ficar a olhar o mato nunca mais chegamos a Vilanculos.

A observação de Candal era infeliz, até porque ele próprio, quilômetros atrás, tinha sido responsável por uma perda de tempo ainda maior, com aquela espécie de cerimonial nostálgico dedicado a uma palmeira desaparecida tal como o império que ela de certa maneira representava. Isto, claro, sempre fazendo fé nas tintas carregadas com que Jei-Jei se referira ao episódio. Matsolo nada disse. Sentou-se ao volante, rodou a chave na ignição e a viagem foi retomada. Ninguém ousou abrir a boca. Durante muitos quilômetros que se seguiram rodaram em silêncio, um silêncio pesado que Jei-Jei não se atrevera a perturbar com os sons da dupla de trombonistas.

Era a este episódio que se referia quando, na praia, procurou consolar Matsolo.

— Ah, isso eu já esqueci — retorquiu Matsolo. — Quer dizer, não é isso que me incomoda.

E, em voz baixa e monocórdica, na noite de Vilanculos, sobre um rumor de ondas, explicou que fora naquele local onde haviam parado, perto do Rio das Pedras, que num certo dia a sua vida mudara por completo. Nesse dia, há muito tempo, o tempo em que era ainda motorista de longo curso, tinham rodado desde Maputo com uma única paragem na Macia para que os passageiros comprassem fruta. O machimbombo ia cheio. Vivia-se um tempo estranho, em que a estrada parecia segura embora se desconfiasse de que já não o era (dias mais tarde só em coluna militar se faria esse percurso). Pararam naquela curva porque Matsolo sentira uma urgência de verter águas. Deixara o machimbombo com o motor a trabalhar e internara-se no mato. Foi nesse momento que irrompeu o fogo do inferno. Os tiros abatiam-se sobre o machimbombo como uma chuva selvagem e ruidosa, entrecortada pelos gritos dos passageiros e, pouco depois, por uma enorme explosão. Os tiros vinham do outro lado da estrada e Matsolo sentiu que alguns passavam perigosamente perto, estilhaçando a folhagem. Passado um momento de puro espanto, puxou as calças para cima e perdeu a noção do que fazia. Deu por si mais tarde deitado no chão, atrás de um tronco apodrecido e com a mente povoada de fragmentos de imagens fugidias, mas ao mesmo tempo persistentes e muito nítidas, olhos e bocas escancarados de terror, vultos em chamas derramando-se pelas janelas, fantasmas cercados de um halo de fogo, acompanhados no seu voo por girândolas de vidro estilhaçado, fagulhas elevando-se de uma labareda viva, enxames de abelhas de fogo, coloridas miçangas voadoras e, sempre, o som seco e repetido das armas automáticas.

Reuniu coragem para regressar à estrada, não sabe quanto tempo depois (pareceu-lhe uma eternidade, mas não seria assim tanto, havia ainda crepitares súbitos, coisas que avivavam o resto das chamas). O machimbombo era agora um esqueleto negro e fumegante. Ao redor, espalhados na estrada, havia corpos e bagagens, tudo carbonizado ou em vias de o ser.

— Não há palavras que possam descrever o que eu vi — disse Matsolo. — Nem uma explicação para o fato de ter sobrevivido. Desde essa altura que aquelas imagens e esta pergunta estão comigo todos os dias. Desde essa altura que não me dão descanso.

— Entendo — disse Jei-Jei.

— Paramos ali, desta vez, porque senti a necessidade de rever o local onde Deus me colocou para poder sobreviver e estar aqui. Desapareceu o tronco atrás do qual me escondi, desapareceram as árvores que eu guardei na memória, uma a uma, como fotografias. Estão lá outras, ou provavelmente as mesmas com novos ramos e folhas. Todavia, apesar de todas estas diferenças o lugar permanece o mesmo, como o velho que é diferente da criança que foi um dia sem por isso deixar de ser a mesma pessoa. *Foi aqui que escapaste por entre os dedos da morte*, segredavam-me aquelas folhas, *foi aqui que renasceste*. E perguntava-me eu o que me seria cobrado em troca, o que aquele lugar exigiria de mim, quando senti a presença do português nas minhas costas. E quando regressei à estrada, atrás dele, apesar das grandes diferenças, o *Hiace* e o machibombo queimado pareceram-me o mesmo carro. O *Hiace* era o carro dos mortos.

— Foi isto que ele me contou — disse Jei-Jei.

E foi isto que Jei-Jei me contou ao telefone. Em seguida, despediu-se e desligou.

* * *

Novo par de dias sem notícias da viagem. Um tempo preenchido por outros afazeres, mas com alturas em que foi necessário algum esforço para resistir à tentação de ligar eu próprio. Tinha-me prometido a mim mesmo não o fazer, por várias razões que não interessa estar agora a esmiuçar. Dias que aproveitei, por exemplo, para saber um pouco mais sobre esse temporal de 10 de agosto, uma terça-feira, em que a palmeira de Gago Coutinho foi derrubada. Apesar dos magros resultados, confesso que o empreendimento resultou positivo na medida em que me levou a seguir Coutinho pela Inhaca, pela Ponta do Ouro e outros lugares, permitindo-me estabelecer pontos de comparação entre o explorador e a gente de W. H. J. Punt, o sul-africano que tinha uma relação muito própria com a natureza: ambos se esforçavam por amansar uma paisagem que à chegada viam desconhecida e rebelde, carregada de ameaças. Punt pretendera, à sua maneira, transformá-la num jardim atravessado por rotas heroicas e parado no tempo, enquanto Coutinho, digamos que mais *científico*, se esforçara por medi-la, transformá-la numa série de números todos dóceis. A partir daqui era fácil estabelecer um paralelismo entre um Artur Candal em recolhimento em frente à palmeira (ou ao local onde esta havia existido) e Elize Fouché olhando a placa de mármore de Punt no monumento de Maputo — ambos de alguma forma valorizando os esforços de antepassados que pretendiam criar, neste canto do mundo, a *paisagem branca*. Quando da paragem na Palmeira esta constatação deve ter horrorizado a sul-africana, cuja luta interna, começa a suspeitar-se, tinha a ver com a rejeição da sua herança, com o corte com o passado. Assim, era talvez nestes terrenos que começava a construir-se a inimizade entre ela e Candal, uma inimizade que viria a perdurar. Candal era aquilo que ela pretendia deixar de ser.

Claro que evitei pôr Jei-Jei ao corrente destas minhas especulações. Suspeitava já de uma proximidade crescente entre o meu amigo e a sul-africana, e não queria estar a indispô-lo nem a interferir no curso das coisas. Menciono o pormenor apenas para dar uma ideia de como deveriam estar a desenvolver-se as relações entre os passageiros do *Hiace*. Sim, de como eu imaginava, nesse tempo, a pequena nave vogando com o bojo prenhe de tensões que já se adivinhavam desde a Palmeira ou mesmo antes, desde Maputo: entre Artur Candal e a sul-africana ou Bandas Matsolo, esta última talvez envolvendo também o meu amigo Jei-Jei. Sim, porque na última conversa tudo levava a crer que Jei-Jei assumia como suas as dores de Matsolo (já o motorista era mais reservado, levava quase sempre os olhos postos na estrada).

Quanto a Elize Fouché, influenciado talvez pelo perfil carrancudo que dela fora traçado durante a estadia em Maputo, não pude deixar de concebê-la de cara fechada à janela do hotel de Vilanculos, também ela olhando o mar (afinal, Matsolo e Jei-Jei não seriam os únicos a debater-se com a insônia na noite de Vilanculos, decorrido um dia de fortes emoções). Sim, Elize Fouché estava finalmente em Vilanculos, *via* finalmente essa palavra. E o que via ela? Na verdade, estava incapaz de ver grande coisa uma vez que teria ainda de decorrer mais de um ano até que Martha Korsten a desse à luz, a entregasse ao mundo na longínqua Durban.

Explico-me. Estava-se numa altura de grandes mudanças: a África do Sul recebia os rebeldes moçambicanos fugidos de uma Rodésia em vias de se tornar Zimbábue, o Capitão Fouché afadigava-se a reorganizá-los em Phalaborwa, junto ao Kruger Park, e a enviá-los de volta ao território moçambicano. Instava-os a avançar rapidamente para leste, em direção à costa, mas as coisas corriam mais devagar do que desejava, as tropas moçambicanas ripostavam com determinação e os rebeldes relutavam em avançar em território desconhecido, temendo ficar encurralados. Na verdade, não se conhecia o dispositivo governamental naquela região e foi por essa razão que o 4-Recce montou uma força expedicionária mista para levar a cabo o reconhecimento da costa moçambicana junto a Vilanculos, e avaliar as condições de um possível apoio, a partir dali, ao avanço dos rebeldes.

Cornelius Fouché integrava essa missão, que no navio SAS Tafelberg progrediu ao longo do Canal de Moçambique até à latitude de Vilanculos e parou a cerca de 100 milhas náuticas da costa, fora do alcance dos possíveis radares governamentais. Nessa altura do ano o tempo apresenta-se aqui muito instável e a região é conhecida pela frequência de grandes ciclones, razão pela qual a operação esteve em vias de ser abortada. Mas o tempo compusera-se e o mar estava liso como um espelho. O navio largou três *Zodiacs* de borracha com cinco homens cada uma, e estas rumaram velozmente em direção à costa, desligando os motores quando se encontravam a umas centenas de metros da praia e prosseguindo a remos para não trair a posição. Estava maré morta.

Elize sabe bem o que se seguiu. Dias a fio estudou nos arquivos os documentos da operação. As *Zodiacs* chegaram à praia e os homens arrastaram-nas até ao arvoredo. Quatro deles seguiram o guia, internando-se na vila para inspecionar alvos sensíveis. Os restantes permaneceram na praia de vigia, com as armas aperradas. Fouché chefiava o quarteto de batedores. A partir da varanda do hotel, Elize quase consegue vê-lo passando perto do tronco onde se sentam hoje dois vultos que ela à distância não reconhece (sabemos serem Matsolo e Jei-Jei). O guia vai na frente, nomeando em voz baixa os locais por onde passa, o edifício da administração, o sonolento posto policial, a central elétrica, os depósitos de água. Socorrendo-se de uma pequena lanterna, Fouché vai anotando tudo num caderninho que traz no bolso de perna do camuflado. Sente que o suor que escorre se mistura com o carvão com que pintou as faces e as mãos, enchendo as folhas onde escreve de manchas e dedadas. Ninguém reconheceria aquela silhueta magra, aquele anjo negro curvado sobre o caderninho como se registrasse um poema urgente, um poema maldito; ninguém, a não ser Elize da varanda do hotel. É natural que o grupo se tenha cruzado com um bêbado retardatário, uma mulher madrugadora a caminho da sua horta, um pescador demandando a praia— tudo gargantas para passar à faca. Os documentos referem vagamente o acontecimento sem precisarem qual dos três teve esse fim, ou se o tiveram todos. Há uma espécie de pudor forense que leva os registros a presumir certas passagens e a passar ao largo delas, em vez de detalhar como deviam. Assim, há a esperança de que ao menos um dos três se salve. Mas não, o grupo de Fouché não deixa testemunhas.

Elize pisca os olhos, procurando descobrir o pai na escuridão, verificar se a lâmina manchada de sangue é dele ou se Fouché se debruçava a escrever no caderninho enquanto os restantes surpreendiam as vítimas. É natural ter sido a lanterna de Fouché a atraí-las, insetos que acabam por vir morrer junto da luz. Nesse caso a faca do Capitão permanecia limpa uma vez que tinha as mãos ocupadas, conclui Elize para se tranquilizar. De qualquer forma, nunca poderá ter a certeza uma vez que ambos os grupos, o do comando e o das vítimas, são sempre vultos indistintos movendo-se na escuridão. Elize nunca terá a certeza.

Concluída a ronda de reconhecimento, o comando regressa à praia a ter com os restantes. Passam novamente perto de Matsolo e de Jei-Jei, arrastando as *Zodiacs* de volta ao mar, mas os dois amigos nem reparam, o motorista empenhado na sua dolorosa história e o meu amigo ouvindo-o atentamente. Não reparam, por esta razão e por que Elize, postada à janela, é incapaz de gritar para os avisar da movimentação suspeita. As *Zodiacs* vencem então a fraca ondulação e afastam-se o suficiente para poderem religar os motores e voarem sobre as águas na direção do vulto maciço do SAS Tafelberg, que as aguarda com certa impaciência. Para trás ficam vestígios que não chegam a ser propriamente enigmáticos: uma ou mais vítimas de garganta aberta, atribuíveis à pequena criminalidade, marcas do arrastar de barcos na areia que podem ter sido dos pescadores partindo para a faina, desfeitas de qualquer modo pelas pegadas de quem por ali vai passar ao longo do dia, ou então por uma rabanada de vento ou uma onda mais espraiada. Nesta terra são normais as coisas sem explicação.

    Semanas depois da incursão, um tempo necessário para que as informações do Capitão Cornelius Fouché fizessem o seu caminho, este regressaria a Durban para uma curta e merecida licença. Sabia da iminência de acontecimentos importantes em resultado da sua ousada incursão. Sentado à varanda onde mais tarde se suicidaria, ficou um largo tempo olhando o mar. A certa altura, Martha, a jovem esposa, aproximou-se por trás e segurou-lhe o braço para o levar para dentro. Suavemente, mas com firmeza. Uma vez ali, Martha massageou-lhe o pescoço repetidamente e em silêncio, a fim de o distender e serenar. A penumbra não permite ver quando as massagens deixam de ser massagens e são já carícias, os vultos estão riscados pelo resto de luz coado pelas persianas. Depois, Martha deixou-se derrubar por Fouché para lentamente, num silêncio ritmado, começarem a conceber Elize enquanto os rebeldes, iluminados pelo croquis do Capitão, entravam de rompante em Vilanculos. O mês era maio, o ano 1981.

* * *

Mas certamente que havia momentos mais serenos, em que o *Hiace* cruzava o interminável espaço verde-acastanhado (era um tempo de poucas águas) com o som do trombone de J. J.

Johnson saindo-lhe pelas janelas para surpreender camponesas que se endireitavam nos campos, dando uma folga às costas e acenando de enxada na mão à passagem dos forasteiros; para fazer sonhar grupos de crianças demandando a escola pela berma da estrada; ou simplesmente para se perder entre as árvores, só não se desperdiçando porque por vezes fica bem na natureza um fundo assim musical. Sim, é natural que também houvesse momentos bons no interior do *Hiace*. Jei-Jei contou-me mais tarde que Elize e Leonor viajaram muito tempo lado a lado, certamente para prolongar um diálogo iniciado nas ruas de Maputo. Leonor tinha sangue africano nas veias e a consciência disso adensava-se à medida que viajavam em direção a Mariamo; Elize, por sua vez, tinha a sintaxe africana nos gestos e na intuição. Foi o olho de milhafre de Elize, por exemplo, durante uma paragem para esticar as pernas, que alertou Candal para uma cobra que deslizava pelo capim quando ele se preparava para entrar no mato. A cobra seguiu silenciosa o seu caminho, entraram todos no carro dizendo piadas para esconjurar o susto, e Candal, que intimamente se orgulhava da proficiência com que enfrentava o mato, não pôde deixar de sentir uma ponta de humilhação.

Voltando às duas mulheres, é natural que tantos quilômetros começassem a aproximá-las, é natural que Leonor contasse a Elize os verdadeiros motivos para empreender a viagem, a infância e as crises de orfandade e, ao fim de tantos anos, a notícia de que tinha uma mãe à sua espera em Moçambique.

— Como soubeste? — perguntou Elize.

— Disse-mo o meu pai. Na verdade, contou-me apenas uma parte. Quem acabou por revelar-me o resto foi ele — disse Leonor em voz baixa, indicando Candal com o olhar.

A Elize o próprio pai não contara nada nunca, deixara para ela o trabalho de descobrir os sinais. Por isso ouviu interessada a história que Leonor resumidamente lhe foi contando. Leonor falou-lhe no pai-soldado andando no mato de arma na mão, entrando nas aldeias, lidando com as pessoas, abrindo caminho até dar com uma bela rapariga de nome Mariamo, no dizer de Candal de pele dourada, uma rapariga que estava muito longe de suspeitar o que lhe ia acontecer. Ou suspeitaria, porque naquele tempo era assim, uma rapariga na sua condição tinha de suspeitar de tudo. A partir daqui, desta indignação moral, Leonor perdia-se num pântano de dúvidas e possibilidades. Era-lhe difícil avançar.

Elize ouviu em silêncio e, dentro dela, o pensamento, que age com uma metodologia por vezes insidiosa, começou a ligar ideias. Guardadas as diferenças, o seu pai era como Basto, concluiu. Embora um pouco mais alto (Leonor dizia que o pai era mais baixo que Candal, e este teria a estatura aproximada de Fouché), o sul-africano também andara por estas terras de arma na mão, entrando em lugares, falando com gente; e, embora os documentos que consultou não o referissem (o pudor, sempre o pudor dos documentos), talvez se tivesse deitado em esteiras com mulheres enquanto Martha Korsten, na longínqua Durban, podava as rosas do jardim e aguardava o seu regresso. Sim, talvez isso tivesse acontecido. E, pela primeira vez, Elize pôs a possibilidade de ter irmãos. Irmãos espalhados por aquelas terras, involuntários filhos de um pai andarilho, dispensando pelos diferentes lugares a sua própria justiça e a sua própria semente. Cornelius Fouché, o grande pai incógnito e maldito. Estranha forma de amor. Olhou mesmo pela janela, no absurdo impulso de tentar reconhecer alguém na paisagem.

Entretanto, haviam já passado o Inchope — pequeno núcleo fervilhante de vendedeiras de estrada, passageiros tentando comprar fruta a partir das janelas dos machimbombos, crianças risonhas, camionistas à procura de mulheres, traficantes de combustível clandestino ou simples ladrões, vagueando todos por entre os caminhões de longo curso estacionados para retemperar as forças. Haviam passado o Inchope e rodavam em boa velocidade a caminho do Chimoio.

* * *

Muito do que acabo de relatar foi-me contado no telefonema que Jei-Jei fez a partir de Tete, dois ou três dias mais tarde. Deu-me pormenores da viagem, disse-me que Leonor Basto e Elize Fouché fizeram grande parte do percurso lado a lado, tagarelando em voz baixa. Na verdade, quem falava era Leonor, que quase não se calou. Julguei *ler* neste desabafo uma espécie de ciúme pelo fato de a portuguesa monopolizar a atenção de Elize, que segundo ele se manteve de cara fechada, anuindo de vez em quando ou formulando raras e curtas perguntas. Pelo tom de Jei-Jei, pela maneira como reagia aos acontecimentos, era cada vez mais notório que tinha os olhos postos na sul-africana.

— Por quê? — perguntou, como se me pedisse ajuda. — Por que razão ficou ela assim carrancuda?

— Sabemos que ela já estava assim em Maputo. Talvez seja de feitio reservado — alvitrei.

Mas Jei-Jei não estava convencido. Ela era reservada sim, mas desde que haviam deixado Vilanculos ficara ainda mais fechada. Tinha de haver uma razão.

Foi então que lhe contei a minha versão dos acontecimentos na noite que haviam passado em Vilanculos. Disse-lhe que talvez ele e Matsolo não tivessem sido os únicos a sofrer de insônia. Disse-lhe ser muito provável que Elize tivesse estado à janela, olhando o mar e imaginando o pai em deambulações noturnas por aquela vila pouco afortunada. Quase lhe perguntei se não sentira o arrastar das *Zodiacs* dos invasores quando estes passaram perto dele e de Matsolo, no areal da praia.

Jei-Jei ficou muito curioso. Pediu-me que lhe contasse mais. Improvisei. Em novembro de 1981 a gravidez de Martha era já notória e ela voltava a ficar só. O SAS Tafelberg, desta feita com um comando do 5-Recce chefiado pelo Major Bert Sachse e novamente integrando Fouché, agora como conselheiro, regressava às mesmas águas, mas subia um pouco mais até parar a cerca de 50 quilômetros da entrada do porto da Beira. As pequenas lanchas do comando foram arreadas e voltearam por ali como laboriosas abelhas notívagas armadilhando as boias de sinalização do canal de acesso ao porto, que explodiram quando o sinistro navio demandava já o largo a toda a força dos motores. Voltariam ali ainda uma vez, um ano mais tarde, para fazer ir pelos ares vinte e cinco depósitos de combustível e lançar o pânico na cidade, na altura em que Elize já era uma bebé sorridente.

— Nessa altura partia eu para Maputo — cortou Jei-Jei de repente.

— Como assim? — surpreendi-me.

Contou-me que depois que o *Hiace* deixou o Inchope para trás, e que se aproximavam das Amatongas, começou a reconhecer a paisagem. Voltaram-lhe cores e cheiros antigos, curvas da estrada, coisas que tinha tão enterradas que não sabia sequer que existiam, e que afinal voltavam tão facilmente à superfície! Era como se uma casa que há muito rejeitara abrisse a porta, generosa, para novamente o acolher. Durou pouco, no entanto, a sensação. Durou pouco porque à medida que se aproximavam da Maforga, a terra onde nascera, o seu estado de espírito começou a mudar.

— O que me diz não é novidade — disse. — Tica, Lamego, Nhamatanda, Inchope, Amatongas, Maforga, Gondola, Cafumpe, Bandula — em cada quilómetro desta estrada houve de certeza mais do que um episódio, muito sofrimento. Ataques às casas, raptos de gente nas localidades que bordejam a estrada, emboscadas aos carros. Sei bem.

E prosseguiu. No ano em que Elize nasceu a estrada estava a ferro e fogo. A mãe do pequeno Jei-Jei desaparecera já há algum tempo, em circunstâncias desconhecidas. Mais uma mãe desaparecida. Esta simplesmente não voltara da machamba, o que só podia significar que morrera ou tinha sido levada. Jei-Jei vivia com o pai. A situação era tensa, todos os dias se ouviam histórias de incidentes, ataques, emboscadas na estrada e na linha férrea, sabotagens no *pipeline*. As pessoas deixavam de ser pessoas, eram já, e apenas, sobreviventes. Quase não havia quem não tivesse vivido um episódio, muitos tinham narizes e orelhas cortadas como se tivessem passado por um rito, como se fosse uma marca de passagem para um estágio indefinido, um estado de espera, algures entre a vida e a morte.

— Estavam marcados.

Jei-Jei disse isto e eu não pude evitar a conclusão de que, se no tempo antigo marcavam as pessoas com números e a fogo como o provara Rangel, agora cortavam-lhes as extremidades com a ponta da faca. Sempre os sinais na pele das pessoas.

Nesse dia do início de novembro foram acordados por grandes explosões na estação de bombagem do *pipeline*. Jei-Jei lembrava-se bem desse som cavo, entrecortado pelo ritmado matraquear das armas automáticas (a certa altura dei por mim a pensar que a atração que ele sentia pela música talvez escondesse uma ansiedade, uma espécie de necessidade de domesticar estes sons da guerra entranhados na sua consciência de menino). Fugiram em desordem para o mato, agarrando e deixando cair pelo caminho as pequenas coisas que tinham por preciosas. A casa dos vizinhos ardia. Não sabia do pai, que de resto nunca mais foi visto. Terá seguido o destino da mãe ou então estava já desde o início associado aos invasores (acrescentou esta possibilidade quanto a mim um pouco remota com certo rancor, como se precisasse de culpar alguém do abandono). Jei-Jei tinha na altura cerca de dez anos. Dias depois chegava o tio para o levar para Maputo.

— Talvez nesse dia, do outro lado, com o meu pai, estivesse o pai de Elize, esse capitão sul-africano — disse Jei-Jei, procurando o tom do sarcasmo.

Nos dias seguintes refleti muito sobre este telefonema. Parecia-me que ao unir os dois progenitores Jei-Jei tentava aproximar o seu destino do de Elize, criar uma espécie de laço de familiaridade (chamemos-lhe assim), e eu sentia ter colaborado nisso ao trazer para os nossos telefonemas a sombria figura de Cornelius Fouché. De qualquer forma, agora eram ambos vítimas das empenhadas ações do Capitão: Jei-Jei apanhado por um golpe súbito que mudaria para sempre a sua vida; Elize como que sofrendo o efeito lento de um veneno, e o destino de uma desesperada procura do seu antídoto.

CAPÍTULO 12

As viagens longas têm o condão de aproximar os viajantes. Descobrem-se uns dos outros os pequenos hábitos, as sombras que por assim dizer os acompanham, e é desta maneira que o respeito e a reserva iniciais vão resvalando para o patamar ambíguo da familiaridade. Eles próprios são a única coisa nítida com que deparam, tudo o resto desfila pela janela como uma mancha desfocada e fugidia.

— Estamos a entrar numa região que o seu pai atravessou antes de eu o conhecer — disse Candal, nas costas de Leonor. — Um dia, há muito tempo, ele fez este mesmo percurso que nós fazemos agora.

Estava sentado num banco atrás das duas mulheres. Rompia a momentânea pausa no diálogo que elas vinham mantendo. Passava por cima da sul-africana, que de resto não percebia o que ele dizia. Sentia que Leonor se afastava da sua órbita (ela dirigira-lhe um longo olhar de censura quando do incidente do Rio das Pedras), queria voltar a tê-la do seu lado. Ou então, queria assegurar-se de que Leonor se mantinha do lado do pai, agora que finalmente se aproximavam do *reino* de Mariamo.

Rumavam a Tete. Haviam já passado a vila de Catandica quando o motor do *Hiace* se engasgou, acabando por parar. Matsolo e Jei-Jei saíram para inspecionar o problema. Jei-Jei, puxando dos seus galões de mecânico, anunciou que a avaria se devia à má qualidade do combustível metido em Chimoio (filtros entupidos, algo assim). Enquanto discutiam o que fazer aproximou-se um caminhão carregado de toros de madeira, ronceiro, expelindo nuvens de fumo negro no esforço de vencer a longa subida. Fizeram-lhe sinal que parasse. O caminhoneiro sugeriu que talvez arranjassem combustível na missão católica do Guro, uma pequena localidade não muito distante dali. Jei-Jei pegou em duas latas vazias e partiu no caminhão. Os restantes prepararam-se para esperar.

No mato as esperas são longas. Os destinos são distantes e a paciência é outra. Tudo anda devagar. As mulheres afastaram-se um pouco pela berma da estrada. A natureza parecia-lhes mais próxima sem a intermediação da janela e do movimento, era como se agora a ouvissem respirar. Não como se passassem por ela, mas como se estivessem dentro dela, quero eu dizer. Não se via gente, apenas uma estreita faixa de capim logo seguida de floresta densa. Depois de uma suspensão silenciosa, à espera que as coisas assentassem, os pássaros punham de lado a desconfiança e voltavam a chilrear. Matsolo acenou às mulheres, gritou-lhes que não se afastassem porque podia haver animais selvagens por ali. Apressaram-se a regressar ao interior do *Hiace*.

Candal retomou a aproximação a Leonor:

— Nos primeiros meses de 1971, se a memória não me falha, o seu pai largou o exército e ofereceu-se para os Grupos Especiais que começavam a ser formados no Dondo. Os GE, como eram conhecidos. Uma força mais solta, com menos hierarquias. Os seus soldados eram quase todos negros, conheciam a gente e a língua dos lugares onde atuavam. Eram a nova esperança para travar a guerra nesta região. O seu pai foi dos primeiros a chefiar uma unidade destas.

Candal usa a história de Basto para atrair Leonor, mas esta não parece interessar-se por aí além; acha que só sabendo mais sobre Mariamo, sobre o destino que lhe deram, poderá vir a conhecer melhor o pai. Desde há uns dias que deixou de se embalar com a voz de Candal, como se estas terras fossem os bastidores onde se descobria o artifício que essa voz encerrava, e a revelação retirasse ao velho soldado todo o poder. Voltarei a Candal quando tiver dúvidas que só ele saiba esclarecer, parece pensar Leonor. De momento não preciso dele.

Entretanto, quem ouve Candal com interesse é Bandas Matsolo, agora que estão parados e não tem de estar concentrado no volante. Quanto a Elize, continua de olhar perdido para lá da janela, pousado numa floresta semeada de irmãos.

— Depois da instrução, o GE 602, o grupo do seu pai, deixou a Beira de machimbombo. Percorreram esta mesma estrada, é natural que tenham parado por aqui para retemperar as forças, almoçar uma ração de combate, beber água do cantil, esticar as pernas e ouvir o chilreio destes mesmos pássaros antes de prosseguirem para Changara, onde muito provavelmente terão armado tendas e montado um perímetro de segurança para passar a noite. No dia seguinte hão de ter avançado para o Mágoè, desta vez mais devagar porque a estrada era de terra e muito má, apesar de estarem na época seca como nós estamos agora (não sei se a estrada continua assim). É isso, entramos no mundo do seu pai.

Candal está muito falador. Prossegue. Entretanto, por esta mesma altura estava ele próprio a chegar à Chicoa, uma pequena localidade na margem do rio Zambeze. Vinha do Norte, de um intenso batismo de guerra. Entre a Chicoa e o Mágoè distam cerca de setenta quilômetros apenas, mas setenta quilômetros de difícil picada, não só pelos buracos, mas também porque a partir desta altura, embora ainda não tivessem ocorrido incidentes graves, a Frelimo estava já nos murmúrios das aldeias e era necessário progredir com cuidado. Setenta difíceis quilômetros tornados piores a cada dia que passava, isso porque era uma estrada que cruzava o rio Daque, ao que se dizia a porta de entrada dos terroristas.

— Não é verdade, meu amigo? — diz Candal, virando-se para Matsolo.

Candal sabe do fato por experiência própria, por ter estado

na Chicoa, uma experiência avivada na memória pela conversa que teve com o Coronel Damião no hotel em Maputo, no dia seguinte à chegada. Sabe também que Damião e Matsolo operaram juntos nesta mesma região. Mas quando pede a Matsolo que confirme, quando lhe pergunta se é ou não verdade e lhe chama amigo, está na verdade a desculpar-se pelo incidente do Rio das Pedras. Candal é incapaz de se desculpar abertamente, já o sabemos, assim como seria incapaz de exprimir abertamente um outro qualquer sentimento. Inventa sempre uns caminhos tortuosos como essa estrada de que falam, até chegar onde pretende chegar. Obriga os outros a um esforço suplementar para o seguir e compreender-lhe as intenções.

— É verdade — confirma Matsolo, fazendo esse esforço. Fazendo também o esforço de esquecer que ele chamou terroristas aos combatentes. Matsolo perdoa, esquece. Também ele quer paz no interior do *Hiace*.

Tudo isto Matsolo relatou mais tarde a um Jei-Jei por ora ausente, em busca de combustível, e tudo isto Jei-Jei me relatou de viva voz quando inquiri sobre os pormenores da viagem, no dia seguinte. Matsolo confirmava, estava em posição de fazê-lo porque ele próprio, há muito tempo, atravessara aquela mesma estrada entre o Mágoè e a Chicoa, a estrada que iria ligar Basto a Candal.

— Foi nessa altura que conheci o seu pai, embora ainda muito superficialmente — prossegue Candal, dirigindo-se outra vez a Leonor.

Apesar de operarem mais para oeste, de guarda aos aldeamentos ou perto da fronteira com a Rodésia, Francisco Basto e os seus homens andavam por vezes na dita estrada para aliviar a pressão exercida pela Frelimo. Às vezes vinham tomar uma cerveja com a gente de Candal, no aquartelamento da Chicoa.

— Estou a ver o seu pai de espingarda na mão, muito magro, a barba por fazer, acompanhado de seis ou sete homens vestidos, enfim, vestidos de qualquer maneira.

Candal faz uma pausa antes de retomar o que conta. Parece-lhe ter já reconquistado Leonor. Pelo menos ela permanece em silêncio, deixando que ele prossiga.

— Bebida a cerveja, voltavam a desaparecer no mato. Uma vez chegaram com os cantis cheios de uma zurrapa surripiada ao alambique de uma aldeia qualquer, um destilado feito a partir nem sei de quê (nas aldeias quase não havia grão que comer). Entraram alegres, via-se que tinham vindo a beber aquilo pelo caminho. Para espantar os espíritos, diziam as vozes entarameladas. Mas não havia perigo, uma vez que nada como uma maldita emboscada para fazer passar logo a bebedeira. Não é assim, amigo Matsolo?

Matsolo murmura qualquer coisa em jeito de resposta, sem levantar os olhos. Percebe que Candal pretende conquistá-lo, trazê-lo também para o seu lado, como se a guerra ali travada há muitos anos fosse uma coisa que o tempo pudesse ter diluído assim. Não, os guerrilheiros não bebiam. Se bebiam eram punidos. Ou então tinham demasiado medo de beber. Só os loucos da guerra eram capazes de beber, diz de si para si. O tal murmúrio.

Candal prossegue. Aquele ano de 1971 foi um ano terrível. Aproximou-se a estação das chuvas, mas ali chove sempre pouco. O que há de sobra, derramado, fermentado, seco, estaladiço, é um calor infernal que desfoca e faz tremer a paisagem, e deixa toda a gente arquejante e a pensar em coisas estranhas, como que enlouquecida. E, por cima de tudo isto, a guerra. A estrada piorava. Começou a haver cada vez mais incidentes com minas, emboscadas, trocas de tiros com mais e mais homens da Frelimo. Tantos, como se surgissem debaixo das pedras.

Cala-se, fica uns minutos em silêncio por ser incapaz de dizer o que lhe vem à ideia neste momento. Procura serenar. É um Candal diferente desde que aqui chegou. Os silêncios deram lugar à urgência de contar, o sol avermelhou-lhe na pele a palidez de sempre, parece agora irritadiço, tomado por uma ponta de cólera que se esforça por dominar. Retoma uma história aflorada na noite de Oeiras, no dia do funeral. Francisco Basto já o salvou, já lhe devolveu a humanidade, já lhe disse que se matasse o prisioneiro assim a sangue frio, se apagasse aquele olhar amarelo de terror, se desgraçaria para sempre. Já se afastaram os dois, deixando o prisioneiro entregue aos outros, e já se sentaram numa pedra, dando pequenos goles num cantil de *whisky* que Basto trazia quase sempre consigo (o mesmo *whisky* que beberiam juntos pelos anos fora, na linha da Mutarara, nos aldeamentos, na sala de Oeiras). Candal já serenou, já está pronto a ouvir Basto. E Basto vai explicar-lhe por que razão pensa assim. E Candal ouve o que diz Basto.

Certa vez, caminhavam Basto e o seu grupo ao longo do rio Chôe, um fiozinho de água já quase só lama, seguindo o rastro de um grupo de guerrilheiros que se dirigia para sul, para a fronteira da Rodésia, quando foram eles próprios emboscados. A troca de tiros foi curta, o inimigo depressa desapareceu de volta àquele mundo cinzento de ramos secos, folhinhas ralas e terra poeirenta, onde era fácil jogar o seu jogo de sombras. Com o grupo de Basto seguiam também três rodesianos, gente estranha, cor-de-rosa, envergando calções de caqui muito curtos que deixavam à mostra umas pernas louras, riscadas de vermelho pelos espinhos das micaias. A princípio os homens de Basto riam furtivamente daqueles três, dos seus arranhões, mas cedo ficaram a conhecer o faro e a crueldade que tinham, o instinto de cães raivosos. Raivosos, frios e silenciosos. Acontece que um deles, a quem chamavam Davies ou coisa parecida, trazia uma malapata (os homens de Basto chamavam-lhe *m'fiti*, uma maldição do diabo), uma vez que lá atrás já havia golpeado a mão esquerda com gravidade ao afiar um pau com o punhal. Enfim, desta vez, na emboscada, um tiro inimigo atravessou-lhe o pescoço. Davies, *kaput*. Abriram uma cova baixa naquele chão difícil, apenas para pôr o corpo a salvo dos animais. Em seguida foram atrás do novo rastro, estavam perto de um lugarejo chamado Caponda, e surgiu-lhes uma pequena aldeia no caminho.

Nem era bem uma aldeia, era mais o lugar de duas ou três famílias, seis ou sete palhotas miseráveis, desgrenhadas, poeirentas; e, encostados a elas, uns vultos escanzelados e assustadiços, como se estivessem ali desde sempre, cabritos à espera do cutelo que vinha para os matar. É natural que houvesse também umas poucas galinhas à procura de vermes na poeira. Os rodesianos vinham zangados e o tradutor não arrancou àquela gente uma informação que prestasse. Os rodesianos insistiam que era impossível não terem ouvido os tiros, que era impossível que os terroristas sobrevivessem sem a ajuda destes e, por fim, que era impossível aceitar este silêncio de olhos esbugalhados com que fugiam a todas as perguntas. Onde estavam os que haviam matado Davies? E assim que um cabrito (que afinal também os havia, dois ou três) assim que esse cabrito sacudiu com brusquidão um ramo de micaia para lhe arrancar uma folha, os rodesianos pegaram no pretexto e puseram-se a disparar na direção das palhotas. O gesto pôs uma sinistra máquina em movimento. Embalado por ela, Basto disparou também, tal como todos os seus homens. Ninguém refletiu se era ou não melhor permanecer humano. Dispararam com o empenho de quem quer afugentar um mau espírito, repetidamente, até acabarem as balas que tinham nos carregadores. Passado um pouco (durou muito pouco), aquele lugar ardia num fogo claro e ralo, cheio de crepitares discretos alimentados pela secura do ar e imbuídos de um cheiro difícil de caracterizar, mas que ele, Basto, disse-o na altura a Candal, saberia daí em diante, e para sempre, distinguir entre mil. Um cheiro que lhe ficou para sempre agarrado às narinas. O cheiro da morte. E quando abandonaram o local, deixando-o para trás a arder livremente, Basto ia mais pesado. Levava com ele, além do referido cheiro, um indefinido número de pares de olhos de expressão também difícil de caracterizar, e que também não mais o largariam.

    Era disto que Basto pretendia salvar Candal quando o impediu de se vingar no prisioneiro. No fundo, ajudava Candal a preservar uma espécie de humanidade, uma humanidade que ele próprio desperdiçara. Mas, claro, isso Candal não podia explicar a Leonor e a Matsolo ali no *Hiace*, enquanto esperavam por Jei-Jei. Sabemos que à menor dificuldade Candal optava sempre pelo silêncio.

Leonor, ao lado, percebe o jogo de Candal. Ou melhor, ainda não percebe o que ele pretende com os seus silêncios opacos e com aquele lembrar sem direção, mas percebe que ele quer pacificar o *Hiace*, pô-los a todos de bem uns com os outros. E voltar a aproximá-la do pai. Por outro lado, sente nas evasivas de Matsolo a possibilidade de uma abertura, a possibilidade de retirar a Candal a condução dos acontecimentos. A paz, ali dentro, sim, pelo menos por enquanto, mas uma paz cujos termos não seja Candal a ditar. Por isso aproveita o silêncio de Candal e vira-se para perguntar a Matsolo:

— Diga-me, Matsolo, você também conhecia essa estrada?

Matsolo inspira fundo. Como se volta a coisas daquelas, deixadas para trás, perdidas no tempo? Coisas violentamente resgatadas pela paisagem que agora veem, pelo ar que respiram e pela conversa que têm?

— Sim, lembro-me bem dessa estrada.

E as imagens sucedem-se na cabeça de Bandas Matsolo. A estrada. Para chegar até ela houve um grande esforço, uma longa caminhada. Vinham em grupo e passaram a fronteira da Zâmbia em Catete. Um grande grupo de mais ou menos cem camaradas. Durante três semanas marcharam de uns lugares para outros, base Cassuende, base Fíngoè, acampamentos vários com nomes que mesmo nessa altura se perderam, não os nomes das bases, que ficaram para sempre como a letra de uma canção interior, embora hoje troque o que vinha antes e o que vinha depois (a memória é traiçoeira). Mas sabe, lembra-se que descansaram nesta última base, a base Fíngoè, durante quatro dias, antes de voltarem a marchar até às margens do rio Zambeze, que, isso lembra-se bem, atravessaram em novembro de 1970, perto da serra Manherere. Na margem sul do rio, que antes da albufeira era ali relativamente estreito, perto de onde acostavam as canoas, desagua o rio Daque, esse mesmo rio que atravessava a estrada de que fala Candal. Sem se conhecerem, estavam, pois, fadados a encontrar-se. Mas antes o grande grupo dividiu-se em quatro, eles foram para sul, outros para leste. Matsolo e Damião (sim, foi nessa jornada que conheceu o Coronel, que era ainda apenas Camarada Comissário Damião) voltariam os dois ali, àquela estrada, uns meses mais tarde, para infernizar a vida a Candal e a Basto ou para ter as suas vidas infernizadas por eles.

Matsolo não utilizou estas palavras, claro, e muito menos este tom. Muito do que ficou a saber-se disse-o ele mais tarde a Jei-Jei com o *Hiace* outra vez em movimento, ou depois de terem chegado ao destino, não sei bem. Matsolo e Jei-Jei persistiam nestas conversas fora de horas, só os dois, como se esta fosse a maneira de preservar pontos de vista só deles, salvaguardados dos pontos de vista dos outros viajantes. Intuíam talvez que o sucesso do empreendimento dependia de os dois ficarem sempre do mesmo lado, um lado distinto do dos clientes. É também natural que parte do que disse Matsolo tenha ficado pelo caminho, coisas que Jei-Jei se esqueceu de relatar-me ou (por que não?) coisas que achou inoportuno fazê-lo. Enfim, é até possível que tenha eu próprio atribuído a Matsolo ideias que ele não chegou a ter, na vontade de que todas as peças do *puzzle* ficassem encaixadas.

De qualquer maneira, parece claro que quando respondeu à pergunta de Leonor, antes do regresso de Jei-Jei, Matsolo optou por um tom apaziguador e por caminhos mais prudentes. Em consequência, omitiu muita coisa. Não disse, por exemplo, que o primeiro medo — o primeiro medo a sério que sentiu — foi no combate que teve quando seguia com o grupo do Camarada Nampulula em direção a Mucumbura e se encontraram pela primeira vez com o inimigo. Uma rápida troca de tiros em que morreu um camarada a seu lado e outro ficou para trás, ferido, e foi apanhado pelos portugueses. Se Matsolo tivesse falado pode ser que ali mesmo, dentro do *Hiace*, tivessem chegado à conclusão que o camarada que ficou para trás era aquele que Candal quase matou para vingar a perda de um dos seus — olho por olho, dente por dente — não fosse a sábia intervenção de Francisco Basto, o GE esmagado pelo olhar das suas vítimas, pelo cheiro da morte, que lhe disse que pensasse duas vezes. Há coisas que o acaso esclarece e outras que os silêncios obrigam a permanecer nesta suspensão de véspera, neste limbo daquilo que quase era esclarecido, mas não chegou a sê-lo. E que, muito provavelmente, nunca o será.

Da mesma maneira, não é de todo descabido que o grupo do Camarada Nampulula, tempos antes destes acontecimentos, caminhando para sul, tivesse entrado numa aldeia feita quase só de cinzas, aldeia pequena, perto de um lugar chamado Caponda, protegida dos animais selvagens por um renque ingênuo de micaias, uma barreira cujos espinhos foram todavia incapazes de a proteger da fúria de uma tropa vingativa que ali entrou em busca de reparação, e os guerrilheiros ainda não haviam chegado, chegaram agora para dar com as coisas já acontecidas, alguns paus e corpos ainda ardendo, as palhas já transformadas em cinzas que riscam o ar em voos caprichosos, e dois camaradas abriram a terra ali perto, onde a sentiram revolvida, e deram com um branco, um rodesiano acabado de morrer (descobriram que era rodesiano pelos calções e pelas pernas arranhadas das micaias, o vermelho já enegrecido, o louro acinzentado), e Matsolo, ele próprio, queria ir atrás deles, disse que se fossem depressa ainda os apanhavam, mas o Comissário Damião travou esta insensata opção afirmando que de certeza o inimigo seria em maior número, os combatentes só seis, e estavam ali para reconhecer o terreno, não para avançar assim às cegas, correndo riscos desconhecidos, tinham até ordens para caminhar descalços para não trair a posição, as roupas eram civis. *Reconhecer o terreno, camaradas!*, disse Damião, o Comissário Político, e ficaram por ali rangendo os dentes, enterrando os mortos, primeiro as crianças que são as mais procuradas pelos animais do mato, e só depois partiram, marchando sempre para sul, evitando com cuidado o inimigo, continuando a reconhecer o terreno. E para sempre ficou esta sombra, o Camarada Damião seguindo as orientações recebidas, o Camarada Matsolo mais impulsivo, querendo pôr tudo em risco por causa de uma vingança. Legítima, compreensível, mas ainda assim uma imprudente vingança. Horas mais tarde, assim que o grupo do Camarada Nampulula voltou a estar seguro, Matsolo teve o seu gesto analisado pelos restantes camaradas, e a maioria censurou-lhe os vestígios de um comportamento antigo, de uma velha forma de pensar. A raiva e a vingança, disseram, eram coisas coloniais. Revolucionária era uma justiça feita por enquanto de adiamentos, uma justiça que por ora não podia senão equivaler a prudência e contenção.

Hoje, tantos anos decorridos, sempre que estão juntos continua a ser o antigo Comissário Político Boaventura Damião a indicar o caminho, e Bandas Matsolo aquele que se cala. Mas, por vezes, como uma incômoda sombra, perpassa a possibilidade de Damião ter tido medo do grupo inimigo e de Matsolo ter afinal tido a coragem de querer ir atrás dele para o combater e derrotar. A guerra era assim, afastava as coisas fixas, tornava-as incertas, transformava-as em sombras fugidias.

Matsolo olha Candal e mesmo sem nunca o ter visto é como se o conhecesse há muito. Os dois lados ouviam-se sem se ver, roçando a folhagem, pisando com cuidado, respirando devagar para evitar ruídos que os traíssem, reconheciam os cheiros uns dos outros sempre que os conseguiam sentir além do cheiro dos seus próprios medos, ou simplesmente suspeitavam-se uns aos outros na revoada de um bando de pássaros assustados, num suspiro de vento perturbando aquele mundo quase sempre quieto. Neste aspecto as coisas tinham algo de idêntico à sensação de Elize quando olhava um lugar e tinha a certeza de que Cornelius Fouché havia passado por ali. Uma marca imperceptível, um leve sinal, um rastro vago, uma suspeita. Enfim, é isso, Matsolo olhou Candal como se olha um velho conhecido.

Nada disto ali disse, claro, nem sequer mais tarde o disse a Jei-Jei. A este, Matsolo contou que assim que chegou ao outro lado do grande rio, assim que pôs o pé na outra margem, um novo e estranho mundo se abriu a seus olhos. É preciso ter em conta que Bandas Matsolo vinha do Sul (vimos já as circunstâncias que o levaram até à guerrilha e, antes disso, às minas da África do Sul), tal como o Comissário Boaventura Damião vinha do Norte. Chegavam os dois, portanto, a uma terra desconhecida. Moçambique é extenso e variado. O mato era ralo, as árvores dispersas e anãs, quase todas elas micaias com espinhos que cortavam como navalhas (a menor distração punha-lhes a carne à mostra, como fizera a um rodesiano morto, de pernas cinzentas, que uma vez desenterraram). A terra era de um vermelho acinzentado, dependendo da altura do dia ela arder mais vermelha como o fogo ou ser como as cinzas de uma fogueira quase extinta; fina como cimento em pó, tão fina que punha a vegetação, e até o ar, daquelas mesmas cores. Tudo ali era hostil, as cobras que atravessavam o caminho riscando a areia, os lamentos hipócritas das quizumbas, os elefantes solitários surgindo de repente ali tão perto como se um feitiço os tivesse trazido de um outro mundo. Até as aldeias (de fato, mais acampamentos do que aldeias, pois tudo ali era frágil e provisório, com os seus pequenos celeiros elevados para esconder dos bichos as decrépitas espigas), até as aldeias, dizia, reagiam aos forasteiros com distância, assustadas sim, mas um temor distante, como se o que esses forasteiros traziam pudesse provocar a dor física, mas fosse incapaz de lhes chegar à alma. E Matsolo e Damião não conheciam a língua, estranhavam os costumes.

Para sobreviver neste universo desconhecido contavam apenas com aquilo a que chamavam *a unidade*. Matsolo contou a Jei-Jei que quando um jovem era recrutado para o movimento tinha de participar numa cerimônia a que chamavam de *narração de sofrimentos*. Em coletivo, o recém-chegado explicava aos outros porque decidira aderir à luta, partilhava com eles as ofensas e agruras que lhe haviam sido infligidas pelo colonialismo. Quando chegou a sua vez, Matsolo contou tudo. Relatou a sua infância, a vida difícil, o abandono da escola, a ida para as minas da África do Sul, enfim, a fuga até à Zâmbia, a tal necessidade de percorrer o caminho até ao fim antes de regressar a casa. Os camaradas ouviram tudo o que ele revelou acerca da sua vida, as descobertas, os dilemas e as decisões, incentivaram-no mesmo a deter-se em certas passagens sempre que a candura com que as coisas haviam sido expostas obrigava a explicações adicionais. Exigiam-lhe essas explicações. Nada devia ser deixado de fora, nenhum pormenor negligenciado. Depois, os camaradas passavam à análise do que fora dito para *organizá-lo*, os pontos fortes e os pontos fracos, separar o que havia em comum com os restantes e era para ser preservado, daquilo que não passava de resquício da maneira antiga de pensar e, por isso mesmo, devia ser descartado. Para que, no final, já que tinham todos o mesmo presente e o mesmo futuro, tivessem também um passado idêntico. No caso de Bandas Matsolo coube ao Comissário Político, o Camarada Boaventura Damião, organizar-lhe o passado. E Matsolo saiu da cerimônia como um camarada igual aos outros. Foi isso, explicou ele a Jei-Jei, foi isso que lhe abriu a porta para entrar. Claro que a mudança não se podia operar num só dia, de uma só vez. Teve muitas dúvidas, confessa mesmo que na marcha até ao rio Zambeze lhe ocorreu mais do que uma vez voltar para trás, desistir. Entretanto, atravessaram o rio e chegaram à estrada que Candal referiu. Tudo lhes surgia novo, ao mesmo tempo deslumbrante e atemorizador. Um mundo enorme, infinito. E eles, em pequeninos grupos de meia dúzia, tinham por única força *a unidade*, um passado comum liberto dos pormenores de cada um, limpo já dos resquícios coloniais. Sim, era-lhes dito que a força que tinham assentava no fato de serem iguais uns aos outros, dotados das mesmas aspirações.

— Sim, lembro-me bem dessa estrada — acabou por dizer dentro do *Hiace*, respondendo à interpelação de Leonor.

E o que lhe ocorreu contar foi que, certa vez, ao fim da tarde, perto de um rio chamado Muze, depois de uma marcha dobrada, virou-se para olhar a planície. Haviam parado para montar acampamento e passar ali a noite. Uns afiavam paus, discutia-se onde ia ser posta a fogueira e como ia ser feita a segurança, era preciso manter quizumbas, mabecos e inimigos ao largo. Por um momento ele afastou-se para verificar o mato ao redor e deu com uma planície que ali começava e não tinha fim à vista, um descampado perturbado aqui e ali por tímidos tufos de micaia, um lugar infectado já pela doença do deserto. Ali perdido, não muito distante, viu um grande rinoceronte. Quieto como uma estátua. Enorme. A tarde madura conferia ao cinzento da planície e do rinoceronte uma tonalidade dourada. Matsolo nunca tinha visto um rinoceronte. Ficou a olhar para ele, pasmado. Olhou também à volta, a ver se havia outros bichos como aquele, mas até onde a vista alcançava o rinoceronte estava só. Não procurava comida como fazem todos os animais, não levantava a cabeça para perscrutar o ar e ler nele os desafios. Um bicho daqueles não conhece o medo. Limitava-se a estar ali, imóvel e só. Parte disto contou Leonor a Jei-Jei, dias mais tarde, na aldeia de N'cungas, certa vez em que conversavam. O resto talvez sejam impressões de Jei-Jei, ou mesmo minhas, pois nem sempre me é fácil identificar agora a origem de todos os fragmentos deste relato. O que é certo é que Matsolo se perdeu a olhar o rinoceronte e que a sensação que teve foi de uma extrema e dourada liberdade. O rinoceronte comia quando tinha fome, tinha o rio para beber, já se disse que desconhecia o medo. A planície infinita era o seu limite. O rinoceronte era, afinal, a liberdade. Entusiasmado, Matsolo apressou-se a ir chamar os companheiros, mas quando regressaram ao local a planície estava vazia. De resto, com a descida rápida da noite ela já mal se via. Riram-se dele, troçaram da sua imaginação e retomaram os preparativos do acampamento, abanando a cabeça. Em contrapartida, Matsolo calou a sensação que tivera. Prudente, nada lhes disse acerca daquilo que desde esse dia ficou para ele conhecido como a liberdade dourada, uma sensação que ainda hoje, em certas ocasiões, o invade. Um pouco mais tarde, enrolado na manta, de olhos abertos no meio da escuridão opaca que se estendia para lá dos limites da fogueira, voltou a pensar no rinoceronte, mas em vez da liberdade esse pensamento fez sobrevir nele uma pontada aguda de solidão. O rinoceronte estava só, não tinha a quem recorrer. E desde então que Matsolo não consegue resolver este dilema entre liberdade e solidão. Claro que, tal como nessa noite distante optara por não dizer aos companheiros as coisas assim desta maneira, também agora, dentro do *Hiace*, as calou.

— Era uma estrada muito difícil — resumiu para Leonor.

E ficam todos em silêncio, imaginando cada um, à sua maneira, a dita estrada, enquanto Jei-Jei não chega com o combustível. Todos menos Elize, que pôde sentir o peso da conversa, mas não o seu sentido. E que, por isso, diz, enfastiada e algo insolente, abrindo a porta de correr:

— Vou lá fora ver os leões.

Felizmente que nessa altura chegou Jei-Jei com o combustível e o *Hiace* pôde retomar a viagem, desta vez um pouco mais depressa para poder chegar a Tete antes do escurecer.

É curioso que, quando falamos sobre isto, Jei-Jei e eu, a primeira coisa que ele fez, antes mesmo de referir os fantasmas de Matsolo, foi perguntar se eu me lembrava da *vida* do *Hiace* ainda no Japão.

— Sim — respondi desconcertado.

— Pertencia a um jovem japonês... como se chamava ele?...

— Toichiro Yamada, acho... — respondi.

— Sim, Toichiro Yamada, o rapaz que colou no *Hiace* o desenho de um rinoceronte. Não dizíamos que o significado dele era força e resolução?

— Sim — disse eu, intrigado.

— Mas não, não era. O significado era liberdade e solidão. Só comecei a entender o que ele queria dizer tempos depois da conversa que acabo de relatar. Ele vira no rinoceronte um sinal. Quanto a Matsolo, talvez ali mesmo, dentro do *Hiace*, tenha afinal revelado mais acerca de si próprio do que aquilo que omitiu. Liberdade e solidão. De qualquer maneira, foi nesta altura que comecei a notar com clareza estas pequenas obsessões de Jei-Jei com os sinais, os rastros que as coisas deixam depois de acontecerem, embora na altura não pudesse prever a dimensão que essas preocupações viriam um dia a tomar.

CAPÍTULO 13

Transpostos os mil obstáculos, eis que surge o vale dos segredos, a ampla folha nervurada por um delta que os raios de sol fazem de prata. Prata líquida, que escapou do molde em que os deuses a vazaram e se espalha em muitos braços, um dos quais teremos de escolher. Sem sabermos se nos leva ao oceano ou se morre no capinzal que esconde o pântano.

Três dias sem notícias de Jei-Jei. Soube mais tarde que quase não chegaram a parar na cidade de Tete. Atravessaram a ponte para o Matundo, depois Chingodzi, rio Revúbuè, Moatize e as suas minas, onde o pó do carvão sujava já as penas dos pássaros e as grandes máquinas levantavam os braços ao céu como se as movesse o desmedido intuito de apagar o sol. Cada nome, cada lugar, era em Artur Candal um sobressalto. Adiante, na estrada do Zóbuè, no cruzamento de Cana-Cana, o *Hiace* virou à direita e rumou a sul, chegando a Cambulatsise devagar.

— Aqui é Caldas Xavier, é assim que antigamente se chamava este lugar — disse Candal.

E foi com a anunciação deste nome que Leonor sentiu que entravam finalmente no reino de Mariamo, o reino anunciado por Francisco Basto com um respirar difícil, no leito do hospital. O nome, não o lugar, pois este abria-se a seus olhos sem parecer conter qualquer segredo, sem essa potência. Casas modestas e frágeis, quase todas pintadas de vermelho e amarelo, dóceis, inclinando-se com subserviência à atitude impante da publicidade.

A mesma cor, os mesmos dizeres por toda a parte anunciando bebidas gaseificadas e telefones celulares. Fora isto, fora o capim e as chapas de zinco e os carreiros percorridos por gente magra e bicicletas envelhecidas, fora o vermelho e o amarelo da publicidade, nada. Nada que lhe dissesse de Mariamo.

Prosseguiram pela estrada que corre paralela a uma linha férrea que viam de quando em quando, atrás da vegetação. Novo sobressalto de Candal. Eis, ainda intermitente, a linha que lhe povoa os sonhos, aquela que lhe surgia brilhante nas caminhadas da Azenha e no comboio de Oeiras, ou sentado a fabricar gaiolas pelos anos fora, aquela que levava e trazia o arfar da locomotiva, ei-la aqui, a linha da Mutarara.

E, finalmente, N'cungas. Modesto aglomerado que começou por ser um rude acampamento de operários da via férrea chegados de fora; depois, foram-se aproximando as vendedeiras das redondezas oferecendo maçarocas e frutas, panelas de comida e o calor do próprio corpo; depois, surgiram os filhos desta união; depois, veio a guerra e os portugueses transformaram o acampamento em aldeia com as casas todas iguais, uma moagem, uma escola rudimentar e um fontanário, e cercaram tudo de arame farpado e protegeram o resultado com torres de vigia e guardas armados e holofotes para varrer de luz a planície poeirenta onde se escondiam os combatentes. Acabou a guerra e veio a independência, e o arame farpado foi derrubado e as torres apodreceram e caíram, e alguma gente partiu e outra ficou, atraída por aquilo que o apeadeiro do comboio prometia. Voltou a guerra e o comboio deixou de passar, quebrando a promessa, e N'cungas ficou um lugar sem propósito a não ser este, de esperar que um dia o comboio se decidisse a regressar (sempre tudo à volta do comboio, sempre à volta da espera). É este lugar que Candal revê com um estremecimento enquanto o *Hiace* percorre devagar as ruas poeirentas. É esta a estação a que ele chegava, é aqui que Francisco Basto o esperava, atarracado, botas e camuflado, as pernas abertas bem fincadas no tabuado do chão à moda dos soldados, a G3 a tiracolo, o braço levantado a acenar.

Mas tudo isso foi há muito tempo. Agora, têm de ser práticos. Há que encontrar a casa do caminho de ferro onde vão ficar, há que organizar os próximos dias. Leonor e Candal ficam por aqui com Jei-Jei, para esmiuçar o passado; Matsolo regressará a Tete para tratar as maleitas do *Hiace*. Elize irá com ele, uma forma de combater o tédio.

Mariamo, Mariamo. Alguém conhece Mariamo? Partem por aqueles caminhos antes amplos e perfeitamente esquadriados para neles circularem as máquinas da guerra e as ordens emanadas dos alto-falantes que encimavam as torres de vigia, caminhos cujas margens o tempo foi esboroando até acabar por transformar nestes carreiros afeiçoados ao andar humano, aos pés descalços e aos rodados das bicicletas. *Mariamo? Alguém conhece Mariamo?* E alguém propõe que se procure um velho. Os velhos são os últimos a quem as coisas se agarram antes de partir rumo ao esquecimento. É dentro deles que fazem as despedidas. E, nas aldeias, há sempre uma criança que sabe onde mora um velho. Durante um dia inteiro percorrem com ela os carreiros e visitam alguns velhos, quase todos de olhar perdido nos seus próprios pensamentos e sem respostas úteis para dar. *Mariamo? Alguém conhece Mariamo?* Só a meio da tarde dão finalmente com Chintamuende, que se diz o velho mais antigo, embora possa ser bazófia, e se dispõe a falar com eles em troca de uns cigarros, e sim, conheceu Mariamo no tempo em que Candal e os outros deixaram este lugar, o tempo em que Mariamo acalentava ainda a esperança de que alguém a ajudasse a exigir a devolução da filha (sou eu que o presumo, não o velho, ou Candal). Ou talvez não, talvez a modéstia da mulher apenas lhe permitisse aceitar o infortúnio como obra do destino. Ou talvez tivesse culpas no cartório, dizia-se à época.

Depois que os soldados portugueses se foram, Francisco Basto com eles, o que ficou? Durante um certo tempo ficou um mundo sem rei nem roque, como se N'cungas borbulhasse naquele ferver maléfico em que borbulha o pântano, sem se decidir a deixar-se inundar por águas límpidas ou a secar de uma vez por todas. Mariamo procurou a filha como uma louca, diz o velho. Acusava os vizinhos, espreitava para dentro das palhotas. Amigou-se com os guardas rurais, esses milicianos que haviam sido o violento braço dos soldados portugueses e que agora erravam sem trela pelas aldeias, iludidos, achando que chegara a sua vez no banquete interminável, antes de começarem eles próprios a desaparecer pelas gretas do arrependimento ou pelas frinchas do anonimato. Sim, antes disso Mariamo ia ter com eles, bebia com eles aquelas aguardentes obscuras, fumava aqueles tabacos voluptuosos que desciam da Gorongosa até ali para vir alimentar as celebrações da liberdade. Sim, Mariamo era agora livre como livres eram os milicianos loucos com quem ria gargalhadas grossas e iludidas, achando que seriam eles a descobrir-lhe o rastro da filha, a ir exigi-la aos portugueses, agora que haviam ganho a contenda. Mas, como chegar, a partir dali, ao outro lado do mar, lá tão longe? As grandes questões acabam sempre por conseguir reparação; mas, como resolver as pequenas? E como lhes pagaria ela esse serviço? Diz-se que se deitava com eles, um deitar que na língua de Leonor deveria rimar com amor; mas como, amor, se de um lado eram raivas frustradas e descargas masculinas, e do outro um solitário instinto maternal muito antigo, daqueles que não esmorecem nem obedecem a condições? Sim, havia apenas isso e ilusão (pelo menos foi nisto que Leonor se apressou a acreditar). Como falar em amor no caso de um desencontro assim?

Chegados a este ponto, Candal, a quem a idade e a presença de Leonor Basto haviam feito nascer uma espécie de pudor, fez tudo por tudo para que a conversa não prosseguisse por estes dissolutos pântanos, por este limbo perigoso em que a velha ordem já partira e a nova estava ainda por chegar, estes dias em que Mariamo terá sido habitada pelas mais desencontradas emoções (a expressão que se costuma usar é *habitada pelos demónios*). Por um lado a loucura de ter perdido uma parte de si mesma, na medida em que um filho é, literalmente, parte da carne materna expulsa para o mundo; por outro, é lícito pensar, a euforia de se ver livre do seu *dono*, de poder sair por aí fazendo coisas. Já muito se falou na beleza de Mariamo, no efeito particular da luz ao incidir na sua pele. Se Basto e Candal haviam notado isso, porque não também os milicianos, mesmo se através da névoa de uma quase permanente embriaguez? Definitivamente, Candal não gosta do tempo perdido nestes terrenos, do efeito que isto tudo pode ter sobre Leonor e, já agora, sobre ele próprio. Não estão ali para falar dos dilemas morais de Mariamo, estão ali para falar do seu destino.

— Adiante! Adiante! — diz impaciente.

— Deixe-o falar! — corta Leonor, para quem cada pequeno passo conta nesta esperançosa caminhada rumo à dignidade de Mariamo. De qualquer maneira, ciente de que agora é tarde para recuar, de que agora há que beber do copo desta história até ao fim.

— Como sabe você tudo isso? — insiste Candal, visando agora desacreditar o velho aos olhos de Leonor. No mato as coisas dizem-se, fala-se muito, o que não se sabe inventa-se.

— Eu era guarda rural aqui em N'cungas, no tempo do colono. Por isso eu sei.

— Já chega! — corta Candal. — Estamos cansados, amanhã prosseguiremos.

— Deixe-o falar! — repete Leonor. — Se você está cansado, vá descansar! Eu não saio daqui sem ouvir tudo até ao fim!

Candal surpreende-se com a rudeza dela, com aquela veemência. Percebe agora que não há força na terra que a demova. Resigna-se, baixando os ombros. Chintamuende cala-se também enquanto dura esta curta refrega. É um velho mirrado, com uns óculos grossos e cheios de riscos do descuido e dos acidentes, da precariedade que cerca tudo neste lugar. São esses riscos que desfiguram nele a imagem das pessoas e das coisas, eles que o obrigam a chamar sempre uma criança que o venha ajudar sempre que se trata de enfiar a linha no rabo da agulha. Por isso parece distante, virado para dentro. Mesmo quando fala com os outros parece recusar-se a encará-los, é como se falasse para os afastar. Nada, no entanto, mais errado. E se se remete a este silêncio enquanto dura a refrega, um silêncio difícil de interpretar, é porque é velho e os velhos são pacientes.

— Acusaram Mariamo de quê? — pergunta Leonor. E, corajosa: — De prostituição?

— Sim — responde o velho. — Acusaram-na de dormir com os colonos. Ela tinha um número gravado na carne, aqui... — diz, apontando com o dedo magro a sua própria virilha. — 602, o número da tropa aqui de N'cungas.

Era, em vários sentidos, uma informação perturbadora. Quando penso nisso chego à conclusão de que foi mesmo um motivo forte para levar Jei-Jei a reagir como reagiu, tempos mais tarde. Ele, que assistia sem intervir à conversa com o velho. De fato, quando mais tarde contatou comigo foi para me perguntar, quase gritando (é certo que podia ser da qualidade da ligação, mas, seja como for, foi isso que me pareceu), para perguntar quase gritando, dizia, como soubéramos nós, eu e ele, da tatuagem na virilha. Não na virilha de Mariamo, mas na de Elize. Era evidente que Jei-Jei estabelecia uma relação qualquer entre as duas. 46664. 602. Também eu não me lembrava, mas confesso que não vi ali nada mais do que uma coincidência, mesmo se extraordinária: duas virilhas, um número diferente tatuado em cada uma delas. Mas isso não impediu Jei-Jei de estabelecer toda a sorte de possibilidades, todas elas delirantes. No final, em Elize o número significaria a liberdade, ao passo que em Mariamo era o passado e a prisão, a solidão. Felizmente que não ousou — penso eu que não ousou — falar com Elize a respeito de tatuagens.

Em ambos os casos, atrás destas questões (e os números são sempre algo de misterioso), colocava-se uma outra, que era a do tatuador, aquele ser desconhecido que atravessara as camadas de roupa — cuecas e ganga, ou então uma capulana colorida, isso agora não interessa — para chegar a uma superfície tão recôndita e ali exercer o seu *métier*. Misterioso, até porque implicando sempre uma espécie de anuência.

É isso, anuência. Foi esse o raciocínio de Leonor, que de imediato perguntou ao velho se sabia quem tatuara aquele número no corpo da sua mãe.

— Não sei, *encontrei já assim* — respondeu o antigo miliciano, não sem uma certa candura.

E a partir daí Leonor passou a encarar Chintamuende de maneira diferente, como alguém que realmente conhecera Mariamo, isto é, que a conhecera intimamente. Passou a acreditar nele. Imagino a catadupa de emoções desencontradas na mente dela, olhá-lo como a uma espécie de estranho padrasto *ex post facto*, recuar com horror ante a possibilidade, desprezá-lo até, e finalmente agarrar-se a ele como a uma boia de salvação. Sim, tinha de ser prática, era para isso que ali estava. Agora que ouvira aquilo não mais o iria largar. Leonor ainda não *via* Mariamo realmente, via apenas a sua sombra, a descrição da sua pele de veludo, um número gravado nela, naquela prega de pele em que a perna entronca no corpo esticando-se ou encolhendo consoante o movimento, que por sua vez encolhia ou alongava e distorcia o referido número, traduzindo isso o desnorte daquela mulher dentro de um mundo que ruía. Leonor necessitava de mais. Sim, a bem ou a mal, o velho tinha de ir agora até ao fim.

Segundo Chintamuende, na altura eram ainda todos jovens, ele e os companheiros. Bebiam muito, *não queriam saber do dia de amanhã*, não conseguiam distinguir o bem do mal. Já não havia a tropa portuguesa, sinal de uma mudança de que deviam ter ao menos suspeitado uma vez que fora a presença da tropa que possibilitara a sua própria existência de milicianos. Todavia, só a alguns, muito poucos, ocorreu fugir. De certa maneira reinava entre eles a euforia de se verem livres de si próprios assim como quem despe uma camisa (digo eu, não o velho). Sim, despiam-se das suas patifarias iludindo-se com uma efêmera impunidade, achando que aquela situação duraria para sempre e fazendo a única coisa que sabiam fazer: beber muito, disparar para o ar, entrar nas palhotas assustando os velhos e agarrando-lhes as filhas. Já não havia sequer a ordem errática e arbitrária (ordem, ainda assim) dos soldados portugueses. Tinham o freio nos dentes.

Um dia o jovem Chintamuende caiu em si. Sentiu o cheiro dos guerrilheiros que se aproximavam. Descalçou as botas, enterrou a arma e pôs-se a caminho da cidade da Beira, onde tinha um irmão. Mas não resistiu ali mais do que um ou dois meses. O irmão não tinha comida que chegasse para todos e empurrava-o para fora de casa. Tens de arranjar um emprego, dizia-lhe. Mas, onde estavam os empregos numa altura em que os patrões debandavam? E, que tinha ele para oferecer, o que sabia fazer? Mas o irmão não queria saber destas perguntas, pressentia problemas. Chintamuende não tinha papéis numa altura em que em cada esquina exigiam papéis, documentos de identificação, guias de marcha, algo que saciasse momentaneamente a fome de papéis que tinham os jovens guerrilheiros recém-entrados na cidade. Acabou por ser apanhado numa rusga e levado para o Grande Hotel, esse imponente edifício que escancarava então as portas para desvendar o seu mistério, antes de mergulhar num mistério ainda maior. Permaneceu uns dias naquelas caves que se enchiam mais e mais de gente arrebanhada nas esquinas da cidade. Esperavam não se sabe o quê, ouvindo ao longe o ronronar do mar, sentindo o seu cheiro colar-se à pele. Um dia meteram-nos nuns caminhões e levaram-nos para o campo de Sacuze, perto do rio Vandúzi. Já quanto ao irmão, desde esse tempo que nunca mais voltou a saber dele, acrescenta, como se aqueles que o ouvem estivessem interessados neste ramal da história.

— E Mariamo? — corta Leonor.

Crédula, foi seguindo o velho e isso deixou-a cada vez mais longe de Mariamo. Irrita-se com isso. Irritara-se assim com Candal da primeira vez que conversaram, em Oeiras. Parece que todos a querem afastar de Mariamo. Por isso, insiste:

— Conte-me antes o que aconteceu a Mariamo!

Imperturbável, o velho Chintamuende regressa a Sacuze, na Gorongosa. O seu tom é o de quem esteve muitos anos a preparar um discurso para agora o recitar de cor, sem hesitações na escolha dos caminhos. Fez uma única pausa, para aceitar um cigarro que Candal, agradecido por ele se ter afastado de Mariamo, lhe ofereceu.

A vida era muito difícil naquele campo. Passavam muita fome, havia muitos castigos. Os guardas puniam todos os dias com empenho e com vigor, como se tentassem arrancar-lhes da carne os feitiços que os colonos ali haviam plantado. Estavam possuídos de uma loucura de tipo novo, diferente de todas as que ele até então conhecera, mas ainda assim uma loucura. Puniam por tudo e por nada, era como se o castigo fosse um ato piedoso que limpava os prisioneiros. Sim, sem meio termo, queriam homens limpos ou então mortos. Por isso muitos prisioneiros fugiam. Quem o fazia era sobretudo gente como ele, antigos milicianos e guardas rurais do tempo dos portugueses. Tinham sido soldados, sabiam traçar um plano e levá-lo a cabo. A fome e o castigo criavam neles a coragem de fugir para o mato, desafiando as feras e a fúria dos perseguidores. Antes morrer, pensou o jovem Chintamuende. E também ele tentou. Foi capturado, deitaram-no no meio da parada, preso por estacas curtas espetadas no chão. Horas e horas a torrar ao sol e à poeira. De vez em quando, qual sino assinalando a hora certa, chegava alguém para lhe bater. Nos braços, nas pernas e no tronco. Com um pau grosso. Felizmente, ficou ali pouco tempo. Novas ameaças chegavam aos limites do campo, anunciava-se uma nova guerra cheia de estrangeiros e novos combatentes. Por isso os do grupo de Chintamuende, os mais perigosos, foram os primeiros a ser retirados antes que os viessem libertar. Novamente os caminhões, outra vez uma viagem, agora mais longa, dias a fio, até um campo mais longínquo, o campo de Msawize.

E, de repente:

— Foi no caminho para lá que voltei a encontrar Mariamo.

Novo sobressalto de Candal, e uma esperança renovada em Leonor.

A bem dizer, Chintamuende viu Mariamo apenas uma vez, no decurso daquela viagem. Foi quando a interromperam para pernoitar num outro campo ainda, perto de Milange.

— Estávamos a descer dos caminhões e havia um grupo de mulheres alinhadas na parada. Ficamos a olhar, eram umas vinte. Há muito tempo que não víamos mulheres (Chintamuende sorri com uma ponta de saudade). Ficamos a olhar e eu descobri-a entre as outras, na primeira fila. Estava muito magra, mas não havia dúvidas de que era ela, Mariamo. Viu-me. Não disse nada, não fez nenhum sinal. Mas olhou-me com uns olhos amarelos raiados de sangue. E reconheceu-me tal como eu a reconheci. Tenho a certeza de que me reconheceu.

Depois, mandaram que os prisioneiros-viajantes descarregassem uns sacos de feijão e os levassem para o armazém. Quando regressaram ao *rassemblement* (era assim que chamavam ao espaço da parada), as mulheres já iam ao longe, a marchar na direção do rio, levantando um rolo de poeira. Chintamuende já não teve tempo de falar com ela.

— E depois? Nunca mais a viu? — pergunta Leonor.

— Não. Ainda perguntei por ela a uma das mulheres que estavam por ali, e esta ainda correu a chamá-la. Mas nenhuma delas regressou enquanto ali estivemos. Na manhã seguinte, bem cedo, voltamos a partir.

Ficam em silêncio. Tanto caminho percorrido, tanto esforço, para no fim ver Mariamo desaparecer nas margens do *rassemblement*, no meio das outras mulheres!

Entretanto começa a subir a noite, espalhando o cheiro acre do fumo das fogueiras.

— Nunca mais a viu? Nunca mais soube nada dela? — insiste Leonor.

— Não, ela nunca regressou.

A estrada chegava ao fim. Não havia nada do outro lado.

* * *

Nessa mesma noite regressaram os que tinham ido à cidade. Traziam com eles uma surpresa. Para desfazer essa surpresa, Jei-Jei teve de recuar uns anos, agasalhar-se com um velho casacão que não tornara a usar, e voltar a percorrer as ruas noturnas de Zwickau. Ali, numa esquina da lembrança, de mãos nos bolsos e golas levantadas por causa do frio, deu com Phuong, o vietnamita. Franzino, com a mesma estatura de rapaz, só de perto se notando os fiapos brancos que agora tinha nas fontes. Sim, um daqueles rostos que envelhecem sem perder os contornos juvenis, apenas a cabeça com leves salpicos de cinzento como se tivesse andado a rebolar em palha de milho. Mas era o mesmo Phuong. Confesso que se me tivesse sido dada a possibilidade de escolher teria optado por Karla, chegada de longe outra vez em forma, recomposta, com a dupla vantagem de apaziguar Jei-Jei e tornar as coisas no *Hiace* mais densas e complexas. Mas a realidade antecipou-se à minha versão e as coisas são como são. Sim, era o mesmo enigmático Phuong.

Jei-Jei não chegou a este tipo de pormenores quando falou comigo, mas imagino que o há de ter abraçado antes de dar um passo atrás, intrigado. As amizades são assim, é possível que resistam a um prolongado afastamento, mas fica sempre um clima de suspeição no ar, como se fosse necessário atribuir a culpa desse afastamento a uma das partes. Para eliminar tudo isso há que refazer o protocolo que lhes deu origem, fingir que tudo volta a acontecer pela primeira vez. Só depois, nesse refazer do caminho, se verifica se de fato vale a pena que elas voltem a ter a força que tinham. Por isso Jei-Jei deu esse passo atrás, além de que precisava de entender o que significava a presença de Phuong naquele fim de mundo. Na verdade, precisava de saber quem era Phuong, no que se tornara depois que partira naquela noite, há tanto tempo, no Trabant do alemão Manfred, rumo a uma fenda do muro que ruía.

Phuong explicou-se. Depois de um tempo a andar por aqui e por ali conseguira finalmente satisfazer a velha curiosidade que tinha, de visitar a África do Sul. Mas duas ou três semanas bastaram para perceber que aquele lugar não era para ele. Demasiada confusão, demasiadas coisas por esclarecer, dívidas por saldar, rancores. E enquanto por lá andava lembrou-se das descrições que Jei-Jei fazia, das histórias que contava, e perguntou-se o que seria feito do seu amigo Jei-Jei. Resolvera vir visitá-lo. Tinha o endereço de Maputo, mas deu com o nariz na porta. Por sorte, perguntou por ele a uma mulher que descia as escadas do prédio. Era Zaida, a esposa de Bandas Matsolo (mundo pequeno, disse). A partir de Zaida chegou ao Coronel Damião e a partir do Coronel Damião chegou a Tete. Um telefonema do Coronel para Matsolo, a anunciar a sua chegada, e a história acabava aqui. Simples.

Jei-Jei ouviu, e eu próprio lhe dou razão: achou-a uma história demasiado curta, demasiado simples (sabemos o quanto Jei-Jei sabia avaliar uma história). Para começar, não via como Phuong pudesse ter sabido do seu endereço em Maputo, não podia ter-lho dado, não conhecia ninguém que soubesse por onde o vietnamita andava. Era, portanto, uma história cheia de incongruências, agravadas um pouco mais tarde quando Zaida disse a Matsolo, ao telefone, que soubera de Phuong por intermédio do Coronel. Enfim, mas Jei-Jei deixou-se levar até certo ponto, até porque queria saber notícias da Alemanha. Sobretudo, embora não o tivesse dito abertamente, notícias de Karla.

A este respeito, Phuong tinha infelizmente muito pouco a acrescentar. Chegaram a Berlim no Trabant e atravessaram o muro para o lado de lá, disse, embalados pela euforia que reinava.

Passaram o resto do dia bebendo e celebrando nas ruas. De madrugada, Anna e Manfred partiram à procura de uns vagos parentes e Phuong foi à sua vida. Não tinham endereços certos que dar uns aos outros, despediram-se sabendo que não voltariam a ver-se. Um par de dias mais tarde, também ele, portanto, tal como Jei-Jei, se encontrara só. De Karla nunca mais lhe havia chegado qualquer sinal. A Suécia dos avós?

Esgotado o que Phuong tinha para dar, na verdade muito pouco, era então tempo de voltar às incongruências da história que contava, aos mistérios que essas incongruências calavam. A começar pelo maior, aquele que podia exercer efeitos mais diretos sobre a atual situação: qual a relação de Phuong com o Coronel Boaventura Damião?

Mas foram interrompidos por Elize, que até então, no quarto ao lado, estivera a ouvir Leonor e o seu desânimo, e a quem a revelação do número de Mariamo fizera entrar de rompante naquela história. E que, por isso, revoltada, regressava à sala para perguntar a Jei-Jei (sabemos que Elize ignorava Candal) como haviam tido eles a coragem de fazer aquilo a Leonor, desistir assim tão perto do fim. E não houve argumento de Jei-Jei que a convencesse do contrário: tinham de voltar ao velho que haviam visitado naquela tarde, tinham de lá voltar para lhe arrancar o resto da história. Como se Chintamuende fosse um limão que eles tivessem desistido de espremer até ao fim; como se restassem ainda algumas gotas e nelas se concentrasse o segredo.

No dia seguinte, de manhã bem cedo, voltaram, pois, ao velho. Desta feita, Elize, Leonor e Candal. Leonor contou a Jei-Jei, e este contou-me a mim, que tornaram a perguntar por Mariamo e o velho respondeu já ter dito tudo o que sabia. Mariamo nunca regressara, nunca mais ouvira falar de Mariamo, disse. E foi Elize — acostumada às suas próprias procuras, às histórias escondidas dentro de outras histórias — que conseguiu achar um caminho. Sugeriu algo que não haviam tentado antes: que andassem para trás na história de Chintamuende. É assim que se descobrem as coisas, andando para trás até as encontrar. De fato, Leonor havia insistido com o velho para que corresse, e ele deixara a aldeia e fora para a Beira; que seguisse em frente, e ele partira para o campo de Sacuze; que saísse de lá, que voltasse a seguir em frente a toda a pressa como se não houvesse tempo a perder, como se na ponta da história estivesse Mariamo à espera deles, impaciente. Elize, pelo contrário, sabia esperar, toda a vida esperara com a mãe o regresso de Cornelius Fouché para lhes contar uma história, uma história diferente daquela, mas semelhante por ser também ela feita de camadas, e assim que se rebelou foi descobrindo que atrás de cada história que o pai contava existia sempre outra história, até ao infinito. Era preciso paciência. Era preciso andar para trás, retirar as camadas com cuidado, uma a uma.

O pobre Chintamuende repetiu assim a sua história, mas andando para trás, isto é, começando pelo fim, pelo regresso a N'cungas vindo do campo de Msawize, cumprida a pena. Depois, recuou até à história da viagem até Msawize, iniciada no campo de Sacuze. De Sacuze? Não. Entretanto haviam parado a meio do caminho para pernoitar, perto de Milange, no campo em que Chintamuende viu Mariamo pela última vez. Candal e Leonor lembravam-se bem dessa paragem no campo de Milange, uma paragem de que só agora Elize ouvia falar. Os ouvidos, portanto, ainda frescos. Mariamo no grupo de mulheres, a meio do *rassemblement*. Tal como Chintamuende, os outros tinham-se deixado cegar por aquele olhar amarelo, pela aura trágica que cercava aquela mulher. Assim que ela fora mencionada tudo o resto se apagara. Era como se só houvesse Mariamo no amplo *rassemblement*. Como se, quando ela saiu, tudo tivesse saído também. E foi neste ponto que veio ao de cima toda a experiência de Elize. A sul-africana olhou brevemente a mulher, mas não se deteve nela. Dos seus gestos, do seu olhar, passou ao *rassemblement* em volta, esmiuçando-o até dar com a mulher a quem Chintamuende pedira que procurasse Mariamo, a tal mulher que partira prontamente atrás dela e também não regressara (no dia seguinte, como sabemos, os prisioneiros deixavam o campo e retomavam a viagem).

E Elize disse a Leonor:

— Pergunta ao velho sobre a tal mulher que partiu em busca de Mariamo e também não regressou. Ele também não tornou a ver essa mulher?

Leonor perguntou, e foi nesta altura que as coisas acabaram por tomar enfim algum rumo. Chintamuende não tornara a vê-la, disse, mas sabia quem era, ouvira falar nela algumas vezes, embora há muito tempo. Da última vez que soubera dela havia regressado do campo de Milange e vivia para os lados de uma aldeia chamada Jossene, na fronteira com o Malaui. Tornara-se curandeira. Chamava-se Deirdre Mizere.

— Mas foi já há muito tempo — repetiu Chintamuende, como se quisesse evitar falsas expectativas. — Entretanto pode ter morrido.

Deirdre Mizere. Estranho nome. Quando Jei-Jei o mencionou pela primeira vez teve de repeti-lo e soletrá-lo tal como o entendera repetido três vezes pela boca de Chintamuende. O apelido ressoava a miséria, mostrando-se em consonância com um território cuja precariedade se acentuava à medida que eles o conheciam mais a fundo. Quanto ao nome Deirdre, confesso que não consegui reagir imediatamente com uma sugestão satisfatória às revelações de Jei-Jei, às suas interrogações. Ocorreu-me, primeiro, que fosse uma corruptela de um nome mais vulgar que, no entanto, não saberia dizer qual era. Depois, investiguei e fui dar com a Deirdre de uma enevoada lenda irlandesa pejada de druidas, ervas mágicas, amores impossíveis e tragédia, ingredientes que abundavam também naquela região. Talvez a mulher fosse oriunda do Malaui, alvitrei, e um velho missionário irlandês a tivesse batizado com esse nome. E ouvi, do outro lado da linha, a risada cética que Jei-Jei costumava dar sempre que achava que a minha história saía dos trilhos e partia rumo a um beco sem saída. Mas, desta vez, uma risada que ele foi obrigado a engolir quando soubemos, pouco depois, que Deirdre Mizere era de fato malauiana, oriunda de Ntcheu.

Mas voltemos atrás, ao segundo encontro com o velho Chintamuende e à sua surpreendente revelação.

— Deirdre Mizere? E tem a certeza de que ela morreu? Perguntem ao velho se tem a certeza — insistiu Elize.

— Não, certeza não tenho. Mas já passou muito tempo. Pode estar viva, pode estar morta — respondeu Chintamuende virando os seus olhos de vidro riscado para o céu. — Uma grande feiticeira.

Leonor traduziu e durante um bocado matutaram todos em como nesta terra as mulheres desapareciam num limbo desconhecido, ficando-se sem saber se continuavam vivas ou morriam. Mariamo. Mizere. E foi esta forma que Chintamuende tinha de encarar o mundo, tão característica do lugar — colocando duas alternativas como se fossem uma só, a incerteza, o destino — foi esta forma de encarar o mundo, dizia, que levou as duas mulheres, Leonor e Elize, a uma decisão inabalável. Deirdre Mizere podia estar viva; portanto, havia absolutamente que procurá-la e tinha de ser Chintamuende a indicar-lhes o caminho.

* * *

Regressaram à velha casa dos caminhos de ferro. Entretanto, Phuong, o vietnamita que acabava de chegar mas que era como se pertencesse desde sempre àquele lugar, abria o jogo a Matsolo e a Jei-Jei. Sim, trabalhava para o Coronel Damião, havia sido enviado por ele para prospectar oportunidades de negócio. E insistia que deviam partir já no dia seguinte para a Angónia, para os arredores de Ulongwé, uma vez que a pista de Mariamo se esgotara e nada de concreto os prendia à Mutarara.

Por que Ulongwé? Matsolo e Jei-Jei crisparam-se. Não estavam ali em prospecções, estavam ali para satisfazer a viagem dos clientes. Além do mais, custava-lhes aceitar ordens do patrão vindas por intermédio de terceiros.

— Por que, Angónia? O que há na Angónia? — perguntou Jei-Jei, ainda assim com uma ponta de curiosidade.

Phuong leu erradamente o interesse do seu antigo companheiro. Viu ali adesão quando havia ainda apenas essa curiosidade. E explicou que do outro lado da fronteira da Angónia, no Malaui, ficava Ntcheu, em cujos arredores havia umas minas de corindo com rubis de grande qualidade. Constava que os garimpeiros os andavam a vender ao desbarato na fronteira. Havia muito dinheiro a ganhar, para o Coronel e para todos eles.

E estavam neste ponto quando chegaram os outros três e foi resumida a conversa com Chintamuende.

— Amanhã partimos para sul — anunciou Leonor, justificando a decisão com a necessidade de encontrar Mizere.

Phuong reagiu, insistindo na Angónia. E Jei-Jei permaneceu calado, refletindo. De alguma maneira, desde o início que considerava Bandas Matsolo uma espécie de superior hierárquico e, portanto, era a este que cabia decidir. Por outro lado, tinha todo um rol de dívidas antigas com Phuong, com quem procurava refazer o caminho da amizade apesar das dúvidas e incertezas que esse caminho comportava. O passado é o passado e tem quase sempre muita força. Mas havia ainda, do lado oposto, Leonor, que já tinha dado provas da sua força e da sua resolução. E Elize.

Matsolo, quanto a ele, reagia negativamente à intromissão de Phuong, um gesto que nos velhos termos militares significava uma perturbação na cadeia de comando. Para que Matsolo as assumisse, as ordens tinham de lhe ser dadas pelo Coronel diretamente. Relutava, no entanto, em ser ele a tomar a iniciativa de o contatar. Achava que lhe cabia antes esperar. Isso apesar da sua preferência pela Angónia, por ser uma rota mais segura do que o sul da Mutarara, onde, dizia-se, as estradas eram péssimas e as comunicações ainda piores, e sobretudo pela coincidência inquietante da feiticeira da história que os outros contavam ser oriunda da região para onde Phuong pretendia ir. Em resumo, Bandas Matsolo hesitava, perdido num eco barulhento de argumentos que se entrechocavam.

Desde sempre que Phuong era mais atreito a bastidores e urdiduras que a um protagonismo assim aberto e claro. Todavia, sentindo o quanto o seu campo se fragilizava, aclarou a garganta e anunciou, no seu inglês enrolado:

— Lamentamos, mas temos ordens de seguir para a Angónia. A decisão está tomada.

— Ordens? — disseram as duas mulheres em conjunto.

— Ordens? — repetiu Artur Candal, que até então se mantivera afastado.

Se a posição de Matsolo era difícil, que dizer da de Candal? Anos e anos acalentara este sonho de voltar à linha férrea e percorrê-la de ponta a ponta para lhe descobrir o segredo e, agora que chegava junto dela, dizia-lhe o instinto que se afastasse, que fugisse. Trazer Leonor consigo fora um erro. Sentia que quanto mais fundo mergulhavam na região, mais a sua própria situação ficava em risco. Sim, havia que partir, que deixar este lugar. Para a Angónia ou outro lado qualquer. Mas, por outro lado, como fazê-lo sem ter de enfrentar Leonor mais uma vez? Como fazê-lo sem perder a linha férrea e sem perder a face? Candal era, não o esqueçamos, *o cliente*. Num certo sentido, o *Hiace* era seu até ao fim da viagem. Fora ele que o alugara, era ele que em última instância decidia o caminho que iam tomar. Como, neste contexto, aceitar uma decisão sem dela ter tomado parte?

— Phuong exprimiu-se mal, tem dificuldades com a língua — interrompeu Matsolo. — Na verdade, o que ele quis dizer é que a Angónia é uma proposta, uma sugestão.

Matsolo, o contemporizador. Ninguém lhe respondeu. Elize, convencida de ter entendido o essencial, fez um trejeito irônico e enfiou-se no quarto, batendo a porta atrás de si. Quanto a Leonor, lançou a Candal um olhar frio, e perguntou:

— Em que ficamos?

E, como se Candal levasse um certo tempo a reagir, enredado que estava ainda nos prós e contras de uma decisão, virou-lhe as costas e foi ter com a sul-africana, batendo também ela com a porta. Logo em seguida, Candal decidiu sair para caminhar um pouco e esfriar a cabeça. Novamente uma porta que batia.

Ficaram os restantes. Jei-Jei sugeriu que se telefonasse ao Coronel. Disse-me mais tarde que desde o início alinhara com as duas mulheres, mas tenho as minhas dúvidas. Talvez solidário com a posição de Matsolo, talvez numa derradeira tentativa de resgatar a relação com Phuong, foi ele que fez a sugestão de telefonarem. Até à noite tentaram-no incessantemente, sempre com o mesmo resultado: o número estava incontatável, dizia a gravação. Que voltassem a ligar mais tarde. O destino é caprichoso. Por vezes, sem uma razão aparente, resolve tomar as coisas em mãos.

No dia seguinte rumaram ao Sul.

CAPÍTULO 14

Somos, no geral, um produto das circunstâncias, esses lugares para onde nos levam os caprichos da história. São elas que nos ditam os estados eufóricos ou a melancolia. Raríssimos logram elevar-se acima da circunstância que lhes coube. Limitamo-nos quase sempre a seguir na corrente e o que fazemos pouco passa de um esbracejar para nos mantermos à tona.

No fundo, Phuong, o amigo de Jei-Jei (ou ex-amigo — por esta altura o seu estatuto era ainda incerto), foi um produto do absurdo e do acaso. O seu pai, um militar das forças francesas da Indochina e mais tarde do exército da República do Vietnã, é muitas vezes confundido nos registros com um certo Major Nguyên Văn Nhung (na verdade, nunca chegamos a saber se foram dois camaradas de armas com o mesmo nome e percursos extraordinariamente idênticos, ou se se trata de um personagem só), um major, dizia, que serviu desde o início dos anos sessenta como ajudante de campo e uma espécie de braço para todo o serviço do General Du'o'ng Văn Minh, quando este último fez parte de uma junta militar que depôs o Presidente Ngô Đinh Diêm. Consta que foi o próprio Nhung, liderando uma pequena força, que acabou por descobrir o paradeiro de Diêm e por assassiná-lo a ele e ao irmão a tiros de pistola. Seguiu-se um curto período de três meses em que Minh (mais conhecido por Grande Minh devido à sua estatura fora do comum para um vietnamita), um curto período, dizia, em que Minh foi presidente, antes de ser ele próprio derrubado por novo golpe de Estado, na sequência do qual Nhung, o ajudante de campo, se suicidou ou foi morto em paga pelos seus crimes (nunca se soube ao certo). É aqui que as coisas se tornam confusas, uma vez que Nhung ressurge mais tarde em Bangkok, sendo que, portanto, uma das possibilidades é a verdadeira: ou se trataria de duas pessoas distintas operando juntas, ou a morte de Nhung foi uma montagem bem urdida para lhe permitir prosseguir sem o peso do passado.

Voltando ao que interessa. Para o Grande Minh seguiu-se o exílio em Bangkok com uma pequena comitiva de familiares e guardas de corpo, entre eles, como foi referido, o seu fiel oficial às ordens, o Major Nhung. Ao período passado na capital tailandesa, que não é apropriado chamar de travessia do deserto em virtude do clima tropical e da vegetação luxuriante que caracterizam o lugar, viveu-o o Grande Minh com bastante descrição, cultivando plantas e tratando das flores do jardim da sua residência. Por outro lado, esse recato intramuros libertou o ajudante de campo, que deambulou pela cidade nos seus muitos tempos livres até acabar por descobrir uma mulher tailandesa com a qual desenvolveu grande intimidade. Passeava com ela ao longo das margens do rio Chao Phraya, por Bang Rak e as suas comunidades flutuantes, ou então por Samphanthawong, nas visitas frequentes ao santuário de Wat Traimit e ao seu magnífico Buda de ouro. É provável que a predisposição do guarda-costas do Grande Minh para o budismo viesse de trás (afinal, fora às suas mãos que morrera o Presidente Diêm, o grande inimigo dos budistas do Vietnã), mas terá sido esta tailandesa, da qual não restou sequer o nome, que incutiu nele a prática religiosa, aliás um dos dois legados que lhe deixou (o outro foi o nosso Phuong, concebido numa tarde chuvosa e escaldante de novembro de 1965 no pequeno *chalet* anexo à mansão do General).

Por esta altura Bangkok enchia-se de norte-americanos de todo o tipo, soldados, diplomatas e espiões, alguns dos quais o Grande Minh soube convencer a intercederem em seu favor para o regresso a Saigon, ao que parece sem outro propósito que o de aplacar a insuportável saudade que tinha da sua terra. A palavra dos ianques era quase lei. O guarda-costas regressou com ele, levando consigo o pequeno Phuong.

— Sempre os filhos arrancados às mães — censurou Jei-Jei.

Não sabendo como tornear o obstáculo, forcei a nota. Sim, mais um filho arrancado à mãe. Para trás ficou uma mulher destroçada, uma espécie de Mariamo tailandesa, desta feita sem sequer um nome que tenha sobrevivido nos lábios de um guarda-costas moribundo para sussurrar à orelha do filho. Além disso, Phuong era muito diferente de Leonor Basto, não tinha predisposição para ouvir segredos do passado soprados por moribundos. Todo ele era virado para diante, e por isso não surpreende a antipatia que se criou desde o início entre ele e a filha de Francisco Basto. No íntimo, acusava-a de inviabilizar os seus planos, os planos do Coronel, e em nome de quê? De um passado sem qualquer interesse. Phuong era fruto do acaso, como referi, não fazia sentido olhar para trás à procura de algo que à partida sabia destituído de qualquer utilidade. Falta agora acabar de explicar por que razão este nosso homem era também um produto das circunstâncias.

Regressou a Saigon com o pai, como foi dito, integrados os dois na comitiva do Grande Minh. E este, agora na sua cidade, prosseguiu com a travessia, enfim, do deserto, no luxuriante jardim da *villa* que passou a habitar, podando flores e alimentando pássaros exóticos. Entretanto, o ajudante de campo, cada vez mais piedoso, passava as horas livres meditando e colocando oferendas na pequena casa dos espíritos que montara num compartimento privado do seu anexo. O tempo corre e o pequeno Phuong cresce, alimentado e protegido pelas migalhas atiradas da confortável casa do patrão do seu pai, enquanto o mundo em volta se prepara para ruir com fragor. Minh achava graça ao rapazinho que vinha ajudá-lo a tratar dos pássaros e que ficava tempos infinitos com os olhos colados às gaiolas.

Lá fora as coisas avançam para um desfecho inexorável ao som das Valquírias e dos Steppenwolf, ou da guitarra trágica de Hendrix. Os Khmer-Vermelhos cercam Phnom Penh desde janeiro, o Pathet Lao avança com os olhos postos em Vientiane. Aqui, desde o final do ano anterior que a bandeira vermelha e azul com a estrela amarela ao meio fora desfraldada, um após o outro, em lugares como Pleiku, Quảng Tri, Hué ou Da Nang.

— O mesmo ano em que aqui em Moçambique a guerrilha triunfava — interrompe Jei-Jei mais interessado, procurando talvez novos laços que resgatassem a ligação a Phuong.

Prossigo. Em março o Vietcong associa-se ao exército do Norte para desencadearem a ofensiva da Primavera rumo a Saigon. Nada os detém. No mês seguinte, a 25, adivinhando a catástrofe, Nguyên Văn Thiêu, o presidente na altura, deixa o cargo nas mãos do seu adjunto e foge para Taiwan. Reunida de emergência, a Assembleia Nacional convida Du'o'ng Văn Minh, o velho General, para a presidência. Sim, o Grande Minh. É como convidar alguém para dirigir a orquestra desgovernada de um barco que se afunda, e o grande mistério, aqui, não é sequer o convite, mas o que terá levado o Grande Minh a aceitar largar as roseiras e os pássaros para mergulhar no inferno. A ideia de que de qualquer modo o inferno já estaria em toda a parte? A ideia de vingar a humilhação que fora a sua destituição em 1965, de que, por esta altura, e nestas circunstâncias, só ele próprio se lembraria? Enfim, a atração do poder? Do abismo? Sim, alguma razão há de ter havido que não a ingenuidade de supor que um gesto seu podia alterar o curso já traçado pelos deuses.

— Patriotismo! — alvitrou Jei-Jei.

Que seja o patriotismo, palavra ambígua, capaz de cobrir toda a gama de motivações desde a mais nobre à mais miserável. De qualquer maneira, Minh foi ao armário buscar a farda de general, chamou o ajudante de campo e rumaram ao Palácio da Independência, esse magnífico edifício, debaixo de um céu tumultuoso e avermelhado, e do eco surdo de já não tão longínquas explosões.

Como vimos, a atividade era intensa. Por esses dias a ânsia de deixar a cidade alastrava como uma doença. *Babylift, New Life, Frequent Wind*, as operações sucediam-se para levar crianças vietnamitas para a América, para evacuar funcionários e soldados ou os simples cidadãos que tentavam por todos os meios cobrar com uma boleia eventuais créditos que achassem ter junto dos representantes da grande nação do Tio Sam. Prostitutas e amantes, criados e informadores, órfãos, vizinhos, simples conhecidos, todos eles procuravam desesperadamente partir assim desta maneira. Os rios Dong Nai, Lòng Táu, Mekong, Hàm Luông, Có Chiên, pejavam-se de lanchas, juncos, jangadas, balsas, canoas e iates de recreio transportando uma multidão desarvorada que demandava o mar e o desconhecido. Fugiam na frente da grande lava que vinha para os queimar.

Para trás fica uma cidade deserta e, por um momento, silenciosa. Os muitos que sobram escondem-se nas frinchas e nos meandros do enorme dédalo. E esperam. Nos jardins da *villa*, o pequeno Phuong observa os pássaros, imóveis na grande gaiola como se também eles estivessem expectantes. Depois, sentiu que as copas das árvores e os outros pássaros lá fora se agitavam, elas com um suspiro, eles em revoada, num súbito e aveludado bater de asas que deixou no ar restos de plumagem como uma poeira de algodão. Tudo como se um vento leve, depois de ter parado, rondasse e começasse a soprar numa nova direção. Em seguida, trazido por esse vento começou a chegar o som rouco dos tanques do General Văn Tiên Dăng, que vinham partindo os dentes à já frágil e dispersa resistência, e só pararam às portas do Palácio da Independência. Lá dentro, na penumbra criada pelas persianas que cobriam os janelões da sala nobre, esperava-os, com o seu séquito de consultores e adjuntos, o Grande Minh, presidente por um dia, para entregar ao Coronel Bùi Tín, que comandava o aríete do Norte, aquilo que de fato já não detinha (são históricas as palavras de Bùi Tín: *O senhor não pode entregar-me aquilo que já não possui*).

Na mesma altura, com escassos dias de diferença, ocorria o golpe que iria pôr um fim à guerra em Moçambique, abrindo também caminho a uma independência.

À tomada do poder seguiram-se os excessos em que sempre cai quem experimenta coisa nova, e com eles um raciocínio também novo: era preciso desinchar Saigon, a nova Hò Chí Minh, livrá-la das prostitutas e dos traidores que haviam servido os americanos, livrá-la enfim dos milhares que ali haviam procurado refúgio durante a guerra e agora vagueavam indolentes pelas ruas. De imediato começaram as deportações maciças para campos de reeducação. A anterior administração foi decepada, os seus funcionários eram agora os novos camponeses em campos de trabalho.

Chegados a este ponto, não houve como não estabelecer alguns paralelismos entre esse mundo distante e o nosso, embora desta feita Jei-Jei se tivesse abstido de acusar a narrativa de repetições. Imaginou antes uma multidão de Chintamuendes deixando Saigon em camiões, a caminho dos campos de trabalho, para ali desaparecerem ou, enfim, acabarem por regressar, não puros e limpos, redimidos, mas como farrapos humanos atirando a sua subserviência e a sua miséria à cara e à consciência daqueles que em busca da pureza inicial os haviam enviado para o inferno.

Enfim, ainda em Saigon, e com o Grande Minh, acontece — e aqui radica outro mistério — acontece, dizia, que depois de destituído daquilo que não detinha ele foi tranquilamente enviado para casa, de volta à *villa*, às suas roseiras e à gaiola dos pássaros, que por aqueles dias havia sido deixada à guarda frágil de uma criança. A que se deve a sobrevivência (chamemos-lhe assim) de Minh? Por que motivo era ele imune às garras do leão da História? Qual a razão deste mistério da preservação, na nova realidade, de um fragmento do passado, um minúsculo território independente povoado de pássaros e roseirais? Alguns mencionaram o sangue, o fato de Minh ser irmão do Brigadeiro General Du'o'ng Văn Nhu't, um importante dirigente do Norte, uma possibilidade a ser aventada com prudência nestes tempos em que as convicções valiam bem mais do que o sangue. Seja como for, Minh sobreviveu neste melancólico limbo durante uns longos oito anos, até que lhe foi permitido sair e exilar-se em Paris (ainda um novo mistério).

A experiência de Phuong foi mais sobressaltada. O seu pai, o velho ajudante de campo, não beneficiou da mesma condescendência com que Minh foi tratado, e um dia vieram buscá-lo. Durante muito tempo não se soube dele. Depois, constou que se suicidara no campo de trabalho que lhe coube em sorte, o que levanta questões interessantes. Se era de facto o Major Nguyên Văn Nhung ter-se-á então suicidado pela segunda vez; se não, procurou sair de cena como o Major o fizera. Põe-se ainda, nos dois casos, a terceira possibilidade de ter sido morto, quiçá com a mesma brutalidade, dando razão ao adágio de que quem com ferros mata, com ferros morre. De qualquer maneira, e unindo tais ambiguidades à crença natural de que o seu pai jamais o abandonaria assim desta maneira, o pequeno Phuong optou por uma quarta possibilidade ainda, acreditando que ele continuava vivo. Todavia, isso de pouco lhe valeu uma vez que para todos os efeitos práticos, com pouco mais de dez anos de idade, ficava órfão. O Grande Minh, é certo, ainda o foi protegendo a troco da limpeza das gaiolas e da apanha das folhas secas da poda do jardim, mas foi um interregno que terminou em 1983, o ano da partida de Minh para Paris.

Tem então lugar um período mais obscuro na vida de Phuong, sobrevivendo sem referências nas ruas da agora Hò Chí Minh. Referências no duplo sentido, uma vez que não tinha quem o recomendasse nem valores que o guiassem. De qualquer forma, as ruas devem ter sido uma grande escola, pelo menos no sentido do aperfeiçoamento da arte da sobrevivência. Do olhar para diante a qualquer preço.

No ano seguinte Phuong surge na Alemanha do Leste como operário imigrante, onde permaneceu, como sabemos, até ao desmoronamento daquele país e do mundo a que ele pertencia, em 1989. Como foi do Vietnã para lá também pouco se sabe, embora seja plausível que o tenha feito em condições idênticas às da saída de Jei-Jei de Moçambique. Sobre este período pouco tive de adiantar, uma vez que Jei-Jei o conhecia bem melhor do que eu. Procuramos simplesmente elencar as referências que ele fizera ao passado, de resto escassas, durante esse período em que conviveu com o meu amigo. Contou que fora pescador em Văng Tàu, transportara madeira e legumes para a cidade, e pouco mais. Entretanto aconteceram as coisas já relatadas por Jei-Jei até àquela fatídica noite em que se despediram, ele junto do porteiro a acenar, o Trabant internando-se no escuro. Nunca mais soube de Phuong até ao seu inesperado aparecimento em Tete. Era assim forçoso explorar esse hiato, e só o podíamos fazer a partir das migalhas recolhidas por Jei-Jei nas duas ou três noites mais recentes em que teve oportunidade de conviver com ele em N'cungas.

Enfim, despediram-se em Berlim, Phuong e os seus amigos alemães, cada um para seu lado. Além de Berlim não lhe dizer nada, o vietnamita trazia já o esboço de um plano. Digamos que o seu período alemão se esgotara, partia em busca de novos horizontes. *Auf Wiedersehen*. Rumou a Paris tendo em mente, pelo menos no imediato, um regresso à asa protetora do Grande Minh. Não lhe foi difícil encontrá-lo, bastaram algumas perguntas no seio da comunidade vietnamita. E, apesar das dificuldades, o velho presidente ainda tinha de fato uma tigela de *pho* para o filho do seu antigo ajudante de campo. Durante o par de anos que se seguiu, Phuong dirigiu o velho Renault de Minh para o levar ao médico, fez-lhe as compras no mercado, levou-lhe a filha à escola, enfim, tratou das duas ou três roseiras que o velho General tinha em vasos, na varanda. Mas foi uma solução que acabou por esgotar-se. Muito mais do que uma perspetiva, era na verdade um retrocesso: Minh já não era o Grande Minh, e Phuong não era igual ao seu pai. Embora grande parte do velho respeito se mantivesse, a ligação passada apresentava agora algumas brechas. Por um lado, Phuong pretendia mais, buscava algo de novo; por outro, o período francês do velho dirigente dava ele próprio mostras de estar a chegar ao fim. Para a França, a Indochina cedera lugar à Argélia, e a Argélia às grandes preocupações com o cenário europeu. Era o tempo de Mitterrand e das grandes obras, o Vietnã não passava agora de uma recordação longínqua remetida para as enevoadas páginas de Marguerite Duras. Já ninguém sabia quem era Minh. Daí que os apoios começassem a escassear e o orçamento doméstico do velho General se tornasse a cada dia mais apertado. Em consequência, Minh acabou por partir com a filha para a Califórnia, onde a ideia de Vietnã tinha de certa maneira mais peso, era mais recente, deixara mais marcas, e onde a comunidade vietnamita exilada tinha mais força para o apoiar.

Phuong ficou para trás, o destino dos dois voltava a bifurcar-se, agora irremediavelmente. Terá permanecido algum tempo em Paris (referiu ter cruzado nesta cidade o umbral do milênio), mas não há fontes que cubram este período a não ser a notícia vaga de que se terá envolvido na importação de produtos orientais para a restauração parisiense. Há depois uma estadia em Hong Kong, mais ou menos prolongada, sobre a qual não chegamos a consenso, Jei-Jei achando que ele rondava a terra natal (baseava-se no fato de Phuong nunca se ter conformado com a versão do suicídio do pai), contrapondo eu que se envolvia em novo negócio, talvez um desdobramento daquilo que o ocupara em Paris. O que ali fez é pouco claro, mas, modéstia à parte, o meu alvitre ganhou consistência quando soubemos que ele se envolveu em operações de importação de abalone de origem sul-africana, um molusco marinho altamente valorizado na gastronomia oriental e que é comercializado em todo o Oriente a partir de Hong Kong.

Acontece que por esta altura as autoridades sul-africanas reforçavam o controle sobre a atividade e, consequentemente, em

Hong Kong os preços do abalone disparavam para níveis estratosféricos. Sem possibilidades de exercer pressão na grande metrópole asiática, onde as redes importadoras estavam bem estabilizadas e não viam com bons olhos a interferência de forasteiros, a Phuong terá ocorrido a ideia de algum modo ingênua, diga-se de passagem, de procurar controlar o negócio desde a fonte. Partiu para a África do Sul, mais exatamente para a Cidade do Cabo, em busca de melhor inserção nas redes comerciais de marisco em geral, e de abalone em particular. Durante semanas cirandou pelos arredores da cidade, acabando por concentrar a atenção na pequena localidade de Hangberg, na encosta da montanha da Mesa sobranceira ao porto de Hout Bay, onde grande parte da população se dedica à pesca. Mas as coisas não correram bem. Embora não se aplique aqui a velha imagem do elefante na loja de porcelanas (Phuong era magro e de estatura modesta, e Hangberg estava longe do requinte das porcelanas), o que é certo é que no decorrer dos últimos anos a proverbial prudência do vietnamita, e a sua discrição, haviam ficado algures pelo caminho. Fez demasiadas perguntas em demasiados lugares, negligenciando o fato de que a exportação de abalone era também controlada com igual minúcia por redes mafiosas locais. Certa vez foi apanhado na rua, meteram-lhe um saco na cabeça e encerraram-no no pequeno anexo de uma casa, e só não aconteceu o pior porque se deu a coincidência extraordinária de no mesmo dia Hangberg ter sido palco de um levantamento popular de grandes dimensões, contra a tentativa das autoridades municipais de demolir um certo número de casas consideradas ilegais. Os moradores interpuseram-se, os funcionários foram agredidos e a polícia, como sempre faz, carregou com os seus bastões, balas de borracha e gás lacrimogêneo. Na confusão que se seguiu Phuong conseguiu escapar e tratou de se ver longe dali. As ilusões relativamente à África do Sul ficavam desfeitas, era agora a vez de Moçambique.

Em Jei-Jei tornavam-se evidentes os sinais de um acrescido interesse.

As razões que hão de ter justificado o passo seguinte de Phuong eram simples. Até um par de anos antes cerca de dois terços do abalone africano que chegava a Sheung Wan, em Hong Kong, para ser vendido em Wing Lok, Des Voeux e outros lugares, eram provenientes da África do Sul; o terceiro terço vinha de Moçambique (havia ainda umas migalhas pouco importantes, distribuídas pelos países desta região de África). Com o incremento das medidas de controle das autoridades sul-africanas, a proporção tinha tendência a mudar, com uma descida abrupta do abalone sul-africano e a correspondente subida da contribuição moçambicana (chamemos-lhe desta maneira). Moçambique apresentava-se, pois, como o futuro, pelo menos enquanto nos seus mares houvesse abalone. Phuong não sabia isto com total exatidão, mas intuía-o. Além disso, trazia também uma curiosidade despertada pelas ideias de um macaísta de origem moçambicana que conhecera em Hong Kong (o avô deste viera para Macau na década de trinta, integrado numa companhia de soldados landins de Lourenço Marques), um macaísta, dizia, que iniciara um lucrativo negócio de importação de madeiras preciosas oriundas de Moçambique. Mais do que o futuro, para quem soubesse fazer bem as coisas, Moçambique era o paraíso.

Foi, portanto, um Phuong cheio de ideias que bateu à porta do Coronel Boaventura Damião, no bairro de Sommerschield.

* * *

A consciência de Boaventura Damião é um enigma. Por vezes o Coronel afasta-se das margens do seu proverbial otimismo para mergulhar num rio de melancolia: ausenta-se do mundo e fica assim absorto, rodando com os dedos o copo largo de *whisky* sobre o tampo da mesinha de vidro. Neste particular caberia perfeitamente nos colóquios de Basto e Candal, no tempo em que o primeiro era vivo, juntando ao deles o seu silêncio. Sim, fariam um belo trio de silêncios. Mas, ao contrário dos outros dois, o Coronel exerce isolado o seu silêncio. Em que pensamentos se perde ele? Foi isso que tantas vezes nos perguntamos, Jei-Jei e eu, desde que o motorista Bandas Matsolo confidenciou ao meu amigo estes silêncios. Silêncios antigos, do tempo ainda do apartamento do Alto Maé, quando se sentava ao fim do dia na estreita varanda, de copo de cerveja na mão, contemplando os carros que levavam os trabalhadores para fora da cidade, de volta a casa, e o acender das luzes na mais cosmopolita das nossas avenidas; e, mais tarde, no recato da sala de Sommerschield, um espaço debruçado sobre si mesmo, de costas viradas para o verde do jardim. A princípio, Matsolo, o bem-intencionado, começou por achar que surpreendia o Coronel em plena reflexão estratégica sobre o passo seguinte, na caminhada dos negócios: que novas rotas para os *Hiace*, que novos postos de venda dos DVDs e o mais que veio depois e tenha escapado à vigilância curiosa do motorista e, portanto, ao nosso conhecimento. Mas não era o caso, achamos. Planejar passos seguintes envolveria um vigor, um entusiasmo contrário ao estado de prostração que invadia o Coronel nestas alturas. Se fosse o caso, não estaria sentado e de ombros descaídos, mas antes de pé, caminhando de um lado para o outro na ampla sala, chegando-se à janela para tentar descortinar o mundo para lá do verde e pensar no que fazer dele. Convocaria pessoas para discutir pormenores, para se apropriar de ideias que valessem a pena, para lhes transmitir as suas ordens, enfim, para lhes cobrar resultados. O sucesso empresarial constrói-se no contato com os outros. A reflexão positiva abomina a solidão, exige a presença de gente que sirva de respaldo aos juízos que emitimos, assim como uma parede onde as nossas ideias esbarram para depois regressarem na forma de um benfazejo eco que nos alimente o entusiasmo. Não, esta solidão é outra coisa. Esta solidão é como uma pausa na agitação diária, um desligamento, uma momentânea interrupção cuja natureza, por mais que Jei-Jei e eu nos interrogássemos, nunca chegamos a caracterizar com precisão, por não termos podido contar com mais do que aqueles raros vislumbres de Matsolo quando chegava para prestar contas e encontrava o Coronel assim prostrado, girando entre os dedos o copo de *whisky*. Houve uma vez em que Damião levantou os olhos para Matsolo e murmurou algo acerca dos bons velhos tempos. O motorista disse não estar certo de ter entendido, mas que era como se sobrevivesse em Damião uma espécie de saudade do tempo antigo. E foi quanto bastou para que nos puséssemos a adivinhar.

Partimos do princípio de que Boaventura Damião já foi um guerrilheiro. O que faz de alguém um guerrilheiro? O que o constrói? O primeiro ingrediente que nos ocorreu foi a humilhação, esse sentimento amargo de orgulho corrompido que destrói por dentro todos os dias, a ofensa que pode ser desabrida na bofetada do colono ou no franzir do nariz ao nosso cheiro, ou mais insidiosa no paternalismo, no passar por nós como se fôssemos transparentes, ou ainda no achar-nos incapazes de relevância e de ação, no esticar de mão condescendente para nos guiar os passos, para, ironia amarga, nos abrir os olhos, no olhar-nos como não mais que pobres vítimas. Foi isso que motivou Damião. Mas não bastava. Penso já ter dito que as ideias precisam tanto de ação quanto os corpos de movimento. Daí que o ingrediente seguinte, achamos, não pudesse ser senão a revolta, a recusa concreta da própria condição. O guerrilheiro é aquele que se eleva acima da sua circunstância ao recusar a condição, e que faz dessa recusa o norte dos seus gestos. O guerrilheiro é-o pelos seus gestos, mais até que pelas ideias. É-o também por mais qualquer coisa que é muito importante, o interesse pelos outros, achamos por fim. É o interesse pela condição dos outros, mais até que pela sua própria condição, que lhe alimenta a revolta e lhe conduz os passos, mesmo que sejam os passos duros, cruéis e sujos que acabam sempre por ser os passos de todas as guerras. Neste sentido, sem a presença dos outros na intenção dos seus gestos, o guerrilheiro não passa de um simples malfeitor.

Claro que é preciso prudência. Chegados a este ponto, nem eu nem Jei-Jei éramos ingênuos ao ponto de pensar que o percurso dos guerrilheiros era todo ele movido por grandes gestos e grandes motivações. Somos feitos de uma matéria que é quotidiana, moldada no desgaste de todos os dias, produzimos pequenos raciocínios diários. Quer isso dizer que o guerrilheiro pode ser movido por interesses mais modestos, pequenos ganhos materiais, a promessa de uma bolsa de estudos, a guerra como um emprego. Esbracejar para, seguindo com a corrente, permanecer à tona da água. Encerrávamos aqui o assunto, e começávamos a perguntar-nos se não faltava ainda qualquer coisa quando Jei-Jei, triunfante, afirmou:

— Sim! Falta ainda a imaginação!

E recorreu mais uma vez ao testemunho de Bandas Matsolo para o explicar. Damião e Matsolo fizeram parte da primeira geração de libertadores da pátria. Significa isso que não chegaram com a revolução já em marcha, enquanto fato consumado, caso em que, pesem embora as dificuldades, lhes teria bastado o conforto de uma mera adesão, ter os passos guiados de uma outra maneira. Não. Damião e Matsolo chegaram antes disso. Não se tratou, portanto, de uma questão de opção entre alternativas, não se tratou da sua acomodação à alternativa mais promissora ou mais motivadora, mas sim da criação da própria alternativa quando ela não era ainda verossímil, o que requeria, na altura, além de coragem, uma grande dose de imaginação. Ver o futuro, que todos sabem intangível, como coisa concreta.

Jei-Jei tinha razão. Viver para uma abstrata ideia de futuro não é para qualquer um. Mais do que o risco, como ele disse, exigia imaginação. Aliás, Damião chegou mesmo a conhecer o Presidente Mondlane, o pai dessa ideia, levou-lhe algumas vezes a correspondência ao gabinete, em Dar-es-Salaam. Mondlane, sempre ocupado com os seus papéis, mas sempre polido e cortês,

não deixava nunca de murmurar um agradecimento. De uma das vezes, já de saída, à soleira da porta, pareceu a Damião que o Presidente estremecera como se tivesse frio. Damião tossicou para assinalar que ainda estava ali, e perguntou:
— Camarada Presidente, quer que feche a janela?
— Sim, obrigado — respondeu Mondlane.
E depois, interrompendo a escrita e levantando os olhos:
— Como te chamas?
— Boaventura Damião, Camarada Presidente.
— Obrigado, Camarada Damião. De repente senti frio. Deve ter sido uma corrente de ar.

Mondlane voltou aos seus papéis. Damião fechou a porta e saiu. Cá fora estava um dia imóvel e ensolarado de janeiro, sem quaisquer suspiros do vento nem súbitas aragens. A folhagem dormia quieta, no céu as poucas nuvens mantinham-se estacionárias. De onde lhe teria vindo o frio? Após uma curta reflexão, Damião concluiu que fora o bater das asas do anjo da morte que provocara a corrente. Semanas mais tarde Mondlane perecia em circunstâncias que são já históricas.

Este episódio marcou Damião profundamente. Convenceu--se de que era dotado de uma espécie de instinto, não para adivinhar o futuro com clareza — o que seria contrário aos princípios do materialismo revolucionário que abraçara — mas para mais modestamente captar alguns sinais do que aí vinha. A este dom, chamemos-lhe assim, que mais tarde na vida lhe viria a ser tão útil, permitindo descobrir com antecipação os caminhos mais curtos para o sucesso nos negócios, encarou-o ele na altura como uma espécie de fardo que passara a ser obrigado a carregar. A referida clareza é aqui o cerne da questão; ou melhor, a falta dela, porque embora lesse os sinais Damião não conseguia fazê-lo com clareza. E o resultado é que passou a olhar para tudo o que ocorria à sua volta como transcendente, uma espécie de indício de que outras coisas estavam para acontecer, mas que ele só vagamente sentia o que seria.

Entretanto, prosseguiu com a formação política e no final desse ano foi destacado para combater em Tete. Seguiu para lá já como comissário político, como garante da pureza da linha política do movimento no seio do seu grupo. Se estamos recordados, foi aliás nessa qualidade que censurou o comportamento do Camarada Matsolo na sequência dos acontecimentos da pequena aldeia perto de Caponda, já relatados. Um episódio que ainda hoje aflora por vezes à superfície da sua consciência como uma digestão mal feita que resolve dar sinal de si. Foi nesse tempo que a referida intuição se tornou mais intensa. Se via um ramo atravessado no caminho era sinal de que não deviam ir por ali, se deparavam com uma clareira era porque deviam pernoitar naquele lugar. No piado dos pássaros entendia mensagens, nas pedras do caminho mudos avisos da natureza, nos cheiros a iminência de tragédias. A verdade era uma: raras vezes os sinais portavam conteúdos benfazejos, eram quase sempre advertências, maus augúrios, ameaças.

Houve alturas em que desejou ver-se livre do peso da maldita intuição. Alturas em que preferiu o desconhecido, o caminho cego do imponderável, e se a morte viesse que fosse súbita e indolor. Mas infelizmente não era o caso de poder escolher. Daí a rispidez com que criticou a atitude do Camarada Matsolo de ir atrás do inimigo, uma atitude que na altura encarou como imprudência suicida e hoje, tantos anos decorridos, reconhece, pelo menos em momentos como este, como uma legítima revolta, como uma preocupação com a condição dos outros; enfim, como um produto da velha imaginação do guerrilheiro. Felizmente que o Camarada Matsolo parece ter esquecido o caso, felizmente que ele é uma pessoa virada para o presente, para aquilo que acontece, e não se atreve a vir pedir-lhe velhas contas.

Mas, mais até do que com Bandas Matsolo, o incômodo de Damião é consigo próprio. Quando lhe sobrevêm estes momentos e suspeita que por trás dos seus presságios, dos augúrios, das premonições, estava algo muito diferente da revolta de Matsolo, do impulso de fazer uma coisa a qualquer preço, o impulso do guerrilheiro; estava antes o medo, um medo insidioso que ele não vira chegar e começou a corroer a sua antiga imaginação. Felizmente que acabou a guerra e veio a independência, e a segunda guerra e depois a paz, e felizmente que, com isso, por um momento lhe voltou a imaginação antiga e ele teve mesmo a ilusão de a cultivar despida das tintas escuras do medo, orientada para diante. Os augúrios serviram-lhe então para afastar obstáculos escondidos, para andar mais depressa, tudo vantagens. O problema é que com isso se foi afastando dos outros, os que caminhavam devagar, foi-os deixando para trás, a tal ponto que quando dá por si está completamente só. E é uma solidão afinal diferente da solidão de Basto e de Candal, uma solidão diferente daquela que se alimenta da falta de sentido que têm as coisas, uma solidão alicerçada no triunfo, mas ainda assim solidão. Como se as emoções que antes lhe eriçavam a pele, as emoções do guerrilheiro, ainda estivessem lá (é a mesma pessoa), mas fossem agora mais baças, emoções cansadas da caminhada longa que fizeram até se transformarem em pretextos. Como se as emoções antigas encolhessem como encolheu o Trabant do projeto de Jei-Jei.

O Coronel sente nas pontas dos dedos uma espécie de formigueiro. Encosta o copo de *whisky* à face para sentir o frio e a umidade, e se recordar de como é sentir uma coisa verdadeira. O querer sempre mais mata aquilo que já temos, tira-lhe valor; as sensações que nos invadem agora são apoucadas pela ideia das sensações que podemos vir a ter. É este o dilema do Coronel Boaventura Damião: a ambição que alimenta o seu sucesso é ao mesmo tempo o obstáculo que o impede de gozá-lo. O Coronel deixou de ser guerrilheiro, mas pretende que os outros ainda olhem para si como se olha um guerrilheiro. E a sombra da fraude castiga-o como uma azia.

Sacode a cabeça e levanta-se. Caminha pela sala. Para sair destes momentos o Coronel precisa de novas ideias. Os *chapas*

chegaram ao limite, os DVDs começam a passar de moda, o turismo é incerto e lento, as madeiras arriscadas. Sim, precisa de novas ideias.
    Batem à porta.
    — Entre! — diz o Coronel.
    E entra Phuong, o vietnamita das ideias.

CAPÍTULO 15

Será que o segredo do mundo se resume a uma única resposta? Será que é assim tão simples? Ou estamos antes condenados a uma multitude de respostas, todas elas lutando por algum protagonismo no corpo da grande explicação?

Sobe à consciência de Candal um dos seus sonhos recorrentes, um sonho que voltou a visitá-lo na noite que passou. Está na escola, em plena sala de aula. No quadro negro está escrito um número. Candal não sabe que número é, nem quem o escreveu, mas sente uma vontade irreprimível de o apagar. Levanta-se e dirige-se para lá. Pega no trapo, cospe-lhe e ataca o quadro negro sem pensar nas consequências. Os companheiros abrem os olhos de espanto. Tapam com as mãos as bocas escancaradas. A professora grita, tenta chamá-lo à ordem, salvar o número. Candal vira-se, mas nunca chega a ver a cara da mulher. Há dias em que quase acontece, quase é rápido o suficiente. Mas o desfecho acaba sempre por ser o mesmo: vê-a, ao mesmo tempo que a sala é invadida por uma luz intensa, uma silenciosa explosão de luz, e ele acorda.

Sacode a cabeça e observa a planície, para lá da janela do *Hiace*. A linha férrea que agora está próxima, o arvoredo escasso que desfila obediente, as montanhas cinzentas ao longe. Mas a visão quase o conduz a um outro pesadelo, o conhecido pesadelo em que uma pequena multidão escanzelada tem um encontro com um comboio numa planície tão antiga quanto esta. Vira-se outra vez para dentro. O velho Chintamuende parece dormitar, as mãos fincadas no varão do banco da frente, passado o espanto inicial de se ver dentro de um carro em movimento e o seu mundo desfilando lá fora. Faz lembrar um velho sábio japonês de olhos semicerrados, que tanto pode estar imerso nas profundezas de uma reflexão como apenas dormitando. A seu lado, um vietnamita com a ambição europeia de vir domar estas terras. Estranho carro este, estranha viagem. Candal olha os restantes passageiros, todos eles com os olhos postos lá fora, vagamente sonhadores. Olha-os um a um, com certa minúcia, como um náufrago procurando coisas que flutuem. O motorista tem os olhos postos no caminho. É homem de poucas falas como ele, alguém que nasceu no lado oposto do mundo e lutou no lado oposto da trincheira. A sul-africana é um corpo estranho, nem ela sabe o que procura. Na verdade, não faz parte desta história, acha. Não fossem Jei-Jei e Leonor e não teria entrado nela. Leonor. Leonor seria a última a poder ajudá-lo. Desde há dois dias que têm evitado olhar-se, como se Leonor adivinhasse nele um segredo hostil; como se, à medida que entrassem fundo nestas terras, algo os fosse separar para todo o sempre. Algo que ao mesmo tempo os une.

 Partiram de N'cungas de manhã cedo. Rumo ao sul, como exigiu Leonor. Atravessaram M'cito e entraram na Mutarara. Chueza, Doa — Candal reconhecia estes antigos aldeamentos coloniais encalhados no tempo, em todos eles parou, em todos deu ordens e escrutinou gente à procura de sinais do inimigo. Tudo isso lhe parece hoje estranho, um momentâneo incidente no tempo de vida destes lugares que continuam à espera, que se movem devagar segundo mecanismos muito antigos. Tudo lhe parece igual, familiar, afora o ronronar contínuo do motor, distinto do matraquear cadenciado do comboio, das suas sacudidelas e resfolegares, dos silvos histéricos e súbitos dessa grande cobra de ferro deslizando sobre a quietude da planície, os soldados pendurados no seu dorso como corvos atentos. Resigna-se. Sabe agora que é inevitável: tudo vai voltar com a nitidez de um presente, de um dia apenas, de umas horas dentro dele, umas horas que ficaram perdidas no ralo do tempo, recusando-se a descer com o resto rumo à obscuridade do esquecimento.

Candal põe-se a imaginar. Madrugada. Francisco Basto e meia dúzia dos seus homens urgem um grupo de mulheres a subir para um par de *Unimogs*. Espicaçam a ensonada dolência feminina. *Depressa! Depressa!* É preciso aproveitar bem o tempo. Não tarda o dia vai romper e há que usá-lo todo inteiro. Passarão a manhã nas margens do rio, as mulheres de enxada na mão, dobradas sobre as suas parcas culturas, o Comandante Basto e os seus homens empoleirados numas pedras de onde se abarca o descampado, velando. Talvez Basto consiga uns momentos a sós com Mariamo, os soldados discretamente afastados, de sorriso cúmplice. São estes os melhores momentos. Conversam os dois sobre pequenas coisas como se tivessem vidas normais. Isto é, assumindo como normal que a conversa seja ditada pelo Comandante. Basto promete coisas, abre mundos, e ainda não sabemos se Mariamo se submete por não ter alternativa, se se maravilha. Seja como for, há que aproveitar o tempo todo em que a planície surge iluminada pelo dia; em que o inimigo em princípio não se atreveria, por não ter depois por onde fugir a não ser um rio pejado de crocodilos. Há que aproveitar o tempo antes que a tarde se esvaia e a planície se apague. *Depressa! Depressa!*, e os homens de Basto movimentam-se à ilharga do grupo de mulheres. Os carros aquecem já os motores. É nessa altura que Basto grita: *Falta aqui Mariamo! Onde está Mariamo?!* Alguém responde que Mariamo não veio, que Mariamo está doente. Basto hesita por um momento. Procurar a rapariga fá-lo-ia perder um tempo precioso (há que aproveitar o dia!); ficar para trás, deixando o grupo partir com os seus homens, tampouco seria boa ideia, fá-lo-ia perder a autoridade. Uma coisa é passar umas horas de diversão, outra deixar-se enredar num episódio que afeta a eficácia das operações. O Comandante tem as suas responsabilidades e os seus brios. Salta, portanto, para cima do

Unimog, dá duas pancadas secas no taipal e põem-se todos em movimento pela picada que vai dar ao rio. Depois apurará.

Pelo menos é assim que Artur Candal imagina as coisas, vezes sem conta. É assim que as imaginou dessa vez em que chegou a N'cungas e não deparou com o costumeiro vulto plantado com firmeza na plataforma da estação, as pernas ligeiramente abertas à maneira dos soldados, a mão esquerda aconchegando a G3 junto ao corpo, a direita levantada num aceno. É assim que recorda o amigo desse tempo. Mas nesse dia nada disso aconteceu e Candal demorou pouco a decidir-se. Saltou do comboio e rumou à palhota de Mariamo, e ainda hoje se pergunta o que verdadeiramente o levava lá. Esforça-se por acreditar que procurava o amigo (onde mais haveria ele de estar?!), que ia lá para o encontrar. Mas de cada vez que o faz surge-lhe a insidiosa alternativa, de que ia lá porque sabia que não o ia encontrar. Até porque perguntou pelo caminho e lhe disseram que o grupo já partira para as machambas do rio, o Comandante na frente. Por que razão, então, Candal não deu meia-volta? O acontecimento avança, inexorável, as explicações seguem-no à ilharga, dando-lhe pequenas dentadas que não conseguem demover-lhe a marcha. Seguiu em frente porque pretendia deixar um recado para Basto. E que recado seria esse? Que Candal passou por aqui. Mas não passa Candal por aqui quase todos os dias? Estúpido recado, fraca explicação que mordisca os flancos do acontecimento sem que o faça desviar um milímetro da rota que tomou. Uma vez que Candal continuou caminhando até à porta da palhota de Mariamo, uma vez que só aí parou para recuperar o fôlego. Em volta, no terreiro, havia pouca gente. Um velho alfaiate e uma máquina de costura de rebordos desgastados e quase um século de idade, um grupo de crianças correndo atrás de um aro de bicicleta, uma mulher lavando um trapo com a água de uma lata e cantarolando em voz baixa, quase um queixume.

Candal entrou.

Lá dentro, Mariamo está deitada num catre feito de paus como uma oferenda num altar, cercada de uma penumbra densa. Como o anho de um sacrifício que está muito para lá do seu entendimento e do qual, portanto, é impossível precaver-se (o comboio podia não ter passado naquele dia, Basto podia ter-se atrasado o suficiente para encontrar o amigo, Mariamo podia até ter sentido qualquer coisa no olhar de Candal, quando o conheceu — as possibilidades são infinitas). Em volta, no exíguo espaço, há duas panelas, uma caneca pintalgada de olhinhos escuros do esmalte corrompido, uma velha lata de azeite oferecida por Basto em tempos, agora cheia de água de beber, uns pratos de barro com os bordos mordiscados pelo uso e o descuido, talvez mesmo uma mala e uns panos, coisas assim. E o catre. E Mariamo em cima dele como a oferenda num altar.

Candal aproximou-se. Talvez lhe tenha perguntado por Basto, pensa ele muitas vezes, sem ter a certeza. Mas trata-se de um expediente velho e repetido, tão assim que já não consegue aligeirar-lhe a culpa. Todavia, tantas vezes o tentou resgatar que ele se incrustou no acontecimento como se fizesse parte dele. Concedamos então que Candal começou por perguntar por Basto. Mas, que diferença isso agora faz? Mariamo respondeu-lhe apenas com um gemido. *Estás doente?* Candal aproximou-se e pôs-lhe a mão na testa, não deixando escapar o pretexto. Estava quente, perlada de suor. Mas não ardia. E esta é mais uma explicação que Candal tem vindo a acarinhar desde esse tempo: Mariamo já não ardia, era como se tivesse estado mais quente do que agora estava, como se já tivesse melhorado apesar da prostração, apesar do corpo assim deixado ao abandono. Como se estivesse quase outra vez sã. Sim, quase sã, repete ele para si, vezes sem conta. Podemos argumentar que tudo é relativo, que o calor de Mariamo ficava atenuado pelo calor próprio de Candal. Mas é tarde para este tipo de raciocínios. O acontecimento é, como foi dito, inexorável. E obstinado, imune a todas as suposições.

Candal deixa a mão pousada na testa de Mariamo como se lhe estivesse reconfirmando a temperatura, enquanto o olhar se solta. Mão e olhar lutam pelo protagonismo. Na verdade, a mão ficou ali esquecida enquanto o olhar, esse sim, percorre lentamente o resto da rapariga: o pescoço, marcado por dois ou três traços finos, horizontais, como que um registro da tímida inclinação da cabeça para o chão a fim de evitar o olhar dos soldados (seria um convite, uma provocação); e, a seguir, os pequenos seios juvenis, a ligeira protuberância do ventre por causa da fome, as coxas que as caminhadas fizeram firmes e grossas, tudo coberto por uma capulana velha, tão fina das lavagens e tão úmida que pouco consegue fazer para ocultar esta perigosa orografia. A pele não brilha como das outras vezes, na planície, no fontanário, mas mesmo assim Candal quase desfalece. Fecha os olhos e solta a mão, e agora é o contrário, deixa-a partir para o gesto, tateando na escuridão. Finalmente a mão cega tocando aquela pele. Retira-a para a passar pela sua própria testa ardente por um momento, também ela perlada de suor. Depois, deixando de ser dono dos seus atos (mais uma explicação apressada que apenas mordisca o acontecimento), afasta com as pontas dos dedos o pano que cobre Mariamo, em busca da revelação.

Também aos gemidos que guarda na memória, os únicos sons que ouviu à rapariga, lutou Candal todos estes anos por lhes distorcer o sentido, afastando-os da febre e do padecimento, dos sinais de um protesto impotente, para os aproximar de um desejo inexplicável e inverossímil que mesmo assim ele quer equiparar ao desejo que portava ele próprio; um desejo que, a existir, lhe permitiria partilhar uma autoria que sabe ser só sua. Seja como for, sempre que sonha, nas noites de todos estes anos decorridos, há duas linhas de metal que desembocam no umbral daquela palhota, no catre, na rapariga. E um rastro acre que lhe ficou para sempre na garganta e se faz presente em todas as madrugadas.

* * *

Candal olha em volta, desconfiado, como se esperasse que do olhar de um dos companheiros viesse o reconhecimento daquele episódio. Mas não. O velho Chintamuende continua a dormitar, Jei-Jei verifica se o telefone tem sinal, as duas mulheres conversam em voz baixa. E Phuong urde em silêncio, os olhos sempre brilhantes. O *Hiace* avança e a viagem parece interminável. Katanguro, Panducane, Sinjal, e os vultos desfilam na berma da estrada, lutando com as nuvens de poeira. Param uma ou duas vezes para esticar as pernas. Retomam o andamento. Ao fim de um tempo chegam finalmente à Vila da Mutarara onde deixam a maltratada estrada para entrar numa estrada ainda pior. Sucedem-se os lugares, pequenos aglomerados de palhotas sempre iguais, como se o *Hiace* tivesse entrado num mundo mágico e ali progredisse sem sair do mesmo lugar. Como se fosse o mundo a contorcer-se aos olhos dos imóveis viajantes. Na verdade, disse-me Jei-Jei, mergulhavam num mundo líquido com nomes como Sucamiala, Traquino, Alfândega, nomes que irrompiam das águas que bordejavam agora o caminho de ambos os lados, nomes que eles descobriam apenas porque perguntavam, e faziam-no para combater a angústia de estar apenas flutuando e voltar a ter a sensação de movimento, para enfim chegar.

Perto de Jessene, quando ganhavam força as vozes do regresso, encarando com rancor um imperturbável Chintamuende (imperturbável, mas, segundo Jei-Jei, tão perdido quanto os demais), deram com uma cantina. Lá dentro havia um jovem que chamou por um velho que dormitava. Aqui todos os velhos dormitam, não precisam de estar atentos, não têm a quem servir e não esperam por forasteiros que demandem praias ou cascatas ou montanhas ou culturas diferentes. Nada existe aqui que possa interessar a um forasteiro a não ser os pântanos e as febres. Por isso esse sono antigo e, com a chegada do carro, uma certa surpresa. O velho não tem o que pedem, há muito que se foram os parcos conteúdos da cantina, há só latas velhas servindo propósitos diferentes dos originais, amolgadas, enferrujando. As coisas distantes foram sendo trocadas por outras cada vez mais próximas, até que a pequena cantina acabou por ter apenas aquilo que os outros têm, um par de mandiocas, umas folhas escuras, peixe seco pestilento, um ou outro anzol enferrujado, restos de outras eras. Uma cantina sem entranhas, onde sobreviveram apenas o ritual e os gestos de cantina, duas prateleiras subindo a custo a parede, um balcão e uma porta. Nada mais.

Nada mais, ou talvez não, porque a cantina guarda a coisa mais preciosa: a indicação do paradeiro de Deirdre Mizere.

* * *

Por volta do segundo semestre de 1968 um pequeno grupo de camponeses da aldeia de Katsekera, não muito distante da cidade malauiana de Ntcheu, atravessou a fronteira e refugiou-se na vizinha Angónia, já dentro de Moçambique. Entre eles vinha Deirdre Mizere, na companhia dos pais e dos irmãos. Aquilo que sabemos sobre esta mulher é muito pouco, o que se compreende: quando os do *Hiace* a encontraram foi para falar de Mariamo, não das suas origens ou desventuras. Os escassos dados de partida recolhidos por Jei-Jei referiam apenas que a pequena comunidade onde ela vivia professava a religião das Sentinelas ou Testemunhas de Jeová, que o pai se dedicara à mineração artesanal, que tinham sido obrigados a deixar precipitadamente a aldeia onde viviam, e pouco mais. Jei-Jei pedia-me que a partir daqui apurássemos um percurso convincente para esta mulher; uma mulher que, para dificultar ainda mais as coisas, acabou por estar ligada a episódios confusos de feitiçaria.

A razão da fuga era talvez o mais fácil e, portanto, foi por ela que comecei. Facilmente se podiam associar dois motivos para a partida dos Mizere. Mas comecemos pelo princípio. Enquanto a mãe de Deirdre cultivava um pequeno terreno perto do rio

Kapeni, o pai e os dois irmãos mais velhos escavavam um barranco em Chimwadzulu Hill à procura do corindo que uns anos mais tarde tornaria famosa esta região. Por vezes encontravam um pequeno rubi, uma safira ou, mais raramente, uma *padparadcha*, esses magníficos rubis cor de laranja com grande valor comercial, mas pelos quais a Bloomfield Gunson Exports Ltd, a empresa que à época ali pontificava, pagava uns preços de miséria. Talvez pretendessem modernizar a exploração acabando com uma mineração artesanal que era muito pouco produtiva, ou talvez tivessem descoberto que alguns mineiros andavam pela fronteira na venda clandestina de pedras preciosas a preços um pouco mais próximos dos reais — ambas as razões são válidas para perceber por que motivo, por esta altura, os camponeses começaram a ser expulsos das encostas de Chimwadzulu Hill e a sua atividade passou a ser combatida pela empresa e pelas autoridades. Por outro lado, há que ter em conta o fator religioso, neste caso particularmente relevante. A família Mizere, tal como a pequena comunidade onde viviam, professava, como vimos, a crença das Testemunhas de Jeová, e é conhecida a entrega total e sem limites desta gente à sua causa, o que os torna de alguma maneira intransigentes. Por exemplo, recusavam-se à participação política, uma atitude que, nesta região do mundo em que a participação política implica sempre uma certa dose de subserviência, era quase sempre vista como sobranceira e arrogante. O contexto não era favorável aos Mizere. Três anos antes os ministros principais do jovem país — Chipembere, Chisiza e Chirwa — haviam tentado derrubar o presidente Kamuzu Banda. Facilmente as Testemunhas de Jeová, com o seu distanciamento, foram inscritas no rol dos revoltosos ou seus simpatizantes. Em resultado, os Young Pioneers, uma milícia de choque formada por jovens e aguerridos fanfarrões que assegurava o poder do Presidente Banda, espalharam-se pelos campos para conter e meter na ordem quaisquer veleidades de dissidência. Acabaram por chegar também à aldeia dos Mizere, onde deram largas ao seu fogoso instinto.

Numa região do mundo em que os partidos políticos parecem ter um especial prazer nos métodos brutais como forma de angariar apoiantes, os jovens leões foram de porta em porta a vender cartões do partido do Presidente. Quem recusava comprá-los — quem recusava comprometer-se ante as autoridades, ante a comunidade e ante a sua própria consciência — era barbaramente agredido. Houve mortes.

Nesta passagem fui interrompido por Jei-Jei, que observou que me desviava do caminho que interessava. O tempo era precioso, disse, o telefone tinha pouca carga e nem sempre era fácil pô-lo a carregar. De que falávamos nós? Acusava-me de ser pouco objetivo. Intimamente agradeci aos céus este familiar protesto, mais raro desde que a viagem começara a mudar o comportamento do meu amigo. Agradeci porque era sinal de que por vezes ele ainda punha de lado um alheamento todo novo e se dispunha a ouvir uma história e a participar no rumo que ela tomava. Apressei-me a encurtar o desvio e a reentrar nos eixos.

Deirdre Mizere regressava da escola quando foi intercetada por um grupo destes jovens militantes imbecis. Sabiam quem ela era. Cercaram-na, rasgaram-lhe as roupas e espalharam-lhe os cadernos. Mencionaram o seu pai e os irmãos enquanto o faziam. Falavam em lição e em castigo, mas na verdade buscavam a satisfação de um instinto bárbaro que a política tornava impune. A rapariga foi deitada ao chão e violada. Era ainda uma menina. Nessa mesma noite a família pegou naquilo que conseguia transportar e pôs-se a caminho da fronteira com um grupo de vizinhos, também eles brutalizados.

— Mais uma vitória do partido do Presidente — observou Jei-Jei, sarcástico. — Mais um pequeno passo a caminho da unanimidade.

Prossegui. Passaram para o lado de cá e acabaram num campo perto de Tsangano, na Angónia, onde estavam concentradas outras pequenas comunidades de Testemunhas de Jeová. Ali viveram alguns anos lutando com as desconfianças das autoridades coloniais, trabalhando a terra, lendo o texto sagrado, fazendo as suas rezas e aguardando. Curiosamente, um dos livros que os orientavam apontava o ano de 1975 como um marco separando o período de trevas que se vivia há seis mil anos (na verdade, desde a criação de Adão e da dentada na maçã), e o início de uma nova era de paz e prosperidade. Os Mizere aguardavam essa data com grande expectativa. Todavia, neste único ponto se dividiam, pois o velho Mizere pretendia regressar e celebrar a data já de volta à sua terra, convencido de que por essa altura estariam terminadas todas as desavenças (quantas vezes a esperança está no âmago de uma obstinada cegueira!). Sentia falta do trabalho da mina, menos pelo dinheiro do que pelo escavar e lavar das pedras, pela tensão de as procurar com afinco e método ao mesmo tempo que rezava. Dizia à esposa que era essa a sua agricultura. Também ele cavava a terra, também ele colhia o fruto, só que o fazia à sua maneira. Era apegado aos símbolos. Mas a mulher resistia aos argumentos e relutava em regressar, mais sensível talvez ao acontecido com a filha. Não esquecia tudo aquilo por que haviam passado. A única razão que a levava a estar de acordo com o marido era na necessidade de mudarem de lugar, de partir para onde fossem de fato desconhecidos. Aqui, onde estavam, Deirdre acabara de dar à luz um natimorto, notícia que depressa se espalhou por toda a comunidade. Os dissabores que isso provocava, mais a mais naquele meio conservador e apegado a certos valores, são fáceis de imaginar. Propagavam-se obscuras versões. Entretanto, em resultado de tudo o que acontecera a rapariga tinha atitudes cada vez mais bizarras, diziam-na habitada por barulhentos e conflituosos *mizimu*, os espíritos maus. Uma fama que acabou por consolidar-se quando os Mizere partiram de volta a Ntcheu e Deirdre, para grande desgosto da mãe, se recusou a segui-los. Por esta altura ela era já uma jovem com opções próprias, os Mizere não tinham como demovê-la. Ironicamente, foi Deirdre quem, ao ficar, acabou por ter razão, pois num

Malaui que parecia mais tolerante voltou entretanto a irromper nova onda de intimidação persecutória, ou porque o Partido do Congresso precisasse de vender mais cartões ou porque, na sua recusa obstinada de saudações e de bandeiras, as Testemunhas de Jeová voltassem a despertar nas autoridades sentimentos de ira e exasperação. Seja como for, os Mizere foram meter-se na boca do leão (metáfora de todo justificada, uma vez que Banda era conhecido como o Leão Africano), e ali desapareceram, ficando nós sem saber se deixaram de fato a era das trevas para entrar no Novo Mundo, e que mundo era esse. Aliás, nem a filha o soube uma vez que perdeu nessa altura, e para sempre, o contato com a família.

Como Deirdre Mizere viveu os tempos que se seguiram, que mudanças ocorreram dentro dela, é pouco claro. O velho Chintamuende referiu a Jei-Jei alguns dos rumores que então corriam sobre a transformação da rapariga em grande feiticeira, em domadora de *ziwanda,* os poderosos demônios. Mas a cronologia dos acontecimentos é vaga e imprecisa. É natural que grande parte desse processo tenha ocorrido logo nesta altura, ou mesmo um pouco antes, quando os pais ainda estavam presentes e na sequência do parto falhado em que culminou a gravidez maldita. Estava ali, naquele pequeno embrulho de pano negro que ela enterrou no mato, e não num simples cartão do partido, o resultado da violação. Era aquele o desfecho da brutalidade política, não a conquista de uma nova militante. Entretanto, na sua pequena cabeça adolescente Deirdre Mizere rejeitava o mundo feito de vítimas e de algozes em que até então tinha vivido. Uma vez liberto o corpo do fardo, libertava agora a mente. Abandonou a maneira como os seus pais viam as coisas e pôs-se a procurar novas verdades enraizadas no coração do lugar. A anciã que a ajudou no parto também lhe terá iluminado os passos nestas novas indagações, sempre a ajuizar pelo que disse Chintamuende. Embora amadurecendo mais tarde, é pois natural que tudo tenha nascido aqui.

Curiosamente, as Sentinelas acabaram por ter uma certa razão. O mundo mudou em 1975 também na Angónia e em todo o Moçambique, com a chegada da independência. Todavia, eles permaneceram os mesmos: recusavam saudar a nova bandeira como haviam recusado saudar todas as outras (reconheciam apenas a bandeira divina); calavam-se ao som do novo hino da república popular, eram avessos a rituais e protocolos. Embora o mutismo que ostentavam se impregnasse de alguma humildade, a atitude constituía por si só um desafio. Em suma, eram reservados em relação à alegria numa altura em que a alegria era por assim dizer obrigatória. No caso de Deirdre Mizere há ainda uma segunda ironia na medida em que os caminhões que vieram buscar os obstinados crentes, para os levar para campos onde aprendessem a ser mais colaborantes, acabaram por levá-la também a ela. Ou seja, a rapariga era punida por crimes que de moto próprio começara já a deixar de cometer, cada vez mais afastada que estava da religião dos seus pais.

Sim, porque as novas autoridades exigiam uma ordem sem exceções. Seria por medo, por acharem que só uma coesão total garantia a segurança? Seria antes por considerarem ser seu dever purificar toda a gente, pô-la a ver um mundo puro como elas viam? Seria ainda por outras razões mais obscuras, mais difíceis de descortinar? Fosse como fosse, Deirdre Mizere foi levada num dos caminhões que em coluna empreenderam uma grande viagem através da Mutarara. No Zóbuè, recolheram mais umas quantas Sentinelas, e continuariam a recolhê-las ao longo do caminho. A história era sempre a mesma: pequenos grupos relutantes em participar na coreografia geral, mesmo sob pena das mais terríveis ameaças, esperavam os caminhões e eram embarcados quando a coluna passava por ali. E, ao partirem, deixavam para trás aldeias e vilas presumivelmente mais puras, livres da escória que via o mundo de outra maneira.

Quando passou por N'cungas, a coluna ia já grossa. Ali embarcaram mais uns quantos, entre eles Mariamo, procurava a filha, agora uma mulher solitária (os ferozes milicianos que com ela confraternizavam haviam já partido, em outras colunas parecidas com esta ou demandando o anonimato pelos seus próprios meios). Será que Mizere ajudou Mariamo a subir para o caminhão? Será que a ligação entre elas se foi estabelecendo enquanto a coluna progredia pelo caminho que o *Hiace* faz agora, Mariamo perguntando por uma filha roubada e Mizere respondendo com um filho morto ainda antes de nascer? Pelo menos é nisto que Leonor Basto acredita desde que Chintamuende começou a levantar o último véu e eles se puseram a caminho, galgando distâncias em direção à feiticeira Mizere.

Os caminhões chegaram ao fim da Mutarara, ali onde em certas alturas tudo se dissolve em mar, um falso oceano. Os prisioneiros desceram e continuaram a pé com as suas coisas à cabeça, enquadrados pelos soldados. Do outro lado havia novos caminhões para que pudessem prosseguir a viagem, desta feita por terras distantes, para eles desconhecidas. Chipanga, Águas-Quentes, Pinda, e depois Megaza. Estavam já na Zambézia. Atravessaram toda a Morrumbala e chegaram por fim a Milange onde, foi-lhes dito, seria a sua nova casa. Ali, na incerteza dessa prisão a céu aberto, Mizere e Mariamo tornaram-se inseparáveis, talvez porque fossem as únicas que sobravam, as únicas diferentes numa multidão de crentes. Juntas construíram a pequena palhota que habitaram, juntas aprenderam a conhecer os cheiros e os bichos, as plantas e a chuva daquele lugar.

Empurrado pelas interjeições de Jei-Jei, do outro lado da linha, e pelo escasso alimento que de boa vontade ele me ia disponibilizando, apressei as coisas. Foi por essa altura, ou pouco depois, que uma coluna de caminhões transportando prisioneiros pernoitou no lugar das duas mulheres. Um desses prisioneiros abordou Mizere, perguntou-lhe por Mariamo (tinha-a visto deixar o *rassemblement*). Fosse uns meses antes e Mizere ter-se-ia apressado a chamar Mariamo. Agora, que as duas mulheres sentiam na pele as agruras do lugar, o quanto o mundo pode ser distante e castigador, não. Mizere pôs-se imediatamente em guarda. Disse ao prisioneiro que ia chamar Mariamo e de fato foi ter com ela, mas para lhe dizer que fugissem as duas para o mato. Nesse tempo carregado de separações definitivas, assustava-a a ideia de perder a amiga. Esconderam-se as duas numa pequena floresta, passaram ali a noite. Só regressaram a casa quando sentiram que o rugido dos caminhões dos prisioneiros se perdia na distância.

Prosseguiram os dias. A terra era boa e a comida crescia. As duas mulheres calcorreavam os novos espaços enquanto os restantes trabalhavam a terra e se entregavam na clandestinidade às velhas orações. Elas eram mais desprendidas, e em consequência a machamba que abriram cresceu mais solta, mais desmazelada. Eram os ventos que revolviam a terra como se a lavrassem, eram eles que espalhavam as sementes. E era a chuva que as regava quando se decidia a cair. Em suma, a machamba crescia sozinha e, todavia, era nela que despontavam as espigas mais douradas, a mandioca de folha mais verde, uns feijões brilhantes como joias. E elas limitavam-se a colher um ou outro pé do que calhasse, quando calhava passarem por aquela machamba de luz e terem fome. Mas nada mais errado do que tomá-las por indolentes. Na maioria das vezes zanzavam soltas como abelhas industriosas debicando flores, uma desenterrando segredos, a outra perguntando pela filha a quem passava. Mizere aprendia da terra que lhe comera o quase filho, Mariamo aprendia do céu para onde lançava as suas perguntas. Foi assim que passaram a saber quando plantar, o que plantar: faziam gestos largos e o vento, obediente, soprava as sementes; choravam pequenas lágrimas e a nuvem, obediente, chovia. E a machamba das duas mulheres cresceu viçosa, como já foi dito. E todos, Sentinelas e soldados, vinham furtivamente espreitar para fazer como elas faziam, e quando faziam, embora isso de pouco lhes valesse. Entretanto, dando continuidade a um processo que notáramos lá atrás, Mizere dotou-se dos recursos que fizeram dela uma grande feiticeira, escutando pequenos murmúrios e inofensivas lendas, ingredientes que ela soube colher e combinar. De início nem era isso o que procurava. Movida pelo ressentimento, pretendia apenas livrar-se da crença de seus pais. De que lhe havia servido Jeová a não ser de testemunha Ele próprio da sua desgraça? Era este o tipo de raciocínios que fazia, enquanto se desinteressava das rezas e das leituras do texto sagrado e ia largando os velhos costumes. Foi nesta altura que Mariamo morreu. Um dia, Mizere regressou a casa e deu com Mariamo muito quieta a um canto, embrulhada nos seus velhos panos esgarçados e cinzentos, com a pergunta sobre o paradeiro da filha presa para sempre na garganta.

Quando chegamos a este ponto eu próprio hesitei. Quase me arrependi da crueza com que dei a notícia. Podia ter ganho tempo falando da guerra, que por essa altura entrava de rompante naquele lugar, um cometa de fogo com a sua cauda longa de desgraças e miséria. As pessoas fugiam das palhotas para o mato, do mato para a margem do rio, havia fogo e morte em toda a parte, diabos sedentos de sangue largados na planície. Sim, podia ter ganho tempo com esses rodeios de fogo, mas no final acabaríamos sempre ali, na morte de Mariamo. E, assim que me calei, senti que do outro lado da invisível onda Jei-Jei quase desligava a chamada, impotente, não sabendo como iria revelar o fato a Leonor. Procurei suavizar as coisas, disse-lhe que calasse o segredo, que deixasse a revelação para mais tarde. Tudo se resolveria por si assim que encontrassem a feiticeira Mizere. Jei-Jei concordou: Sim, nessa altura, tudo se resolveria.

Mariamo morreu numa época em que se acentuava em Mizere a descrença, já o dissemos. Mas, por mais que se desista de tudo é forçoso que se acredite sempre em qualquer coisa. Mizere acreditava em Mariamo. Alimentada pela persistência que aprendera dela, perguntando ela própria e aprendendo sempre mais, acabou por de algum modo mergulhar na sabedoria daquele lugar, convencendo-se de que o quase filho que enterrara na Angónia, envolto em panos negros, a visitava agora de noite na forma de uma enorme cobra píton. Com o correr dos dias estabeleceu-se entre a cobra e ela uma grande intimidade. Enquanto se enrolava no corpo de Mizere, desenhando-lhe círculos em volta dos seios, ondeando sobre as costelas magras, evoluindo lentamente na planície do ventre, enfim, explorando os cantos mais recônditos, a cobra revelava num sussurro os segredos da existência. Foi assim que Mizere reencontrou o sentido de viver.

Era agora uma mulher diferente. Passou a ser conhecida pelo novo nome de Salima, a esposa da cobra píton. As comunidades circundantes começaram a reverenciá-la e a tratá-la assim. Mesmo as Sentinelas mais crentes e os mais rigorosos soldados evitavam agora afrontá-la, temendo despertar forças cujos contornos só na imaginação e no medo conseguiam adivinhar. E ela, agora Salima, vagueava pelos caminhos falando a língua velha do Lundo, que todos conhecem mas ninguém consegue interpretar, usando palavras portuguesas muito antigas, emitindo até as vozes dos animais, piados, latidos, coaxares, rugidos e uivos, enquanto a gente se afastava para a deixar passar. Ali ia Salima, a feiticeira.

Foi também nesta altura que ela se tornou exímia no manuseio da água. Abria canais secretos por baixo da terra para a levar aonde não chovesse, recolhia-a com as mãos em concha e entrançava-a em três e mais fiadas para formar grossos cordões de chuva ou cestas líquidas de grande beleza e artifício, e os legumes e frutos cresciam viçosos ao colo desta umidade protetora. Foi talvez esta a única coisa que herdou de seu pai: pressentia a água com a facilidade com que o velho mineiro farejava rubis no dorso da montanha. Ostentava nos dedos e no peito as gotas grossas, azuis e transparentes, como se fossem joias oferecidas pela cobra píton.

Entretanto, amontoou uma grande pira com a lenha que pôde encontrar e fez algo que era ali desconhecido: queimou o corpo de Mariamo, guardou as cinzas numa pequena cabaça e abandonou para sempre aquele lugar. Acabara-se a guerra. As autoridades, imbuídas agora de um espírito menos severo, desleixavam a guarda do redil deixando-lhe as portas, se não escancaradas, ao menos entreabertas. Estavam todos mais ou menos livres de partir para onde quisessem. Salima rumou a sul, atravessou o rio Zambeze e foi levar as cinzas de Mariamo à Vila de Sena, a terra de onde há muito tinham saído os pais da sua querida amiga. Ali a enterrou para que por cima pudesse nascer uma árvore frondosa e duradoura que lhe desse sombra, e que revestisse de solenidade o momento em que alguém chegasse para a visitar. Todo este esforço de Salima era da mais elementar justiça. Afinal, Mariamo ensinara-lhe o sentido profundo da procura, e foi procurando que Salima chegara ao M'Bona, a cobra píton, que na crença do lugar é o salvador dos negros, o verdadeiro Jesus.

Findos todos estes trabalhos, concluída mais esta etapa da sua jornada, Mizere voltou a atravessar o rio e foi estabelecer-se em Jessene, o lugar que, descobria agora, lhe estava desde sempre destinado. Cercou-o de água, mudou o nome de Salima para passar a ser Kamanga, e construiu três palhotas: uma para a cobra píton (para que esta não tivesse o trabalho de vir de tão longe para a visitar), outra para si própria, e finalmente uma terceira, mais pequena, para uma rapariga em que viu certas qualidades e que adotou ao seu serviço como coadjuvante. Depois, dispôs-se a esperar pela chegada da filha de Mariamo.

CAPÍTULO 16

Os segredos são dispositivos tensos, carregados de energia. O seu corpo opaco esconde a alegria de uma anunciação, mas também uma ameaça.

O *Hiace* descreveu a última curva e parou à sombra de uma acácia cor de laranja, a certa distância. Mizere estava à porta, lá em cima, olhando fixamente os recém-chegados. Saíram todos do carro e a ajudante, uma rapariguinha ainda, desceu a ter com eles e pediu-lhes que esperassem. Fez um sinal a Chintamuende e o velho partiu com ela, subindo o pequeno declive em direção a Mizere. Levava as oferendas do grupo, um pano negro de algodão e um pequeno cabrito também negro, com uma mancha branca no peito. Passado um pouco regressaram os dois e a ajudante pediu que se sentassem todos numas esteiras junto ao tronco de um enorme embondeiro, antes de voltar a desaparecer. Aguardaram um tempo longo, como se o empenho que tinham em ouvir as palavras de Mizere estivesse a ser testado.

Entretanto, em volta tudo lhes parecia natural e ao mesmo tempo extraordinário. As águas, que por toda esta região se estendem sem critério, eram ali submissas, espalhando-se com humildade em pequeníssimas ondas para ocupar os espaços que lhes haviam sido destinados. Por toda a parte se viam dispositivos feitos de pedras alinhadas e canas de bambu ligando minuciosamente entre si os pequenos lagos e canais cercados de arbustos e de plantas, formando-se desta forma uns idílicos recantos. Dos ramos das árvores pendiam pequenos vasos de casca de árvore seguros por cordas de fibra entretecida numa espécie de macramê, de onde se derramavam esfuziantes cascatas de orquídeas silvestres com as suas inúmeras florzinhas de várias cores. Tudo isto imerso num ambiente manchado como uma etérea pele de leopardo, um suave jogo de luz e sombra criado pelo sol filtrado pelas folhinhas vibrantes das copas das acácias e dos jacarandás. Um mundo esverdeado com tufos de cor. Um pouco adiante, bordejando um canal mais largo, as cascatas eram de salgueiros debruçados sobre as águas e a luz entrava em suaves lâminas verticais através de um renque de choupos localizado um pouco atrás. Ao mesmo tempo, bordejando as ramificações dos pequenos canais, havia flores coloridas feitas crescer com minúcia, provavelmente nenhuma delas domesticada ainda por um nome latino. E as águas eram todas vivas e límpidas, muito diferentes dos pântanos fétidos e ociosos que o *Hiace* atravessara ao longo da manhã, disse Jei-Jei. Muito perto, via-se ainda um pequeno bambuzal que a ligeira brisa, a mesma que por vezes eriçava a pele à água, fazia marulhar em uníssono com o chilrear dos pássaros e a agitação dos multicoloridos peixes, um levíssimo restolhar da folhagem. Enxames de abelhas voavam zumbindo em todas as direções, entretecendo atarefadas este pequeno mundo a mando, suspeitava Jei-Jei, de Mizere. Ocorreu-lhe, disse o meu amigo, que aqui estivesse um começo, uma espécie de exemplo para a fauna e para a flora circundantes, edificado segundo critérios menos botânicos que religiosos, que se pretendia que alastrasse com o ardil de uma doença, mas benfazejo, feito de uma espécie de uníssono de todas as forças do bem que existem na natureza. Sim, a sensação era de absoluta ausência de qualquer elemento malsão.

Ou talvez não fosse tanto assim, talvez aquele pequeno adro fosse mais modesto e tudo o que foi descrito estivesse apenas esboçado, vagamente sugerido. Mas, de alguma maneira, além de revelarem quanto o raciocínio do meu amigo se deixava distorcer pela experiência da viagem, estes exageros, estas imagens hiperbólicas, davam a entender o essencial, que era o fato de Mizere passar os dias no exercício do seu poder, moldando as águas e a natureza ao redor como uma artesã de coisas vivas, com a ajuda de rezas obscuras e da sua jovem e dedicada acólita, a quem se referiu sempre como *a ajudante*. Ver-se-ia agora se, tal como moldava as águas, a velha malauiana Mizere sabia também esculpir a massa informe do acontecido no bojo do tempo.

Desceu finalmente, enrolada no pano negro que o pequeno grupo acabara de lhe oferecer (o cabrito devia estar amarrado nas traseiras, a julgar pelos balidos de protesto). Segundo Jei-Jei, era uma mulher rude, marcada pela vida, de pele muito fina e encarquilhada como um velho pano que secou e endureceu ao sol, cobrindo muito mais tendões e ossos do que carne. Nos braços e nas pernas tinha marcas de acidentes próprios do mato, algumas violentas e fundas, que uma vez cicatrizadas haviam deixado no corpo umas pinceladas de pele mais brilhante e escura, como que desprovida de poros. Apenas as mãos, descobriria ele fascinado, eram umas compridas e belas mãos de mulher, sem uma única ruga (talvez devido ao contato permanente com a água), umas mãos que, movimentando-se sem cessar, foram vincando o sentido de tudo o que ela disse ao longo do encontro e, ao mesmo tempo, disciplinando as reações do pequeno grupo. Um punho cerrado queria dizer vigor e resolução, a mão aberta ao alto pedia paciência, o indicador espetado acusava ou apontava a solução, enfim, os dedos todos ondulando assinalavam o esvoaçar das palavras ao serem ditas ou a passagem do vento e do tempo. Mãos vivas que partindo agitadas na perseguição de uma ideia a sacudiam de impurezas, levando atrás os frágeis braços, na verdade o corpo inteiro. Mas o conjunto estava longe de revelar fragilidade, talvez pela postura ereta e desenvolta, e por um par de olhos negros de milhafre, atentos ao menor gesto ou movimento. Vinha, desde longe, enquanto se aproximava, com esses olhos postos em Leonor. Parecia tão fascinada quanto a mãe estaria por tê-la enfim na sua frente em carne e osso. Terminava a busca de uma vida, uma busca que herdara, que aprendera a fazer também sua. A feiticeira da água cumpria os trabalhos de Mariamo.

Leonor, por seu turno, olhava-a como se estivesse olhando finalmente a sua mãe, tão segura agora da intimidade que o destino havia tecido entre aquelas duas mulheres, Mizere e Mariamo.

Infelizmente, não está ao meu alcance reconstituir com precisão e lógica o desenrolar do encontro. Não estive lá, há sutilezas que estão para além da racionalidade e que só a presença consegue abarcar. Cheiros, tonalidades, impressões. Jei-Jei esforçou-se, não o nego, mas relatou as coisas em tiradas curtas e fragmentadas, com descrições algo delirantes e inflexões súbitas do curso dos acontecimentos que tornavam tudo muito difícil de seguir. Por vezes fantasiava abertamente, como quando se pôs a fazer descrições pouco verossímeis da natureza circundante influenciado pelo clima que Mizere era capaz de criar, ou quando se dedicava a explorar o ponto de vista de um dos presentes, atribuindo-lhe expressões e intenções que muitas vezes, suspeito, não estavam senão dentro da sua própria cabeça. Confesso, também, que a qualidade das comunicações pouco ajudava, devido à distância e a deficiências de equipamento, acidentes da natureza ou outra razão qualquer, o que me levava a pedir-lhe muitas vezes que repetisse o que dissera. Ele fazia-o, parece-me, alterando o sentido do que acabara de dizer, como se falar o ajudasse a refletir melhor e isso o levasse a mudar constantemente a ideia que tinha das coisas. Enfim, fui até tentado a estabelecer um percurso coerente, como tantas vezes fizera a seu pedido, mas cedo percebi que o preço a pagar, se o fizesse, seria o de uma contradição permanente que indisporia o meu amigo, ficando com isso a comunicação ainda mais dificultada. Assim, limito-me a dar conta daquilo que entendi e me pareceu relevante.

— Mariamo morreu! — disse Mizere assim que se sentou na esteira.

Não perguntou pela viagem, como em toda a parte mandam as regras da cortesia que se pergunte aos visitantes; não perguntou sequer quem eram, nem se apresentou. Apenas:

— Mariamo morreu!

Como se lhes dissesse que chegavam tarde, que esse fato obrigava a que o encontro que estava para acontecer seguisse um rumo diferente daquele que estava inicialmente previsto. A afirmação, dirigida a Leonor, constituía uma surpresa para todos menos para mim e para Jei-Jei, uma vez que por meio de uma reconstituição *avant la lettre* discutida com minúcia, havíamos já concluído o fato. Surpresa dos restantes, pelo menos a dois títulos: em primeiro lugar pela notícia em si, embora já quase todos estivessem mais ou menos crentes naquele desfecho (excetuava-se talvez Leonor, agarrada até ao fim ao sentido que a fizera vir de tão longe); mas a afirmação era também surpreendente pelo fato de Mizere descobrir, sem perguntar, o propósito da visita. Seria por ter reconhecido em Chintamuende, atrás das rugas todas, alguém com quem se encontrara por um curto instante num *rassemblement* de má memória, há tantos anos? Seria por ter reconhecido em Leonor o olhar de Mariamo? Fosse como fosse, além de cair com estrondo, proferida assim de chofre, a afirmação revelava o sobrenatural poder de Mizere, mostrava aos restantes que o encontro prosseguiria sob a natural liderança da rainha das águas. Não eram eles que perguntavam, era ela que respondia; ela que, respondendo, os levava a formular as suas perguntas; ela que descobria o motivo que os trouxera aqui; enfim, ela que achara Leonor sem sair do lugar.

A pequena assembleia quis saber como ocorreu o infortúnio. Mizere, paciente, começou por contar episódios dispersos da vida em comum com Mariamo, lá em Milange — a construção da casa, a machamba, soluções que as duas achavam para afastar os macacos das maçarocas, os hábitos dos animais, a caminhada até ao rio para as lavagens, coisas assim. Por vezes a sua expressão adoçava-se, como se aproveitasse o pretexto para mais uma visita às suas reminiscências. Foi Mariamo quem ajudou Mizere a melhorar o português que antes ela quase não falava, disse. No fundo, disse Jei-Jei, Mizere vinha confirmar aquilo que nós próprios já tínhamos concluído, que as duas haviam sido unidas pela procura e, por essa razão, Mizere ficara para sempre grata a Mariamo.

    Quando elas se encontraram em N'cungas pela primeira vez, disse Jei-Jei, Mizere era a mais perdida das duas. Afastava-se da religião dos pais, afastava-se da terra onde enterrara um filho que não chegou a conhecer, tudo ao seu redor se ia desprovendo de sentido. Aos poucos, enquanto desciam a Mutarara às costas do caminhão, ela foi-se aproximando de Mariamo e foi descobrindo o que movia aquela mulher, a extraordinária energia que punha na busca da filha, inesgotável. Ali no caminhão apenas nas palavras, mas em qualquer outro lugar fazendo tudo por tudo para que estas se transformassem em atos a fim de impedir que o seu desejo se enquistasse numa reza (mais uma lição para Mizere, no seu movimento de se afastar das rezas). Houve talvez momentos em que Mizere terá visto egoísmo na obsessão de Mariamo, desprezo pelos outros, como se as agruras só a ela lhe calhassem; e houve momentos em que sentiu inveja daquela mulher, inveja da certeza com que ela conduzia a sua existência. Mas, ao mesmo tempo, Mizere foi percebendo o quanto Mariamo sofria de verdade, o quanto lhe era penosa a sua condição. Enquanto ela própria, ao enterrar o feto, de certa maneira encerrara um ciclo, para Mariamo, mãe de uma filha errante, o desfecho permanecia incerto, o ciclo prolongava-se dolorosamente para lá do tempo certo que têm de ter todas as coisas, sobretudo as más. E, ao descobrir um sofrimento maior do que o seu, Mizere foi abrindo o coração para Mariamo e, arrisco mesmo dizê-lo, disse Jei-Jei, para o mundo em volta. Passou a estar mais atenta, a proteger a amiga da violência que forçosamente estava presente nas circunstâncias que as duas atravessavam, por exemplo quando um soldado se arrogava certos direitos ou quando alguém se aproveitava da apatia de Mariamo para ficar com a ração de farinha velha e feijão bichado que lhe cabia na distribuição (Mariamo seria capaz de matar por uma informação sobre a filha, mas mal levantava a mão para reagir a estas questões). Enfim, quando atravessaram o Chire, Mizere era já uma espécie de protetora oficial de Mariamo, e foi perto de Milange que teve plena consciência daquilo que a amiga lhe dera em troca: um instinto de procura que viria a ser central na sua vida. Sem serem necessárias as palavras, Mariamo ensinou-lhe que estava na procura, qualquer procura, o sentido da vida que ela havia perdido. E, aos poucos, Mizere passou também ela a procurar, a buscar um novo rumo que substituísse aquele que conduzira a vida dos pais e dos irmãos, e que ela renegara. Aos poucos, começou a olhar em volta e a descobrir aquilo de que necessitava, a mergulhar fundo nas coisas, disse-o ali na assembleia, e Jei-Jei repetiu-mo.

Assim decorreram os dias, com as duas mulheres a calcorrearem os matos nas suas buscas respectivas. Por vezes iam um pouco mais longe, desafiando as feras, a vigilância das autoridades ou a crueldade dos rebeldes que por essa altura infestavam já a região, mas acabavam sempre por regressar à palhota que partilhavam e, quando o faziam, achavam-se cada vez mais próximas uma da outra. Faz então sentido que Mizere tenha visto no pobre Chintamuende uma ameaça quando ele, então muito mais novo, passou pelo *rassemblement,* alguém que as forças do mal enviavam para lhe roubar Mariamo. Mas, agora que o tinha na frente, marcado pelas rugas e pelos anos, perdoava-lhe intimamente por desta vez se ter redimido, trazendo-lhe Leonor. Sim, literalmente, o homem que procurara roubar-lhe a mãe trazia-lhe agora a filha. Foi isto que o olhar de Mizere, por um curto instante reconhecido, transmitiu a Chintamuende: o perdão a quem expiou uma falta antiga.

Voltando às duas mulheres, a situação em que viviam não viria, contudo, a durar muito. Mariamo emagrecia a olhos vistos, perdia o interesse nas coisas, ausentava-se cada vez mais para um mundo ao qual nem sequer Mizere lograva ter acesso. Por vezes regressava numa grande excitação, por ter ouvido que alguém tinha visto uma criança que ela, a partir da descrição, achava ter parecenças com a filha: a mesma pele clara, um nariz idêntico, uma certa maneira de agitar os braços, e Mariamo passava os dias seguintes reforçando essas pontes, relançando com entusiasmo a busca da recém-nascida (a filha, na sua ideia, não crescia), enfim, abrindo caminhos imaginários para a felicidade. O olhar voltava a estar focado, ganhava uma expressão decidida e ardilosa. Que ninguém ousasse atravessar-se no seu caminho! Foi assim, certa vez, em que chegou alguém de Marromeu que falou numa criança abandonada no barco, e logo Mariamo se propôs seguir-lhe a pista, reconhecia-a já pelo cheiro e pelo tom da vozinha sem ter sentido um nem ouvido a outra, e não valia a pena tentar chamá-la à razão: o que era para ela a razão senão aquilo que pensavam os outros?

Com a experiência, Mizere aprendeu a temer estes caminhos e os estados de prostração que tomavam conta da amiga quando regressava à palhota de mãos vazias. Seguiam-se dias de profundo desalento. Não comia nem bebia, desmazelava-se com ela própria e com o que a cercava. A sua pele perdia o característico brilho, embaçava. Por vezes divagava, falava em cruzar o grande mar oceano que nunca nenhuma das duas havia sequer visto, ou murmurava coisas acerca dos soldados brancos.

Assim que foram mencionados os soldados brancos, disse Jei-Jei, Leonor mexeu-se na esteira, sem dúvida por ter pensado em seu pai, Francisco Basto, e ter achado ser o momento de o introduzir naquela assembleia. E, acrescento eu, talvez Artur Candal se tenha mexido também, por ter pensado em si próprio e começado a recear que as coisas se lhe escapavam das mãos, lhe fugiam ao controle. Isso porque, sempre segundo o meu amigo, assim que Mizere falou nestes assuntos a voz já não era dela, a voz era de Mariamo, uma voz que só Candal e Chintamuende conheciam e, portanto, só eles, entre os forasteiros, puderam de imediato identificar. E foi com essa voz, a voz de Mariamo elevada a um tom de acusação, que Mizere disse:

— Há gente aqui presente que viu o sofrimento gravado na carne!

E fê-lo batendo com a mão na própria e magra virilha, por cima do pano negro que o grupo havia trazido de presente e ela agora envergava. Se fossem só as palavras, a sentença teria permanecido vaga e algo inócua. Mas a mão, sempre a mão, vincando e completando o sentido, levada à própria virilha, batendo ali com um ruído seco, tudo isso fez com que Leonor percebesse enfim o que queria dizer Mizere, e olhasse para Chintamuende em busca de uma reação desse velho que ela absurdamente chegara a sentir como uma espécie de padrasto, tal como Elize absurdamente procurara irmãos do outro lado da janela do *Hiace*, espalhados pelo mato. Mas Chintamuende permaneceu com um meio sorriso imperturbável, imerso em outros tempos e outras lembranças. Não tinha pesos de consciência, só lembranças, lembranças que a distância tornava doces. E não era para ele que Mizere olhava quando falou, mas para Candal. Embora já intrigada, Leonor ainda insistiu:

— Havia um soldado branco chamado Francisco Basto...

— São muitos soldados brancos! — cortou Mizere, autoritária. — Havia soldados brancos lá atrás e há um soldado branco aqui!

E foi a partir deste momento que as coisas começaram realmente a mudar. Candal, até aí um mero espectador, teve um sobressalto quando sentiu o olhar e ouviu a voz de Mariamo chegando do fundo do tempo pela garganta de Mizere, para desaguar ali; quando ouviu o que a voz dizia, o gesto vincando e trazendo um número, 602, que Basto havia gravado ou mandado gravar como quem espeta uma bandeira em território conquistado, um número que Candal acariciara com a mão trêmula e que desde então trazia gravado a fogo no seu pensamento, no quadro negro da sala de aula de um dos seus pesadelos recorrentes. Que era aquilo?

Perguntou-se se teria sido para viver este momento que fizera tão grande viagem. Pela sua mente desfilaram velozmente as imagens de sempre, as duas linhas metálicas que atravessavam a planície desolada, a planície dos mil perigos, dos pequenos grupos de fugitivos errantes, e o comboio resfolegando, besta de carga incansável, besta ferida lançando os seus silvos agudos, debicada por soldados que trazia pendurados no dorso como corvos agourentos; depois, o umbral e a penumbra da palhota com os pequenos objetos amontoados nos cantos, a mala, a lata de azeite, o catre listrado pela luz do sol que o caniço das paredes coava, o perfil suado e ofegante de um corpo jovem e doente; e, sempre, a sala de aula. No quadro está escrito um número e Candal não sabe que número é, mas sente o impulso irresistível de o apagar. Levanta-se e caminha pelo corredor, surdo às vozes que lhe imploram num sussurro que desista, que regresse ao seu lugar, que deste modo se vai desgraçar. Sobe ao estrado, pega no trapo, cospe-lhe e ataca furiosamente o número, desafiando a professora. Na sala, cresce um assombro coletivo enquanto Candal prossegue com o frenético gesto, do número já quase não restam traços, até que ele se vira de repente, procurando antecipar-se ao inevitável clarão que todos estes anos persiste em esconder aquele rosto. E desta vez consegue finalmente vê-la, e é Mizere, de olhar irado, a mão estendida, o dedo acusador:

— Não se pode desfazer o que está feito!

Não se pode desfazer que Artur Candal tenha entrado na palhota onde Mariamo jazia febril e vulnerável, nem que ele se tenha rendido à febre do desejo, que se tenha deixado transportar por aquele corpo de gazela jovem numa viagem que desembocou na descoberta fascinada daquele número. Não, nem sequer se podem tirar os soldados de cima do comboio, nem as linhas de metal da imensidão da planície. São tudo coisas que jamais se apagarão. 602, o número que os seus dedos trêmulos percorreram e Mizere terá conhecido já algo desgastado, distorcido por uma pele precocemente envelhecida e por incessantes gestos de procura, agora desfeito em cinzas.

E Candal fecha os olhos, aperta-os com força como se com o gesto pudesse deixar de pensar em coisas sem sentido, pudesse deixar de ouvir a voz de Mariamo gemendo um lamento dentro das palavras que formam a acusação de Mizere; como se com o gesto anulasse aquela viagem, escapasse sobretudo do olhar de Leonor que neste momento queima como fogo. Esforça-se por imaginar um semblante de triunfo no seu velho amigo Francisco Basto, aquele que ficou na lembrança de todos como o amante de Mariamo, o pai de Leonor. O dono do número. Esforça-se por imaginá-lo suspirando nomes na cama do hospital de São José, *Mariamo, Caldas Xavier*, nomes que atestavam a sua vitória, que vincavam para sempre o fato de ser pai da rapariga. No fundo, Candal quase se resigna, quase se conforma com o papel que lhe fica reservado, de encontro mau e para sempre lembrado num dia de febre da camponesa Mariamo; quase se dispõe a abdicar do fruto da vil traição que o amigo Basto não chegou a descobrir. No fundo, prossegue a desesperada procura de qualquer acidente capaz de travar a marcha inexorável e maldita dos acontecimentos.

Só que, entretanto, Leonor seguiu o dedo de Mizere, um dedo cheio de certezas que apontava para Candal, e no olhar do velho soldado, mesmo sem que ele o quisesse, desfilavam fragmentos da sua própria vida compondo um sentido que até então Leonor desconhecia. Veio a casa de Oeiras, vieram as prendas que ele lhe levava (que significavam aquelas prendas?); pensou no esforço despendido pelos dois velhos soldados para construir uma amizade impossível e talvez por isso revestida de silêncio. Pensou, enfim, no que teria atraído Artur Candal até à Mutarara, tantos anos decorridos, e que ela sempre suspeitou ser algo mais do que a saudade de ter sido um dia um semideus aos olhos dos escanzelados da planície, algo mais do que a saudade de um tempo, algo próximo da expiação de uma culpa que ela não sabe ainda qual é, mas começa a suspeitar, com isso entrando por um caminho que lhe é desconhecido e que pressente ser perigoso. Por enquanto quer perguntar a Mizere o que lhe disse Mariamo acerca de Francisco Basto durante todos aqueles anos que viveram juntas. Amou aquele homem? Sofreu com a ausência dele? No fundo, quer consolidar o laço que une Basto a Mariamo, reconstruir da melhor maneira uma história de que necessitou toda a vida. Quer tudo isso, encontrar uma imagem mais pacificada da mãe e ao mesmo tempo reabilitar a imagem do pai. Mas, que direção era aquela para onde apontava o dedo de Mizere? Qual o sentido daquele tom acusador?

Mizere, na sua sabedoria, leu estes sinais quase imperceptíveis no semblante de Leonor, percebeu o pântano de dúvidas e perplexidades em vias de engolir a rapariga, e resolveu avançar por outro caminho dando-lhe tempo para que pudesse acolher melhor as ideias novas, para que as pudesse amadurecer. Sim, resolveu dar-lhe a mão (afinal, não era também ela uma mãe de Leonor?). Falou então longamente nos últimos meses, nos últimos dias passados com Mariamo, enalteceu-lhe as qualidades e escondeu-lhe os defeitos, valorizou-a enfim aos olhos da filha. Explicou depois como ela começou a definhar, as longas excursões no mato, algumas com a duração de dias. E como, certa vez, regressando a casa, deu com ela morta. Mizere fez o luto. Durante dias vagueou parecendo falar sozinha, na verdade falando com a amiga, imaginando-lhe gestos e reações, tanto os antigos — enquanto era viva e procurava, para que assim começasse já a satisfazer a saudade — como estes novos, depois que morrera, neste caso com um sentido mais prático, o de certificar-se das suas últimas vontades e disposições. Entre estas, reunindo referências dispersas pelos dias que viveram juntas, Mizere apurou o desejo que a amiga tinha de ser enterrada na terra dos pais, na Vila de Sena. Por isso, disse Jei-Jei que Mizere disse, juntou lenha, fez uma pira enorme e transformou o corpo da amiga em cinzas. Assim que ouviu esta parte da história, Chintamuende sobressaltou-se. Não havia memória, nesta vasta região, de um procedimento assim. Para o compreender há que ter em conta o quanto Mizere era desde há muito independente, recorrendo aos costumes dos pais, mas sem pejo inventando outros ao seu critério sempre que tal se afigurava necessário. Talvez Mizere não quisesse enterrar pela segunda vez um ser incompleto (não era incompleta Mariamo sem a sua filha, carne da sua carne?). Mas, sobretudo, o procedimento fora necessário para que ela pudesse *transportar* a amiga até à Vila de Sena, do outro lado do rio. Levou-a dentro de uma pequena cabaça embrulhada num pano negro amarrado às costas, assim como quem levava uma criança. Atravessou a ponte, ignorou uns operários que ali trabalhavam e a interpelaram, errou com ela pelas ruas de Sena à procura de um lugar. Achou-o junto a umas pedras, à sombra de uma árvore, como de resto eu e Jei-Jei já tínhamos tido conhecimento.

Este relato ocupou a maior parte da tarde (afinal, fora para o ouvir que a pequena comitiva viajara até ali). Foi, no entanto, entrecortado por pequenos episódios que entroncavam nele, como por exemplo quando Mizere fez trazer pela sua acólita uma pequena cabaça com rapé que ofereceu a Chintamuende, e que este agradeceu desfazendo-se em mesuras. Sem dúvida, Mizere agradecia-lhe o fato de se ter dado ao trabalho de trazer Leonor até ali. Houve também episódios ao sabor do acaso, ou talvez nem tanto, descobri-o eu mais tarde, como por exemplo quando Phuong, sem dúvida alertado por alguma inconfidência de Jei-Jei, pediu a Mizere que falasse na sua própria origem, de como tinha vindo de Chimwadzulu Hill, num tempo muito anterior ao dos acontecimentos que haviam dominado aquela tarde.

A princípio, Mizere interpretou erradamente aquele pedido. Começou por falar de uma certa coluna atravessando a Mutarara, a rispidez da autoridade, uma espécie de brutalidade antiga sobrevivendo com roupagens novas em cima dos camiões, dando indicações que me levaram a pensar no quanto este trecho terá sobressaltado Bandas Matsolo. A certeza altiva e imodesta dos soldados, conquanto justificada pelo júbilo da viragem, não condizia inteiramente com o caráter do motorista e antigo combatente. Sim, Mizere instalou esse mal-estar na consciência de Matsolo e ficou quieta um momento, como que dando tempo a que ele tirasse conclusões, mas na verdade refletindo. E corrigiu a rota para recordar esses dias ainda mais longínquos, perdidos no tempo, em que o pai rezava e esgaravatava a encosta em busca de pedras para vender. E rapidamente voltou a fixar-se em Phuong, que era afinal quem tinha feito a pergunta. Um brilho de furor incendiou-lhe os olhos por um instante:

— *Pedras de luz!* — gritou. — Tu queres as *pedras de luz!*

E, de dedo apontado diretamente para ele, sentenciou que as *pedras de luz* lhe trariam a mesma desgraça que haviam trazido à família dela. O tom com que o disse era de tal maneira categórico que ninguém ousou falar. O próprio Phuong, de sorriso contrafeito, regressou ao mutismo em que se mantivera até aí.

Voltou-se então ao assunto principal, o destino de Mariamo. Mizere deu indicações precisas sobre o lugar onde enterrara as cinzas, na Vila de Sena, e ofereceu a Leonor uma capulana cuidadosamente dobrada, aquela de que Mariamo mais gostava quando era viva. Leonor agradeceu e ofereceu em troca a Mizere um dinheiro que Jei-Jei não soube dizer quanto era. Após o que Mizere se remeteu a uma reza monocórdica e incompreensível que durou algum tempo, e que Jei-Jei interpretou como uma espécie de diálogo com a morta, um dar-lhe conta de tudo quanto ali acontecera. Depois, Mizere levantou-se e bateu as palmas, dando o encontro por encerrado. Tinha, atrás das rugas, os olhos cheios de luz. Havia encontrado Leonor, a filha de Mariamo.

* * *

Costuma dizer-se que a mesma água não passa duas vezes por baixo da ponte. Nada, depois daquele encontro, podia voltar ao que era. O grupo regressou em silêncio à Mutarara a fim de passar ali a noite, e novamente estalou a discórdia acerca do rumo a tomar. Matsolo pretendia voltar a N'cungas para depositar Chintamuende e dali regressarem ao sul (haviam cumprido com o que os levara ali); Phuong, que Jei-Jei descobriu muito mais opinativo que no passado, embora com traços do velho método de insinuação sutil, opôs-se com veemência, sugerindo agora que fossem antes em frente para atravessar o rio Chire e chegar à Zambézia, prosseguindo com a exploração. Quanto a Leonor, por um momento deixou-se conquistar por esta perspectiva que lhe permitiria chegar a Milange e percorrer a paisagem que havia sido de sua mãe, de fato a última que ela em vida percorrera atrás da filha. Ficariam assim as duas unidas por esse mesmo espaço, que uma pisou procurando e onde a outra pretendia sentir essa novel sensação de ser procurada. Talvez encontrasse mesmo a palhota onde Mariamo e Mizere haviam vivido, a machamba que ambas haviam cultivado com a ajuda dos elementos. Sim, ter nas suas mãos a terra que havia estado nas mãos de Mariamo. Ocorreu-me, por tudo isto, que Leonor tivesse herdado da mãe o instinto de procura. Mas, refletindo melhor, Leonor mudou de ideias. Perguntou-se que sentido fazia seguir por um caminho que, na verdade, estava para lá do ponto de chegada e constituía um beco sem saída. Não. Havia antes que encerrar aquela história para poder iniciar uma outra. Havia que *enterrar* Mariamo (uma maneira de dizer), para depois ajustar contas com Artur Candal. E, quando todos se debruçavam sobre o chá da noite, antes de dormir, Leonor anunciou que seguiriam de manhã bem cedo, não de volta a N'cungas, nem sequer para a Zambézia, mas para a Vila de Sena, do outro lado do rio.

 A notícia caiu como uma bomba, o tom de Leonor não dava espaço a qualquer réplica. Sem dúvida, alvitrou Jei-Jei, a decisão baseava-se num acerto prévio com Elize e no fato de Candal estar em fraca posição para contestar. Eles os três eram clientes, mas só as duas estavam em situação de decidir.

Dos restantes, Phuong via o seu estatuto já de si incerto cada vez mais fragilizado, e os outros pouco tinham que dizer. Matsolo ainda ensaiou uma certa resistência, alegando a impossibilidade de atravessar o rio (a ponte não permitia a passagem do *Hiace*), mas Leonor retorquiu que, nesse caso, atravessariam a pé. De modo que, de madrugada, enquanto Matsolo subia o rio com Phuong e Chintamuende, procurando uma maneira de o atravessar com o carro, os restantes puseram-se a caminho para percorrer a pé os quase quatro quilômetros da ponte de Dona Ana que os levariam até à Vila de Sena.

CAPÍTULO 17

A travessia é quase sempre mudança e movimento. Mas traz consigo o risco de se tornar permanente, caso faltem forças para prosseguir e seja já tarde para recuar. Entra-se então no domínio das coisas imóveis, excluídas do tempo.

De madrugada, naquela altura do ano, a Ponte Dona Ana mergulha numa névoa muito própria, indecisa entre o anil e o rosado, uma névoa que nos impede de ver, nos obriga a adivinhar. Aquilo que o grupo via — além de outros viajantes madrugadores que estavam perto, embrulhados em capulanas, gorros e balaclavas — era apenas uma placa de metal já um pouco enferrujada, com o anúncio de obras de reabilitação da ponte e da linha férrea que segue ao longo dela, um anúncio cujo título RIO TINTO, em grandes letras negras, parecia referir o grande rio que correria embaixo do tabuleiro. Depois da placa, o caminho mergulhava na referida névoa e parecia infinito.

O grupo pôs-se em movimento assim que os guardas permitiram que se começasse a atravessar (a Leonor, imagino eu, quando tal aconteceu terá ocorrido uma abertura de portas de uma loja do Chiado em dia de saldos, a mesma precipitação da turba, mas desta feita em câmara lenta e em silêncio). Na frente, como que abrindo caminho, talvez por ser o único de entre eles que por ali alguma vez havia passado, ia Candal. Era como se caminhassem às cegas no interior das nuvens. Um quarto de hora mais tarde, disse Jei-Jei, o nevoeiro começou a dissipar-se e o dia rompeu como uma milagrosa revelação. Ao mesmo tempo que os últimos fiapos de frio dispersavam, afastados pela chegada da luz mais franca da alvorada, e que as roupas se tornavam pesadas e úmidas, também o mundo se ia abrindo e clareando para espanto de quem caminhava. Primeiro surgiram os arcos formados por uma emaranhada teia de metal sobre as nossas cabeças, disse, para desgastar e acabar com a ideia de infinito, transformando o caminho num túnel que a repetição viria a tornar quase monótono, quase como se caminhassem por ele sem lograr sair do mesmo lugar. Com a subida do sol, o caminho foi-se tornando ele próprio uma intricada rede de luz e sombra, em resultado do efeito conjugado da projeção da sombra dos referidos arcos e dos riscos de luz esverdeada que vinham de baixo, do rio que passava, que atravessavam as juntas das traves no chão do passadiço que eles pisavam. Decorrido o processo de descoberta, deram por si caminhando já sobre o rio propriamente dito, disse Jei-Jei, com águas que se adivinhavam fundas, em movimento lento, mas imparável, carregando à superfície folhosos ramos de árvore, pequenos barcos de pescadores que começavam a lançar redes ou levavam já pessoas para a outra margem e, também, hipopótamos cujos dorsos, vistos assim de cima, faziam lembrar as canoas viradas de um naufrágio em curso.

Na caminhada, o grupo foi deparando com muita gente, uns cruzando-se com eles, outros seguindo também na direção de Sena. Havia mulheres com filhos às costas e grandes trouxas à cabeça, homens de bicicletas pela mão, um velho esguio com um feixe de canas-de-açúcar. Era como se procurassem todos, na outra margem, aquilo que faltava naquela onde viviam. Ou traziam mercadoria da cidade da Beira, roupas de bebê, vestidos de chita e capulanas, utensílios de plástico, coisas assim de fancaria, ou então iam com mapira e feijão para vender. Havia também grupos de rapazes pescando à linha, pendurados nos pequenos vãos da intricada estrutura de metal da ponte, acocorados em sítios impossíveis e atentos às águas lá embaixo. Sobre as suas cabeças, pousados no alto dos arcos, grandes pássaros brancos agitavam as asas aguardando impacientes pelas sobras. Adiante, já passado o meio do caminho, depararam com um grupo de operários, alguns deles com capacetes amarelos, ocupados com a colocação de travessas e o aperto de enormes parafusos. Faziam-no com todo o vagar do mundo, interrompendo constantemente o seu trabalho para interpelar quem passava, conversar entre si ou comprar fruta ao enxame de vendedores que volteava ao seu redor, quase todos jovens. Os operários eram os senhores daquele lugar, tudo girava à sua volta. De alguma maneira eram também donos do futuro uma vez que do trabalho que faziam resultaria algo ainda melhor naquela ponte já de si tão preciosa para todos, algo em parte anunciado por eles nas conversas que tinham com quem passava, em parte fabricado pela crédula imaginação popular a partir do aparato que os cercava. Resultava dessa grandeza uma certa lentidão nos gestos dos operários, uma certa malícia que se estendia à lentidão das raparigas que passavam, atentas à possibilidade de um bom partido ou simplesmente demasiado tímidas para os pôr no seu lugar.

Face a este mundo muito próprio, Leonor, alvitro eu, sem que Jei-Jei me tivesse dito nada a respeito, ter-se-á posto a imaginar a travessia de Mizere, tempos antes. Muito direita, com a cabeça mergulhada na penumbra criada pelo guarda-sol que a pequena ajudante atrás empunhava, levando a cabaça das cinzas como se levasse um pequeno e dolorido tesouro, ali ia Mizere como uma rainha! Há de ter atraído uma atenção intrigada pelo menos de uma parte dos trabalhadores da ponte. Quem vai ali com tal pose? Um deles pode mesmo ter-se dirigido a ela em tom irônico, querendo saber o que ia dentro da cabaça, de onde lhe vinha tanta altivez. Os outros hão de ter censurado esse tom pouco respeitoso no tratamento de uma mulher assim marcada e velha, com um olhar que por si só convidava a uma certa prudência no trato, um olhar cheio de mistério. E ela há de ter passado sem dar sinais de ter ouvido, focada no que tinha para fazer tal como focada ia agora Leonor, avançando com uma clara finalidade, desinteressada do fervilhar do mundo em volta.

Já Candal avaliava de modo diferente a situação. Estavam apeados, não sabiam o que vinha pela frente nem sequer se voltariam a ver Matsolo e o *Hiace* nos tempos mais próximos. O fato de Phuong ter optado por ir com os do carro era motivo de redobrada preocupação. Quem sabe se o vietnamita não conseguia convencer o motorista a seguir outro destino, levando-os para longe desta história? Quem sabe se não teriam de descobrir outro modo de sair dali? Eram estas as perguntas que em silêncio se colocava a si próprio. Candal passara por aqui em tempos recuados, mas só um par de vezes: o seu vaivém chegava apenas à margem de Dona Ana para voltar outra vez para cima, N'cungas, Caldas Xavier, onde estava a guerra que lhe competia combater. E a passagem mais vívida e confusa fora também a última, quando o levaram quase morto, um olho fechado por um estilhaço, e pensou que se despedia desta terra para sempre, de fato de todas as terras. A última visão que teve é também aquela que tem agora, do rio a relutar em ser vencido e da ponte a relutar em acabar-se, deixando de cruzar as águas para passar a cruzar as terras baixas e alagadiças, mas prosseguindo sempre sem qualquer esmorecimento, como se fosse interminável, infinita. Depois, o Alouette sobrepondo-se a todos os sons e a pequena Vila de Sena a ficar para trás no mar da poeira que as pás do rotor levantavam. Sim, hoje está de volta e tudo lhe parece idêntico e ao mesmo tempo tão diferente. A gente é a mesma, mas a ninguém ocorre dobrar-se à sua passagem, saudar o semideus. Olham-no apenas com curiosidade ou indiferença.

Quanto a Jei-Jei, é natural que partilhasse algumas das preocupações de Candal, mas para mim é evidente que por esta altura tinha outras, muito próprias. As informações que me transmitia iam deixando aos poucos de ser a ordenada torrente a que me habituara, e que aliás fazia parte do pacto que firmáramos. Atirava-me agora frases soltas e impacientes, ou exaladas como suspiros, dava conta de uma reação inexplicável, um gesto suspeito, um pormenor da natureza, tudo isto, já o referi, sem a preocupação de um encadeamento já nem digo que me levasse a entender as coisas, mas ao menos que lhe permitisse a ele ter uma perspectiva, o que constitui, em qualquer circunstância, o ponto de partida de um diálogo, seja ele qual for. Por outras palavras, falava comigo, nas mais raras vezes em que comunicava, como se atirasse reflexões cruas e espontâneas para dentro do telefone, que para o caso bem podia estar desligado. Em consequência, já o disse também, cresciam em mim, por sua vez, as dificuldades em ordenar a escassa informação. Cada vez mais se instalava a sensação de que, ao contrário de tornar mais nítido aquele mundo recuado, a viagem ia tornando cada vez mais vagos e imprecisos os viajantes.

E, também, mais vaga e imprecisa a natureza: pelo que depreendi, chegaram à outra margem muito antes de chegar de fato, começaram a falar em deixar a ponte quando iam apenas a meio dela. É que, ali, ao rio sucede-se uma grande extensão de terrenos baixos e alagadiços, cruzados por um emaranhado de fios de água, mais a mais nesta altura do ano em que o rio corre magro e as margens se tornam mais indecisas, formando dispersas ilhotas de areia cinzenta onde os crocodilos se espraiam tomando sol como troncos ressequidos, ilhotas polvilhadas de tufos de vegetação própria das margens, capim-elefante, verduras grossas, tensas como cordas, bolbos de um verde vivo com folhas brancas ou lilás onde as aves, algumas de grande porte, pousavam a descansar. Em resultado, estava-se no rio e já se tinha deixado o rio, estava-se a chegar e muito longe ainda de chegar, numa indecisão que dava azo a uma insuportável ansiedade.

Resta Elize, a mais distante, a mais alheia a todas estas preocupações. E, talvez por isso, a mais interessada em tudo o que ocorria em volta. Chegou mesmo, disse Jei-Jei, a comprar alguma fruta aos vendedores com que se cruzaram.

* * *

Pensão Nhamachereme, na avenida principal de Sena. Uma rua larga, de terra batida, com um arremedo de aleia ajardinada e demarcada por pedras a meio onde medram uns restos de erva, e que amanhece sempre envolta em nuvens de poeira por ser a essa hora em que a varrem com feixes de ramos secos para dar solenidade à abertura do mercado, mesmo em frente. Ali, Elize voltou a comprar fruta no primeiro dia, quando acompanhou Leonor em busca do lugar de Mariamo (não passava por um mercado sem o visitar, nem evitava conflitos com as vendedeiras: respondia-lhes à letra, embora em língua diferente, sem se deixar atemorizar por quem contava com o retraimento da clientela no seu jogo de vender ao melhor preço).

Depois, seguiram as duas, acompanhadas por um bando de crianças barulhentas. Enquanto Elize persistia na atenção ao que acontecia em volta, Leonor fechava os olhos e ficava atenta, deixando reverberar em si os ecos da voz de Mizere para ter indicações que dar às crianças. Seguimos ao longo da estrada larga perpendicular à linha férrea, passamos uma loja que diz *V. Mabuleza Comercial, Armazéns Sena*, viramos mais ou menos onde há uma torre de água, prosseguimos por um carreiro que segue junto a um muro e por aí fora, ia dizendo a voz, e Leonor repetia num sussurro — armazéns, torre, carreiro, muro — e as crianças apontavam com os pequenos dedos, e o grupo prosseguia. Foi assim que chegaram junto da velha fortaleza, ou da ideia dela resumida numa fila de pedras soltas e um pórtico muito desgastado. Mizere, dentro de Leonor, fez uma pausa, calou-se. Era ali.

Olharam em volta. Havia as tais pedras, migalhas da fortaleza mastigada pelos anos, mais terra nua, troncos apodrecidos, dois ou três velhos canhões e, a certa distância, capim e algumas maçaniqueiras. Nenhuma indicação mais. Leonor sentou-se pacientemente numa pedra, à espera de um sinal. A seu lado, Elize abriu o saco e distribuiu bananas pelas crianças. Entre estas estava um rapaz um pouco mais velho do que os restantes, e com certo ascendente sobre eles. Chamava-se Lirimi e era muito magro e sério. Segundo disse Jei-Jei, que ouviu de Elize (por sua vez, a sul-africana ouviu estas explicações de Leonor, uma vez que não entendia o que o rapaz dizia), enquanto comia a sua banana Lirimi pôs-se a explicar que aquele lugar se chamava Separado, por ser ali que no tempo antigo enterravam os brancos e os árabes, longe dos mortos comuns. Era um lugar habitado desde sempre por um casal de pigmeus irrequietos, muito espertos, capazes de falar todas as línguas que há na terra (as restantes crianças confirmavam com acenos de cabeça). No antigo ano de 1950, prosseguiu Lirimi, por alguma razão misteriosa que ninguém consegue explicar, os pigmeus desapareceram, substituídos por abelhas mágicas que ainda hoje habitam o lugar e protegem uma pedra especial da fortaleza que os portugueses quiseram levar. Durante vinte e um dias fizeram todos os esforços para a desenterrar, mas a pedra recusava mover-se. Foram então buscar mais recursos e cinco anos mais tarde voltaram ao local com cordas, ganchos, correntes, guindastes, máquinas e muita gente contratada. Desta vez a tentativa durou vinte e dois dias, parecia mais empenhada, mas mesmo assim não conseguiram arrancar a pedra do chão. Quanto mais se esforçavam, mais ela se aninhava. Concluíram então que a tarefa era impossível e limitaram-se a escrever na pedra uma mensagem. E Lirimi apontou o pórtico. Leonor leu a mensagem:

NO REINADO
D'EL-REY D. CARLOS I
SENDO GOVERNADOR GERAL
DA
PROVINCIA DE MOÇAMBIQUE
JOÃO ANTONIO D'AZEVEDO COUTINHO
FRAGOSO DE SEQUEIRA
E

> GOVERNADOR DO TERRITORIO
> DE
> MANICA E SOFALA
> ALBERTO CELESTINO FERREIRA
> PINTO BASTOS
> MANDOU A COMPANHIA DE MOÇAMBIQUE
> RECONSTRUIR ESTE PADRÃO
> ANNO DE 1906

Ao lado, um pequeno enxame voejava perto de uma pedra, na sombra de uma grande árvore de *kachere*, uma figueira brava. Leonor fechou os olhos e sentiu o ofegar curto de Mizere colorindo o silêncio, o que só podia significar uma confirmação. Por isso, o que Lirimi acrescentou antes de se calar, que aquelas eram as abelhas mágicas, não constituía novidade. Acabava-se aqui um longo caminho iniciado desde que Leonor Basto se olhava como gente. As evasivas da avó Alzira, as alusões na escola, os diálogos de silêncio entre o pai e Candal nas noites de Oeiras, as palavras misteriosas murmuradas no leito da agonia — *Mariamo, Caldas Xavier* — tudo isso terminava aqui à sombra desta árvore. E, como que adivinhando a solenidade do momento, todos também se calaram. As crianças deixaram-se ficar imóveis, Elize manteve os olhos fixos na fita trêmula do Zambeze, ao longe, um risco de azul intenso atravessando a paisagem. Não havia sequer uma leve brisa para agitar a natureza, a figueira brava tinha as folhas pendentes como se a pejasse um bando de morcegos pendurados a dormir, as grandes nuvens brancas recusavam-se a passar, era como se o mundo estivesse em suspenso. De olhos fechados, Leonor sentiu que o silêncio, que por um instante parecera eterno, ia perdendo profundidade, deixando que começasse a penetrar no seu âmago o marulhar tênue de um fio de água. E, à medida que este alegre som crescia, cresciam com ele os outros sons, os pássaros chilreando e outra vez as crianças vozeando, como se ali estivesse a começar a crescer um jardim igual ao de

Mizere. As abelhas partiam atarefadas em todas as direções, levando nas patas as palavras da língua sena colhidas nas pedras para enriquecer as línguas dos outros lugares que há no mundo. Assim se espalhava Mariamo, repartida por todas essas palavras.

Do lado de lá do rio, achou Leonor, Mizere há de ter sentido um estremecimento benfazejo percorrendo-lhe o corpo cansado. Abriu os olhos e sorriu. Algo de novo começava.

* * *

Enquanto os outros atravessavam o rio pela ponte nas circunstâncias que foram descritas, Bandas Matsolo conduzia o *Hiace* para norte. Ia devagar, atento a todas as indicações, como se apalpasse o lombo do rio para o poder montar. Algum modo descobriria de passar para o outro lado. O primeiro trecho, até uma pequena aldeia chamada Caetano, decorreu sem problemas de maior. Phuong, imagino eu, debatia-se com um dilema: se corresponderia melhor aos seus interesses tentar convencer Matsolo a seguir para Tete ou se devia antes deixar-se ir no desvario que parecia ter tomado conta do grupo. Com o surgimento das primeiras dificuldades (tiveram de trocar uma roda na aldeia de Tomo, logo a seguir, em resultado de uma pedra aguçada), reforçava-se a primeira possibilidade, aquela que sabemos que era a sua desde o início, embora não inteiramente aclarada. Mas faltava-lhe ainda a coragem de abrir o jogo com Matsolo, de desafiá-lo a largar os outros, um ato que no fundo não era de rebeldia, mas sim de conformidade com os desejos do Coronel, o seu patrão. Era isso que diria a Matsolo, mas faltava-lhe ainda a coragem, por causa da proximidade que notara entre o motorista e Jei-Jei ao longo da viagem. E era pena Jei-Jei não ter optado por vir com eles, caso em que teriam aumentado muito as possibilidades de convencê-lo. Mas não, Jei-Jei havia dito não querer deixar sozinhas as mulheres. *Sempre as mulheres!*, praguejou Phuong em pensamento. Desde Zwickau que aquele rapaz tinha o problema das mulheres. Havia ainda, claro, a possibilidade de recorrer diretamente à autoridade do Coronel Boaventura Damião. Mas, naquelas terras baixas e remotas cada vez se afigurava mais difícil estabelecer ligações telefônicas. Além disso, fosse qual fosse a hierarquia dentro daquele projeto, a distância não lhe tinha feito bem: as obediências de Matsolo e Jei-Jei tornavam-se a cada dia mais ambíguas. Sim, imagino que hão de ter andado à volta disto as cogitações de Phuong.

Quanto a Matsolo, ia perguntando aqui e ali, à medida que avançavam. O problema é que naquela seção do rio, e ao contrário do que acontece em frente à Mutarara, as zonas baixas estavam na margem de cima, aquela que eles percorriam, e consequentemente não tinham terreno sólido onde se apoiar para levar a cabo a travessia, apenas extensas áreas alagadas como as que se referiram já quando da aproximação à Vila de Sena. Por isso o *Hiace* avançava devagar, à procura de uma aberta, de molas tensas e motor ao rubro. Adiante no caminho, alguém lhes disse que na aldeia de Tuera havia um pescador que tinha uma barcaça e, para grande contrariedade de Phuong, Matsolo deixou a estrada principal por alturas da localidade de Vinho e rumou a Tuera por um caminho ladeado de *nsenjere*, um capim-elefante que cresce a grande altura, caminho esse que se internava nas ditas terras baixas ao ponto de desaparecer a espaços, para voltar a surgir à frente sempre cada vez mais tênue, mais desfocado e enfraquecido. A distância era curta, mas levaram nela todo o dia. As armadilhas espreitavam, quer fossem súbitas interrupções do caminho por empertigados fios de água surgidos do nada, e que era preciso atravessar recorrendo a troncos que levavam tempos infindos a achar, quer por súbitos pedregulhos capazes de imobilizar para sempre o *Hiace* se o apanhassem, surpreendentes naquela zona onde havia pouca pedra. Se não eram estes obstáculos eram outros piores, como um chão que de repente se revelou frágil, incapaz de suster o peso do carro, escondendo por baixo de si uma lama negra quase líquida onde o *Hiace* assentou, sem forças para prosseguir. Houve então que cobrir a pé o resto da distância, felizmente pouca coisa, entre o local da contrariedade e a aldeia de Tuera. Regressaram com um grande grupo de homens arrebanhados nas redondezas (Cordore, Camba e outros lugares cujo nome não se apurou), e passaram a tarde empurrando, puxando com cordas, espalhando capins e cascas de árvore para secar um pouco o terreno e o *Hiace*, entretanto desencovado, poder avançar. Quando por fim chegaram ao chão um pouco mais seco de Tuera, enlameados e exangues, o sol já se punha atrás das árvores, do outro lado do rio de águas correntes que finalmente viam de perto.

Passaram o início da noite a negociar o aluguel de uma barcaça que pouco mais era do que um amontoado disforme de troncos e tábuas que umas cordas e arames agregavam, e que o patrão Toninho, o proprietário, um marinheiro que estava sempre a tossicar, assegurava ser capaz de navegar. Mas, da mesma maneira que se houvesse muita água ele diria ser difícil a almejada travessia em direção à vila de Chemba, do outro lado, de onde poderiam seguir por estrada até Sena, dizia agora que a falta dessa mesma água trazia consigo inúmeros perigos. No fundo, pensou Matsolo, disse Jei-Jei, o que ele havia de querer era uma compensação mais elevada pelo serviço. Discutiram o preço durante bastante tempo. O patrão Toninho, sem tirar da boca a beata de palha incandescente, argumentava que além das dificuldades e dos perigos haveria depois que regressar, o que implicava duas empreitadas, sendo a segunda mais fácil por não ter em cima o *Hiace*, como argumentou Matsolo, mas mais difícil por ter de ser feita contra a forte corrente que descia, como replicou o homem. Mais a mais, acrescentou este último, entre duas tossicadelas, por ter de se tornear as falsas ilhas que havia a meio, que não eram altas o suficiente para nelas se assentar uma aldeia, mas eram-no, no entanto, para fazer naufragar uma navegação menos atenta e cuidadosa. Enfim, concluídas as negociações e estabelecido o que havia a pagar (além do dono da barcaça, havia ainda que ter em conta os marinheiros que o ajudavam na tarefa), foi oferecido aos viajantes o bónus de um caril de *capenta*, um peixe que abunda por todo o rio Zambeze. Fizeram-no com o intuito duplo de celebrar o fecho do negócio e de pôr em prática a hospitalidade que existe sempre nesta região, por magros que sejam os seus recursos.

    Matsolo disse a Jei-Jei que se deixou tomar por múltiplas e contraditórias sensações enquanto mastigava. Olhando em volta, recolhia coisas que ele pensava terem ficado para sempre perdidas no tempo e que voltavam agora à superfície: o cheiro acre do peixe e da farinha e da lenha que ardia, o fumo que lhes avermelhava os olhos, os comensais estendendo a mão para o prato da *shima* no centro da esteira, as latas de água de rebordos rugosos onde cada um bebia, que deixavam na boca um rastro de amargor metalizado. E, na orla mais escura, mais afastadas da fogueira, mulheres e crianças observando. Soube-lhe o peixe ao mesmo que há muitos anos, numa outra vida, quando ele e os companheiros também apalpavam caminho para atravessar um outro rio, e chegavam a aldeias que no fundo não eram diferentes daquela. Talvez na altura o mato guardasse perigos maiores, mas em contrapartida a força do seu próprio corpo era outra, capaz de o levar a grandes distâncias, de lhe permitir mais vigor e atenção. Aqui não havia o solitário rinoceronte de outrora. Sem saber por que, esta ideia levou-o diretamente ao solitário Damião, o Camarada Damião, o Coronel Damião. Na altura desenhando com palavras categóricas o futuro e falando de princípios com voz aguda, projetada a grande distância como convinha à mensagem de um comissário político, não a voz que tem hoje, mais áspera e rouca em virtude das rugosidades que o *whisky* foi lavrando nas paredes dos canais onde se forma a voz que profere as palavras. Uma voz já não adequada aos grupos ou assembleias de outrora, mas a escassos pares de orelhas obedientes que ouvem projetos discretos, urdidos em salas e gabinetes.

Era já tarde. Matsolo interrompeu estes pensamentos e recolheu ao *Hiace* para descansar. Ouvia-se o som dos grilos e uma ou outra gargalhada dos que haviam ficado (Chintamuende estava particularmente animado). Mas durou pouco a paz de Matsolo. Mal tinha fechado os olhos, foi despertado pelo silvo da porta de correr e entrou Phuong muito agitado, de telefone na mão e o Coronel em linha. Tinha conseguido o milagre de uma ligação!

— O chefe quer falar contigo.

Matsolo levou tempo a reagir, sabia o que aí vinha. Maldisse Phuong, de si para si. Pelo que havia dito já ao Coronel sem ser na sua frente, enfim, por ser quem era. Pegou no telefone e clareou a garganta para responder, mas nunca chegou a mais do que a polvilhar o silêncio com alguns sins, ao mesmo tempo que anuía com a cabeça. Sim, sim, sim, foi tudo o que Phuong, ao lado, ouviu da boca de Matsolo enquanto durou o telefonema. Imagino que o motorista ouvia uma voz rouca que a dificuldade da ligação fazia trêmula, pouco clara, confusa. Depois, a dado passo, Matsolo virou-se para Phuong, e disse:

— A chamada caiu.

Devolveu-lhe o telefone e virou-lhe as costas, sem mais uma palavra. Acomodou-se no banco, puxou a manta para cima e fechou os olhos para voltar a adormecer, enquanto Phuong tentava desesperadamente restabelecer a ligação.

Mas Matsolo não dormiu. A voz sombria ecoava-lhe nos ouvidos, atualizando de alguma maneira as ordens. E, como acontece sempre no umbral do adormecimento verdadeiro, deixou que as ideias escolhessem elas próprias o caminho, sem interferência sua. Pensou na dificuldade que Damião teria em sentar lá fora o corpo já arredondado, no garfo que pediria para provar a contragosto aquele peixe de cheiro agudo e sabor acre que os outros partilhavam com as mãos, um sabor quase esquecido, na garrafa de *whisky* que o ajudante de campo lhe iria buscar ao carro. Sim, mais depressa o Coronel ficaria nesta margem, entretanto conquistada, do que partiria com ele na aventura da barcaça em direção ao outro lado do tempo. Um lado ousado e desconhecido, talvez um pouco hostil até, mas simultaneamente mais parecido com a margem antiga, aquela em que eles acordavam sempre com ideias novas e vontade de as pôr em prática. Naquele tempo, naquela aldeia de cinzas e gente esquálida, lá em Caponda, também um mais jovem Matsolo terá decidido partir em perseguição do inimigo para o fazer pagar pelos seus crimes, e foi o Comissário Político que impediu a travessia. Seria isso que ele ali faria se conseguisse sentar-se na esteira e depois que o ajudante de campo fosse ao carro buscar-lhe o *whisky*. Num sussurro destinado apenas ao par de orelhas do motorista, ordenar-lhe-ia que desistisse da travessia? Era isso que ainda há pouco tentava fazer a voz rouca vencendo montanhas, rios e florestas, cobrindo enormes distâncias, falando em disciplina, uma roupagem antiga com que tentava envolver um conceito novo. Estava aqui o segredo, concluiu Matsolo: o Coronel usava palavras antigas, mas dava-lhes um sentido novo para que o mundo de hoje, sendo diferente, nos surgisse disfarçado de antigo e confiável mundo. Melhor seria o contrário, pensou: o recurso a novas palavras para fazer prevalecer hoje o sentido daquilo que se perdeu. Quem era hoje o Coronel Boaventura Damião, além de seu patrão? Quem era ele para si próprio, até? Alguém que perdera a memória ou, pelo contrário, alguém que lograva domesticá-la com mestria? De qualquer maneira, fosse ele quem fosse, as coisas nunca se repetem. Felizmente que a sua autoridade chegava a este vale perdido com as tremuras e intermitências de uma ligação telefônica muito frágil, que mal se conseguia ouvir. E, com esta tranquilizadora ideia na cabeça, Matsolo pôde finalmente virar-se para o outro lado e adormecer de verdade.

No dia seguinte, bem cedo, com os fumos noturnos ainda a dissipar-se, vieram muitos homens empurrar o *Hiace* e metê-lo em cima da barcaça. Calçaram-no, amarraram-no com cordas e tiras de câmara de ar, ao mesmo tempo que se empenhavam em grandes discussões sobre a melhor maneira de fazer as coisas.

Por fim, lá largaram, o dono da barcaça dando ordens enquanto os marinheiros, munidos de grandes varas, faziam mover o conjunto e tentavam manter a direção. Tudo sempre envolto em pequenas discussões, como se houvesse várias maneiras de levar a cabo aquela única tarefa. Tudo sempre beirando o naufrágio.

Assim que largaram, contou Matsolo a Jei-Jei, era como se a margem começasse a mover-se lentamente enquanto a barcaça e a grande massa de água permaneciam imóveis. Em cima, as nuvens brancas acompanhavam a margem nesse movimento, e era como se o fato acentuasse uma espécie de solidão já sentida na barcaça cercada de água, como se na verdade ela se tivesse despedido do resto do mundo. Os grandes capins *nsenjere*, as aves que rodopiavam por cima (agitadas pela ilusão que a barcaça criava, de trazer peixe), palhotas isoladas ao rés da água, bandos de crianças irrompendo da vegetação e acenando das gamboas, armadilhas de pesca com as suas formas inesperadas, e também crocodilos quietos como velhos troncos, olhando o mundo de soslaio — tudo partia em viagem na direção que eles deixavam para trás. Em cima da barcaça, apenas Chintamuende parecia apreciar com gosto a travessia. Após anos e anos na imobilidade de N'cungas, movendo-se somente dentro das suas memórias, ao som da máquina de coser, o velho via finalmente o mundo em movimento (já Matsolo, conquanto avançasse na direção desejada, olhava o *Hiace* balançando sobre as águas e isso enchia-o de preocupação). Mais perto, surgiam inúmeras coisas flutuantes ou parcialmente enterradas nas águas, parcialmente submersas, muitas delas surpreendentes — um tampo de sanita, meia mala de cartão, um animal inchado de pernas para o ar, disse — umas parecendo lentas, quase imóveis, outras passando mais rápido que a própria barcaça, tudo isto retirando às águas uma coesão que a princípio pareciam ter e instalando a noção, repetiu, de que tudo se movia menos a barcaça. Daí o ininterrupto esforço dos marinheiros para a resgatar dessa espécie de maldição que era a imobilidade. Faziam-no entoando um coro dolente:

Munda wathu ndi madzi
Manguana tinalima madzi
Posi, piri, tatu,
Tinaenda sogolo
Tinaenda kafika kunyumba![4]

    Ao contrário do que seria de esperar, as vozes dos embarcados não se espalhavam ao redor, permaneciam antes volteando por cima da barcaça, aprisionadas nas paredes de um ar denso que as impedia de espalhar-se. Ao mesmo tempo, conquanto o céu permanecesse de um azul intenso por cima das cabeças, as margens, agora um pouco mais distantes, mergulhavam numa névoa que esbatia as formas e ajudava a acentuar a referida solidão. Vista das margens, continuou, a barcaça, se assim se podia chamar àquele amontoado disforme de matérias flutuantes, haveria de dar a sensação de irromper da sua própria névoa como um imenso e algo sinistro aranhiço cuja cabeça seria o próprio *Hiace*, e as antenas e patas as grandes varas dos pescadores tateando as águas.
    Durante um certo tempo, uma espécie de revigorar da corrente facilitou o trabalho aos marinheiros, que quase se limitavam a tentar intervir levemente na direção que a barcaça tomava. Pelos vistos, com pouco sucesso dado que, por volta do meio-dia, tendo já perdido há muito a *entrada* de Chemba (chamavam-lhe assim, como se as águas tivessem caminhos definidos e portas que cruzar), surgiram-lhes na frente dois grandes bancos de areia que costumam formar-se a meio do rio em frente a Susse. Procuraram ultrapassá-los apontando ao canal que os dividia (era já tarde para os contornar), e apesar de a princípio parecer que a manobra corria bem, já no fim do canal aconteceu o que temiam, a barcaça encalhou e quedou-se imóvel como se

---

[4] Lavramos a água / Amanhã lavraremos a água / Uma, duas, três vezes / Vamos em frente / Vamos até chegar a casa!

ganhasse uma súbita raiz, uma âncora que não tinha, ligeiramente adornada, sem que esforço algum fosse capaz de a tirar dali.

A partir desta altura as coisas começaram a mudar, ou pelo menos mudou a natureza do relato que Jei-Jei fazia, apoiado na experiência de Matsolo. Tudo se tornou mais fantasioso e ao mesmo tempo definitivo, a sua voz assumiu um tom que não deixava lugar a argumentações ou sequer a pedidos de maior clareza e precisão. Instalou-se em mim a dúvida sobre em qual dos dois, Matsolo ou Jei-Jei, tinha origem esta espécie de possessão categórica: ou Matsolo estava já afetado pelo desenrolar dos acontecimentos ou então era o meu amigo que pegava no relato do motorista e o transformava ao sabor do seu próprio estado de espírito. Aos poucos fui percebendo que Jei-Jei se irritava com o fato de eu estar repetidamente a pôr em causa as suas palavras, insistindo, num agastamento crescente, que se limitava a relatar o que Matsolo lhe contara. Isto queria dizer que a perturbação se localizava na fonte, isto é, no próprio Bandas Matsolo, conclusão reforçada pelo fato de, decorrida a crise, o motorista ter recuperado alguma da sua proverbial serenidade e, consequentemente, os relatos de Jei-Jei, embora mais escassos, terem reassumido um tom de quase normalidade.

Voltemos à barcaça, que esforços, canções e lamúrias não fizeram mover um milímetro, enquanto o dia se escoava. Naturalmente, os forasteiros viraram-se para o patrão Toninho que, todavia, lhes devolveu o ar de espanto, como se também ele estivesse a atravessar o rio pela primeira vez. É assim, o infortúnio tende muitas vezes a unir as pessoas numa mesma condição. Pensando bem, não era a experiência que distinguia uns e outros (embora alguma o barqueiro tivesse), mas sobretudo a resposta às situações. Longe de se sentir na antecâmara do pânico como eles, o que transpirava do patrão Toninho, num momento como este, era a paciência. Paciência suficiente para, após uns momentos de intensa discussão com os seus homens, se virar para Matsolo e dizer apenas:

— Vamos esperar.

Como se a espera fosse um passo técnico para a resolução do problema; como se, modesto, conhecesse os limites daquilo que podia fazer para interferir na situação, desafiando com isso o destino.

Esperaram, portanto, enquanto a noite descia. Phuong olhando Matsolo com um rancor silencioso, este olhando a margem. Chintamuende sorrindo. Acendeu-se uma fogueira, meteram-lhe em cima uma panelinha fuliginosa para cozer a *shima*. No fundo, talvez a tripulação estivesse acostumada a estes seminaufrágios.

Ao longe, para ambos os lados do rio — e salvo um ou outro ponto luminoso, uma fogueira maior, talvez um gerador solitário alimentando uma luz — a escuridão era total. Em cima, depois que as nuvens prosseguiram a viagem para jusante, agora pouco mais que escuros farrapos, destapou-se um céu onde milhões de estrelas polvilhavam um fundo de breu, uma poeira de luz. Um súbito momento de paz depois de toda a excitação. Para Matsolo, disse Jei-Jei, era como se as águas se tivessem tornado sólidas, como se a barcaça levasse a cabo uma navegação mágica e imóvel sem sequer o ligeiro balanço que têm sempre as navegações; como se o tempo se suspendesse e a viagem prosseguisse numa outra dimensão, já no exterior dos nossos dias. O conflito entre as pessoas, o sopesar das ações, tudo isso parecia agora inútil e distante. E, no entanto, faltava qualquer coisa a esta perfeição. Matsolo levou um certo tempo a descobrir o que era, disse. E acabou por lhe parecer que faltava o som dos grilos (a ilhota não tinha vegetação, salvo uma planta carnuda, mas rala, que explodia com um ruído surdo quando era pisada), faltava o som dos grilos, dizia, substituído por um silêncio espesso cortado de quando em quando por um súbito marulhar, um restolho de passos maus no escuro das águas, um pesadelo mudando de posição.

Acabava ele de chegar a esta conclusão quando irrompeu um grito rouco, espalhando no seio deles o sobressalto. Rapidamente olharam em volta e deram pela falta de um dos marinheiros que se afastara pelo areal para verter águas ou coisa assim. Enquanto os gritos roucos prosseguiam, Matsolo ligou os faróis do *Hiace* e todos correram na direção para onde apontava a luz. Os marinheiros sabiam ao que iam, levavam consigo os grandes varapaus com que costumavam guiar a barcaça. Segundo Matsolo, a areia era fofa, fazendo com que os pés se enterrassem a cada passada, o que dificultava o movimento e fazia com que os mais velhos ficassem para trás. Na distância, assim que os outros lá chegaram, a imagem que viu era confusa, vultos agitando os braços e explosões súbitas de espuma branca entrando e saindo dos focos de luz. Quando ele próprio chegou mais perto já os marinheiros batiam com os varapaus na água e espicaçavam um grande crocodilo-do-nilo que tinha o pobre companheiro preso por um tornozelo. Durou tudo breves instantes e, ou o animal cedeu às pauladas e aos gritos, ou aliviou a mandíbula para mudar de posição a fim de abocanhar melhor, o que é certo é que de repente o pobre homem conseguiu soltar-se e arrastou-se de gatas pela areia fora. Ao mesmo tempo que os companheiros o puxavam, a besta deu meia volta e mergulhou nas águas escuras, desistindo pelo menos por enquanto. Phuong e Matsolo trataram então de transportar o ferido de volta à barcaça, enquanto os restantes ficaram ainda um bocado esquadrinhando o rio, suspeitando de cada sombra gerada nas águas, de cada suspiro que o vento trazia e lhes soava a um suspiro de despeito. Pretendiam também, com uma espécie de vingança, descarregar a tensão acumulada. Mas acabaram por regressar à barcaça e por se meterem todos no *Hiace* a fim de esperar a claridade. Se o animal desistiu de se saciar ali, permaneceu, no entanto, presente na mente de todos quantos dormitavam nos bancos, possuídos daquele estado cinzento que há entre o sono e a vigília, imersos num denso e acre suor criado pelo esforço levado a cabo e pelo terror, e cercados pelos gemidos do marinheiro ferido e pelos ecos das batidas secas da cauda do animal golpeando a água.

Na manhã seguinte, aproveitaram a subida das águas para se desprenderem, retomando sem incidentes de maior a descida do rio até darem com a margem num lugar chamado Sone, onde puderam, depois dos esforços do desembarque, seguir por um caminho que ia ter à estrada vinda de Chemba. Ao fim da tarde, sempre acompanhados pelos gemidos do marinheiro ferido, davam finalmente entrada na Vila de Sena.

CAPÍTULO 18

É nas dobras do tempo e no concreto dos lugares que se esconde a chave dos acontecimentos. É também ali que se formulam novas perguntas, para que o jogo das causas e dos efeitos continue a ser jogado.

Por esta altura agravam-se as importantes fissuras na coesão do grupo. Não só no seio dos que haviam partido para atravessar o rio com o carro, mas também entre os que esperavam na Vila de Sena. A primeira noite passada na pensão foi um martírio: das torneiras saía apenas ar e um som rouco, como se estivessem ligadas às profundezas da terra; a água que havia, além de escassa, era escura dentro dos baldes; as redes mosquiteiras estavam rasgadas e os mosquitos circulavam dentro e fora a seu bel-prazer, infernizando o sono aos hóspedes; enfim, pequenos vultos escuros esgueiravam-se pelos cantos dos quartos, os lençóis estavam encardidos, a luz ia e vinha, e por aí fora. Um martírio.

No dia seguinte, quando Candal anunciou de mau humor que ia procurar um novo alojamento, tinha apenas Jei-Jei para o ouvir (como sabemos, Leonor e Elize haviam partido bem cedo em busca do local onde Mariamo estava sepultada). No edifício da administração da localidade, Candal puxou sem sucesso pelos seus galões de turista, falou nas mulheres que vinham no grupo e na necessidade de serem bem tratadas. Encolheram-lhe os ombros. Mais sucesso teve Jei-Jei, a quem um circunstante indicou o nome de um certo patrão Ismael, comerciante, que por vezes dava guarida a estrangeiros. Partiram para lá e o tal patrão quase lhes escapava, por estar em vésperas de viagem, disse. Era um homem magro e alto, um pouco curvado, de nariz adunco e dentes separados, camisa florida e umas sandálias de onde saíam uns dedos compridos, enormes. Tinha um cofió na cabeça. Deu-lhes acolhimento, mas infelizmente não podia fazer muito mais por eles, pelo menos por enquanto. Estava de partida para a Beira no seu velho Bedford, a buscar mercadoria. O caminhão tinha o ar de estar em vias de se desconjuntar, mas o dono, sorrindo, assegurava que nunca o deixara ficar a meio do caminho.

A partida iminente do comerciante Ismael deu ideias a Candal, que sugeriu de imediato que seguissem com ele para a Beira. Dali encontrariam facilmente um meio de chegar a Maputo, disse. Era evidente que considerava a viagem como uma aventura terminada.

Pela primeira vez Jei-Jei ousou opor-se abertamente ao cliente. Não, não estava de acordo. Havia que esperar pelo grupo de Bandas Matsolo, era isso que estava combinado. Era preciso ter paciência e esperar. Candal insistiu, alegou que conhecia bem o rio, seria impossível atravessá-lo sem dar a volta por Tete. Os outros levariam no mínimo uma semana a fazê-lo, isso se o *Hiace* conseguisse vencer aquelas estradas que sobem e descem ao longo do rio, e chegar ao fim de mundo onde eles agora se encontravam. Insistiu: seguiam com o comerciante e deixavam recado para o caso de Matsolo aparecer. Jei-Jei refletiu um pouco e resolveu guardar silêncio. Não valia a pena discutir com Candal. Sagaz, intuiu qual seria a posição das mulheres. Candal não se calava (precisava de um aliado, também ele suspeitava da posição de Elize e Leonor, quando voltassem). Mas Jei-Jei, com um ar inocente, respondeu:

— De qualquer maneira temos de esperar por elas.

E foi o que fizeram o resto da manhã, frios um com o outro.

Entretanto, no pátio, sob o olhar atento do patrão Ismael, os trabalhadores carregavam o velho Bedford com uma partida de cana-de-açúcar trazida de Marromeu. Ajustavam os grandes molhos amarrados com cordas e cobriam tudo com uma lona.

Na manhã seguinte, bem cedo, partiriam. Candal ocupou o tempo seguindo estes preparativos.

Leonor e Elize regressaram quando o sol estava no pino e, como se previa, disseram que era preciso esperar pelo *Hiace*. Seguiu-se uma tarde lenta e, a muitos títulos, difícil. Difícil para Candal, que não tinha como entreter o tédio, e difícil sobretudo para Jei-Jei, que deu conta de que perdera o *pen drive* que eu lhe oferecera, com a música de J. J. Johnson. Revirou o seu saco e as suas coisas, vasculhou o quarto, chegou a regressar à Pensão Nhamachereme, tudo sem sucesso. Convenceu-se então de que o deixara cair no *Hiace* e entrou num estado de alguma ansiedade. De modo algum partiria agora sem esperar por eles.

Finalmente, foi uma tarde difícil também para mim, uma vez que aconteceram nela coisas importantes cujos pormenores, por não ter quem os relatasse, permaneceram em grande medida fora do alcance. Em primeiro lugar, a conversa entre Leonor e Candal, que há muito sabíamos estar em vias de acontecer. Segundo Jei-Jei, Leonor, depois de se refrescar, anunciou que voltava a *Nwala wa Sena*, às "Pedras de Mariamo" (foi assim que passaram a referir aquele lugar).

— Vou consigo — disse Candal de imediato.

Leonor reagiu com uma expressão de enfado, mas depois parece ter reconsiderado e aceitou a companhia, uma mudança de atitude deveras surpreendente. É possível que tenha por uma vez reconhecido alguma legitimidade no envolvimento de Candal, se não em relação a ela ao menos em relação a Mariamo; ou então achou que chegara a hora de esclarecer as coisas em definitivo. Sim, talvez tenha sido isso, foi a conclusão a que chegamos.

Portanto, Candal acompanhou Leonor, armazéns, torre, carreiro e muro, até às "Pedras de Mariamo". Em silêncio, como em silêncio ficaram durante um tempo junto das ditas pedras, matutando cada um nas suas ideias, na forma como, quando chegasse a altura, iriam argumentar. A tarde amadurecia dourada e uma ligeira brisa começava a despontar. Leonor foi a primeira:

— Conte-me de uma vez por todas como tudo se passou.

E era como se lhe dissesse que tudo o que ele contara antes, em Oeiras, na viagem, não tivesse passado de um conjunto de palavras vazias sem sentido algum, feitas da matéria com que se tecem as mentiras e os enganos. Havia uma certa agressividade no seu tom.

— É aqui que estão as cinzas? — perguntou Candal, desconversando, numa derradeira tentativa de ganhar tempo.

— É aqui, sim. Mas agora conte-me tudo. *Conte-nos* tudo. — Recorria ao plural para deixar claro que Mariamo estava do seu lado, atenta, para confirmar se haveria apego à verdade.

Candal fechou os olhos. Novamente a linha férrea, infinita, atravessando a Mutarara inteira para desembocar à porta da palhota de Mariamo, no dia do acontecido. É ali que tenta situar as coisas.

— Certa vez em que fazia como sempre a ronda da planície, parei na estação de N'cungas e fui à procura do seu pai — começou por dizer.

Calou-se logo em seguida, simulando um esforço para lembrar aquilo que, na verdade, desde essa altura esteve sempre presente no seu pensamento. Mas foi um curto instante de indecisão. Olhou Leonor e percebeu que o tempo já não era um tempo de rodeios ou justificações. Tanto melhor, pensou. Também ele já não conseguia conviver com estes jogos que durante tanto tempo fez consigo próprio.

— Na verdade, não fui à procura do seu pai, fui à procura da rapariga.

— Da minha mãe, quer você dizer...

— Sim, de Mariamo, a sua mãe. Fui à procura dela.

— E por quê? Que razões tinha para a procurar? O que teve esse dia de tão especial?

— Fui à procura dela porque me disseram que estava doente.

— Portanto, foi lá para a salvar — diz Leonor, não sem ironia.

— Apenas para ajudar no que pudesse.

O regresso às justificações, o vício delas.

— E por que, ajudá-la a ela entre tantas outras?

— Podia dizer-lhe que por Mariamo ser importante para o seu pai. Mas, na verdade, estaria a mentir se não dissesse que também era importante para mim. Também eu a desejava.

E pronto. Foi dito o mais difícil. Leonor levanta-se para poder olhá-lo de cima. Os seus olhos brilham, não de surpresa (há muito que temia este desfecho), mas de uma fúria difícil de conter.

— De cada vez que falo consigo diz-me uma coisa nova. Portanto, está a dizer-me que foi lá com a intenção de trair o seu amigo.

— Não, não pense assim. Fui lá nesse dia porque só a tinha a ela dentro da cabeça. De certa maneira, fui levado. Não tinha espaço nesse momento para pensar no seu pai, o espaço estava todo preenchido por ela, pela rapariga. Por Mariamo. Em compensação, fiquei desde então com o resto dos meus dias para pensar no seu pai e me arrepender. Não tem ideia do quanto me arrependi.

— Chegou lá e encontrou-a. E o que se passou? — pergunta Leonor, com a voz um pouco trêmula.

Candal fecha os olhos. Tantas e tantas vezes fechou os olhos e foi como se estivesse novamente ali, as sombras do interior da palhota, o chão de terra, os pratos, a lata de azeite que sem saber por que lhe chega sempre com grande nitidez. Verde, com barras douradas, um círculo amarelo a meio com uma andorinha negra e, embaixo dela, a palavra Andorinha como que para frisar uma imagem que talvez não fosse inteiramente clara. Pegou na lata, que tinha um resto de água, com a intenção de a aproximar dos lábios da rapariga. Mas mudou de ideias, pô-la de lado e ficou com as mãos livres. Está agora à beira do precipício, não há força que consiga travar o movimento, a intenção e o gesto são agora uma coisa só, o segundo dominado pela primeira, mas dominante por ser ele que vai impedir para todo o sempre a possibilidade de regresso. *Não se pode desfazer o que foi feito*, foram mais ou menos estas as palavras da feiticeira Mizere. A pele sedosa e tensa, o corpo que as suas mãos percorrem debaixo do pano úmido, o arquejar da rapariga que ele na altura se esforçou por confundir com gozo e que sempre soube ser da febre. Lá fora, sob o sol cru, risadas de criança, o cacarejar extemporâneo de um galo, uma máquina de costura soando atarefada como uma miniatura do maldito comboio na maldita planície. Dentro, coada a luz pelo caniço, uma penumbra mágica de catedral e um ar tão úmido que faz com que as coisas emitam sons submersos. Como sempre, chegado a este ponto, apesar do seu corpo velho, sente um calor que percorre os anos todos, e toda a distância, até chegar junto de si e o invadir. Engole em seco e sacode a cabeça para afastar a sensação. Se o passado é um corpo rebelde que a memória vai domando até tornar dócil, por que razão não acontece o mesmo com esta sensação maldita?

— Por favor, não me peça que fale no que se passou. Não me orgulho disso. Digamos apenas que há a possibilidade de eu ser seu pai — diz com voz sumida.

E Leonor suaviza um pouco a expressão. Quando comentamos isto, Jei-Jei achou que ela o fez por se sentir finalmente na antecâmara da verdade. Leonor tinha finalmente uma resposta. Discordei. Talvez em parte fosse assim como ele dizia, mas parecia-me haver mais, parecia-me que por um momento ela reconhecera na atitude de Candal uma certa dose de coragem. Uma coragem que o velho soldado acabou por desperdiçar quando acrescentou:

— Ser seu pai é a única coisa que me resta.

Sim, foi isso que o traiu, isso que a desenganou. A fez cair em si. Não, não era coragem. Candal usava apenas um artifício para chegar àquilo que pretendia: afirmar-se pai de Leonor e, com isso, tomar enfim posse plena de Mariamo. Não mais num recôndito quarto da memória escurecido pela culpa, clandestina, mas uma posse às claras, em plena luz do dia, reconhecida por todos. Reconhecida por Leonor. Justa ou injusta, terá sido esta a conclusão de Leonor. Além disso, ela tinha-se dado ao trabalho de fazer esta viagem para encontrar uma mãe perdida, não um pai. Não, definitivamente Leonor não está à procura de um pai.

— Quero ficar só, por favor — disse ela.

E Candal, murmurando uma atabalhoada despedida, encetou o caminho de regresso enquanto ela se sentava para ficar mais um pouco perto das pedras da mãe. Segui-lo-ia mais tarde, já o espaço em volta acolhia as primeiras sombras — muro, carreiro, torre, armazéns, até à casa do comerciante Ismael.

* * *

Enquanto os do *Hiace* lutavam com o rio e o Coronel Damião lidava lá longe com os seus projetos, enquanto Candal e Leonor interpretavam cada um à sua maneira uma história amarga, enfim, enquanto o patrão Ismael orientava os trabalhadores na melhor maneira de atar as cordas que prendiam a carga de cana ao caminhão — enquanto tudo isso acontecia, Elize pediu a Jei-Jei que a acompanhasse ao rio. Estavam ali os dois, sem nada que fazer enquanto o *Hiace* não chegasse ou fosse dado como desaparecido, para se poder enfim tomar uma decisão. E Jei-Jei acedeu prontamente ao pedido de Elize.

Começaram por caminhar ao acaso, juntando atrás de si as inevitáveis crianças que anteviam nova ida a *Nwala wa Sena* e nova distribuição de fruta e rebuçados. Jei-Jei assistia divertido, caminhando atrás da sul-africana. Mas desta vez Elize ignorou as crianças e elas acabaram por ficar pelo caminho, distraídas com outras coisas. Os dois deixaram a estrada, seguiram por um carreiro que ia dar ao rio e ficaram a observar um grupo de mulheres que lavava roupa. Faziam-no debruçadas sobre a água, batendo os panos ensaboados numas pedras lisas (cada uma parecia ter a sua pedra). Batiam com violência, como se quisessem destruir os panos em vez de os lavar, e a espuma de sabão desprendia-se em flocos que eram despedaçados pela brisa ligeira que há sempre ao rés da água, e seguiam rebolando aos tropeções com a corrente, esboroando-se em formas caprichosas antes de se dissolverem por completo. Ao mesmo tempo, as mulheres cantavam *a cappella* de um modo ordeiro, isto é, uma cantava e as restantes respondiam em coro. De tempos a tempos revezavam-se nas prestações a solo, e por vezes interrompiam-se para rir com gosto. Havia ali uma história a que os de fora não tinham acesso. Mesmo assim, espalhava-se no ar uma espécie de alegria ao alcance de todos. Entretanto, em cima de uma pedra mais alta, uma criança acocorada, com os joelhos encostados ao queixo e os pequenos olhos fixos, observava as águas. De vez em quando soltava um grito, uma ululação aguda para assinalar a passagem de um crocodilo na corrente. Nessa altura as mulheres retiravam as mãos da água e calavam-se. Desmascarado pela criança e constatando a oportunidade perdida, o grande sáurio, vertendo as conhecidas lágrimas, deixava-se seguir na corrente na esperança de obter qualquer coisa mais abaixo. Passado o perigo, as mulheres regressavam ao trabalho e a cantilena recomeçava. A criança era a chave de todo o sistema, era ela que, com uma atenção que beirava o transe, se interpunha entre a alegria e a tragédia.

Cansados do mesmo espetáculo de cantilenas e silêncios, tudo pontuado pelo bater dos panos e os gritos de aviso, Elize e Jei-Jei começaram também a perscrutar a outra margem. Ali, onde a distância apagava os pormenores, tudo se transformava numa mancha cinzenta em que os casos eram substituídos por indícios a que só a imaginação conseguia conferir algum sentido. Por exemplo, um rolo de fumo fazendo crer num fogo de algumas proporções, ou uma mancha clara, um disparo de luz muito branca que permitia adivinhar uma velha cantina de alvenaria e o sol refletindo na sua janela. Um som sincopado de pilão que entrava em diálogo com o bater dos panos das mulheres fê-los regressar à margem de cá. Também o jogo de tentar adivinhar as coisas acabava por cansá-los. Elize levantou-se e seguiu lentamente ao longo da margem. Jei-Jei partiu atrás dela.

Cruzaram com gente diversa, um velho reparando um barco que já vira melhores dias, os golpes na madeira reverberando a grande distância (afinal eram dele os sons, não de um pilão); um par de pescadores transportando redes de *capenta*, uns peixes minúsculos que habitam aquelas águas (*Botari! Botari!*, Boa-tarde! Boa-tarde!, disseram eles); um grupo de crianças chilreando como os pássaros e dando mergulhos nervosos na água fria; mais lavadeiras como as que haviam deixado para trás; enfim, uns homens dispondo peixes em cima de uma esteira para secarem ao sol. À medida que avançavam ao longo da margem constatavam que toda esta atividade diversa e laboriosa era determinada pelos humores do rio, que estavam longe de ser constantes. Se junto das lavadeiras, lá atrás, era belicoso e barulhento, com pressa de avançar e indisposto com os pequenos obstáculos, aqui deixava-se invadir por uma espécie de quietude, como se lhe tivesse dado um cansaço e resolvesse morrer neste lugar, ocultando sob as águas mais superficiais uma corrente que sem dúvida teria de existir (afinal, dissimulada ou manifesta, o rio tem sempre a obsessão de chegar algures). O único indício de ser falsa a quietude eram os sutis arabescos que com atenção se podiam descobrir à flor da água, um riscar suave de linhas caprichosas que volteavam ao acaso, ou tomavam direções como que resultantes de súbitas e inesperadas decisões. Só isso levantava a suspeita de que sob aquela calma existia um conflito interior tumultuoso. De qualquer maneira, estando quieto o rio tornava--se também silencioso, e o marulhar que antes as lavadeiras desafiavam com as suas cantigas era aqui substituído por uma miríade de sons todos eles originados fora das águas, nos pássaros, em restolhares cuja origem não era imediatamente discernível, de uma súbita aragem numa figueira de folha larga ou assinalando a passagem de alguém ocupado com alguma coisa. Por vezes ouviam-se risos ou chamados, fragmentos de diálogos que iam e vinham. Era como se o rio assumisse um falso conformismo, deixando àqueles que viviam dele toda a iniciativa. Num dos raros pormenores que Jei-Jei me transmitiu acerca do passeio deste dia, esta constatação levou-o a estabelecer um paralelismo com os crocodilos, também eles falsamente conformados com a atenção prudente de pescadores e lavadeiras (por viverem toda a vida prisioneiros dentro dele, os crocodilos, nas palavras do meu amigo, *haviam aprendido a ser como o rio*). Não deixava de ter razão, uma vez que sob a doçura das suas águas e cores o leito do rio esconde gerações de afogados.

Continuando a andar, Elize e Jei-Jei chegaram a uma curva do caminho que os afastava do rio. Elize optou por seguir junto à margem, abandonando o trilho. Atravessaram um pequeno campo de plantas gordas e rasteiras ao qual se seguia um mato cerrado de *nsenjere*, um capim-elefante que, alimentado pelo solo úmido da margem, atingia grande altura. Sem hesitar, e surda ao tímido protesto de Jei-Jei, que dizia poderem estar ali escondidos alguns perigos, Elize seguiu em frente e desapareceram os dois no capinzal.

*   *   *

Das motivações de Elize, sabemos muito pouco. Pequenos acontecimentos que Jei-Jei colheu aqui e ali, e explicações ensaiadas nas conversas que tivemos acerca da rapariga depois que ele regressou de Durban com Bandas Matsolo, na viagem em busca do *Hiace*. Elize cresceu num ambiente conservador, em que a ordem e os valores eram brancos e ditados no masculino. Para a criança, o pai, Cornelius Fouché, era o centro do mundo, mesmo quando estava ausente com os companheiros a resolver em segredo os problemas da África do Sul. Martha Korsten, a mulher, assegurava a ordem doméstica na retaguarda, ajudada pela velha criada Thabisa. À medida que Elize crescia, crescia com ela uma espécie de ansiedade provocada pela ausência não só de Fouché, mas sobretudo de Thabisa, que todos os dias assomava à porta para se despedir, de chapeuzinho na cabeça e carteira no braço, antes de partir para Ngoqokazi onde vivia, no distante subúrbio negro de Inanda. É certo que regressava sempre, mas cada partida era como que o dramático prelúdio de uma ausência definitiva: Elize chorava, queria que Thabisa ficasse mais um pouco para a adormecer, que lhe contasse uma história, que prometesse que regressaria bem cedo na manhã seguinte. Martha Korsten tinha uma ponta de ciúme desta ligação, que via como contrária à natureza, mas ia adiando uma conversa a respeito com o marido, receando efeitos que não conseguisse controlar (sabemos quanto Cornelius Fouché era irascível e radical nas suas atitudes). Entretanto, a pequena Elize viciara-se nas histórias de Thabisa. Esta sabia contá-las, falava muito, inventava coisas. Muitas dessas histórias tinham um fundo moral, destinavam-se, nas suas palavras, a fazer da criança *uma menina boa*; outras, eram produto de meros caprichos da imaginação complexa da criada. De algumas dessas histórias Thabisa pedia a Elize que guardasse segredo, não forçosamente por terem um conteúdo digamos que subversivo (embora na altura tudo o que estivesse para além do estreito mundo calvinista *afrikaner* fosse subversivo), mas para excitar a imaginação de Elize e, com isso, conquistar-lhe a atenção, ou então, sim, para evitar aborrecimentos com a patroa, por exemplo quando falava de Ngoqokazi como um *kraal* onde chegavam valentes guerreiros negros de lança em punho para libertar princesas cativas, também negras, matando pelo caminho os bandidos indianos de turbantes de várias cores, barbichas aguçadas e olhar chispante, e que tinham diversos poderes sobrenaturais como o de voar sentados em tapetes ou de polvilhar o mundo com os seus maléficos condimentos coloridos, fragrantes e picantes. Elize olhava então pela janela, em busca dos tapetes voadores, aninhava-se nos peitos fartos, passava a mão pela pele morna de Thabisa, fechava os olhos e pedia mais. E Thabisa cantava um *ingoma* num fio de voz, até adormecê-la.

No capinzal de *nsenjere*, na margem do rio, Elize fechou mais uma vez os olhos e passou a mão pela pele escura e morna das costas de Jei-Jei, como se essa fosse uma maneira de encorajá-lo a prosseguir com uma história.

Um dia Thabisa não regressou. Ou foi assaltada num caminho cheio de perigos mais reais, ou chegou a casa para ser mais uma vítima dos violentos e incontáveis conflitos de Inanda entre os negros e os indianos que povoavam as suas histórias, ou então falhou-lhe o velho coração, não se sabe. Os Fouché também ficaram sem saber. Entretanto, Elize entrava já na idade em que as histórias iam deixando de ter importância, os acontecimentos precipitavam-se, o *apartheid* caiu e Thabisa iniciou, no seu próprio tapete voador, uma viagem rumo ao esquecimento ou pelo menos ao reino das coisas adormecidas. Regressou como uma lembrança fugaz quando Nelson Mandela escolheu o bairro encantado de Inanda para votar, nas primeiras eleições gerais sul-africanas, mas foi sol de pouca dura: o destino de Thabisa, enquanto não mais que a lembrança de uma pele sedosa e morna, acolhedora, era inexorável.

É talvez possível ir um pouco mais longe na inquirição dos fatos por trás daquilo que ocorreu na margem do grande rio. Perguntar, por exemplo, quem era Jei-Jei — quem era ele *verdadeiramente* — aos olhos de Elize Fouché. Sabemos que através do pai ela descobrira a existência de um território para lá da fronteira, um território que era um vazio que os pontos e traços dos mapas da escola não preenchiam, mas que, anos mais tarde, os *e-mails* de Jei-Jei começariam a fazê-lo, atribuindo aos pontos nomes e características concretas e definindo os traços como caminhos que ligavam esses nomes entre si. Sim, no fundo foi Jei-Jei que criou condições para que ela empreendesse a viagem, foi ele que a levou pela mão a conhecer os lugares. É possível supor, por isso, que Elize rememorasse agora pequenas coisas colhidas ao longo do caminho, fatos alguns deles com grande significado: a estrada onde sentiu a sombra do pai como uma espécie de pequeno deus da morte, o pai de Jei-Jei, também ele com uma história de ausência, enfim, um momento no *Hiace*, talvez, em que se terá dado conta de que, escondido atrás da cumplicidade com aquele homem, despontaria um desejo. Tudo isto terá aproximado os dois, propiciando esta situação apressada e clandestina que permite a Elize a exploração de caminhos desconhecidos, como se a pele de Jei-Jei fosse ela própria um mapa onde, atravessada a fronteira vermelha do pequeno mundo puritano de seus pais, a sul-africana procurasse com os dedos as localidades inóspitas que lhe assombraram a infância, os caminhos que as ligavam, tudo isso agitando o capim *nsenjere* como se, escondida dentro dele, houvesse uma cobra píton em movimento.

E Jei-Jei? Como encarava ele tudo isto? De que maneira habitava Elize o seu pensamento? Aqui, a tarefa é mais espinhosa, não só porque por esta altura a comunicação entre nós se tornara mais escassa, mas também pela reserva que o meu amigo sempre manteve em relação a estes assuntos. Recordemos que na sua passagem pela Alemanha do Leste há uma mulher, Karla, que, pese embora a importância que tinha, nunca chegou a passar de uma sombra. Para que os seus contornos ficassem de alguma maneira definidos houve grandes e repetidos esforços da minha parte, a que Jei-Jei invariavelmente respondia com pouco mais que vagas referências às trocas de palavras entre os dois, como por exemplo por ocasião do primeiro encontro, no piquenique de Oschatz. Quando muito, breves alusões a episódios que se esfumavam, levados por um qualquer pretexto assim que se procurava saber um pouco mais acerca deles. Só nos resta, pois, cogitar a partir da organização dos indícios que foi sendo possível recolher.

A iniciação de Jei-Jei neste domínio (se quisermos pôr as coisas nestes termos e se descontarmos as brincadeiras adolescentes com as raparigas do bairro, em Maputo), dizia, aconteceu num fim de tarde em que, à saída da fábrica, deparou com Karla Hahn encostada ao muro a fumar, à sua espera. A surpresa adensou-se quando ela, sempre muito faladora, o arrastou para um apartamento que Jei-Jei soube depois ser de um familiar de Anna, a namorada de

Manfred. Houve mais vezes, na residência de Jei-Jei e em outros lugares, mas esta foi a primeira e a que melhor desafiou o tempo. O apartamento vazio. Beberam água na cozinha, já não sabe bem do que falaram, nem isso interessa. Depois, Karla deu-lhe a mão e foram ver o resto da casa. No quarto, plantada à sua frente, começou a despir-se com toda a naturalidade enquanto falava. E sorrindo, com as narinas um pouco dilatadas e os olhos semicerrados do fumo do cigarro que tinha entre os lábios. Jei-Jei nunca tinha visto uma mulher nua na sua inteireza, se descontarmos o vulto desfocado de uma vizinha a tomar banho de noite no quintal, recortada contra um lençol branco pendurado no varal e envolvida apenas pelos sons angustiados de um relato de futebol; a sua experiência não passava de uma mistura apressada de panos, escaldantes clareiras que surgiam e desapareciam, e gestos proibidos cercados de ofegares e risos abafados, no escuro do bairro, lá em Maputo. Nunca assim, desta maneira, sem qualquer segredo. Um seio ligeiramente mais pequeno do que o outro, que ele podia observar com todo o tempo do mundo. E uma mancha na coxa, muito leve. E uns pés magros, as unhas pintalgadas de vermelho. E alguns sinais na pele, que foi fixando com o tempo e ali via pela primeira vez (também ele confundia mapas e peles). E muito branca. E não era toda loira como ele julgara em pensamento, como se a meio de um campo nevado rompesse a silhueta de uma árvore escura, um pequeno pinheiro, um triângulo negro. E Karla, com a naturalidade de quem bebe água, avançou para ele e começou a despi-lo.

Quando tocou neste episódio (de modo bastante alusivo e breve, insisto, e como que para logo se arrepender), senti em Jei-Jei um embaraço que a princípio interpretei, penso eu, erradamente. Vi pudor, vi transgressão de valores arraigados, vi um certo desconforto com a maneira despreocupada como Karla encarava a nudez e ignorava os rituais, como se fosse um hábito, como se estarem os dois ali naquele quarto fosse o mesmo que estarem numa esquina qualquer, um espaço público, à sombra de uma árvore ou junto de uma fonte. Vi até, para acentuar o meu próprio embaraço, uma vergonha de Jei-Jei em deixar-se conduzir por uma mulher, circunstância tão contrária à bravata masculina de Maputo. Refiro o meu próprio embaraço por estar hoje convencido de que em Jei-Jei, nessa altura, talvez não houvesse nada disso que presumi, ou, se sim, talvez fosse uma maneira de ver logo anulada pela curiosidade e pelo deslumbramento, esses sim, os seus verdadeiros vícios.

O velho deslumbramento que, decorridos cerca de vinte anos, volta a iluminá-lo agora ali, na margem do rio, entre os capins *nsenjere*, a visão de uma planície tão diferente daquela que viu pela primeira vez no apartamento do familiar de Anna, em Zwickau, a neve ardente e a árvore escura de Karla dando lugar a uma seara de milho maduro onde desponta um número misterioso, 46664, percorrido e agitado pela brisa dos seus dedos tal como o capim *nsenjere* restolha gozando os dedos de uma brisa verdadeira, e pelo menos seria esse o entendimento de um ocasional pescador que passasse por ali a caminho dos seus afazeres, ou isso ou um bicho escondido no capim, uma cobra píton, em ambos os casos razão suficiente para o homem não vir perturbar aquilo que acontecia enquanto, ao longe, as lavadeiras prosseguiam com as alegres cantorias e os crocodilos seguiam rio abaixo, atentamente vigiados pelas crianças.

* * *

Já com o sol quase posto (é notória a rapidez com que ele ali se põe, no tempo dos dias curtos), Elize e Jei-Jei deixaram a margem do rio. Apesar de tudo o que foi dito, de todas as considerações avançadas, não é de pôr de lado que aquilo que os moveu tenha sido apenas o desejo, o fato de ele por vezes poder crescer a ponto de avassalar tudo em volta e ser avesso a explicações. Regressaram a casa do comerciante Ismael, cujo pátio estava em vias de se transformar em centro de uma confluência quase milagrosa. De fato, logo em seguida entravam também Candal e Leonor, um a seguir ao outro, vindos das pedras; e, pouco depois, chegava o empoeirado *Hiace* com aqueles que haviam atravessado o rio mais acima. Imagino o quanto esta espécie de coincidência terá intrigado o comerciante de Sena que, naquele pequeno terreiro invadido já de sombras, observava ainda os últimos detalhes da amarração da lona que cobria a carga de cana do caminhão.

Falou-se pouco. Todavia, os silêncios guardados eram todos eles distintos. O de Elize e Jei-Jei todo virado para fora, para os outros, como se tivessem feito algo que fosse preciso esconder, pelo menos no que respeitava a Jei-Jei; o de Leonor e Candal, um silêncio estagnado, apodrecido, não fazendo caso de se tornar notório e ostensivo, pelo menos da parte da rapariga; finalmente, os do *Hiace* calavam-se por terem passado o que haviam passado e por terem deixado à porta do posto de saúde um jovem pescador com um pé esfacelado (tinham ainda na cabeça o eco dos seus gemidos).

O comerciante Ismael sabia pouco destes fatos. Todavia, imbuído da proverbial hospitalidade da província, dispôs-se a atrasar um dia a sua partida para a Beira a fim de que os do *Hiace* pudessem recompor-se e beneficiar de companhia pelo menos numa parte do caminho. Assim, passou-se esse dia na recuperação do carro e no acerto de pormenores. Por exemplo, o caso de Chintamuende, que por nada deste mundo aceitava ficar para trás. Recusara-o em Tuera, antes de atravessarem o rio, e recusava-o agora. Talvez se tivesse cansado de uma vida inteira passada em N'cungas em frente a uma máquina de costura e cercado do vozear de crianças e do cantar dos galos, e quisesse, apesar da idade, alargar os horizontes. Astuto, a fim de quebrar a resistência dos demais, alegou saudade do irmão, uma saudade que no fundo talvez deveras sentisse, abrangente a ponto de cobrir um passado cujas agruras a distância atenuara. Felizmente, o comerciante Ismael concordou em levá-lo consigo para a Beira.

Quanto a Jei-Jei, ajudou Matsolo a voltar a pôr o *Hiace* em estado de viajar sem sobressaltos. Aproveitou também a ocasião para revolver o interior do carro em busca do *pen drive* com a música de J. J. Johnson, no que infelizmente não teve qualquer sucesso. Pelo contrário, a minuciosa busca levou-o a descobrir uma pena negra de corvo-marinho e três ou quatro escamas de carpa real escondidas numa dobra da napa de um dos bancos como se fossem moedas de prata. Matsolo, que estava junto dele, pôs a hipótese de a pena negra ser de alguma das aves do rio, e as escamas provirem de um peixe que os pescadores tivessem pescado durante a travessia, mas Jei-Jei sabia no íntimo que não era assim. Interpelou Candal e Phuong com certa rudeza, perguntando-lhes se não tinham visto o *pen drive*, se não o tinham atirado borda fora (em alturas diferentes da viagem ambos lhe haviam pedido que baixasse o som). Mas, por mais que o procurasse evitar, a trágica história de Toshiro e Ayumi, na distante baía de Notsuke, não havia meio de lhe sair da cabeça. Foi por essa altura, quando o embaraço de ter perdido a prenda que eu lhe dera foi vencido pela perturbação da descoberta da pena e das escamas, que me telefonou com uma espécie de pedido de ajuda. Como havíamos nós chegado àquela história? O que significavam aqueles sinais? E, como eu não soubesse o que dizer, desligou. Soube depois que ficou um tempo a magicar, após o que saiu acompanhado de um criado do comerciante Ismael, que conhecia um certo doutor malauiano que ali oficiava, e é sempre a mesma história nas comunidades desgraçadas, há sempre doutores da venda da felicidade, e este dizia-se perito na resolução de problemas relacionados com doenças várias, cheias do rio, pragas de gafanhotos *mabobo*, ataques de crocodilos, albinismo e gonorreia, feitiçaria e homicídio de idosos, ciúme, bens roubados, e por aí fora com recurso a espinhas, penas, pedras, cinzas, escamas e conchas, e à observação da claridade através de cacos de vidro. O homem abanou a pena já seca, passando os dedos pelas suas extremidades quebradiças, olhou uma a uma as escamas à contraluz (pediu para ficar com elas para uso posterior), e emitiu um veredito qualquer que não deve ter sido de grande importância, uma vez que não chegou ao meu conhecimento nem teve qualquer impacto no curso dos acontecimentos.

Quanto aos restantes — descontando Leonor, que terá voltado ainda uma vez a *Nwala wa Sena* para se despedir de Mariamo — passaram um dia ocioso, só tornado memorável porque o transistor de um dos criados do patrão Ismael nele derramou os sons da música de João Estima, filho de Marromeu e imortal autor do disco *Zaparekeke*, que nessa altura acabava de sair e que, embora não tendo chegado ao mundo mais vasto, teve um grande impacto entre os habitantes de toda aquela margem do Zambeze:

> *Marromeu mwananga*
> *Ni mwathu*
> *Kundikomera, etc.*[5]

---

[5] Marromeu, meu filho / é a nossa terra / [Marromeu] é uma alegria, etc.

CAPÍTULO 19

Resgatamos a terra ao mato, cavamos o chão que nos calhou em sorte. Semeamos, regamos e cuidamos. Temos em vista searas opulentas que nos inundem os olhos, não apenas meros vestígios do esforço feito.

Os camaradas Bogdan, Vadim e Milorad respiraram fundo e subiram cada qual para o seu trator. Uma longa fila de tratores vermelhos em meticuloso alinhamento. Os de Vadim e Milorad eram poderosos Belarus de trezentos cavalos; os restantes, uns mais modestos mas ainda assim potentes MTZ 80. Um sol esplendoroso despertava o dia na cidade de Minsk. A um gesto do Cossupervisor Zaytsev, ligaram os motores e puseram-se em movimento. Cruzaram o portão da *Minski Traktarny Zavod*, a fábrica de tratores de Minsk, e entraram na Avenida Dolgobrodskaya, que percorreram com uma lentidão festiva. Um Lada da polícia seguia na frente, com a sirene ligada e as luzes a piscar. Dentro dele ia o Cossupervisor Zaytsev. Adiante, avançaram devagar pela *Praspekt Niezalieznasci* com os transeuntes a acenar à sua passagem. Atravessaram o rio Svislachi entre os parques Gorki e Janka Kupala, passaram em frente da Universidade Estatal, entraram na Klary Cetkin e chegaram finalmente a *Minsk-Passazhirskij*, a imponente estação ferroviária, na altura toda engalanada com bandeirinhas vermelhas para assinalar a inauguração da estação de metrô de Ploshchad Lenina. Ali, impecáveis, os tratores subiram um a um para a composição ferroviária que, com escalas em Vilnius e Kaunas, os iria levar em pouco mais de dez horas à cidade de Kalininegrado. A excitação era grande. Tal como muitos dos companheiros, Bogdan e Milorad nunca tinham ido a Kalininegrado. Milorad nunca tinha sequer viajado de comboio. A viagem foi feita de novidades desfilando pela janela e de brincadeiras entre os motoristas. Nos apeadeiros, as jovens camponesas acenavam-lhes e atiravam-lhes flores. Perto de Gutsev, duas ou três gritaram mesmo uns dichotes brejeiros. Chegaram ao fim da tarde a *Kalininegrad-Passazhirkij*, a estação central da cidade. Desembarcaram ordeiramente os tratores e fizeram o trajeto felizmente curto que, cruzando a Avenida Ulitsa Suvorova, leva ao porto comercial. Arrumados os tratores no cais, os motoristas foram levados para pernoitar num hotel de trabalhadores da parte velha da cidade, perto da Praça Pobedy. Depois do jantar, esperaram pacientemente que o Cossupervisor Zaytsev subisse para o seu quarto. Com o caminho livre, alguns lançaram-se pelas ruas noturnas com grande entusiasmo. O nosso trio, sob a liderança do experiente Vadim, passeou pelas ruelas vizinhas da *Praspekt Mira* e da *Praspekt Leninskij* à procura de uma noitada de vodca e raparigas. Tinham ouvido falar da beleza das mulheres de Kalininegrado.

No dia seguinte, enquanto os motoristas regressavam a Minsk, alguns deles combalidos pela falta de sono e excesso de vodca, o Bratstvo, um cargueiro da classe *Leninskij Komsomol*, largava com os tratores no horário previsto, cruzava o canal sob uma chuva miudinha, saudava com um silvo agudo duas fragatas da Frota do Báltico e entrava em mar aberto já com boa velocidade, demandando os portos distantes de Mombaça e de Maputo.

Do outro lado da linha, o silêncio sepulcral de Jei-Jei era sinal de que a minha versão não ia por bom caminho. Ainda pensei deixar de lado a Bielorrússia e começar na Roménia (uma Roménia esmagada pelas patas imundas de um casal de vampiros), mais propriamente na *Usina Tractorul* de Brasov, de onde saíam os famosos tratores UTB, caso em que os motoristas seriam Marius, Florin e Alexandru, por exemplo, este último também informador da Securitate, e em que o comboio atravessaria o rio Danúbio já perto da foz, para chegar ao porto de Constanta. Dali, um barco com um nome qualquer partiria pelo Mar Negro, cruzaria o Bósforo acenando aos minaretes de Istambul, e entraria no Mar Egeu, atravessando depois um resto oriental de Mediterrâneo, o Suez e finalmente o Índico, rumo ao Sul. Seria possível escolher ainda uma terceira alternativa e começar na fábrica dos Fortschritt, em Neustadt, afinal não tão longe da Zwickau de Jei-Jei, bastando percorrer a estrada de Dresden, passar perto de uma Oschatz de boa memória, tudo locais de onde nos chegou também uma parte das mais de sete mil máquinas, entre tratores e grandes autocombinadas, mas percebi que não era isso que lhe interessava. Jei-Jei não queria saber de onde vinham os tratores. E baixei os braços, sem saber como responder ao relato que ele próprio acabara de fazer, na última conversa telefônica que tivemos antes do regresso do *Hiace* a Maputo.

* * *

Partiram da Vila de Sena ainda com luzinhas dispersas que em breve o despontar do dia iria tornar irrelevantes. Estava aquela ponta de frio que as madrugadas acabam sempre por inventar. Deixaram para trás uma nuvem de poeira que a Artur Candal há de ter lembrado uma outra nuvem, de uma outra partida deste mesmo lugar, numa altura recuada em que tudo se desfazia sob o som cadenciado das pás do rotor do *Alouette* e ele não sabia se iria ter mundo pela frente, e se o ia ver com ambos os olhos. Levou a mão à pálpebra. Para o velho soldado este era um momento de pura nostalgia. O mundo tornava a afastar-se de si, pensou, de olhos postos no desfilar do capim *nsenjere* para lá do vidro da janela, ao longo do grande rio. Não sabia o que viera aqui fazer.

Entretanto, à última hora, já com os motores ligados, Phuong pedira ao comerciante Ismael para seguir com ele no caminhão.

— Phuong foi sempre assim — disse Jei-Jei quando falamos.

Sempre atento a tudo em volta, sempre à procura de novas oportunidades, reais ou imaginárias. E deu-se tão bem com Ismael que, no cruzamento do Inchope, quando o grupo se dividiu, acabou, tal como Chintamuende, por seguir com o comerciante para a Beira. O grupo do *Hiace* deixara de ter qualquer interesse, não queria disputar com ele as boas graças do Coronel. O poder não era aquilo que o movia. Despediu-se jovialmente, pelos vistos sem ponta de ressentimento. Referiu na altura, num tom vago, o propósito de viajar para norte a fim de conhecer outros lugares.

— Talvez tenha em vista uma sociedade com o comerciante Ismael — opinou Jei-Jei.

Sim, talvez estivesse disposto a conhecer mais a fundo o vasto mundo da agricultura e do comércio rural, em seu benefício ou do Coronel Damião, ou dos dois juntos, acrescentou. E esta referência ao Coronel Damião pôs-me de sobreaviso. Se bem que o comércio lhe fosse familiar, a agricultura é lenta e nós tínhamos uma ideia do Coronel como homem veloz e impaciente. As duas coisas não ligavam bem. Por outro lado, desde N'cungas que Phuong insistira em contrariar a direção do *Hiace*, tentando forçá-lo a seguir caminhos alternativos. Fê-lo pela primeira vez quando os outros pretendiam ir para sul, seguindo o rastro de Mariamo, e ele insistira na Angónia (e convém lembrar que a Angónia é vizinha de Chimwadzulu Hill, a terra da família Mizere e das famosas minas de rubis). Depois, já na Mutarara, falara em seguirem em frente, para norte, e há quem refira uma ligação geológica, uma espécie de continuidade do veio ligando Chimwadzulu Hill ao Planalto de Mueda, uma espécie de grande corredor de corindo. Tudo isto, associado aos rumores que começavam a circular por esta altura, sobre a pesquisa de rubis na região de Mueda, legitimava a suspeita daquilo que atrairia Phuong e, atrás dele, o Coronel Boaventura Damião. Negócios discretos, intenções. De qualquer maneira, o tema perdia interesse uma vez que, separando-se do grupo, Phuong deixava de poder contrariar a progressão deste para sul.

Libertos de Phuong e Chintamuende, e também do vagaroso Bedford, o *Hiace* pôde avançar mais célere e, felizmente, sem incidentes de maior se excetuarmos a precariedade de grandes extensões da estrada, que obrigou Matsolo a uma atenção redobrada e a uma ou duas trocas de pneus. A viagem entre o Inchope e o rio Save é longa e por vezes propensa à monotonia. Leonor seguia com uma das mãos cravada no varão do banco da frente e os olhos postos no mato, para lá da berma da estrada. Para ela, tal como para Candal, deixar a Vila de Sena fora também uma despedida, mas a ferida aberta era neste caso mais recente. Leonor era vítima da ironia amarga de ter vindo procurar uma mãe e ter perdido duas, Mizere e Mariamo. Sim, porque doravante seria incapaz de as separar, concluiu, antes de se pôr a fazer uma espécie de contabilidade de perdas e ganhos. Mariamo dera a Mizere a energia para que esta continuasse a caminhar e Mizere retribuíra com uma lealdade sem limites, uma lealdade que ia para lá da morte. Uma lealdade que a levara a transmitir a Leonor um recado intacto como só as mães sabem fazer. Quanto a si, Leonor tinha a agradecer a Mizere o ter tornado Mariamo mais real, mesmo se a ausência desta última era irreparável. Trouxera-lhe densidade, calor e cheiro. Sim, Mizere como que concretizara a presença de Mariamo aos olhos de uma Leonor carente: a força do seu olhar, os hábitos e os pensamentos, a inabalável obsessão posta na busca da filha. E Mizere fizera tudo isso não como se concedesse a Leonor uma dádiva, mas, pelo contrário, como se seguisse um ritual severo destinado a agradecer a possibilidade de traduzir em gesto a sua própria lealdade. Sim, Mizere era generosa, fizera-o como se estivesse a receber um favor, não a fazê-lo. Sem o ter podido ser, Mizere era uma mãe. Leonor agradecia-lhe por isso. E Mariamo? Como entrava Mariamo nesta equação? O coração de Leonor deixou-se inundar por uma espécie de mornidão interior, um abstrato sorriso. Não só por ter descoberto uma mãe jovem e bonita, pese embora o infortúnio que a cercara, mas também por Mariamo ter as suas cinzas na Vila de Sena. Ao acabar ali, Mariamo transmitira a Leonor o sentido de ter uma casa (mesmo se nos afastamos dela), mas não só; dera-lhe também o motivo para uma última viagem de peregrinação, suavizando deste modo a despedida de Mizere, a sua segunda mãe. Sim, mais do que ter dedicado a vida a procurar a filha, mais do que oferecer Mizere a Leonor como uma segunda mãe, Mariamo ajudara a amenizar a dor de Leonor ao despedir-se de Mizere. Fora esta a última generosidade de Mariamo antes de se esfumar numa lembrança a cada dia mais frágil, assim como as luzinhas da Vila de Sena, que lutavam uma guerra perdida com a madrugada, mas que apesar de tudo ficariam para sempre plantadas no seu coração.

Enquanto Leonor se debatia com estes pensamentos pouco práticos, procurando talvez um sentido para a sua vida depois de tudo o que acontecera, Elize ia também calada, virando-se de quando em quando para lançar olhares carrancudos a Candal. Nunca gostaram um do outro, Elize e Candal. Aos olhos do velho português, Elize era uma rapariga mimada e insolente; ela retribuía olhando-o como a um sósia degradado de seu pai, mas um sósia desprovido da intimidade do sangue. Candal era um estranho. E ele sentia essa acusação sempre que os olhares dos dois se cruzavam. E sentia também desprezo, um desprezo que, por sua vez, despertava em si o lado mau. Mas desta vez havia mais do que isso. Ou Leonor contara coisas a Elize ou a sul-africana se revelava perspicaz, com poderes de adivinhação. Era como se soubesse de tudo o que havia entre Leonor e Candal. Uma ou duas vezes, neste primeiro trecho da viagem, Candal inclinou-se para a frente como se fosse dizer qualquer coisa a Leonor, mas esse olhar de Elize, um olhar que aguardava apenas que ele começasse a falar para o interromper com palavras duras e definitivas, acabou por demovê-lo. Candal não queria conflitos. Embora nesta altura estivessem afastadas uma da outra, perdidas cada uma no seu mundo, o mínimo pretexto serviria para unir as duas mulheres. E, juntas, constituíam uma força poderosa que de momento Candal não se atrevia a desafiar.

E Jei-Jei? Quando me falou nesta parte da viagem, temi que tivesse lido erradamente a situação. Imagino-o, à partida de Sena, a evitar o olhar dos companheiros, receoso de que vissem estampados nos seus olhos reflexos do caso que tivera com Elize na margem do rio. Sabemos já o quanto ele era reservado no que toca a estes assuntos. Em cada gesto de Matsolo ou de Candal via comentários silenciosos sobre o episódio, desde perplexidades e reprovações até surdas cumplicidades masculinas que o deixavam ainda mais constrangido; por outro lado, sentia cada cruzamento de olhares com a sul-africana como a renovação de uma espécie de pacto secreto. Se Elize não se mostrava mais expansiva, imaginava ele, era por pudor, por ser como ele, por achar não ser assunto que dissesse respeito aos outros, algo assim. E, embora estivesse perdida no mundo para lá da janela (uma maneira de se perder dentro de si, soubemo-lo os dois um pouco mais tarde), ele não se cansava de olhá-la, reparava intensamente no perfil, no lábio superior ligeiramente perlado de suor, nos caracóis revoltos, na penugem loira do braço encostado ao vidro, inundado de sol.

Sem que Jei-Jei o pudesse evitar, surgia a comparação com Karla, o contraste entre as duas. A alemã jamais cederia ao pudor que parecia existir dentro do *Hiace*; a alemã, aliás, nunca pareceu conhecer esse chicote a que a moral recorre para manter o desejo em respeito. Revelara-o no primeiro dia, no piquenique em Oschatz, e continuaria a revelá-lo com uma aparente naturalidade nos meses de amor tórrido que se seguiram. Na altura, completamente inebriado, Jei-Jei seguia tudo o que ela ditava embora sentisse por vezes algum mal-estar, por exemplo quando ela lhe punha os braços à volta do pescoço e o beijava em público, numa esquina, em plena luz do dia, ou no *Grüne Teufel*, enquanto os músicos tocavam. E todos se viravam de olhos arregalados para ver uma das suas, uma alemã, a beijar um preto.

Hoje, olhando para trás, embora recordado com certa saudade, aquele espalhafato cândido e algo histérico da rapariga voltara a ser-lhe um pouco embaraçoso, como se o regresso a casa e o passar do tempo tivessem adormecido nele a entrega ao diferente e o amor ao risco. Voltava de algum modo aos velhos valores de um mundo previsível movido nos seus carris, um mundo de mulheres castas a quem cabia esperar, e de homens masculinos que eram donos exclusivos da iniciativa e do capricho.

Adiante, na viagem, pareceu a Jei-Jei que algo mudara na atitude de Elize. Deixara de existir aquela iluminação fugaz e conspirativa sempre que os olhares dos dois se cruzavam. A sul-africana tornara-se carrancuda, o seu semblante fechara-se, e Jei-Jei, depois de matutar, achou que a razão estava no fato de terem acabado de passar por Vilanculos, essa pequena vila onde as ações do Capitão Fouché haviam regressado à tona de um modo tão vivaz. Sim, Elize voltara a recordar a presença do pai semeando ali o mal, numa certa madrugada. Foi isto que Jei-Jei concluiu. E sustentou essa ilusão ao longo de uma ou duas centenas de quilômetros, tentando manter viva uma emoção tão forte e tão recente, embora o fato de Elize ignorar os seus silenciosos e reiterados apelos fosse motivo de uma crescente inquietação. Até que, depois de uma curva, à entrada da Macia, a sul-africana manifestou em voz alta, com toda a naturalidade, a intenção de abandonar o grupo.

A notícia, que surpreendeu a todos, ficou a reverberar aos ouvidos de Jei-Jei como o eco de uma explosão.

*　*　*

Jei-Jei não se interessou pela minha história dos tratores soviéticos, já o sabemos. Estava ainda sob os efeitos do anúncio de Elize, um anúncio que cortava cerce um enredo que ele vinha construindo interiormente desde a partida da Vila de Sena. Pediu-me que o ajudasse a perceber o que significava a decisão da sul-africana. Não, não se tratava de achar uma estratégia que a demovesse de partir (como sabemos, Jei-Jei era demasiado reservado para me propor uma reflexão nesse sentido). Pretendia apenas, disse, descobrir o que a levava a deixar o grupo com tanta resolução e tanta urgência. Por que razão pretenderia partir assim de súbito quando até aí tudo fazia crer o contrário? Sem dúvida que as respostas a esta questão ajudariam o meu amigo a fugir à sensação de fracasso que tomava conta dele. Algum obstáculo existiria, poderoso a ponto de se interpor entre os dois, parecia dizer o tom da sua voz.

Claro que eu não podia dizer a Jei-Jei que ele talvez não tivesse passado de um capricho da sul-africana, a maneira que ela encontrara de atravessar uma tarde de tédio na Vila de Sena, à beira do rio, e que a partir daí tudo era ilusão. Optei por um caminho de balizas mais tangíveis. Disse que ela era por natureza (sabíamo-lo já) caprichosa e radical, características que herdara do seu pai. A menção ao pai levou-nos a recuar, a virar a nossa atenção para a raiz do problema, a regressar à casa de Durban, a um certo dia em que Martha Korsten, a mãe de Elize, voltou da garagem com um pequeno caderno de anotações na mão.

— Talvez seja isto o que procuras — disse ela. — Acho que cobre uma viagem que o teu pai fez à Rodésia e, depois, a Pretória, numa altura em que ainda não eras nascida.

Atravessavam as duas uma fase difícil quando este diálogo ocorreu. Martha dava os primeiros passos no caminho da viuvez, Elize ainda não deixara aquela casa. Cumpriam as duas o luto dirigindo-se à vez à garagem, como caçadoras furtivas em busca de alimento. A ordem inicial com que as coisas haviam sido arrumadas já se desfizera, as pilhas de caixas desmoronavam-se. Sim, a organização meticulosa em que as coisas haviam sido dispostas a fim de propiciarem como que a escrita de uma história que levava ao esquecimento, era perturbada por estas arremetidas que desfiguravam tudo e faziam com que do caos emergissem lembranças agressivas. Todavia, as descobertas eram cada vez mais raras uma vez que os despojos de Cornelius Fouché não eram infinitos (sim, talvez quando os pertences do Capitão tivessem sido todos devassados elas pudessem enfim começar a esquecê-lo; antes disso havia sempre a possibilidade de uma surpresa, pensavam). Na maior parte dos casos as incursões resultavam apenas em mais uma caixa devassada com um conteúdo irrelevante espalhado ao seu redor. Desta vez, porém, Martha saíra de lá com o pequeno caderno nas mãos.

Elize reconheceu de imediato mais um dos caderninhos do pai, idêntico ao que ele levava quando, certa noite, deambulou por Vilanculos com um pequeno comando que passava à faca as gargantas dos transeuntes madrugadores. Pegou no caderninho e levou-o para o quarto a fim de o examinar com atenção. Como sempre, havia notas dispersas, palavras soltas como pequenos tijolos que só a argamassa que estava na cabeça de quem as escrevera podia unir. Mas Elize era persistente e começava a ser capaz de preencher as lacunas que existiam entre essas palavras. Por vezes, mesmo, de uma única palavra brilhando subitamente entre as outras conseguia espremer imagens e sentido. Outras vezes era como se palavras distantes entre si se lançassem mutuamente apelos, e então recorria ao artifício que começara a aprender na escola, há muito tempo, e entre as bolinhas que queriam dizer lugares no vazio branco do mapa, surgiam linhas que as ligavam e que queriam dizer movimento e, por conseguinte, ação.

Folheando ao acaso o caderninho, deu com uma nota onde brilhavam duas palavras: *Operação Altar*. Fechou os olhos e, embora faltasse ainda um par de anos para nascer, viu nitidamente o seu pai, o Capitão Cornelius Fouché, caminhando em plena cidade de Pretória, virando à esquerda para deixar a Schubart e entrar na Proes Street (hoje em dia Johannes Ramokhoase Street), prosseguindo ao longo desta até se deter em frente ao número 116, não muito longe do velho edifício do Museu Kruger. Viu-o olhar brevemente para um e outro lado, guardar no bolso os óculos escuros e entrar no *Zanza Building* (mais um par de palavras brilhando), fazendo-se anunciar na recepção. Depois, o elevador levou-o a um dos andares superiores onde, numa sala com as paredes forradas de mapas e cheirando a chá frio e a tabaco, estava um punhado de oficiais do Diretório de Inteligência Militar, entre eles o Coronel van Niekerk, coordenador da operação, e o Major Breytenbach. Aguardavam as notícias que Fouché trazia da fronteira. O Capitão fala e os outros vão escutando com atenção, mas Elize, por mais que se esforce, não consegue ouvir. E por isso esta angústia que a persegue, dia após dia. Às vezes surge uma palavra aparentemente inócua, mas que ela consegue ouvir e que ao ser proferida explode numa miríade de sugestões que são outros tantos caminhos que Elize pode escolher, caminhos que vão dar a outras palavras, já se disse. Desta vez, do meio da ladainha que Fouché desfia em voz baixa e os outros escutam e anotam, surge de repente a palavra *Chókwè*, e Elize reconhece essa palavra assim que o *Hiace* se cruza com a tabuleta onde ela está escrita, sentindo que sim, que o jogo está prestes a recomeçar. É nessa altura que, enquanto os restantes viajantes se perdem nos seus pensamentos, Elize diz de repente, surpreendendo o grupo inteiro:

— Deixem-me aqui, eu fico no Chókwè.

* * *

Quando falei dessa vez com Jei-Jei ao telefone, a última, repito, antes do regresso do *Hiace* a Maputo, eles acabavam de chegar ao Chókwè para ali deixar Elize Fouché. A ironia de tudo isto é que Jei-Jei não deixava de ter razão: Vilanculos trouxera Cornelius Fouché de regresso à consciência da filha. Aquilo que parecera ter perdido importância, afastado por poderosas razões (Mizere e o fantasma de Mariamo, a majestade do rio Zambeze e os acontecimentos na Vila de Sena etc.), ficara afinal a fermentar na consciência da rapariga para regressar agora em toda a sua pujança: a sombra de Fouché. E, à chegada à Macia, a tabuleta indicando a direção do Chókwè despoletava afinal a resolução da sul-africana. As palavras que o Capitão Fouché escrevera nos seus caderninhos eram como pedras que ele tivesse deixado para trás ao passar, a fim de que a filha pudesse segui-lo. Sim, Chókwè era uma dessas palavras. Era para lá que ela ia, desse por onde desse. E, após alguma discussão, os do *Hiace* tinham-se conformado e haviam decidido fazer um desvio para deixar ali a sul-africana antes de seguirem eles próprios rumo a Maputo.

Jei-Jei estava claramente abalado, embora procurasse de algum modo disfarçá-lo. Senti-o pela maneira como reagia aos estímulos do mundo que havia do outro lado da janela.

— A certa altura, um pouco antes de chegarmos ao Chókwè, vi uma grande forma, um objeto imenso na planície, que não consegui interpretar — disse ao telefone.

— Como assim? — perguntei.

— Assim como quando olhamos uma nuvem e tentamos perceber o que ela nos faz lembrar, mas neste caso tratava-se de uma coisa *real*, por estar rente ao chão, à frente dos nossos olhos. Fez-me lembrar o rinoceronte que Matsolo disse ter descoberto certa vez em Tete, quando era guerrilheiro; e esse rinoceronte, por sua vez, fez-me lembrar aquele que estava colado nas traseiras do *Hiace*, no tempo do rapaz japonês da nossa história — prosseguiu. — Como se chamava esse rapaz?

— Toichiro — respondi. — Toichiro Yamada.

— Sim, Toichiro Yamada. Era uma forma escura e solitária, enorme. A meio da paisagem.

A princípio, pois, contou ele, não entendeu o que aquilo era, o que é compreensível (quantas vezes acabamos nós por concluir que os fantasmas que pensávamos existirem na natureza se encontram afinal dentro de nós!). À medida que a estrada os aproximava, percebeu que o que à distância parecera um corpo só era afinal uma palhota comum, modesta, com paredes de barro e cobertura de capim, tendo atrás de si uma grande máquina agrícola, uma velha debulhadora autocombinada dos tempos do socialismo. Era a junção dos dois — palhota e máquina — numa mesma silhueta recortada contra o céu, na planície, que conferia ao conjunto a forma um pouco grotesca, em todo o caso extraordinária. Ocorreu-lhe que quem construíra a palhota procurara a proteção conferida pela máquina.

— Proteção em relação aos ventos ou em relação aos espíritos? — perguntei.

Jei-Jei prosseguiu, sem ligar ao gosto duvidoso, reconheço, das minhas palavras. À medida que a estrada circundava o conjunto, ganharam uma nova perspectiva e ele pôde ver que, mais do que estar junto da máquina, a casa afinal *fazia parte do corpo dela*. Na verdade, o construtor da palhota ligara umas varas à debulhadora, fazendo-as descer e suportar uma espécie de cobertura de ligação de uma só água, tapando depois as irregularidades da junção entre a máquina e a casa com lama seca, chapas de zinco, bocados de lata e palha. A máquina transformara-se assim numa espécie de corpo natural, uma rocha, uma parede que protegia a casa do sol e dos ventos, e lhe conferia uma solidez suplementar. Assim como os morros de muchém, em que as laboriosas formigas se apossam do que quer que encontrem pela frente para o transformar em parte daquilo que edificam. Sim, a máquina e a casa eram um corpo só.

— Qual o significado daquilo? — perguntou Jei-Jei.

Na verdade, perguntava-se a si próprio. E eu fiquei sem saber o que dizer.

— Talvez uma obra de arte — arrisquei. — Uma forma da qual se depreenda um qualquer sentido.

— E que sentido seria esse? — insistiu Jei-Jei.

Respondi qualquer coisa relacionada com uma espécie de escultura maconde, mas em ponto grande, uma peça *ujamaa* em que figuras humanas se entrelaçam para formar um corpo só, simbolizando a unidade e a comunidade. Homem e máquina. A proteção. Era esse o sentido que me viera à mente.

Não ficou convencido. Disse que acabaram por parar o *Hiace* para ver de perto aquela coisa estranha. O dono da casa tomou o interesse dos forasteiros como um cumprimento. Era evidente o orgulho no trabalho que fizera. Mostrou as ligações entre o ferro e os paus, a minúcia com que as fendas estavam calafetadas. Afirmou que ali não entrava bicho, chuva ou vento.

Jei-Jei fez algumas observações curiosas. Disse que a máquina já não era bem uma máquina, uma vez que no estado em que estava seria impossível repará-la. Deixara de ser máquina. Apesar de todo o aparato vigoroso do metal, estava reduzida a uma mera parede de habitação. À casa, pelo contrário, aquela aliança reforçara o papel, tornando-a mais sólida enquanto casa. A madeira, a terra e a água haviam triunfado sobre o ferro. E até uma espécie de grande braço da máquina debulhadora, que em princípio deveria ter perdido todo o sentido, fora recuperado para o conjunto dado que o camponês amarrara nele um trapo colorido a fazer as vezes de bandeira. Não a bandeira do país nem a bandeira de uma força que desafiasse a autoridade, mas a bandeira que simbolizava uma espécie de orgulhosa afirmação de soberania daquela família. Um trapo apenas. A prova do triunfo da obra.

— Quando se deu por satisfeito ele próprio com as suas explicações, o homem quis que fôssemos ver outra máquina que estava a uma centena de metros de distância e mais afastada da estrada, em que não tínhamos reparado — prosseguiu Jei-Jei.

Era um enorme trator soviético, um *Belarus*, que por qualquer razão também se imobilizara ali, já sem os pneus nem os vidros da cabine do condutor, nem o assento, nem o volante, nem as letras cromadas do símbolo MTZ, perceptíveis agora em negativo como uma mancha ainda mais clara do que o vermelho da chapa já de si esvaído por anos e anos de sol castigador. Aos pneus levara-os a necessidade anônima e coletiva de sandálias que protegessem os pés rurais das agruras dos caminhos (quase meia centena ou mais de solas por cada pneu, calculei); o volante servira para a brincadeira das crianças, e os vidros, da cabine e dos farolins, haviam sido estilhaçados pelas pedradas rebeldes dos rapazes, salvo um dos da frente, orgulhosamente reciclado como janela embutida na parede maticada da palhota do construtor-escultor.

— Subi ao lugar do condutor. De lá via-se o campo a partir de cima, como se fôssemos gente importante — disse Jei-Jei.

Quase tudo havia sido tirado ao trator, pela gente, pelo sol e pelo vento. E, todavia, ele ainda mantinha o nariz orgulhoso e, milagrosamente, a grelha da frente, que um último rebite prendia ao enferrujado radiador. A sua sobrevivência enquanto besta ferida e solitária estava no fato de que não havia sido inventada para ele uma nova utilização, apenas esta, de encher de orgulho o camponês ao mostrar aos forasteiros esta espécie de irredutível prisioneiro.

Voltou a Jei-Jei a ideia do rinoceronte. Disse que olhou o trator e este não parecia preso ao lugar. Era antes como se tivesse interrompido a sua marcha lenta, tomado por uma indecisão, e pudesse a qualquer momento retomá-la. Sim, como se a meio da viagem algo lhe tivesse atraído a atenção e ele se tivesse virado para ver o que era, ficando imobilizado nessa posição de vaga surpresa.

Não me custou imaginar o que ele dizia. Pensei até no farolim partido e na grelha quase intacta, que porventura lhe acentuariam o ar inquisitivo.

Jei-Jei prosseguiu, dizendo não haver ali o mais pequeno sinal de temor. Uma criatura daquele tamanho, com os seus trezentos cavalos de potência, desconhece a sensação de medo, disse. Segundo ele, era preciso não esquecer que do medo nasce a agressividade, um estado que é tão contrário à natureza destes tratores, apesar da sua potência. Via-os como uma espécie de bons gigantes pacientes.

— Sei do que falo, sou mecânico — observou.

Houve um tempo em que havia ali muitos desses tratores, dúzias e dúzias deles, disse o camponês a Jei-Jei, e Matsolo confirmou (Matsolo era oriundo desta região e continuara a visitá-la nas suas viagens de motorista). Avançavam lentos no seu trabalho, esses tratores, progredindo ao longo das curvas de nível da paisagem, irremediavelmente prisioneiros do seu percurso. Ao afastar-se, levavam consigo o som até este se tornar num zunido irrelevante, um queixume à beira de extinguir-se na distância; mas retornavam e o zunido crescia, agigantava-se outra vez até explodir num ronco monstruoso que se sobrepunha a todos os outros sons. E esta atividade era tão intensa que enquanto uns tratores se afastavam pelas linhas a que estavam obrigados, levando consigo o som, havia outros que chegavam por linhas paralelas, e em consequência o som nunca se atenuava de modo significativo, subsistindo como uma ondulação infernal entre o intenso e o muito intenso, assim como um coro em que cada voz, apesar de seguir as regras da pauta, presa aos seus limites, tentasse ainda assim sobrepor-se a todas as outras.

— Era como se fôssemos uma formiga perdida dentro de uma colmeia de abelhas — disse o camponês a Jei-Jei, levando as mãos aos ouvidos e resumindo a sua condição, uma imagem curiosa que dava conta do que devia ter sido o espanto do camponês comum ante a atividade febril do desenvolvimento rural naquela época antiga.

Ao mesmo tempo, os tratores arrastavam consigo grades, arados e escarificadores, toda a sorte de dispositivos de invenção humana para rasgar e revolver a terra, como escultores infernais que, não contentes com o modelar da paisagem, o alisar das montanhas, o eclipsar das florestas e o domesticar dos rios, quisessem também arranhar essa terra à sua superfície para a tornar irreconhecível, e ao passar atiravam para as bordas das fendas que abriam uns torrões grossos de formatos caprichosos e cheiro intenso, que ali permaneciam enquanto nova passagem ou a água da rega os não viesse desfazer.

— Já não era apenas um cultivo — disse o camponês, e repetiu Jei-Jei. — Era como uma guerra.

O cheiro condizia com toda esta atividade, pesado, tão forte quanto o cheiro do sangue que se solta de uma ferida aberta por lâmina afiada. Uma mistura quente de combustíveis queimados e terra ferida. E a cor era condicente, uma névoa encarniçada que ficava a pairar no ar e era visível a grande distância. Nos dias de vento, explicou à sua maneira o camponês, os sons e os cheiros não se harmonizavam com as imagens, por seguirem ao sabor dos caprichos desse mesmo vento mais do que da lógica das coisas. Era o vento que imperava, transportando terra, cores, sons, o fumo dos tratores e mesmo as ideias. E todos sabemos quanto o vento é imprevisível. Havia casos em que as máquinas chegavam pé ante pé, com um ronronar que explodia subitamente num urro grosso, como se fossem grandes bestas feridas de morte envoltas numa poeira indescritível, chegadas de rompante para o confronto final.

— Como se o nosso mundo tivesse todo ele enlouquecido.

* * *

Foi nesta altura que recorri à história dos tratores da Bielorrússia e da Romênia e de todos os outros lugares, tentando de alguma forma diluir aquela visão sombria. Com o insucesso que se sabe. Em seguida, dedicamo-nos ao verdadeiro drama da partida de Elize. Era este o assunto que Jei-Jei pretendia ver resolvido, e falamos sobre a casa de Durban, Martha e a filha, enfim, sobre os despojos de Fouché. Finalmente, Jei-Jei disse que tinha de desligar. Iam deixar Elize na estação. Fiquei por isso sem um relato direto dos acontecimentos que se seguiram. Mas não é difícil adivinhar. Elize despediu-se dos companheiros de viagem. Tê-lo-á feito com alguma emoção no caso de Leonor Basto (embora num tempo curto, haviam vivido juntas muita coisa), sem dúvida com mais distância e frieza no caso de Artur Candal, se é que de todo se despediram. Quanto a Jei-Jei, ao modo como lhe disse adeus, é difícil imaginar o que iria na cabeça de um e outro.

Enfim, a sul-africana lá subiu as escadinhas da carruagem com os seus calções de ganga muito curtos e o saco às costas, lançando uma vaga onda de surpresa entre os escassos passageiros. Aquelas carruagens não estavam habituadas a viajantes assim, e embora hoje em dia seja de esperar quase tudo, é sempre necessário um momento para nos acostumarmos. E a composição pôs-se em movimento com os seus silvos agudos e fumos intempestivos, para atravessar um campo de chão ainda rugoso, convalescente da inundação crônica que há tão pouco tempo o voltara a castigar.

Enfim, atravessaram o rio em Chirrunduo e prosseguiram para norte, demandando a fronteira. A estrada e a linha férrea seguem ali lado a lado como um casal de cobras brincalhonas, por vezes enrodilhando-se, o que dá azo a inúmeros cruzamentos, pequenas travessias que quase ninguém leva a sério por ser tão raro o comboio passar por aqui e por ele apitar tanto, sempre que o faz, e os campos serem tão planos, que o seu aviso se estende a grandes distâncias, surgindo muito antes de ele passar e ficando a pairar quando já passou há muito. Estivesse aqui Artur Candal e acharia parecenças com a linha férrea que lhe habita a consciência; no seu caso, porém, uma linha muito mais direita, rígida como um pau, verdadeira espinha dorsal da Mutarara. Mas a Jei-Jei lembraria ainda uma outra linha, também com uma estrada entrelaçada, ao longo da qual Toichiro e Ayumi, os dois jovens japoneses, empreenderam no *Hiace* a fatídica viagem.

— Onde é que a estrada e a linha férrea se cruzavam? — perguntava ele.

— Na linha de Namuro, perto de Kushiro — diria eu, depois de verificar os dados da nossa história.

Adiante. O rio fica para trás e o verde que as duas percorrem, estrada e linha, vai esmorecendo para dar lugar a uma vegetação mais rala e acinzentada. E a estrada é a primeira a fraquejar, descaindo do alcatrão para a terra vermelha como se uma das cobras largasse a pele e ficasse em sangue, e finalmente para uma areia branca como a areia dos desertos. Quanto à linha férrea, prossegue inabalável por este pálido mundo fora, pontilhado de pequenos apeadeiros que, de tão remotos, não chegaram a mudar assim tanto com o correr do tempo, permanecendo com enigmáticos nomes distantes, Buçaco, Niza, Luso, Chaves, Gerês e Bragança, Régua, Vimioso, Vouga e Vouzela, nomes que aqui se desprenderam da origem, se enraizaram e dissolveram na terra e doravante não há uma, mas duas Vouzelas de direito, a que já existia e a que esta pretendia lembrar e já esqueceu, nenhuma delas se podendo arrogar mais direitos do que a outra, nomes que se entrelaçam com os mais verossímeis Chinhaquete, Mabamo e Combomune, e haverá quiçá quem partiu e os queira lembrar, plantando Combomunes e Mabamos em lugares distantes por esse mundo fora, caso em que esses terão tanto direito como os Combomunes e Mabamos velhos por onde o comboio agora vai passando.

De qualquer forma, Elize não entende as coisas sob este prisma, que lhe é absolutamente desconhecido e indiferente. Orienta-se antes pelo caderninho gasto que tirou do saco e leva nas mãos, é esta a história que lhe interessa, não o mundo lá fora, só no caderninho se legitimam os nomes que há espalhados por ali, só ali ganham a importância que têm as palavras e aquilo que elas desencadeiam. Como se fosse o mundo a depender das ideias e não o contrário.

Numa das páginas há dois helicópteros Agusta em voo rasante sobre a linha férrea. Ondulam ao sabor das curvas dela como se houvesse ali um mel que os atraísse. Nas portas brilha o círculo encimado pela águia guerreira, com a divisa *Alæ Præsidio Patriæ*, símbolo da força aérea da Rodésia. *As Nossas Asas São A Fortaleza da Pátria*. Não se ouvem as Valquírias, abafadas pelo ruído sincopado dos rotores. Para o vencer e fazer-se ouvir os tripulantes gritam uns com os outros numa encenação de hostilidade. Têm as caras verdes, da luz refletida dos mostradores, riscadas a negro pelo pó de carvão, é assim que os combatentes gostam de se sujar quando vão para a guerra. De olhos postos na janela, Elize deseja com muita força que se trate apenas de um voo de reconhecimento, um passeio com que os companheiros resolveram presentear o Capitão Fouché antes do jantar na messe de Thornhill, e que aquilo que gritam uns para os outros dentro da carlinga sejam as palavras inócuas de uma espécie de turismo noturno, não as coordenadas de lugares ou metálicas ordens de comando.

Sempre que olha para fora Elize depara com um desfilar de figuras que interrompem o que fazem, sempre o mesmo, revolver o chão com a enxada, bater o milho com o pilão, caminhar de uns lugares para os outros com coisas volumosas à cabeça. Tudo isto essas figuras interrompem para olhar surpreendidas a passagem do comboio ou, mais acima, aquele par de anjos da morte que esvoaçam ao longo da linha espalhando vento pelos campos e, quem sabe, se forem essas as ordens táticas que trazem ou essa a sua disposição, cuspir as suas sementes de fogo. Mabalane já ficou para trás com a sua velha prisão, passam agora por Mapai, enquanto se sucedem as operações, *Long John, Uric, Bootlace*, palavras do caderninho, pedrinhas deixadas para trás enquanto se contam os mortos. Elize ouve o apito do comboio e o som das explosões. Fecha os olhos e mergulha na paisagem de breu que tem dentro, idêntica à que existe lá fora, do outro lado da janela.

Paisagem de breu?

E é o escuro da noite que nos resgata da insuportável visão da tragédia, pois que, afinal, saindo o comboio do Chókwè uns minutos atrasado, perto das oito da noite, seria pouco verossímil que a sul-africana tirasse proveito da paisagem, que visse nela coisas que lhe incendiassem a imaginação, e foi justamente isso que eu disse a Jei-Jei: aquilo que ela conseguiria ver até à chegada a Chicualacuala, na madrugada seguinte, seria essa paisagem de breu sem outra novidade que a já descrita nos fragmentos do caderno de Fouché. Uma paisagem sem história, de onde os camponeses estariam ausentes, quando muito iluminados pelo brilho fugaz das bombas rasgando o negrume do céu ou então dormindo serenamente nas suas esteiras, ao som dos mochos e dos grilos lá fora. Por conseguinte, após breve reflexão, a sul-africana opta por abandonar o comboio muito antes destes lugares, mais precisamente na Aldeia da Barragem. Não faria sentido prosseguir em busca de coisas perdidas na escuridão, concluiu ela.

São nove e um quarto da noite, talvez um pouco mais, que o comboio muitas vezes se atrasa. Elize está só no apeadeiro, o comboio voltou a partir. O silêncio é avassalador, agora que os silvos agudos e os resfolegares e as explosões se foram, arredados por esta súbita decisão de ficar. Desconhece-se como ela atravessa a espera até à madrugada e como chega ao contato com alguém que aceita levá-la de motorizada por uma estrada poeirenta até Massingir, torneando depois a albufeira por Mavodze e prosseguindo por caminhos de cabritos até à fronteira, nas imediações do pequeno rio Mchapane. O anônimo motociclista deixa-a ali, recolhe a sua paga e dá meia volta. A partir deste momento Elize está só. Atravessa a fronteira como um caçador furtivo (é-o à sua maneira, de vestígios perdidos no tempo). Sob o sol brilhante do fim da manhã deambula por uns matos ralos de terra vermelha e micaias, quando muito árvores pequenas de folha miudinha que para ela fazem as vezes de uma floresta encantada onde os lugares que existem têm nomes que são seus velhos conhecidos, por tê-los lido repetidamente naquele caderninho puído que traz sempre consigo dentro do saco, e por tê-los ouvido mesmo antes, nos corredores da casa de Durban, quando era já capaz de reconhecer os sons, e esses nomes tombam agora como frutos maduros à sua passagem, escuros, espinhosos, e ficam a ressoar como restos de uma reza maldita que o tempo não conseguiu diluir, *Letaba Ranch, Zobo City, Phalaborwa*, lugares que, chegado de Pretória com as suas ordens, o Capitão Cornelius Fouché veio abrir para, a partir deles, lançar para o outro lado os seus tentáculos de morte. Elize avança lentamente. Está aqui a raiz de tudo. Por vezes fica imóvel e muito atenta, absorvendo os cheiros do lugar: um misto de umidade cozida pelo sol, de medo e de vingança, de crueldade e disciplina, observância das ordens e cumprimento do dever. Os mesmos cheiros que atravessavam o corredor da casa de Durban. Por um momento consegue mesmo sentir o hálito adocicado do pai, em que a ternura metálica das palavras é agasalhada por vapores de cerveja Castle da lata que ele ainda há pouco amarrotou lá fora, no jardim. E, olhando estes lugares, Elize chega finalmente à paisagem paterna, uma paisagem bendita pelas descrições minuciosas do antiquário W. H. J. Punt. Depois, senta-se a uma sombra de onde se descortina, lá longe, sob um calor de fogo, o território moçambicano que acaba de deixar. E os seus lábios movimentam-se devagar, deixando escapar palavras inaudíveis.

— Que diz ela? — pergunta Jei-Jei.

E não lhe sei responder. Sei apenas que Elize parte e se perde nessa floresta que a natureza reconquistou, indecisa ainda, mas já tentada a provar os frutos desconhecidos que pendem das árvores: malambe e tsintsiva, mafurra e canho, massala, xiroxana e muitos mais.

CAPÍTULO 20

As pedras não falam, o passado não diz nada. Limita-
-se a fazer eco de todas as indagações e a devolver-nos,
olhos nos olhos, as nossas perguntas.

Não é difícil adivinhar o ambiente no interior do *Hiace* à medida que este se aproximava de Maputo. Reinava a consciência do fim da viagem, um estado de espírito que carrega sempre consigo uma certa ambiguidade: por um lado, a euforia fatigada com que se conclui algo de monta; por outro, uma vaga sensação de perda, a sensação de que qualquer coisa podia ter continuado e foi interrompida (como se a perfeição equivalesse a uma viagem sem fim). Em silêncio, cada um à sua maneira, todos se debatiam com esta contradição.

No caso de Bandas Matsolo, o silêncio significava talvez um pouco mais: que as coisas ao redor o obrigavam a uma atenção redobrada. A estrada era ainda a mesma estrada da viagem, mas havia muito mais pessoas e animais a atravessá-la constantemente de uma para a outra das suas bermas estreitas; os *chapas* eram também em maior número e paravam para apanhar passageiros e voltar a pôr-se em marcha atropelando as regras do trânsito, como se não houvesse amanhã nem mais ninguém. Sim, era como se cada um dos elementos da paisagem se achasse único e com pressa, ignorando todos os restantes. Dizia-lhe a experiência de velho motorista que este é o momento mais crítico, aquele em que, entorpecidos pelo fim tão próximo, baixamos a guarda enquanto os deuses conspiram para nos proporcionarem desfechos inesperados.

Entretanto, no aparelho de rádio a estação de FM ia e vinha, ora irrompendo em fragmentos de canções e de notícias da cidade e do mundo, num tom há muito ausente, ora voltando a enevoar-se num ruído indistinto, como se houvesse ainda distância da cidade e as ondas hertzianas custassem a chegar. Como se a viagem se debatesse ainda, tentando não ser deixada para trás.

O silêncio de Candal era também particular. No seu caso, a hostilidade de Leonor, mais vigorosa desde que haviam deixado a Vila de Sena para trás, era mitigada agora pelo desaparecimento de Elize Fouché, uma ausência que fazia Leonor virar-se para dentro e que Candal vivia com a euforia de um secreto triunfo. Estavam livres da sul-africana! Era como se sem ela o espaço de Candal se tivesse alargado um pouco. Mas, que importam estes triunfos silenciosos se não são vividos com os outros?

Elize Fouché. Para explicar o silêncio dos outros deve acrescentar-se também, por conseguinte, esta ausência dela, sentida desde que, lá atrás, no Chókwè, um comboio a levou para o interior da noite e eles retomavam a estrada rumo ao sul um pouco mais sós. Neste aspecto a sul-africana era bem filha de seu pai: partira, mas deixara um rastro que era quase coisa física, como se tudo o mais fosse parte de um molde vazado onde se podia observar com nitidez a sua silhueta. Pensando nisto, e na maneira como Jei-Jei o estaria a viver, veio-me à ideia o trombonista J. J. Johnson quando, em 1991, já regressado a Indianápolis, viu partir a sua Vivian consumida pela doença (insuportável dor). Poder-se-á alegar que há pouco em comum entre os dois casos, o que não deixa de ser verdade: nem Elize estava tão próxima de Jei-Jei nem, que se saiba, estava doente como a mulher do grande trombonista. Mas o *pensamento interno* (chamemos-lhe assim), tem esta rebeldia, não carece de justificação nem se detém perante os apelos à razoabilidade. Constrói as suas pontes com uma persistência caprichosa e sem compromisso. Seja como for, esta associação permitiu-me começar a perceber a real dimensão da inquietude de Jei-Jei, a matéria do seu silêncio, e pôs-me de sobreaviso para o que viria a passar-se nas semanas seguintes, quando o contato com ele se foi tornando mais e mais difícil.

Tivemos dois últimos encontros com um quase encontro de permeio. Explico-me. Dias depois da chegada do *Hiace*, estranhando o silêncio, contatei Jei-Jei e, após o que me pareceu uma certa hesitação da sua parte, marcamos encontro na esplanada de um café da Avenida 24 de Julho. Refiro a hesitação por de início a não ter percebido assim (julguei que o Coronel o assoberbava de trabalho, não lhe deixando tempo livre). Pareceu-me tenso. Falamos da viagem, como não podia deixar de ser. Repetiu coisas que já me havia dito pelo telefone. Referiu a forte impressão que o campo deixa sempre na alma dos urbanos, a sensação de nos desvelar coisas que deram origem às nossas próprias coisas, enfim, o quanto aprendera, detendo-se com vagar na feiticeira Mizere, no fato de todos terem ficado enfeitiçados por ela. No seu caso, disse, enfeitiçado em virtude de mais do que uma razão. Desde logo, pela energia inesgotável dessa mulher, uma energia gerada numa dor inicial (a violação de que fora vítima), mas que se fora transformando de modo a alimentar-lhe os dons da lealdade e da amizade, e lhe permitiu ainda construir uma paisagem líquida muito própria, já no fim da vida, talvez para fechar o ciclo (voltar à água é, de fato, renascer). Jei-Jei, que estava com uma espécie de veia poética, disse ainda, a propósito desta mulher, que era difícil dissipar o odor acre do sofrimento que o passado espalhara por toda a parte, como se fosse um fenômeno sempre renovado. Por toda a parte, por baixo de uma capa fina de normalidade, sentia-se o vazio dos desaparecidos e dos massacrados. E em cada curva da estrada, nas pequenas aldeias, nos alpendres e terreiros, nas filas dos fontanários, nos pequenos mercados, nos carreiros que ligam os lugares, nas machambas e nas margens dos riachos — em todas estas paisagens soalheiras havia pequenas multidões de sobreviventes virando a cabeça e acenando à nossa passagem, disse. Pequenos sofrimentos, milhões deles, anônimos, mantidos privados por uma espécie de pudor das próprias vítimas, como se há muito tivessem concluído que a sua dor não merecia chegar tão alto quanto a dor pública e apregoada. Embalado pelas suas próprias palavras, e com a veia filosófica que por vezes lhe latejava, Jei-Jei concluía que, tal como as histórias simbólicas de heroísmo, que de resto se vão diluindo numa retórica repetitiva e celebratória até sobrar tão pouco, também estes pequenos sofrimentos privados deveriam ser tornados públicos, ser divulgados, partilhados e valorados por todos.

— Valem tanto quanto os sofrimentos grandes — disse, concluindo este argumento algo confuso como se anunciasse uma descoberta (era-o, de qualquer modo, para ele).

Entretanto, as suas palavras alimentavam as minhas próprias divagações, e conquanto me esforçasse por parecer atento, deixava-me tomar por ideias absurdas como por exemplo a abertura de novos campos de pesquisa nas universidades, uma arqueologia dos massacres em que se recolhessem evidências com minúcia forense nos lugares reais, nos papéis de arquivo e nas planícies da memória (um pouco à maneira do sul-africano Punt que, há que conceder-lhe, construíra infatigável a sua própria paisagem, o que quer que ela fosse; por que não construir a nossa com o mesmo empenho?); ideias absurdas, também, como justamente a concepção de uma escala de sofrimentos científica e precisa, sofisticada o bastante para com justiça os poder comparar e medir em todas as suas dimensões.

Sentindo-me ausente, Jei-Jei abrandava o ritmo, desconfiado, e só retomava o fio do que dizia quando me achava de volta daquelas inúteis divagações, novamente atento às suas palavras. Recordou as velhas histórias de Bandas Matsolo em que os guerrilheiros narravam os seus sofrimentos particulares para os levar ao conhecimento dos camaradas, mas concluiu, repito, de um modo quase subversivo, que não havia razão para distinguir esses sofrimentos ditos nobres e ignorar ao mesmo tempo os pequenos e continuados sofrimentos das pessoas anônimas que não sabiam ler nem dizer. A celebração dos grandes e velhos sofrimentos ofuscava a visão dos sofrimentos pequenos, recentes, quotidianos, inúmeros, espalhados por toda a parte, repetiu. Mizere, Mariamo e tantos outros, eram a prova do que acabava de afirmar.

E com isso vieram-me à lembrança os versos de De Kok:

> *Podem os esquecidos*
> *renascer*
> *numa terra de nomes?*

Mas, conquanto seguisse o seu raciocínio, que era uma espécie de resumo inesperado que fazia da experiência da viagem, confesso algo embaraçado que o que me vinha à ideia eram pensamentos movidos por uma curiosidade mais mesquinha. Por exemplo, pedir-lhe que começasse essa nova e mais geral narrativa de sofrimentos por ele próprio, depois que Elize partiu no comboio. Mas não me atrevi a fazê-lo.

Entretanto, Jei-Jei passou a assuntos mais palpáveis. Havia grande tensão no ar desde a chegada a Maputo, disse. O Coronel recebera-os, a ele e a Matsolo, com muita distância. Não que tivesse alguma coisa a apontar-lhes: tinham ido e regressado sem incidentes de maior, nenhum dos clientes se queixara. Mas havia uma secura toda nova, uma rispidez que tinha por trás, suspeitava Jei-Jei, a sombra de Phuong, a sequência de pequenos incidentes instigados por ele e não inteiramente esclarecidos. Se, por um lado, ficou a pairar a ideia de incumprimento de ordens por parte de Jei-Jei e de Matsolo, por outro, achavam estes, essas ordens não tinham sido transmitidas com clareza. No fundo, disse Jei-Jei, o Coronel Boaventura Damião queria que eles cumprissem ordens sem que ele tivesse de as dar explicitamente, ou seja, tentava satisfazer obscuros propósitos sem disso fazer refém o seu nome e a sua própria consciência. Nadar no lamaçal e permanecer limpo. Daí o seu desagrado de patrão. E, embora não o tivesse dito a Matsolo abertamente, Jei-Jei achava que algo de dramático aconteceria assim que o serviço da viagem terminasse.

— Como assim? — perguntei. — A viagem não terminou?

— Não. Falta ainda pôr os clientes no avião de regresso. Vou levá-los amanhã ao aeroporto, partem bem cedo — respondeu.

— Só depois estará tudo terminado.

Dei-me conta, com um ligeiro sobressalto, de que não chegara a conhecer nenhum desses clientes. Sim, os nossos protagonistas, se assim posso chamar-lhes, escapavam-se como a água por entre os dedos. O caso de Elize Fouché era irremediável, a sul-africana já desaparecera do outro lado da fronteira, entre as árvores de um estranho bosque. Mas havia ainda Leonor e Candal. E pela segunda vez fui tentado a entrar eu próprio naquela história.

— Vou ter consigo ao aeroporto. Tomamos lá um café e poderei vê-los em carne e osso — disse-lhe num impulso.

Ele olhou-me, indeciso. Talvez a minha proposta o melindrasse; talvez sentisse, da minha parte, desconfiança relativamente ao retrato que traçara de toda aquela gente. Sim, era como se, ao permitir que eu os visse, ele arriscasse perder o domínio daquela história. Por isso ainda tentou argumentar que a partida era muito cedo, quase de madrugada (àquela hora eu estaria com certeza a dormir), mas perante a minha insistência lá acabou por concordar.

No dia seguinte, porém, embora estivesse no aeroporto antes da hora combinada, não os encontrei. Procurei Jei-Jei em toda a parte, tentei telefonar-lhe sem qualquer sucesso. Passei ao parque de estacionamento, onde debalde procurei um carro que correspondesse à descrição que tinha do *Hiace* (que, de resto, também nunca tinha visto, digamos que *em carne e osso*). Regressei então à gare do aeroporto e pus-me a tentar identificar os dois viajantes a partir das descrições que ele fizera. Candal teria uma barba rala e grisalha, seria magro, com uns óculos peculiares, vestia de escuro e ostentava algum ouro. Leonor era morena, interessante, não muito vistosa, cabelo crespo, algo conservadora no vestir, por vezes um pouco intempestiva nas suas atitudes. Dei-me conta do quanto estes elementos eram vagos, do quanto é absurdo desenhar gente por meio de dois ou três traços, digamos que exteriores, enfim, do quanto nos faltam termos para definir o âmago de cada um em concreto. Fui olhando figuras dispersas, homens e mulheres, uma pequena multidão ligeiramente ansiosa como o estão sempre aqueles que se encontram em vias de iniciar uma viagem, mas em ninguém descobri o que julgava ser o ar que os dois teriam. Detive-me um pouco mais num casal, mas ele acabou por parecer-me mais gordo do que eu imaginava Candal, e ela mais velha do que Leonor. Além disso, conversavam com uma descontração que não condizia com a relação tensa que, segundo Jei-Jei, existia entre os dois. Entretanto, a multidão foi ficando cada vez mais rala, até quase desaparecer por completo, deixando apenas para trás um par de polícias, uma funcionária com a farda de uma companhia aérea levando uns papéis, alguns carregadores contando magras moedas, e o eco das turbinas do avião que partia ressoando na sala quase deserta. Saí com um travo amargo, como se tudo não tivesse passado de imaginação e agora em definitivo se esfumasse.

Só muito mais tarde, nesse dia, consegui chegar ao contato com Jei-Jei e ouvir as suas explicações. Tivera de deixar os clientes mais cedo no aeroporto, disse, porque o Coronel Damião os convocara, a ele e a Matsolo, para a sua casa de Sommerschield. Fizera-o para sumariamente os despedir.

A notícia deixou-me sem espaço para manifestar o agastamento que trazia do aeroporto. Os problemas que ele mencionava eram bem mais reais do que os meus. Em silêncio, ouvi-o acrescentar que o Coronel não lhes dera qualquer motivo para aquela decisão, simplesmente lhes pagara parte do salário (estávamos a meio do mês) e dissera que não precisava mais deles. Jei-Jei ainda tentara argumentar com direitos laborais, protestar,

uma característica que pelos vistos a condição de *Magermane* incutira nele, mas Matsolo arrastou-o para longe dali a fim de evitar males maiores. A lei e a ordem eram as duas de Damião.
— No meu caso, ele mal me conhecia. Mas, e Matsolo? Ele conhecia Matsolo há mais de quarenta anos! — disse Jei-Jei.
Enfim, lá nos despedimos.

* * *

Seguiu-se uma pausa longa em que me deixei enredar por outros afazeres. Um tempo, achei eu, em que Jei-Jei estaria a reinventar-se. Conhecia-o o bastante para saber que ele era um sobrevivente, que mudava de vida como se muda de roupa para responder ao clima. Sobreviveria à sul-africana e à viagem tal como sobrevivera à Alemanha e a tantas outras coisas. Faria como J. J. Johnson, que um ano após a morte de Vivian achava em Carolyn um novo amor. Sim, reapareceria um dia, jovial, para me explicar como isso acontecera. Esta ideia, conquanto assente em impressões vagas, foi, como disse, suficiente para me manter desatento por um tempo. Contudo, acabou por ir perdendo a força com o correr de dias sem notícias dele. Explico-me. Embora estivesse preso a outros assuntos, perdia-me de vez em quando no labirinto que levava aos personagens de sempre. Imaginava Candal de regresso à sua planície de solidão, a cadela a ladrar para o chamar ao passeio, o incansável mar da Azenha a murmurar ao fundo, um mar prenhe de peixes com nomes exóticos; e o antigo combatente sempre cercado de gaiolas vazias, sem conseguir em nenhuma delas prender Leonor, o pássaro mais precioso. E Leonor? Custava-me a crer que tivesse retomado a vida antiga. Será que enveredara pela arquitetura? E, mesmo quando pensava achar algumas respostas, ficava sempre na boca com o travo amargo da inutilidade destes exercícios. Não só por me faltarem informações que lhes dessem consistência, mas, também, por não ter com quem partilhá-los.

Posto de outra maneira, a certeza de que Jei-Jei necessitava das histórias que criávamos para explicar tudo aquilo que acontecia foi perdendo força, transformada aos poucos na constatação do seu inverso, que julgo já de alguma maneira ter referido, de que era eu que necessitava dos acontecimentos que ele trazia para alimentar essas histórias. E foi assim que a minha curiosidade voltou a crescer com a força dos eucaliptos que sugam toda a água em volta. Como sobrevivera ele? Como se reinventara? O que sabia dos outros? Retomara o contato com Elize? O que acharia das explicações que, entretanto, voltaríamos a ensaiar? Todas estas interrogações levavam à necessidade imperiosa de o encontrar. Porém, quando tentei fazê-lo verifiquei que o seu número de telefone já não se encontrava ativo. Debalde percorri ruas e cafés onde nos encontráramos ou me fiz presente nas imediações do Jardim 28 de Maio em dias de protesto dos *Magermanes* (como se tivesse passado eu próprio a ser um deles), um protesto cada vez mais pífio, diga-se de passagem, à medida que a convicção dos revoltados diminuía, minada pelo cansaço, corroída pelo proverbial silêncio com que o outro lado costuma responder às coisas que lhe são incômodas. Não havia sinais de Jei-Jei, esfumara-se. Descobri também que não sabia sequer onde ele morava, para além da vaga menção a um pequeno e desgastado prédio nas imediações daquele jardim. Havia dezenas de desgastados prédios por ali e faria pouco sentido pôr-me, rua a rua, prédio a prédio, andar por andar, a bater às portas.

Até que um dia — já eu começava a duvidar da existência da viagem e da fiabilidade das minhas próprias impressões a respeito — fui ao Mercado Janete em busca de verduras e ocorreu-me procurar Zaida, a mulher de Bandas Matsolo. Será que essa mulher existia mesmo, em carne e osso? Levava comigo uma espécie de ceticismo irônico (estava pronto a fazer da primeira dificuldade um pretexto para desistir) e, portanto, fui colhido pela surpresa de ter sido tão fácil encontrá-la. Toda a gente a conhecia. Duas ou três perguntas e tive-a na frente, a curta distância. No breve instante em que por assim dizer a observei, antes de me aproximar, surgiu-me uma mulher alegre e vigorosa que todos conheciam pelo nome, atenta a tudo em volta, empenhando essa alegria e esse vigor na promoção dos seus produtos. Também ela reparou no meu interesse e, ainda longe, convidou-me com um gesto a apreciar a sua banca. Anuí, interessado, para ganhar tempo, em um par de berinjelas lustrosas, diria que perfeitas. E, enquanto ela as metia no saco, optei por ser frontal.

— Procuro Jei-Jei, um vizinho seu. Creio que o conhece — disse.

Era um impulso calculado. Uma reação negativa da mulher, já o disse, seria um bom pretexto para recuar e voltar a tentar esquecer tudo aquilo. Mas ela nem sequer se surpreendeu. Tratou-me, aliás, como se já me conhecesse (muito provavelmente Jei-Jei teria mencionado a minha existência). Enquanto me fazia o troco das berinjelas, o seu ar toldou-se um pouco e explicou que também eles não sabiam grande coisa acerca de Jei-Jei. E o que sabiam deixava-os preocupados, por desconhecerem o que por estes dias ia na cabeça do vizinho. Quer dizer, viam-no pouco, ela e Matsolo, e muito espaçadamente. Se ia a casa era a desoras, porque deixaram de o encontrar nas escadas do prédio e raras vezes se via luz nas janelas ou na frincha da porta de entrada. Andava muito reservado. Matsolo cruzara-se com ele num domingo recente, nas imediações do Museu da Revolução. Haviam trocado entre eles vagas promessas de novos encontros, nada mais.

Despedimo-nos. Zaida ficou com o meu número e eu com a promessa de que ela me contataria se tivesse novas notícias. Embora essas notícias tardassem a surgir, nos tempos que se seguiram encontramo-nos duas ou três vezes e tive a oportunidade de conhecer Bandas Matsolo, com quem troquei demoradas impressões. O retrato que Jei-Jei fizera dele era bastante acertado. Entretanto, a referência ao Museu da Revolução deixara-me intrigado, por saber que há tempos ele encerrara as portas ao público.

O Museu da Revolução. Qualquer justificação passou a servir-me para rondar esse edifício de aspecto vulgar que agora regressava à sua anônima condição, encerradas que estavam as portas, aparentemente para sempre. Uma ou duas vezes me deixei ficar um tempo largo na esquina, com um qualquer livro aberto nas mãos. Mas, nem conseguia concentrar-me na leitura nem vigiava convenientemente as portas de vidro da entrada. É curioso que a superfície lisa do vidro pode revelar, ser transparente, mas também pode ser opaca e espelhar. Caminhava por ali com passadas vagarosas e o que as portas revelavam era, não aquilo que guardavam, mas o reflexo do mundo em volta, o céu com as suas nuvens brancas, os carros circulando na avenida, os jovens vendendo sapatos no passeio, o jardim em frente, que os pés do protesto das quartas-feiras haviam há muito transformado num descampado onde a relva custava a crescer. E, quando me aproximava, essas portas devolviam-me o meu próprio olhar.

Um dia a minha obstinação deu os seus frutos. Levantei os olhos para uma rápida mirada em volta — como por vezes acontece a quem lê, no momento em que vira a folha para entrar na página seguinte — e deparei com Jei-Jei caminhando apressadamente na direção do Museu, do outro lado da avenida. Tinha o ar furtivo que trazia no dia em que o vi pela primeira vez, quando se retirara discretamente da agitação criada pelo protesto dos *Magermanes*. Parou à porta do Museu e murmurou qualquer coisa ao guarda, um velho sentado à porta, numa cadeira de escritório que já vira melhores dias, esventrada, a espuma espreitando das fendas da napa queimada pelo sol. O guarda tirou a chave do bolso, olhou em volta e entreabriu a porta para deixar Jei-Jei entrar. Depois, voltou a fechá-la enquanto olhava de novo a rua, e sentou-se com notável perícia tendo em conta a sua idade e as três rodas da espécie de cadeira onde mais ninguém seria capaz de equilibrar-se. Finalmente, reentrou naquele dormitar de que só os guardas são capazes.

Fiz rapidamente as minhas contas. Fechei o livro e atravessei a rua. Abordei o guarda com certo vigor, apostando no efeito de surpresa.

— Deixe-me entrar!

Atarantado, disse-me que o Museu já não existia. Insisti.

— Acaba de deixar entrar um conhecido meu com quem preciso de falar — disse-lhe.

Tentou franzir o sobrolho, habituado como todos os guardas ao jogo da autoridade, mas a possibilidade de ser denunciado, mais a nota que tirei da carteira (confesso estes dois *argumentos* com certo embaraço), acabaram por amaciá-lo. Abriu discretamente a porta e pediu-me que não demorasse lá dentro.

* * *

Atravessei o salão da entrada e subi as escadas até ao primeiro andar, onde antes se contava a história da resistência à ocupação colonial. As salas não pareciam as mesmas. Por toda a parte havia caixotes espalhados, abertos uns, outros fechados, prontos a serem levados para um destino desconhecido. E silêncio. A luz crua do meio-dia rasgava as janelas e ateava faixas de fogo no *parquet* e nas paredes, contrastando com o escuro das luminárias desligadas. Tudo isto retirava àquele ambiente a sonolência mágica de sesta que certa vez o poeta P. R. Anderson lhe notara, instalando em seu lugar um vago ar de armazém abandonado. O calor e a umidade eram insuportáveis. E não, Jei-Jei não se encontrava na frente do expositor do Massacre de Mueda como eu presumira. De resto, o expositor estava vazio, salvo, esquecidas em cima do tampo de vidro, a fotografia amarela de uma plantação de algodão e uma velha palmatória de madeira, daquelas com que os sipaios costumavam castigar os camponeses arrebanhados nas aldeias para trabalhar na abertura de estradas, nas pedreiras, no algodão e coisas assim. Objetos que, retirados ao calor da sequência em que eram expostos ao público, ao fio condutor de que faziam parte, ficavam desnudados e vulneráveis, desprovidos do sentido que antes incutira neles a ambição da transcendência. Eram agora pequenas coisas inúteis na pausa de um destino descendente que os levava desde os expositores iluminados até aos caixotes onde ficariam sepultados, quem sabe se para sempre.

Subi ao segundo andar e fui atravessando as salas — o *Primeiro Tiro*, o *Segundo Congresso*, a chamada *Guerra Popular Prolongada*, enfim, a *Operação Nó Górdio*, primeiro grande indício da derrota colonial. Aproximei-me da instalação de uma pequena e modesta palhota cujo letreiro anunciava, em letras maiúsculas:

1974
AQUI FORAM TRAÇA-
DOS OS ÚLTIMOS PLA-
NOS DE GUERRA

Ocorreu-me que Jei-Jei estivesse ali sentado, matutando em tudo o que ouvira a Matsolo e a Candal durante a viagem, vogando entre os caixotes como numa paisagem de embondeiros, à maneira do rinoceronte solitário. Mas não. Em volta, o resultado era o mesmo: um grande cartaz vermelho encostado à parede com um dos ditos do Presidente Samora Machel (*a educação deve preparar-nos a assumir a nova sociedade e as suas exigências...*), uma máquina de costura talvez idêntica à máquina do velho Chintamuende, simbolizando a produção. Coisas dispersas em salas quase vazias.

Prossegui. Faltava-me o terceiro andar, subordinado à *Vitória* e à *Festa da Independência*, e ainda o quarto, que, sob o tema dos *Primeiros Anos Independentes*, fazia a ponte para o tempo atual. Enquanto avançava, ia-me perguntando que soluções teriam achado os museólogos para retratar o nosso tempo caso o Museu tivesse permanecido de portas abertas. Certamente, teriam desde logo de construir mais andares para dar conta das diversas camadas que fomos atravessando até chegar ao dia de hoje, e talvez ainda um andar suplementar onde se ousaria esboçar uma ideia de futuro. Mas, como os preencheriam? Sem dúvida, sob a influência da última conversa que tivera com Jei-Jei, teria de haver manequins andrajosos para representar os deserdados da planície da Mutarara junto ao comboio de Candal, solução indispensável para que a genealogia de Mariamo ficasse estabelecida; e, talvez mesmo, um manequim isolado com uma inscrição na virilha, que os visitantes, afastando ligeiramente a capulana que o cobria, poderiam espreitar (e aqui era imprescindível uma legenda que desse sentido ao misterioso número); enfim, bocados de manequins espalhados simbolizando os massacrados, uma lata com a água milagrosa de Mizere, um pedaço da grelha de um trator, coisas assim. Mas, como representar a alegria do fim da guerra, os tempos da abertura e aqueles de fechamento, em que a autoridade regressou irascível para bater com o punho na mesa e impor aos cidadãos um regresso à ordem e à obediência? E foi quando entrava nesta espécie de delírio silencioso, imaginando o prédio como um arranha-céus insano como a Torre de Babel, tão alto que ameaçava adernar, foi nessa altura que dei com Jei-Jei sentado num caixote, no terceiro andar, como um náufrago agarrado a uma tábua do barco desfeito. No fundo, ocorreu-me, era esta a paisagem de Jei-Jei. Tinha na frente o expositor onde antes estivera o telefone cinzento da fênix, aquele que Samora Machel usara para impor as suas condições, um expositor agora vazio. Era um vulto imóvel, um pouco curvado. Ocorreu-me a ideia absurda que tivesse ido ali para telefonar a saber notícias do futuro, e que a ausência do telefone o enchera de melancolia. Absorto, não notou a minha presença a não ser quando, já próximo, tropecei em qualquer coisa que produziu um ruído seco e o fez virar-se.

— Até que enfim o encontro! — disse-lhe.

Ensaiou um sorriso amargo e manteve o silêncio. Perguntei-lhe se queria conversar e ele abanou a cabeça negativamente. Insisti. Talvez pudéssemos discutir uma versão que desse conta do futuro de Candal e Leonor, ou mesmo do Coronel Boaventura Damião (não me atrevi a mencionar Elize Fouché). Respondeu-me, perguntando que utilidade tinham as versões se a realidade, surda a todas elas, prosseguia o seu curso obstinado. As histórias acabaram — disse — olhando em volta.

— Então por que razão está aqui? — perguntei.

— Este é um bom lugar para pensar.

Voltava ao argumento de sempre, na verdade à evasiva de sempre. E eu fiquei sem saber o que dizer. No fundo, Jei-Jei tinha razão. Era um lugar silencioso e sereno, pelo menos aos domingos, o único dia da semana, disse, em que o guarda o deixava entrar. Depois, condoído da minha necessidade de saber, disse que ultimamente vinha aqui porque o seu sono era assaltado por um pesadelo recorrente, em que as peças do Museu surgiam espalhadas pela cidade, à venda em pequenas bancas dos mercados, e ele não conseguia comprá-las a todas para as trazer de volta ao Museu. E a cada domingo as salas iam ficando cada vez mais vazias, acrescentou. Um dia não restaria nada.

Ficamos assim perdidos os dois naquele espaço, cada um à sua maneira.

Passado um tempo, Jei-Jei levantou-se e caminhou em direção às escadas.

— Vamos — disse. — O guarda não gosta que se fique aqui muito tempo. É arriscado.

Saímos para a rua. Despedimo-nos, não sem antes eu conseguir arrancar-lhe a promessa de que me contataria logo que mudasse de ideias e resolvesse outra vez conversar. A viagem deixara ainda muitas lacunas por preencher.

* * *

Nas semanas seguintes passei algumas vezes por ali. Na última, notei que o guarda não estava na cadeira. Presumi que tivesse ido à esquina comprar um pão para o seu chá. Aproximei-me das portas de vidro como se fosse ler o pequeno anúncio ali colado, dando conta do encerramento do Museu. Encostei o nariz para espreitar lá para dentro. Assaltou-me a vaga sensação de que a sala da entrada estava mais ampla, mais vazia, e decorreu um tempo até descobrir a razão. O Volkswagen do Presidente Mondlane, aquele que em Dar-es-Salaam ele conduzia quando ia de casa para o escritório a fim de dirigir a revolução, um carro que durante tantos anos fora o primeiro objeto com que o Museu recebia os visitantes, desaparecera!

Perdi-me por um momento em pensamentos desencontrados. Diz-se que após a morte de Vivian a solidão e o vazio da vida de J. J. Johnson se tornaram tão insuportáveis que ele começou a flertar com o impensável e o indizível. Mas, no ano seguinte, como sabemos, achou Carolyn.

No nosso caso, concluí, o desfecho não iria ser diferente. Imaginei um belo domingo soalheiro em que o guarda do Museu se levantava da decrépita cadeira, pousava a caneca do chá no degrau e o pedaço de pão junto dela, limpava a mão à manga do casaco, tirava o molho de chaves do bolso e abria as portas de vidro para deixar Jei-Jei partir pelas ruas da cidade, ao volante desse icônico Volkswagen cinzento.

O autor

O escritor moçambicano **JOÃO PAULO BORGES COELHO** é historiador e professor titular de História Contemporânea na Universidade Eduardo Mondlane, em Maputo, Moçambique.

Publica obras de ficção desde 2003. Os seus romances, contos e novelas estão publicados em Moçambique, Portugal, Itália, Colômbia e agora no Brasil.

Vários de seus livros foram premiados como *As visitas do Dr. Valdez*, *Crónica da Rua 513.2*, *O olho de Hertzog* e *Ponta Gea*.

A OBRA

A Kapulana é a editora que publica seus livros no Brasil:
- *As visitas do Dr. Valdez*, 2019.
- *Crônica da Rua 513.2*, 2020.
- *Quatro histórias*, 2021.
- *Museu da Revolução*, 2022.

É autor de vasta obra, como:
- *Akàpwitchi Akaporo: armas e escravos*, 1981. [banda desenhada]
- *No tempo do Farelahi*, 1983. [banda desenhada]
- *Namacurra*, 1985. [banda desenhada]
- *As duas sombras do rio*, 2003.
- *As visitas do Dr. Valdez*, 2004.
- *Índicos Indícios I. Setentrião*, 2005.
- *Índicos Indícios II. Meridião*, 2005.
- *Crónica da Rua 513.2*, 2006.
- *Campo de Trânsito*, 2007.

- *Hinyambaan*, 2008.
- *O olho de Hertzog*, 2010.
- *Cidade dos espelhos*, 2011.
- *Rainhas da noite*, 2013.
- *Água: uma novela rural*, 2016.
- *Ponta Gea*, 2017.
- *Quatro histórias*, 2019.
- *Museu da Revolução*, 2021.

PRÊMIOS E DESTAQUES

- Prémio José Craveirinha 2005: *As visitas do Dr. Valdez*.
- Prémio BCI de Literatura 2006: *Crónica da Rua 513.2*.
- Prémio Leya 2009: *O olho de Hertzog*.
- Doutor *Honoris Causa*, Universidade de Aveiro, 2012.
- Prémio BCI de Literatura 2018: *Ponta Gea*.

fontes	Gandhi Serif (Librerias Gandhi)
	Montserrat (Julieta Ulanovsky)
papel	Pólen Natural 80 g/m²
impressão	BMF Gráfica